Rona

Thomas Revering wurde 1964 in Münster/Westfalen geboren. Nach dem Studium der Neueren Geschichte und Politikwissenschaften arbeitete er als Lektor und Redakteur in Berlin, Bonn und Hamburg. Er lebt mit seiner Familie in Hamburg und freut sich über jedes Tor des 1. FC Köln.

„Rona" ist der zweite Fall für den Münsteraner Kommissar Nikolaus Rothenburg. Den ersten Fall „Blinder Fisch" (Emons-Verlag, Köln 2013) löste er bereits vor einigen Jahren.

Thomas Revering

Rona

Kriminalroman

Bibliografische Information der Deutschen Nationalbibliothek: Die Deutsche Nationalbibliothek verzeichnet diese Publikation in der Deutschen Nationalbibliografie; detaillierte bibliografische Daten sind im Internet über dnb.dnb.de abrufbar.

Umschlaggestaltung: Christian Pfeifle

Umschlagfoto: Martin Bock

Herstellung und Verlag:

BoD – Books on Demand, Norderstedt

ISBN: 9783752854381

*„Wenn Bitterkeit im Herzen ist,
wird Zucker im Mund kein Leben süßer machen. "*
(Israelisches Sprichwort)

Prolog

Er hatte es niemals für möglich gehalten, dass man 25 000 Menschen auf einmal verachten konnte. Man konnte die Nachbarin von gegenüber verachten, die nur noch mit einer Sonnenblume im Haar und lilafarbenen Pumphosen mit Blümchenmuster aus dem Haus ging. Oder beispielsweise den tumben Jan Klaasen, der ein eingefleischter Fan von Feyenoord Rotterdam war und morgens um sieben Uhr Hassgesänge auf Ajax Amsterdam brüllte. Oder, obwohl süß anzuschauen, die kleine Lotte aus dem Erdgeschoss, die wegen jeder kleinsten Fliege ein kreischendes Heulkonzert veranstaltete.

Aber 25 000 Menschen, von denen er vermutlich 24 900 noch nicht einmal kannte? Wie konnte das sein?

Er war nicht nur in seiner Abschlussklasse dafür bekannt, dass er sich aus allem heraushielt und dass er noch nie gegen irgendetwas demonstriert hatte. Nicht gegen Sparpläne der Regierung, nicht gegen den Bau von Umgehungsstraßen durch Naturschutzgebiete und schon gar nicht gegen den NATO-Doppelbeschluss. Es würde ihn also keiner erkennen auf dem Sportgelände von Woensdrecht, wo sich wieder die Massen versammelt hatten, um gegen die Stationierung von amerikanischen Cruise Missiles auf dem nahegelegenen Flugplatz zu demonstrieren. Dennoch, jedes Mal, wenn er glaubte seinen Namen zu hören, zuckte er zusammen und schnürte die Kapuze seines dunklen Parkas noch enger um das Gesicht.

Tagelanger Regen und Tausende von Füßen hatten das Gelände in eine einzige Matschlandschaft verwandelt. Gesunder Rasen war nicht mehr zu erkennen, kleine Reststücke im Morast glichen armseligen grünen Oasen, die nur darauf warteten, von erbarmungslosen Gummistiefeln zertreten und in den Matsch gestampft zu werden. Zwischen tiefen Pfützen und von den Organisatoren eilig herbeigeschafften Holzplanken stapelten sich leere Bierbecher, Dosen und ketchupbeschmierte Frittenschalen. Hilflose Ordner zählten einen statistischen Durchschnittswert von 1,4 Alkoholleichen pro 50 Quadratmetern. Von der Bühne am Ende des Fußballplatzes dröhnte die Musik so laut, dass sogar noch Anwohner in dem 25 Kilometer entfernten Roosendaal das Wummern der Bässe spüren konnten.

Kurzum: Wer es nicht besser wusste, hätte meinen können, er befände sich auf einem Rockkonzert, Untergattung Heavy Metal. Aber die 25 000 Menschen hatten sich versammelt, um ein Fest zu feiern für den Frieden, mit Bier von Heineken, Musik von Van Halen und Reden von prominenten deutschen Grünen.

In dieser Reihenfolge, wohlgemerkt.

Ihm selbst waren die Raketen scheißegal. Und er war fest davon überzeugt, dass diese Einstellung für mindestens die Hälfte der anwesenden Leute galt. Brauchte man sonst so viele Bierwagen? Ihnen kam es doch mehr darauf an, in der Anonymität der Masse mal wieder richtig die Sau rauszulassen, ohne hinterher aufräumen zu müssen. Bier trinken, kiffen, Musik hören, mit der Freundin knutschen oder mit der Freundin von der Freundin, egal, linke Parolen kreischen – eben ein bisschen Woodstock in der niederländischen Provinz.

Aber diese Einstellung war es gar nicht, warum er die Menge verachtete. Er verachtete sie, weil ihr etwas gehörte, das er gerne besessen hätte.

Der Regen prasselte unablässig auf die Menschenmenge nieder. Er beschloss, eine Portion Fritten zu kaufen, und watete durch den Schlamm zur nächsten Bude. Etwas Gutes hatten diese vielen Irren hier ja an sich, dachte er und lächelte vor sich hin. Die Leute waren teilweise so schrill und skurril bekleidet, dass er mit seiner schützenden Sonnenbrille nicht auffiel, obwohl die Sonne seit vier Tagen nicht gesehen worden war. Seine schweren Armeestiefel, die er als heimlichen persönlichen Protest gegen die Demonstration angezogen hatte, blieben bei jedem Schritt im tiefen Matsch stecken. Laut fluchend suchte er den Weg durch die bunten Gestalten hindurch zu seinen Pommes. Als er endlich vor der Frittenbude stand, stellte er genervt fest, dass er sich an einer langen Schlange würde anstellen müssen.

Er wischte sich den Regen aus dem Gesicht und ging rechts um den Wagen herum zum Bauzaun, der das Gelände eingrenzte. Die Gitter waren die einzige Möglichkeit, sich einmal anzulehnen und die Beine zu entlasten, es sei denn, man setzte sich einfach in den

Schlamm. Der Zaun gab etwas nach, als er sich anlehnte, aber er spürte, wie gut es seinen Beinen tat. Er war eben kein Sportler und seine dünnen Beine mussten einen langen, schlaksigen Körper tragen. Er drehte den Kopf nach rechts und warf einen gelangweilten Blick auf die Szene, die sich fünf Meter neben ihm abspielte.

In einer Nische zwischen Bauzaun und einem Bauwagen sah er einen völlig besoffenen, nackten und vom Schlamm besudelten Mann, der verzweifelt versuchte, sich mit einer Hand am Zaun festzuhalten und zu pinkeln. Seine Hand rutschte andauernd vom Gitter ab, was dazu führte, dass er mit seinem Kopf gegen den Zaun fiel und Mühe hatte, sich auf den Beinen zu halten.

Er grinste boshaft und überlegte, ob er etwas tun sollte. Normalerweise würde man sich jetzt diskret verdrücken oder wenigstens nicht hinschauen, aber er hatte plötzlich Lust bekommen, diesem typischen Mitglied der friedensliebenden Protestmeute eins auszuwischen, seiner Verachtung sozusagen ein Gesicht zu geben. Eine günstigere Gelegenheit würde sich ihm so schnell nicht bieten. Wahrscheinlich hatte der Friedensfreak es gerade einer Schlampe besorgt, vermutlich Betje Koenen, der selbsternannten Petra Kelly von Woensdrecht, die noch keinen halbwegs gutgebauten Mann zwischen 16 und 45 ausgelassen hatte. Mit etwas Glück war sie sogar noch in der Nähe, und man könnte ja lässig fragen, ob man auch mal ran dürfte, es war ja schließlich so eine Art Woodstock hier. Hübsch war Betje ja, sie durfte bloß nicht den Mund aufmachen.

Er verbarg sich hinter einem dicken Metallpfosten, schielte vorsichtig nach rechts und beobachtete den Mann weiter. Ihm wurde schnell klar, dass er sich gar nicht verstecken musste. Der Kerl war so sternhagelvoll, dass er es nicht einmal schaffte, seinen Schwanz ordentlich festzuhalten, so dass ihm der stinkende und dampfende Urin über seine Beine lief und eine dünne Spur durch den Schlamm zog. Der Regen und der ohrenbetäubende Lärm der Musik raubten ihm wohl noch zusätzlich die Sinne, wenn sie denn nicht sowieso schon komplett ausgefallen waren. Sein Blick fiel auf den schlammfreien Hals des Mannes.

Er erstarrte. Nein, das durfte nicht wahr sein.

Doch, das war er! Ein Traum!

Er schüttelte den Kopf und schaute noch einmal genau hin. Nein, es gab keinen Zweifel, er war es! So ein Tattoo gab es kein zweites Mal. Seine allgemeine Verachtung schlug augenblicklich in blanken, persönlichen Hass um. Jetzt hatte er ihn, dieses Schwein, der sich genommen hatte, was eigentlich ihm gehörte.

Er rieb sich heftig den Regen aus dem Gesicht und überlegte fieberhaft. Fünf Meter neben ihm war eine der dicken Flutlichtsäulen, rasch drehte er sich um und verschwand dahinter. Er japste vor Aufregung und sah sich suchend auf dem Boden um. Irgendwo hier musste doch das liegen, was er jetzt brauchte. Aber er sah nur Schlamm und Dreck. Und dann den Stein.

Er hob ihn auf und betrachtete ihn nachdenklich. Er war so groß wie ein Pflasterstein, hatte an einer Seite aber eine spitze Kante, die etwa fünf Zentimeter hervorstand. Perfekt, dachte er. Jetzt musste er nur noch auf den richtigen Augenblick warten. Er schielte um den Mast. Wieder perfekt: Der Typ zog gerade eine Unterhose aus dem Dreck und versuchte sie anzuziehen. In den nächsten Sekunden oder besser Minuten würde der Friedensaktivist keine Hand frei haben, um sich zu wehren, wobei er bezweifelte, dass der Kerl auch mit vier Händen dazu noch in der Lage gewesen wäre.

Er sah sich kurz um und vergewisserte sich, dass sich niemand für ihn und sein Vorhaben interessierte. Dann schnellte er hinter dem Mast hervor, war mit vier Schritten bei dem Typen und zog ihm den Stein mit aller Kraft von hinten über den Schädel.

Der Mann sackte ohne einen Laut zusammen und fiel mit dem Gesicht nach vorne in den schwarzen Matsch. Aus seinem Hinterkopf spritzte eine Fontäne aus Blut und Hirnwasser in den Morast. Er zog den Stein durch eine Pfütze, rubbelte ihn mit nassem Sand ab und warf ihn über den Bauzaun in einen Müllcontainer. Mit seinen Armeestiefeln schaufelte er so viel Schlamm über den leblosen Körper, dass er nach einer Weile vollständig bedeckt war. Zufrieden schaute er auf das Grab für den Mann, den er gehasst hatte. Den er getötet hatte, weil er sich genommen hatte, was ihm nicht gehörte. Jetzt hatte er die Quittung dafür bekommen.

Er legte seine ganze Verachtung in seinen Gesichtsausdruck und spuckte auf den kleinen Erdhügel. Für den hier unten war das Leben vorbei. Für ihn selbst würde es jetzt erst beginnen. Er wusste jetzt, wohin seine Reise gehen würde.

Dann stellte er sich ruhig in die Schlange und kaufte Fritten mit Ketchup.

TEIL 1

1

Ich will, dass er stirbt, dachte Marie.

Dass er elendig verreckt.

Sie nahm den kleinen Bilderrahmen aus dem Regal und starrte mit leeren Augen auf das Foto. Sie wusste nicht, wie oft sie das Bild schon in die Hand genommen hatte, sie wusste nur, dass es der einzige Sinn ihres neuen Lebens war, es zu betrachten, immer und immer wieder. Das überflüssige, traurige Leben, das vor einem Jahr begonnen hatte. Das wertlose, triste Leben ohne Rona, ihre kleine, über alles geliebte Tochter.

Warum sie, und warum nicht er?, überlegte sie zum vierten Mal, seit sie vor einer Stunde den Frühstückstisch abgeräumt hatte. Er hatte ihr Leben zerstört, von einer Sekunde auf die andere. Dafür saß er jetzt gemütlich im Knast, nur noch lächerliche vier Jahre, las Bücher, schaute Fernsehen und soff munter weiter. Irgendwann würde er wieder frei und eine Bedrohung für jemand anderen sein. So war das Leben draußen, sie wollte nichts mehr damit zu tun haben bis, … ja, bis es ihn endlich erwischte. Auf diesen Tag wartete sie. Was sollte sie auch sonst tun?

Rona war ein aufgewecktes, lebenslustiges Mädchen gewesen, ihr Lachen riss alle Umstehenden mit. Ihre schwarze Kinderbrille hatte ihr einen schon fast altklugen Zug verliehen, obwohl sie nie großspurig oder allwissend aufgetreten war. Sie liebte Jahrmärkte und Vergnügungsparks wie das Legoland im dänischen Billund, wo das Foto aus dem Bilderrahmen entstanden war. Es zeigte Marie und Rona, wie sie zusammen in einem Kanu eine Wasserrutsche hinunterschossen, ihre Hände nach oben gerissen und den Mund vor Lachen weit aufgesperrt.

Die pure Lebensfreude, Mutter und Tochter im Glück vereint. So hatte Marie sich die letzte Reise vor Ronas Einschulung vorgestellt, eine fröhliche Reise an die Nordsee, die nicht schöner sein konnte und schließlich in der Katastrophe endete.

Eine automatische Kamera hatte das Foto geschossen, Nummer 234 an der Kasse. Rona war die Aufnahme ein wenig peinlich gewesen, aber Marie hätte ein ganzes Monatsgehalt ihres Jobs als Friseurin für das Foto gegeben. Umgerechnet drei Euro genügten aber.

Marie stand vor dem Regal und wünschte sich ihre Tränen zurück. Sie wollte wieder um ihre tote Tochter weinen können, so wie es doch alle Mütter machen, aber irgendwann im Frühjahr war die Tränenquelle ausgetrocknet. Einfach so, ohne besonderen Anlass. Vielleicht war das der Moment gewesen, als in ihr der Wunsch keimte, dass er sterben solle. Sie wusste es nicht mehr, es war ihr auch egal.

Ich will, dass er stirbt.

Sie ging in Ronas altes Zimmer. Nichts hatte sie verändert, sogar eine halb mit Wasser gefüllte Trinkflasche stand noch an ihrem Bett. Marie holte tief Luft und krallte ihre Fingernägel so tief in die Handflächen, dass es schmerzte. Die Tür des Kleiderschranks war halb offen, sie holte ein T-Shirt heraus und roch daran. Obwohl es gewaschen war, konnte sie Ronas süßlich kindlichen Geruch deutlich wahrnehmen. Sie vergrub ihr Gesicht in dem Stück Stoff und atmete den Duft tief ein. Noch vor ein paar Wochen hätte sie in diesem Moment vor Schmerz geschrien und getobt, hätte ihrem neuen Lebensgefährten erst auf die Brust getrommelt und ihn dann weggestoßen. Sie wäre mit einem kreischenden Gebrüll wieder auf den Flur gelaufen und hätte sich bäuchlings auf ihr Bett geworfen, nachdem sie die Schlafzimmertür mit einem lauten Knall zugeschmissen hätte.

Doch jetzt war sie ruhig, und Lars war zur Arbeit. Zum Glück, wie Marie fand. Wenn er nicht so oft fort wäre, könnte sie sich eine Beziehung auch nicht vorstellen. Sie brauchte die Ruhe, um zu trauern, um sich zu erinnern an den einzigen Menschen, den sie je geliebt hatte. Rona würde immer den ersten Platz in ihrem Leben behalten, das war klar. Wer ihr zerbrochenes Herz erobern wollte, musste sich auf ewig mit Platz zwei begnügen. Wie Lars.

Lars Wilkens wusste von Anfang an, auf welches Drama er sich einlassen würde, als er für sich entschied, mit Marie zu leben. Er hatte ihr Auto repariert, einen alten VW-Polo, der fast mehr Öl als Benzin verbrauchte. Der Abschleppdienst hatte das Auto nach dem Unfall zu seiner Werkstatt gefahren, aber Marie war erst drei Wochen nach

Ronas Beerdigung dort aufgetaucht. Sie hatte wortlos die Rechnung bezahlt und ihn gebeten, den Wagen zu ihr nach Hause zu fahren und dann den Verkauf abzuwickeln. Für nichts in der Welt hätte sie sich noch einmal in dieses Unglücksauto hineingesetzt.

Lars Wilkens war gekommen – und geblieben. Noch am selben Abend stand er frisch geduscht und in lässigen Jeans vor ihrer Haustür, den Autoschlüssel und eine Flasche Rotwein in der Hand, einen Kaufvertrag für den Polo und eine CD von Portishead in der Tasche. Marie schien nicht sonderlich erstaunt und schaffte es zum ersten Mal seit Ronas Tod, beim Anblick eines anderen Menschen nicht sofort loszuheulen. Sie hatten sich stundenlang am Esstisch gegenübergesessen und wenig geredet, Musik gehört, getrunken. So lange, bis Lars' Rückenschmerzen so schlimm wurden, dass er sich entschuldigte und einen Spaziergang durch die Wohnung unternahm. Er hatte Marie gebeten, Ronas Zimmer sehen zu dürfen, und zu ihrer Überraschung hatte sie ohne Zögern eingewilligt. Sie hatte weiter am Esstisch gesessen, den Blick starr auf das Rotweinglas gerichtet. Als Lars nach einer halbe Stunde wieder in die Küche kam, war sie am Tisch eingeschlafen, den Kopf auf einen Arm abgelegt, das leere Glas noch fest mit einer Hand umschlossen. Er hatte sie in ihr Schlafzimmer getragen und zugedeckt, bekleidet wie sie war. Dann ging er ins Gästezimmer, zog sich Jeans und Strümpfe aus, schrieb eine SMS an die Werkstatt und legte sich ins Bett.

Marie wusste genau: Wenn diese Geschichte auch nur einen Funken anders abgelaufen wäre, würde Lars heute immer noch in seiner Bruchbude in Coerde hausen, sich jeden Abend eine Pizza reinziehen und gegen 21 Uhr auf ein Bier in seine Eckkneipe gehen, wie schon die zehn Jahre zuvor. Sie hatte sich gewundert, dass er so durchtrainiert war und auch durchaus kluge Dinge sagen konnte, nicht hochtrabend und unverständlich, sondern beruhigend, fragend und aufmunternd. Was sie an ihm aber am meisten schätzte, war sein Schweigen. Kein desinteressiertes oder hilfloses Schweigen wie bei Clemens, ihrem Ex-Mann, sondern die außerordentliche und seltene Fähigkeit, im richtigen Moment einfach mal die Klappe zu halten. Dafür mochte sie ihn und darum hatte sie ihn schließlich gebeten, zu ihr zu ziehen.

Marie legte das T-Shirt wieder zurück in den Schrank und strich es glatt, ein gelbes Shirt mit einer keck schauenden Wassernixe. Meine kleine Nixe Rona, dachte sie und musste schlucken. Okay, es war wieder genug für den Moment, sie merkte, dass sie dringend frische Luft brauchte, die Erinnerung schnürte ihr die Kehle zu.

Von draußen war Kindergeschrei zu hören. Als sie das Fenster öffnete, um den frischen Wind hereinzulassen, schlug ihr eine Welle fröhlichen Geplappers entgegen. Um diese Uhrzeit war der Spielplatz des Südparks stets von den Kitas der Umgebung besucht, wenn, wie heute, die Sonne schien. Die Örtlichkeit war ideal: kaum einsehbar, weit weg vom Autoverkehr, und sowohl der Sandkasten als auch die Bänke für die Erzieherinnen lagen im Schatten.

Ein blondes Mädchen rannte von der Kinderhorde weg über die Wiese in ihre Richtung, blickte zu ihr herauf und lächelte. Marie kannte sie gut, Pauline Greetens, die Tochter ihrer Nachbarin, Ronas beste Freundin. Marie ahnte, was kommen würde, und wollte schnell das Fenster schließen, aber es war zu spät. Pauline war bildhübsch, rotzfrech und noch ziemlich frei von Feingefühl.

„Hallo, Marie, gehen wir heute wieder Rona besuchen?"

Sie schüttelte leicht den Kopf und schloss wortlos das Fenster. Minutenlang blieb sie regungslos stehen und starrte Pauline durch das geschlossene Fenster an. Dann senkte sich ihr Blick und fiel auf ihre Hände. Ihre Finger hatten sich wie von selbst gegeneinander gepresst und angefangen zu zittern.

Nein, so konnte es nicht weitergehen. Kein normaler Mensch hält so etwas aus, dachte sie, kein Mensch. Sie ballte die Faust, rannte zum Telefon und rief einen treuen Kunden an, dem sie tags zuvor abgesagt hatte. Für einen Moment überlegte sie, Lars zu bitten nach Hause zu kommen. Er würde sie vorsichtig in den Arm nehmen und beruhigen, ihr gut zureden und sich um sie kümmern. War es das, was sie jetzt brauchte?

Sie wusste es nicht.

Sie wusste gar nichts mehr.

2

„Pack ihn dir", brüllte Hauptkommissar Nikolaus Rothenburg seinem Nebenmann zu. Der Mann stöhnte, machte einen Satz nach vorne, hob zur Abschreckung die Arme und versuchte dem anlaufenden Zwei-Meter-Riesen den Weg abzuschneiden. Aber der Riese war nicht nur ein Riese, sondern auch flink und beweglich. Er täuschte eine Bewegung nach links an und zog blitzschnell rechts an seinem Gegenspieler vorbei. Direkt vor Rothenburg stieg er hoch und knallte den Ball unhaltbar in den Winkel.

Frank Lütjens stand nach Luft schnappend am Freiwurfkreis und hatte die Hände auf die Knie gestützt. „Wenn gleich nicht Schluss ist, kotz ich."

Der Riese kam lächelnd auf ihn zu und gab ihm einen freundschaftlichen Klaps auf die Schulter. „Hör einfach auf zu rauchen."

„Ich rauche gar nicht", japste Lütjens. „Meine Lunge ist zu klein."

Der Trainer erlöste ihn schließlich. „Okay, das war's. Wir sehen uns Freitag."

Nach dem Duschen gingen sie wie immer noch auf ein oder zwei Bier in die *Sportler-Schänke,* eine finstere Kaschemme mit einer skurrilen Bedienung und den besten Bratkartoffeln mit Speck in Münster. Rothenburg und Polizeireporter Lütjens setzten sich, wie gewohnt, etwas abseits an den Rand des langen, für die Mannschaft reservierten Tisches, um ungestört reden zu können. Kellnerin Tamara hatte sich heute eine Glatzenperücke mit aufgesetztem lilafarbenen Skinheadkamm übergestülpt. Sie summte *Auf der Reeperbahn ...,* als sie das Essen servierte. Rothenburg zwinkerte ihr belustigt zu.

„Wie war's in Schweden? Wie geht's Lisa?", fragte Lütjens, während er sich eine Gabel Bratkartoffeln in den Mund schob.

Rothenburg zuckte mit den Schultern. „Gut. Sie lässt dich lieb grüßen."

Zwei Wochen hatte Rothenburg in Schweden bei seiner Frau Lisa Eriksson und ihrem gemeinsamen Sohn Frederik verbracht. Die erste Woche hatte er wie verabredet in einer kleinen Pension am Hafen von Varberg gewohnt. Ein nettes Ehepaar führte diese Bed &

Breakfast-Unterkunft und war ganz wild darauf, mit einem leibhaftigen Kriminalpolizisten über die Möglichkeit eines perfekten Mordes zu plaudern. Rothenburg hatte deshalb oft Mühe gehabt, sich loszueisen, um mit seinem Sohn fischen oder paddeln zu gehen und sich am Abend mit Lisa hinzusetzen, Wein zu trinken und zu reden. Einen Ausflug zu dritt hatte Lisa nicht gewollt – noch nicht, wie sie erklärte. Schließlich wolle man doch keine heile Familie vorgaukeln, wo keine sei, oder?

Natürlich nicht, hatte Rothenburg gesagt. Ganz wie sie meine.

Nach einer Woche hatte Lisa schließlich eingeräumt, dass die Pension albern sei, und hatte ihrem Ehemann das Gästezimmer zur Verfügung gestellt.

„Sie braucht noch Zeit", sagte Rothenburg zu Lütjens, „schließlich ist sie schon vier Jahre weg. Da kann man doch nicht nach einer Woche wieder in die Kiste gehen, als wenn nichts gewesen wäre."

„Dir geht's doch gar nicht um die Kiste", entgegnete Lütjens, „du willst sie doch für immer zurückholen. Da muss man sowieso strategischer vorgehen. Das mit der Pension war schon mal ganz gut. Was hast du ihr denn in Aussicht gestellt?"

„Aussicht?"

Lütjens seufzte. „Warum ist sie denn abgehauen? Doch weil du nie da warst, dich nicht fünf Minuten um die Kinder kümmern konntest. Wenn du ihr keine Veränderung in deinem Leben anbietest, wird sie keine Veranlassung haben zurückzukommen."

„Was soll ich denn machen?" Rothenburg legte Messer und Gabel hin und lehnte sich zurück. „Ich kann doch nicht in Teilzeit gehen. Ich bin Leiter der Mordkommission."

„Du musst auf Zeit spielen", sagte Lütjens mit vollem Mund. „Sieh mal, Frederik ist doch jetzt zehn und Svenja 13 Jahre, oder? Ihr ist das sowieso egal, wo wer lebt und mit wem, um sie braucht ihr euch also weniger zu kümmern. Bleibt noch Frederik. In ein paar Jahren wird es bei ihm ähnlich sein. Bis dahin musst du mit deinem Chef Kollau etwas aushandeln. Weniger Wochenendbereitschaft, Viertagewoche, was weiß ich. Wenn es sich einer leisten kann, dann doch wohl du nach deinen Erfolgen in den letzten Jahren."

„Er wird nicht zustimmen."

„Doch, er wird. Sonst lässt du dich versetzen."

„Wohin denn? Ich will nicht weg aus Münster."

Lütjens stöhnte. „Mann, bist du schwer von Begriff, du drohst doch nur damit. Du wirst sehen, er wird gar nicht anders können als einzuwilligen, wenn er dich sonst nicht halten kann."

Rothenburg zuckte mit den Schultern und stocherte lustlos in seinen Bratkartoffeln. Sie waren vorzüglich wie immer angerichtet und dufteten köstlich, aber irgendwie war ihm der Appetit vergangen. Die zweite Woche in Schweden war herrlich gewesen. Lisa hatte sich schließlich von Frederik doch überreden lassen, zu dritt etwas zu unternehmen. Sie hatten Ausflüge in Naturreservate gemacht und zwei Nächte am Skärsjönsee gecampt, in einem Zelt und mit Frederik in der Mitte.

Rothenburg hatte Lisa oft verstohlen beobachtet. Man sah es ihr einfach an, ob sie sich wohlfühlte oder nicht, und er hatte den Eindruck, dass es ihr wenigstens nicht völlig egal war, dass er nun da war und um sie warb. Dass sie sich wohlfühlte oder gar freute, war vielleicht etwas viel verlangt fürs erste Mal nach langer Zeit. Seine Hände hatten gezittert, als sie sich zum Abschied umarmt und sie ihm einen Kuss auf die Wange gegeben hatte. Immerhin, ein schöner Erfolg, hatte er gedacht. Aber jetzt, wieder in Münster und über 800 Kilometer von Lisa weg, schien es ihm so, als wenn sich nichts geändert hätte. Die Mutter schickte Frederik jetzt vermutlich zu Bett, und er war nach wie vor nicht da. Verdammt, dachte Rothenburg.

Lütjens nahm ihm den Teller Bratkartoffeln weg. „Gib her, ich kann noch. Wo wohnt eigentlich Svenja gerade?"

„Sie ist für drei Wochen zu einer Freundin gezogen. Ein paar Tage Ruhe hab ich also noch."

Der Zwei-Meter-Riese kam zu ihnen und klopfte auf den Tisch. „Ich muss los, ihr Stützen der Gesellschaft", grinste er. „Wir sehen uns am Freitag in alter Frische."

Rothenburg lehnte sich zurück und verschränkte die Arme vor der Brust. „Mal sehen", murmelte er.

Rothenburg wachte am nächsten Morgen mit einem flauen Gefühl im Magen auf. Der zweite Tag im Polizeipräsidium Münster nach seinem Urlaub würde noch weitaus unangenehmer werden als der erste, soviel stand fest. Er hasste es, einem Menschen wehtun zu müssen. Noch mehr hasste er es, wenn dieser Mensch krank war.

Und es ging sozusagen gar nicht, wenn dieser Mensch ein langjähriger Kollege war, den er sehr schätzte.

Aber es musste wohl sein.

Gestern hatten wie üblich alle Kollegen Rothenburg erstmal ordentlich auf die Schulter geklopft und ihm versichert, wie froh sie wären, dass er wieder im Lande sei. „Nach zwei Wochen … ich glaub euch kein Wort", hatte er gesagt. Dann hatte er sich von seinem Team den Stand der laufenden Fälle vortragen lassen. Klaus Gromzki untersuchte den angeblichen Selbstmord eines Rechtsanwalts, der für eine Immobilienfirma gearbeitet hatte. Irene Franta und Andreas Briesch ermittelten in einer Schießerei in einer schäbigen Bahnhofskneipe, bei der zwei Gäste mit einer abgesägten Schrotflinte durchlöchert worden waren. Unter dringendem Tatverdacht stand der Wirt der Spelunke, Chef einer kriminellen Organisation mit Namen SATO.

„Ehrlich gesagt", begann Briesch und rückte seine schwarze Hornbrille zurecht, „wäre es wirklich nicht schade gewesen, wenn es den Wirt auch erwischt hätte. So ein widerliches Schwein habe ich selten gesehen. Selbst in der U-Haft führt er sich auf wie der letzte Henker."

„Ich habe von ihm gehört", nickte Rothenburg, während er die Akte studierte. „Kriegen wir ihn dran?"

„Schwierig", antwortete Irene Franta. „Es sind sowohl seine als auch noch nicht identifizierte Fingerabdrücke auf der Tatwaffe. Zeugen gibt es natürlich keine. Das heißt, es gibt schon eine, eine Frau, die in einer Ecke ein Bier getrunken hat. Sie hat uns einige Dinge erzählt. Aber die wird niemals vor Gericht aussagen, sie arbeitet für ihn."

Für einen Augenblick sah Rothenburg seine Kollegin als Eva Marie Saint im Hitchcockklassiker *Der unsichtbare Dritte* im Speisewagen sitzen und ihm hingebungsvoll sexy eine Ladung Zigarettenqualm ins Gesicht pusten. Vor Jahren hatte er ihr gestanden, dass sie für ihn so aussehe und das Charisma habe wie diese amerikanische Schauspielerin, die er so verehrte. Franta hatte es hingenommen und einfach als Kompliment gesehen. Mehr war da nicht, wie er ihr und sich selbst versicherte.

Franta trat ihm gegen den Unterschenkel und lachte. Sie wusste, was er dachte. Rothenburg zuckte zusammen, räusperte sich und gab Briesch ein Zeichen fortzufahren.

Briesch ratterte in seiner unnachahmlichen Art die weiteren Fakten herunter. Die Toten waren ebenfalls SATO-Mitglieder, die dem Wirt angeblich viel Geld für überlassene Prostituierte schuldeten und dies nicht vereinbarungsgemäß zurückzahlen konnten. Sie waren in die Kneipe gekommen und hatten um Zahlungsaufschub gebeten. Der Wirt hatte nur den Kopf geschüttelt, sein Gewehr hervorgeholt und die beiden abgeknallt wie Kaninchen.

„Das ging alles innerhalb von Sekunden", erklärte Briesch. „Tür auf, drei Wörter und peng, peng. Das war's."

Peng, peng?, dachte Rothenburg. Wie bei Bonanza?

„Staatsanwalt Rabbel versucht gerade, die Frau zu einem Zeugenschutzprogramm zu überreden", fuhr Franta fort, „was reichlich schwierig werden dürfte. Die Frau ist zugleich Pferdchen und Ehefrau."

Rothenburg schüttelte fassungslos den Kopf. Was für Abgründe!

Dann klingelte sein Telefon.

Im Büro von Polizeipräsident „Kaiser" Wilhelm Kollau erwartete ihn neben dicker Zigarrenluft und dem Polizeichef auch die Polizeipsychologin Dr. Johanna Vossler. Rothenburg mochte sie nicht besonders. Bei den wenigen Begegnungen, die sie bisher hatten, hatte Vossler sich stets als bürokratische und humorlose Zicke herausgestellt. Frederik hatte sie im letzten Winter als Fräulein Rottenmeier bezeichnet, als er seinen Vater im Präsidium besuchte. Eine perfekte Beschreibung, wie Rothenburg fand. Einmal hatte er hochkonzentriert eine Minute lang versucht sich vorzustellen, wie Vossler sich wohl beim Sex anstellen würde, aber seine Fantasie reichte dafür nicht aus.

Polizeichef Kollau spulte zunächst ein paar freundliche Urlaubsfloskeln ab, bevor er mit seinem Anliegen herausrückte.

„Nun gut, mein lieber Rothenburg, kommen wir zur Sache. Mir liegt hier ein ärztliches Gutachten von Frau Dr. Vossler vor, in dem die Dienstfähigkeit Ihres Kollegen Klaus Gromzki ... sagen wir einmal ... stark angezweifelt wird."

„Bitte?", fragte Rothenburg ungläubig. „Was ist das denn für ein Unsinn? Wie kommt Dr. Vossler dazu, ein solches Gutachten anzufertigen?"

Dr. Vossler hatte ihre Hände artig auf dem Tisch gefaltet und sah ihn mit spitzem Mund an. „Es gab Beschwerden und Hinweise. Er selbst hat sich schon vor Monaten nach den Möglichkeiten einer Kur erkundigt. Da ist es meine Pflicht als Amtsärztin, ihm die nötige Fürsorge des Dienstherrn zukommen zu lassen."

Sie hätte Politikerin werden sollen, dachte Rothenburg. Aber weit weg von Münster.

„Um was geht es hier denn eigentlich? Was hat er? Burnout?" fragte er grimmig.

Polizeichef Kollau kam um den Tisch herum und legte ihm eine Hand auf die Schulter. „Aber, mein lieber Rothenburg, das wissen Sie doch selber am besten, nicht wahr?"

Rothenburg kniff die Augen zusammen. „Nein."

Dr. Vossler lachte kurz laut auf. „Herr Hauptkommissar, Ihr Kollege Gromzki hat Depressionen, nicht zu knapp übrigens, und ist in diesem Zustand nicht fähig, in einer Mordkommission zu arbeiten. Das sehen Sie doch wohl ein, oder?"

„Ich sehe gar nichts ein", entgegnete Rothenburg wütend. „Wollen Sie damit sagen, dass Klaus meschugge ist, oder wie?"

Dr. Vossler schüttelte hochmütig den Kopf. „Sie verstehen offensichtlich überhaupt nichts von Medizin und Psychologie. Depression kommt in Schüben, und ich war vorletzte Woche Zeuge eines solchen Schubs. Er wollte sich bei mir Informationen für einen Kuraufenthalt abholen, aber er saß nur da und brachte kaum ein Wort heraus. Eine Stunde habe ich versucht, mit ihm zu reden, herauszubekommen, was los ist mit ihm. Keine Chance! Es tut mir leid, Herr Hauptkommissar, aber ich muss Ihren Kollegen dienstunfähig schreiben. Alles weitere werde ich dann in Absprache mit dem Herrn Polizeipräsidenten und – soweit nötig – auch mit Ihnen veranlassen."

Hexe, dachte Rothenburg.

„Sie wollen ihn also in eine Klapse abschieben. Sehe ich das richtig? Das kommt gar nicht in Frage!"

Polizeichef Kollau zog sich einen Stuhl heran und setzte sich direkt neben Rothenburg. „Herr Rothenburg! Erstens: Wir schieben Gromzki nicht ab, sondern lassen ihn eine Zeit lang in einer modernen Klinik beobachten. Dann werden wir sehen, was die Fachleute sagen. Zweitens: Sie haben das nicht zu entscheiden, sondern Frau Dr. Vossler und ich. Drittens: Klaus Gromzki hat sich bei den Ermittlungen im Fall dieses Immobilienanwalts dicke Patzer geleistet. Und viertens: Horchen Sie doch bitte mal in sich hinein, ob

Sie vielleicht den einen oder anderen Hinweis auf eine mögliche Depression nicht auch schon bemerkt haben. Vielleicht haben Sie es ja als schlechte Laune oder miese Phase abgetan, anstatt den Dingen auf den Grund zu gehen. Ich gebe zu, dass es für einen medizinischen Laien schwierig ist, eine Depression zu erkennen. Aber dafür haben wir ja unsere tüchtigen Amtsärzte, nicht wahr?"

Bei den letzten Worten hob er den Kopf und schaute Dr. Vossler lächelnd an.

Rothenburg hatte die letzten Worte nicht mehr wahrgenommen und starrte nachdenklich aus dem Fenster. Kollau hatte insofern Recht, als dass es ihm in der Tat schon mehrfach aufgefallen war, dass Gromzki sich merkwürdig geistesabwesend verhalten hatte. Keine Haltung, die man einfach bei einem nachdenkenden Kommissar erwarten würde, sondern ein leeres Starren auf einen Punkt, meistens auf einen weißen an einer weißen Wand. Hinzu kam seine pessimistische und negative Lebenseinstellung.

Doch, wenn man es ganz nüchtern betrachtete, war da was.

Einen Schnitzer hatte Gromzki sich allerdings bei ihm noch nie erlaubt. Deshalb hatte Rothenburg auch seine grimmige Miene und brummigen Kommentare ertragen. Er war einfach ein gründlicher Polizist, schwierig im Nehmen zwar, aber das war schließlich seine, Rothenburgs Sache. Wenn Gromzki jetzt allerdings Mist gebaut hatte …

„Was hat er denn verbockt?", fragte Rothenburg.

Kollau stand auf und hob die Arme. „Er hat womöglich Spuren verwischt. Er hat sich ohne Handschuhe am Seil und am Hals des Toten zu schaffen gemacht. Und dann hat er noch zugelassen, dass eine Meute von Pressefotografen Aufnahmen von dem baumelnden Anwalt machen konnte. So etwas können wir uns einfach nicht erlauben. Das geht nicht!"

Rothenburg nickte. „Ich spreche morgen mit ihm. Heute hat er frei."

Kollau schüttelte den Kopf. „Es tut mir leid, aber das wird nichts mehr nützen. Unsere Entscheidung ist gefallen. Ich habe eine Verantwortung, sowohl der Öffentlichkeit als auch Gromzki gegenüber. Er ist ab sofort krankgeschrieben."

Klaus Gromzki war ein kleiner, leicht untersetzter Mann mit schütterem grauen Haar. Er hatte tiefe Ringe unter den Augen und blickte sein Gegenüber schuldbewusst an.

Rothenburg fühlte sich alles andere als wohl in seiner Haut. In der Nacht hatte er hin und her überlegt, wie er seinem Kollegen die Nachricht beibringen sollte, dass er für die Polizei Münster zurzeit nicht mehr tragbar war. Sollte er sich auf die Seite des Polizeichefs und dieser dämlichen Ärztin stellen und ihm vorbeten, wie wichtig ein gesunder Gromzki für die Polizei Münster sei? Dass er, Rothenburg, eine Fürsorgepflicht für ihn habe und sich nichts sehnlicher wünsche, als dass er in ein paar Wochen wieder gesund in seinem Büro sitze? Dass es ihnen ja nur darum gehe, ihn vor weiteren Fehlern zu bewahren, mit denen er womöglich bald selbst nicht klarkomme?

Oder sollte er ihm einfach die Wahrheit sagen? Klaus, du bist depressiv, und Depression ist eine sehr ernst zu nehmende Krankheit. Ich habe schon oft überlegt, was mit dir los ist, aber ich habe es aus Bequemlichkeit und weil du gute Arbeit leistest, immer vor mir hergeschoben, etwas zu unternehmen. Wenn du noch etwas von deinem Leben haben willst, musst du dich behandeln lassen. Schließlich hast du noch sieben Jahre bis zur Pensionierung. Entweder du machst das jetzt oder Kollau schmeißt dich raus!

Er erinnerte sich an Besprechungen, in denen Gromzki alle Diskussionspunkte mit einer großen Portion Misstrauen versah, sämtliche Ermittlungsansätze anzweifelte und jeden Verdächtigen am liebsten hinter Gittern gesehen hätte. Aber dann gab es auch den Gromzki, der sich ohne besondere Aufforderung daranmachte, wichtige Indizien zu sammeln und Beweisstücke sicherzustellen. Rothenburg wusste immer noch nicht, wie Gromzki einen Brief so schnell hatte finden können, der beim vergangenen Mordfall eine entscheidende Rolle gespielt hatte.

„Ich weiß schon Bescheid", sagte Gromzki leise, „du musst dich hier nicht herumquälen. Heute Abend packe ich meine Sachen. Ich glaube nicht, dass ich wiederkomme."

Rothenburg schüttelte den Kopf. „Du bist krank, Klaus, nicht entlassen. Das ist ein Unterschied."

Gromzki rieb sich die Hände an den Hosenbeinen. „Ich bin weder blöd noch irre noch sonstwas. Ich habe halt nur manchmal diese Aussetzer, da bin ich dann nicht mehr ich. Ich sehe nichts mehr vor mir und bin unfähig, auch nur ‚piep' zu sagen, geschweige denn in der Lage, vernünftig zu handeln."

„Und darum sind dir diese Fehler passiert?"

„Ja, klar, nur deswegen. Ich hab mir natürlich in den Arsch gebissen, als ich wieder klar war und erfahren habe, was ich verbockt hab. Aber da war es wohl schon zu spät. Und mein Pech, dass du nicht da warst."

„Du glaubst, ich hätte es wahrscheinlich irgendwie geradegebogen", sagte Rothenburg, „aber irgendwann …"

„Ich weiß", sagte Gromzki tonlos. „Heißt das, dass du zustimmst?"

Rothenburg zuckte mit den Schultern. „Es ist egal, ob ich zustimme oder nicht, die Sache ist beschlossen. Du solltest aber wissen, dass ich eine Behandlung auch befürworte, und zwar nicht wegen dieser Fehler, sondern weil ich will, dass du bald gesund wiederkommst, ordentlich arbeitest und in sieben Jahren deine Pension genießen kannst. Punkt!"

Er sah ihn streng an. Er tat ihm leid, keine Frage. Gromzki hatte weder Frau noch Kinder, nur einen Bruder, der irgendwo bei Bremen wohnte. Keinen Menschen, der ihn besuchen würde in der Klinik. Vielleicht ab und zu der Krankenhauspfarrer.

„Wann gehst du in die Klinik?"

„In zwei Wochen. Vorher ist angeblich kein Platz frei, sagt Vossler. Es gibt jede Menge Irre in Münster."

Rothenburg wurde wütend. „Hör auf, Mann. Das will ich nicht hören. Noch einmal: Du hast Depressionen und bist nicht meschugge. Und wenn du dich jetzt weiter so gehen lässt, kündige ich dir unsere Freundschaft. Ich erwarte, dass du im Krankenhaus mitspielst. Reiß dich zusammen, Klaus! Je mehr du an dir arbeitest, desto schneller bist du wieder hier. Hier wartet eine Aufgabe auf dich, wenn du wieder gesund bist, vergiss das nicht. Du wirst hier dringend gebraucht. Und hier warten nette Kollegen darauf, dass Klaus Gromzki seine brummigen Kommentare abgibt."

Gromzki nickte. „Ich verstehe. Ich gebe alles."

„Gut, das erwarte ich auch von dir. Und jetzt erzähl mir von diesem toten Anwalt. Schließlich muss ich da jetzt wohl ran."

Gromzki wischte sich mit dem Finger eine Träne weg und setzte sich gerade hin. Dann rückte er die Akte zurecht und erzählte.

3

Staatsanwalt Christian Rabbel schaute auf die Uhr. 15 Uhr, Zeit, bald die Sachen zu packen und die Kinder abzuholen. Mittwochs hatte er immer Kinderdienst, seine Frau Susanne, eine Altenpflegerin, hatte heute Spätdienst und würde vor 22 Uhr nicht zurück sein. Zu Beginn seiner Laufbahn hatte er Schwierigkeiten gehabt, seinen Vorgesetzten einen flexiblen Dienstplan abzutrotzen. Jedes Mal musste er nachfragen und auf den Knien rutschen, wenn er eine halbe Stunde eher nach Hause musste. Das änderte sich erst mit dem Einzug einer Leitenden Oberstaatsanwältin in das Chefbüro der Behörde. Seitdem konnte Rabbel seinen Dienst weitgehend mit dem Familienkalender unter einen Hut bringen, dringende Termine und wichtige Ermittlungen natürlich ausgenommen. Und was dringend und wichtig war, bestimmte seit einiger Zeit er selbst. Dieses Standing hatte er sich mittlerweile erworben.

Er blätterte noch einmal im Gesprächsprotokoll seiner Unterredung mit der Ehefrau und dem Paradepferdchen des SATO-Wirtes, Doris Konlaczyk, in Prostituierten- und Zuhälterkreisen auch heimlich *Die dumme Dolores* genannt. Die Frau war ein echter Kotzbrocken und schlau wie ein Melkeimer, aber die einzige Chance, eine Verurteilung des Wirtes zu erreichen. Rabbel schlug Seite 3 auf, die es ihm besonders angetan hatte.

KO: Ich sagte schon, ich sag nichts.

RA: Gut, Sie wissen, dass Sie Ihren Ehemann nicht belasten müssen. Sie können die Aussage verweigern.

KO: Ich weiß, was ich kann, du Arsch. Ich kann dir mal was Tolles zeigen, Kleiner? Soll ich?

RA: Danke. Wenn Sie sich allerdings entschließen sollten, eine Aussage gegen Ihren Mann zu machen und Sie befürchten Repressalien ...

KO: Was sind Pissalien? Red gefälligst Deutsch, du kleiner Wichser!

RA: Repressalien sind eine Art Rachemaßnahmen, zum Beispiel Feuer legen, berauben, entführen, foltern, erschrecken ...

KO (schreit laut auf): Erschrecken? Will'ste mich verarschen, du pissiger Behördenscheißer? Umbringen wird er mich, der Wolf, er wird mich in Stücke reißen oder mir die Möpse abschneiden oder so. Erschrecken – dass ich nicht lache. Ham'se dir ins Hirn geschissen, oder was?

RA: Also scheinen Sie in der Tat Repressalien zu fürchten. Gut, wenn Sie im Falle einer Aussage Angst vor Ihrem Mann haben, dann können wir Sie nach § 1 Abs. 1 Satz 1 ZSHG in einem Zeugenschutzprogramm unterbringen. Sie bekommen neue Papiere, eine neue Identität, gehen vielleicht ins Ausland. Wir richten es eben so ein, dass Ihr Mann Sie nicht finden kann.

KO: Vergessen Sie's, Kleiner.

RA: Ihr Mann hat zwei Menschen erschossen.

KO: Ich saaaage nichts! Hörst du mir eigentlich zu, du Pisser?

RA: Kannten Sie die Toten?

KO: Klar kannt ich die. Die haben nur Scherereien gemacht, von morgens bis abends. Und Wolf haben sie einen Haufen Geld geschuldet. Das hätte der nie zurückgekriegt. Bei denen lief der Laden nich so, wie er laufen sollte. Kapierst'e?

RA: Hat er sie nur deswegen umgebracht? Wegen des Geldes?

KO: Na klar wegen dem Geld. Die wären doch nächste Woche wieder angekommen und hätten um Kies gebettelt …

Staatsanwalt Rabbel legte grinsend das Protokoll zur Seite und überlegte, was er mit diesem Theaterstück anfangen sollte. Als Doris Konlaczyk gemerkt hatte, dass sie sich verplappert hatte, war sie aufgestanden, hatte gegen Tisch und Stühle getreten und erst aufgehört vor Wut zu brüllen, als sie vor dem Gebäude der Staatsanwaltschaft stand und von zwei Streifenpolizisten zur Mäßigung gerufen wurde. Immerhin, dachte Rabbel, sie hat es gemerkt. So ganz doof konnte sie ja dann doch nicht sein.

Die Aussage an sich war allerdings nicht allzu viel wert, das wusste er natürlich. Klar, er konnte dem Richter das Protokoll inoffiziell zeigen und der Richter würde ihm sicherlich glauben, zumal er das Gespräch auch auf Tonband aufgenommen hatte. Wovon Doris Konlaczyk wiederum nichts ahnte. Vor Gericht verwerten konnte er beides nicht.

Es blieb nur eine Möglichkeit, aber die war ziemlich heikel und für Doris Konlaczyk nicht gerade ungefährlich: Er musste ihr vorher versichern, dass sie nur als normale Zeugin geladen sei und ihr dann im Prozess so zusetzen, dass sie sich so verplapperte wie heute und unter den Ohren der Richter ihren Ehemann belastete. Wenn es klappte, musste man sie danach natürlich schleunigst aus dem Verkehr ziehen und nach Turkmenistan verschiffen. Wenn's schiefging, würde der Wirt bald die nächsten wilden Kaninchen schießen.

Eigentlich eine spannende Sache, wenn er es recht bedachte.

Marie saß vor ihrem Computer und tippte lustlos auf der Tastatur herum. Schon wieder hatte eine Kundin kurzfristig abgesagt, wegen angeblicher Erkrankung des Kindes. Marie glaubte ihr nicht. In letzter Zeit hatte sich die Zahl der Absagen auffällig erhöht, bald würde sie ernste finanzielle Schwierigkeiten bekommen. Warum um alles in der Welt wandten sich ihre Kunden nur von ihr ab? War ihre Laune während der Termine wirklich so unausstehlich? Sie wussten doch alle, was ihr widerfahren war, und nahmen doch bestimmt Rücksicht darauf. Aber vielleicht war die Schonzeit jetzt abgelaufen, die Leute erwarteten wieder eine fröhliche Marie, die um sie herumtänzelte, ihre Scheren und Kämme schwang und mit ihrem einnehmenden Charme jede Situation meisterte. Sie nahm sich doch vor jedem Kunden fest vor, sich zusammenzureißen und für diese eine Stunde ihr Leid zu verdrängen. Wenigstens ein Stückchen wieder die alte Marie zu sein. Anscheinend gelang es ihr nicht so, wie das viele von ihr erwarteten.

Marie löschte den Eintrag in ihrem Online-Terminplaner elephanty.com. Der nächste Kunde würde erst gegen Mittag kommen, ein gesetzter Herr mit schütterem Haar, wenig genug zu tun. Also wieder drei Stunden, in denen sich ihre Gedanken nur um die eine Person drehen würden. Sie überlegte kurz, ob sie einen kurzen Blick hinunter in den Park wagen sollte. Vielleicht waren die Kinder mittlerweile eingetroffen, um die letzten kühlen Augenblicke des Tages zu nutzen. Sie horchte, aber sie hörte keine Stimmen. Vermutlich war es den Kindern schon jetzt zu heiß.

Sie gab die URL der Onlineausgabe der *Münsteraner Neuen Presse* ein und überflog die erste Seite. *Niedersachsens Ministerpräsident Wulff soll neuer Bundespräsident werden.* Mir doch egal, dachte Marie. Was würde er schon für sie tun können? *Bundesverdienstkreuz für Vitali Klitschko.* Wer war das noch mal? Ach so, ein Boxer. Und die werden geehrt? Nicht zu fassen. *Mann erschießt in Brüssel Richterin und Justizangestellten.*

Marie hob die Augenbrauen. Das klang nach einer Tat aus Rache und durchaus interessant. Ein Albaner hatte in einem Brüsseler Gericht die Gerichtspräsidentin und einen Justizbeamten getötet, weil die Richterin im Prozess um das Sorgerecht für seine Kinder zugunsten der Ehefrau entschieden hatte. Marie presste die Lippen aufeinander und verschränkte die Hände hinterm Kopf. Konnte das auch ihr Weg sein?

Einen Menschen töten, weil Rona getötet worden war?

Das hieße: Aufgeben, Abschied nehmen, Abtreten.

Entsetzt spürte sie, dass ihr dieser Gedanke nicht total abwegig und absurd erschien. Bislang wollte sie nur, dass er starb, der Schuldige, der Mörder, der Zerstörer ihres Lebens. Alle anderen Menschen waren ihr gleichgültig, es war egal, ob sie da waren oder nicht, ob sie anriefen oder nicht, ob sie Mitleid zeigten oder nicht. Erst Lars hatte es vor wenigen Monaten geschafft, durch seine Zurückhaltung und Zurücknahme eine Art Vertrauen zu gewinnen, das für ein einfaches Zusammenleben genügte. Aber mehr auch nicht.

Marie wusste, wenn sie Ronas Mörder selbst töten wollte, musste sie noch vier Jahre warten. Bis dahin kam sie nicht an ihn heran. Allerdings waren ihre Gedanken noch so wirr, dass sie für sich noch gar nicht endgültig entschieden hatte, ob sie es nun selbst tun würde oder es jemand anderem – liebend gerne auch schon vorher – überlassen sollte.

Oder war dieser törichte Gedanke nur der Ausdruck ihres unendlichen Leids? Marie war vor dem schrecklichen Ereignis eine intelligente, lebensfrohe und tolerante Frau gewesen, wahrscheinlich waren das die niederländischen Gene, die sie in sich hatte. Nie wäre sie auf den Gedanken gekommen, einem Menschen Schaden zuzufügen oder ihn gar zu töten. Ronas Tod hatte alles verändert, ihr Menschenbild, ihre Lebenseinstellung und ihre persönliche Perspektive. Die existierte einfach nicht mehr. Und wer keine Perspektive mehr für sich sieht, hat auch nichts zu verlieren.

Marie seufzte. Die Grübeleien machten sie wahnsinnig, und es wollte einfach kein Ende nehmen. Warum passierte nicht einfach irgendetwas, was sie wenigstens einen Millimeter weiterbrachte? Sie schüttelte traurig den Kopf, schaltete den Rechner aus und ging ins

Bad. Vor dem Spiegel erschrak sie. Kein Wunder, dass die Kunden ihr davonliefen.

Sie war einmal eine schöne Frau gewesen, genaugenommen bis vor einem Jahr. Der Leiter des Kindergartens hatte sie einmal mit der verstorbenen Schauspielerin Barbara Rudnik verglichen, für ihn, so sagte er, die beeindruckendste Frau Deutschlands. Marie war nicht sicher, ob der Leiter das wirklich ernst meinte, zumal er bei dem Elternfest des Kindergartens schon einiges getrunken hatte. Aber sie hatte ähnliche Komplimente schon oft gehört, auch die Vergleiche mit Barbara Rudnik. Keine Frage, Rudnik war eine besonders schöne Frau gewesen mit einer Ausstrahlung, die viel Raum für Rätsel und Geheimnisvolles ließ.

Aber sie? Marie?

Geheimnisse? Ausstrahlung?

Gewiss, äußerlich sahen sie sich schon sehr ähnlich. Auch Marie hatte blau-graue Augen und blonde lange Haare, die gleichen Gesichtszüge, hohe Wangenknochen und ein verschmitztes Lächeln. Aber was war schon ein Rätsel an ihr?

Von Barbara Rudnik war Marie jetzt so weit entfernt wie Burkina Faso vom Nordpol. Ihre Augen waren gerötet, der Blick vollkommen leer. Die Haut war schlaff und eingefallen, die Poren vergrößert, ein leichter Fettfilm schimmerte ihr im Spiegel entgegen. Marie fing an zu zittern. Erst leicht, dann wurde es schnell stärker. Innerhalb von Sekunden explodierte ihre Seele.

„Neeeeeiiiiinnnnnnn!" Mit aller Kraft schrie sie ihr Spiegelbild an. Sie trommelte gegen die Wand und riss Handtücher vom Haken. Minutenlang bearbeitete sie Wände, Duschkabine und Tür, bis sie schließlich merkte, dass ihr langsam die Kräfte ausgingen. Vor der Badewanne sank sie schluchzend auf die Knie und ließ die Arme über den Innenrand der Wanne fallen.

„Ich … will … nicht … mehr!"

Es war schließlich der gesetzte Herr mit dem schütteren Haar, der sie über zwei Stunden später exakt in dieser Stellung im Badezimmer fand und den Notarzt verständigte.

4

Der Teil des Wohnraums, den man in dieser Wohnung wahrscheinlich Küche nennen würde, war mindestens 20 Quadratmeter groß. In der Mitte stand eine Koch- und Arbeitsinsel mit Herd, Spüle und Spülmaschine in einer großzügig ovalen Form und knallroten Fronten. Selbst die Dunstabzugshaube war in dieser grellen Farbe gehalten, die Arbeitsplatten dagegen pechschwarz. Die Wand seitlich zum Fenster war eine einzige Küchenzeile, ebenfalls mit einer roten Front. Kommissar Andreas Briesch zählte je zwei Backöfen und Mikrowellen in Brusthöhe, außerdem drei deckenhohe Hochschränke für Geschirr und Vorräte und noch zwei frei stehende Unterschränke, auf denen sich drei exklusive Kaffee- und Espressomaschinen befanden. Alle Arbeitsbereiche waren durch ein ausgetüfteltes System von Halogenspots perfekt ausgeleuchtet.

Küche und Essbereich wurden durch eine etwa zwei Meter breite Theke abgetrennt. Gegessen wurde vermutlich an dem wuchtigen Eichentisch, an dem vier mit schwarzem Leder bezogene Stühle standen. Auf dem Tisch war eine große Schale mit frischem Obst.

Eine Luxusküche mit Geschmack, geräumig und funktional. Hier musste das Kochen, Essen und Quatschen einfach Spaß machen.

Normalerweise. Aber nicht heute.

Seit dem frühen Morgen lagen zwei junge Männer in einer ansehnlichen Blutlache direkt vor dem Herd. Rothenburg schätzte die Toten auf Mitte Dreißig. Ihre Körper waren wie ein „T" angeordnet, ihre Brust bestand nur noch aus Fleischfetzen. Man konnte erahnen, dass beide Männer noch vor Stunden ein hübsches und freundliches Gesicht gehabt haben mussten, jetzt war darin nur noch blankes Entsetzen zu lesen. Bekleidet waren beide mit einer schwarzen Stoffhose und einem weißen Unterhemd.

„22 Messerstiche! Mein Gott", murmelte Rothenburg fassungslos und setzte sich auf einen Stuhl.

„Pro Leiche, macht also insgesamt 44", korrigierte Andreas Briesch. Irene Franta verdrehte die Augen.

Rothenburg rieb sich das Gesicht. Hier musste ein Wahnsinniger am Werk gewesen sein, purer Hass musste den oder die Täter getrieben haben. Kein einigermaßen normaler Mensch stach derartig bestialisch seine Mitmenschen ab. Außer vielleicht die beknackten Anhänger von Charles Manson.

„Klärt mich auf", bat er, „wo bin ich hier und wer sind diese Männer?"

„Die Toten sind Adrian Jensen und Mirko Tönnies", sagte Briesch, während er in seinem Notizbuch blätterte, „36 und 32 Jahre alt. Jensen ist der neue Shootingstar unter den hiesigen Architekten, Tönnies ist beim Jugendamt tätig und Jensens Lebensgefährte. Sie wohnen beide hier, sagt die Haushaltshilfe, die die beiden gefunden hat. Offensichtlich wollten sie zeitig frühstücken und dann irgendwohin fahren, weil Tönnies heute seinen freien Tag hat. Tja, und dann muss ihnen der Täter in die Quere gekommen sein." Er schaute sich in der Küche um und nickte anerkennend. „Nicht schlecht, die Küche. Aber ein Spiegelei wird hier genau so schmecken wie bei mir in meiner Bruchbude."

„Vermutlich. Todeszeitpunkt?"

„Gegen sechs, halb sieben, vermutet Dr. Machalle."

Rechtsmediziner Dr. Sebastian Machalle hatte vor seinem Medizinstudium Alte Geschichte studiert und war bekannt für seine gewagten Exkurse in die Welt der Antike. Er kniete gerade neben den Toten und untersuchte die Fingernägel. Machalle war großgewachsen, hager und trug mit Vorliebe Sakkos, die ihm drei Nummern zu groß waren, wenn er nicht gerade wie jetzt den Schutzanzug anhatte.

„Ein doppelter Cäsarmord", sagte er, während er sich ächzend erhob. „Allerdings leidet der Mörder wohl an Dyskalkulie."

„Was ist das und woran sehen Sie das?", fragte Rothenburg ungeduldig.

„Cäsar wurde meines Wissens mit 23 Stichen ermordet, diese hier mit 22. Dyskalkulie ist Rechenschwäche."

Seine Nerven möchte ich haben, wünschte sich Rothenburg.

„Gibt es Kampfspuren?"

Dr. Machalle nickte. „Unter den Fingernägeln sind jede Menge Hautschuppen. Daraus lässt sich eine feine DNA-Probe herstellen. Allerdings werde ich Schwierigkeiten haben, die inneren Organe näher zu untersuchen. Da ist nicht mehr viel übrig. Der Täter muss in tobender Wut zugestochen haben. Mindestens zehn der Stiche waren tödlich, der Rest war nur noch wahllose Raserei."

„Bei beiden gleich?"

„Ja, völlig identische Stichspuren. Man könnte es fast schon systematisch nennen. Unglaublich."

„Wer war zuerst tot?"

Dr. Machalle schüttelte den Kopf. „Kann ich beim besten Willen nicht sagen. Der zeitliche Abstand muss minimal sein, vielleicht zwei oder drei Minuten, höchstens. Das Blut hat bei beiden dieselbe Konsistenz, und auch alle anderen Symptome lassen auf einen nahezu gleichzeitigen Tod schließen."

Er zuckte die Schultern. „Vielleicht finden die Kollegen noch einen Hinweis."

„Schwierig", meldete sich Polizeitechniker Sven Behle zu Wort, der sich zu ihnen gesellt hatte. Behle war 38 Jahre alt und hatte eine Lockenpracht, die an beste Hippiezeiten erinnerte. Es gab im gesamten Polizeibezirk Münster keinen Menschen, der sich besser mit Elektronik auskannte als er und gleichzeitig die bodenständigen Techniken zur Spurensicherung beherrschte.

„Mau, sozusagen sehr mau", fuhr er fort. „Wir haben zwar die Tatwaffe, ein langes Fleischermesser. Aber es stammt hier aus der Küche und hat nicht einen einzigen Fingerabdruck. Einbruchspuren gibt es auch nicht, der Täter muss normal geklingelt haben und dann hereingelassen worden sein. Diese Wohnungstür kriege noch nicht mal ich auf, die hat WK 6."

„WK 6? Da braucht man ja einen Panzer. War Jensen ein Neurotiker?"

Behle zuckte die Schultern. „Er war ein Stararchitekt. Vielleicht hatte er hier wichtige Pläne oder Verträge deponiert. Keine Ahnung."

Er führte Rothenburg zu der Blutlache, in der deutlich ein Fußabdruck zu sehen war. „Hier ist der Mörder mit Einweg-Überschuhen herumgelaufen, die draußen in der Mülltonne liegen. Wir werden sie natürlich untersuchen, aber ich verwette mein Gehalt darauf, dass wir nichts finden werden."

Rothenburg hockte sich hinunter zu den Gesichtern der Toten. Sie sahen friedlich aus, seit Machalle ihnen die Augen geschlossen und das Entsetzen so genommen hatte. Friedlich und fast kindlich unschuldig. Was hatten Jensen und Tönnies bloß getan, dass sie so grausam sterben mussten?

Er erhob sich und sah sich suchend um. „Wo ist denn bitte die Haushaltshilfe?", rief er ziellos in die Küche. Franta zog ihn heraus aus der Küche und ging mit ihm ein paar Meter auf den breiten Flur.

„Da hinten rechts ist das Gästezimmer. Elisa Scalfatto liegt völlig fertig auf dem Sofa und wartet auf dich."

Das Gästezimmer war in etwa so groß wie Rothenburgs gesamte Wohnung. Wandhohe Regale waren vollgestopft mit Büchern und Fachzeitschriften. Die wenigen freien Stellen an den Wänden waren mit kunstvollen Fotografien von bedeutenden Bauwerken bedeckt. Rothenburg trat an ein Regal und zog wahllos einen dicken Wälzer heraus: *Schuld und Sühne* von Dostojewski.

Alter Schwede, dachte er, wo bin ich denn hier?

Ein ächzendes Geräusch aus der hinteren Ecke ließ ihn leicht zusammenzucken. Elisa Scalfatto hatte es tatsächlich ohne Hilfe geschafft, sich vom Schlafsofa aufzurichten. Mit schweren Schritten ging sie auf ihn zu.

Alter Schwede, dachte Rothenburg noch einmal. Was kommt denn da für ein Schiff?

Er schätzte Scalfattos Lebendgewicht auf mindestens 150 Kilo brutto. Ihre langen schwarzen Haare hatte sie sich hochgesteckt, das neongelbe Oberteil hing schlaff über einer schwarzen Pumphose und ging ihr bis zu den Knien. Sie verschränkte die Arme vor ihren ausladenden Brüsten und sah den Kommissar mit gefährlich funkelnden Augen an.

Nein, dachte Rothenburg. Das hier mach ich auf keinen Fall.

Das hier macht Irene.

Noch während er den Telefonhörer langsam auf die Gabel legte, wurde ihm plötzlich schrecklich übel und heiß.

Genau genommen schwitzte Hans-Jörg Calma auf einmal wie ein Schwein, was nur zum Teil an der warmen Junisonne lag, die unbarmherzig und direkt in sein Gesicht schien und bereits jetzt um neun Uhr einen Vorgeschmack auf einen heißen Tag gab. Er rutschte auf seinem Gesundheitsstuhl unruhig hin und her und zog ein Feuchttuch nach dem anderen aus der gelben Spenderbox. Ohne Unterbrechung liefen ihm dicke Schweißtropfen über die Stirn und den Nacken und Rücken hinunter. Er erwog einen Augenblick, sein Hemd auszuziehen und sich am Waschbecken mit kaltem Wasser zu erfrischen. Aber schließlich konnte nach einem kurzen Klopfen jeder sein Büro betreten, vom Leiter der Kreditabteilung über Kollegen bis zur Sekretärin und dem Mann von der Poststelle. Nicht auszudenken, wenn Rebecca Kleinhues hereinplatzte und ihn mit nacktem Oberkörper und nassem, nach hinten gelegten Haar vor dem Spiegel sah. Rebecca Kleinhues hatte in der Filiale der Münsteraner Genossenschaftsbank den Ruf eines rücksichtslosen Vamps, sowohl im Dienst als auch privat. Hartnäckigen Gerüchten zufolge nutzte sie ihren Spielraum bei der Bewilligung eines Kredits gnadenlos aus, wenn ihr ein Antragsteller gefiel. Sobald die Überprüfung der finanziellen Verhältnisse abgeschlossen und der Kredit bewilligt war, kam sie wie Rumpelstilzchen angetrabt, um sich ihren Lohn zu holen.

Calma hatte nicht die geringste Ahnung, was Kleinhues über ihn dachte, aber er hatte auch nicht die geringste Lust, es gerade jetzt herauszufinden. Schweren Herzens ließ er sein Hemd also an und beschränkte sich darauf, sich die Achseln mit den Feuchttüchern zu trocknen.

Der Kerl meinte es anscheinend wirklich ernst.

Vielleicht. Es konnte natürlich auch ein mieser Scherz sein. Aber daran glaubte er schon jetzt nicht mehr ernsthaft. Nein, der Kerl würde seine Ankündigung wahrmachen, das stand fest. Calma starrte auf den Zettel, auf dem er sich während des Telefonats Notizen gemacht hatte.

Rolf Trenschel soll sterben. Sein Leben für sechs Leben, für jedes Jahr eins. Ich hab schon mal angefangen, als du noch faul im Bett gelegen hast. Du stehst auch auf der Liste. Als Nummer 4 oder 5. Rolf Trenschel soll sterben.

Seine hohe Stimme hatte zittrig und nervös geklungen, trotzdem hatte er ihm eindeutig klar gemacht, dass Calma während des Telefonats zu schweigen hatte.

Ich sag es nur einmal. Ich rate dir also, sei still!

Calma hatte keine Mühe, nichts zu sagen.

Alles verstanden? Keine Polizei! Sonst bist du der nächste! Du hörst von mir. Ende!

Klick.

Calma legte die Hände an die Schläfen und versuchte, angestrengt nachzudenken. Okay, sagte er sich, jetzt ganz ruhig. Denke nach!

Was steht auf dem Zettel? Lies genau!

Rolf Trenschel soll sterben.

Warum um Himmels willen sollte Rolf sterben? Rolf war doch sein Freund. Oder sollte er besser sagen: gewesen? Bis zu dieser blöden Geschichte letztes Jahr, das war das Ende ihrer Freundschaft gewesen. Aber gut, es war nun mal passiert, und Calma hatte für sich die Konsequenzen gezogen und einen dicken Schlussstrich unter die letzten zehn Jahre gezogen. Mit keinem aus seiner illustren Runde hatte er noch zu tun. Noch im Gerichtssaal hatte er den anderen signalisiert, dass endgültig Schluss sei, dass sie von ihm absolut nichts mehr zu erwarten hätten.

Und er war mächtig stolz darauf, dass er diesen Entschluss bis zum heutigen Tage bedingungslos durchgezogen hatte. Was die anderen so trieben, hatte ihn ab der Urteilsverkündung nicht mehr interessiert. Er hatte aufgeräumt in seinem Leben, hatte die leeren Wohnungen gekündigt, die Kneipen gewechselt, war einem Sportverein beigetreten und hatte sich in einem Kinderhospiz als Ehrenamtlicher angemeldet.

Was Rolf Trenschel verbockt hatte, würde ihm jetzt nicht mehr passieren.

Aber der büßte ja für seine Dummheit. Nicht besonders viel, wie Calma fand, aber immerhin so viel, dass er Zeit zum Nachdenken finden würde, wenn sein zugedröhntes Hirn es noch zuließ.

Aber nun war irgendein bescheuerter Erpresser offensichtlich der Meinung, dass Rolf es nicht mehr verdiente, am Leben zu sein. Aber warum sollte ausgerechnet er, der einfache Bankangestellte Hans-Jörg Calma, dafür sorgen, dass Rolf von dieser Welt verschwand?

Er stutzte. Erpresser? War es wirklich eine Erpressung? Erpresser fordern etwas und bieten etwas, meistens stehen Forderung und Angebot in keinem ausgewogenen Verhältnis. Die Forderung hier war eindeutig: Trenschel sollte beseitigt werden. Aber wie sollte man das um Himmels willen denn anstellen? Man musste als Opfer einer Erpressung doch wenigstens die Chance haben, die Forderung zu erfüllen – wenigstens zum Schein. Aber so …

Und was bot der Anrufer überhaupt? Insgesamt sollten sechs Menschen ihr Leben lassen, einer war bereits tot, wenn er die Worte richtig interpretierte – war das Leben der restlichen fünf das Angebot?

Oder würden alle sechs Menschen sowieso sterben? *Sein Leben für sechs Leben, für jedes Jahr eins.* Noch fünf, und er würde bald dran sein.

Hans-Jörg Calma legte den Zettel beiseite, lehnte sich zurück und vergrub sein Gesicht in den Händen. Kein Zweifel, das war eine Morddrohung, und zwar eine, gegen die er nichts unternehmen konnte, es sei denn … Aber wie viele solcher Telefonate wurden tagtäglich geführt oder Zettel mit aufgeklebten Reklamebuchstaben an verhasste Mitmenschen geschickt? Sollte er wirklich mit diesen mickrigen Informationen zur Polizei rennen und Personenschutz beantragen? Oder spontan Urlaub nehmen? Wie lange? Drei Wochen oder besser drei Monate? Und dann? Dann würde er zwar gut erholt zurückkommen, was ihm aber nicht viel nützen würde, weil er dann ebenfalls abgeschlachtet werden würde. Und was würde die Polizei unternehmen? Nichts, und das wohl mit gewissem Recht.

Seine Kehle war trocken, er brauchte dringend ein Glas Wasser. Als er vor dem Waschbecken stand und in den Spiegel sah, erschrak er heftig. Seine Augen waren aufgequollen, seine Gesichtshaut krebsrot, die Wangen noch eingefallener als sonst. So konnte er auf keinen Fall unter Menschen gehen, und schon gar nicht hier in seiner Bank. Er überlegte kurz und zog dann sein durchgeschwitztes Hemd aus, holte einen Waschlappen aus dem Schrank und wusch sich Gesicht und Oberkörper mit Seife und eiskaltem Wasser.

Ihm war, als spüle er seine wirren Gedanken durch den Abfluss. Herrlich!

Da der Wasserhahn noch lief, hörte er das Klopfen nicht.

„Calma, was machen Sie denn da? Kann man irgendwie helfen?"

Erschrocken drehte er sich um, während ihm das Wasser noch über den Oberkörper auf und in die Hose lief. Ein eiskalter Schauer durchfuhr ihn, als das kalte Wasser seinen Schritt erreichte.

Rebecca Kleinhues hatte die Arme verschränkt und lächelte ihn milde an, ihre giftgrünen Augen musterten unverblümt seinen nackten Oberkörper. Sie trug einen engen schwarzen Minirock über einer geblümten Strumpfhose und eine weiße Bluse, die ziemlich weit aufgeknöpft war. Calma schätzte vier bis fünf Knöpfe, mindestens, immerhin hatte sie noch einen BH darunter. Ihre braune Mähne hing heute ausnahmsweise offen herunter, er sah, wie sie mit ihren Haarspitzen spielte. Die Sonnenbrille hatte sie ins Haar geschoben, ihre Lesebrille hing an einer dünnen Kette um den Hals.

Viele Männer würden sonstwas darum geben, wenn sie nur eine Minute die Chance hätten, sich an dieser außergewöhnlichen und vollkommen fraulichen Erscheinung zu weiden, das wusste Hans-Jörg Calma. Zu diesen Männern gehörte er Gott sei Dank nicht. Er empfand Rebecca Kleinhues in diesem Augenblick viel mehr als die große erfahrene Schwester, die den kleinen unschuldigen Bruder bei heimlichen und verbotenen Spielchen erwischt hatte. Und die, wenn er nicht aufpasste, ihm gleich zeigen würde, wo der Hammer hing.

Doch die große Schwester hatte es offenbar sehr eilig und nicht im mindestens im Sinn, Hand oder was auch immer an Calma zu legen.

„Calma, der Chef will wissen, warum Sie die Akte Gedarfos noch nicht bearbeitet haben? Geben Sie sich mit Beträgen unter einer Million nicht mehr ab oder ist es Ihnen heute schlichtweg zu heiß?"

Ihre Augen wanderten noch einmal von oben nach unten und wieder zurück. Sie schien einigermaßen zufrieden, zumindest bildete Calma sich das ein. Was das für ihre zukünftige Zusammenarbeit bedeuten würde, wollte er sich jetzt lieber nicht vorstellen. Außerdem hing es ja auch von ihm ab, ob diese Begegnung Folgen haben würde. Ein Schwächling, mental gesehen, war er jedenfalls nicht, und dass er hart sein konnte, wenn es drauf ankäme, wusste er auch.

Er stand mit dem Rücken zum Waschbecken und hielt sich mit den Händen daran fest, was die Muskeln seines Oberkörpers noch mehr betonte, natürlich unbeabsichtigt.

„Ich mach gleich weiter. Es fehlen nur noch wenige Angaben über seine Mietobjekte. Ich hatte nur einen kleinen … naja Hitzeanfall. Es ist unglaublich, dass wir noch nicht einmal Jalousien vor den Fenstern haben."

Rebecca Kleinhues schnappte sich ihren Aktenstapel, den sie zuvor auf seinem Schreibtisch abgelegt hatte, und lächelte ihn vielsagend an.

„Ich empfehle Ihnen kleine Tischventilatoren. Die sind leise und pusten die kalte Luft genau dorthin, wo sie gebraucht wird." Sie wandte sich zur Tür und drehte sich noch einmal um. „Ich habe auch einen. Wenn Sie mal sehen wollen, wie der funktioniert, kommen Sie doch einfach vorbei. Mit oder ohne Hemd."

Sie zwinkerte ihm zu und rauschte ab.

Hans-Jörg Calma fühlte sich wie ein begossener Pudel, auf jeden Fall aber abgekühlt. Er stand regungslos am Waschbecken, unfähig, auch nur einen klaren Gedanken zu fassen. Langsam ließ er das Becken los und fuhr sich mit den Fingern durchs Haar. Dann fischte er sich ein Ersatzhemd aus seinem Privatschrank, nebelte sich mit Deo ein und zog das frische Hemd an. Die Aktentasche ließ er auf seinem Schreibtisch liegen, die würde er jetzt nicht brauchen.

Was er dringend brauchte, war ein guter Rat, und er wusste auch schon, wo er den hoffentlich bekommen würde.

Im Delikatessengeschäft *Holstein* war es ausnahmsweise leer. Rothenburg nickte Mathilde Overkamp freundlich zu, die hinter der Käsetheke stand und in einem dicken Buch las.

„Guten Morgen, Herr Kommissar. Was macht die Liebe?"

„Die Liebe?", fragte Rothenburg verwirrt.

„Ja, die Liebe. Natürlich die Liebe. Was gibt es Wichtigeres im Leben?"

Er überlegte einen Moment. „Das Leben selbst. Wer tot ist, braucht auch keine Liebe mehr."

Overkamp legte den Wälzer beiseite und lächelte ihn an. „Ja, so müssen Sie wohl denken, das ist schließlich ihr Beruf. Aber ich gehe gerne vom Fundamentalen aus und sehe dann das Gerüst. Und das ist eindeutig die Liebe."

Rothenburg verschränkte die Arme hinterm Rücken und studierte die Auslagen. „Da haben Sie wohl recht, Mathilde. Aber ich bewege mich leider in Sphären, die selbst dem Fundament den Boden wegreißen. Deshalb brauche ich heute etwas richtig Erdiges."

Mathilde Overkamp legte den Kopf schief und musterte den Kommissar.

„Nehmen Sie den Tête-de-Moine. Ein Schweizer Schnittkäse mit einem kräftigen erdigen Aroma. Die Rinde riecht ein wenig muffig, aber der Geschmack ist überwältigend."

Rothenburg nickte und bezahlte. „Was lesen Sie da?"

„Solschenizyn, das Rote Rad, erster Knoten, August Vierzehn, wenn Ihnen das etwas sagt."

Er schüttelte den Kopf. „Keine Ahnung."

Mathilde Overkamp lächelte milde. „Das sagen viele, das macht auch nichts. Es ist das literarische Fundament der Entwicklung des 20. Jahrhunderts. So sehe ich das wenigstens."

Im Besprechungsraum Rot warteten schon Andreas Briesch und Irene Franta.

„Scheiß Geschichte, das mit Klaus", sagte Briesch. „Konntest du nichts tun?"

Rothenburg zuckte die Schultern. „Nichts zu machen, wenn Kollau und die Vossler ihn nicht mehr haben wollen. Er wird schon wieder zurückkommen, er ist ja nicht blöd."

Er merkte sofort, dass es eigentlich nicht das war, was er sagen wollte. Andererseits setzte er so viel Vertrauen in seine Leute, dass sie hoffentlich schon verstanden hatten, was er im Grunde sagen wollte. Wenn es nach ihm gegangen wäre, würde Gromzki jetzt hier mit am Tisch sitzen, seinetwegen muffig zum Fenster hinausblicken und die Vorschläge zur Fahndungsstrategie als vollkommenen Blödsinn abtun. Die Tatsache, dass es diesmal ein Schwulenpärchen erwischt hatte, hätte Klaus mit einer bissigen und politisch völlig unkorrekten Bemerkung kommentiert. Er wusste aber, wenn es wirklich darauf ankam, war Gromzki stets zur Stelle und absolut verlässlich. Es musste einen handfesten Grund dafür geben, dass er am Tatort Mist gebaut hatte. Einfach so passierte das einem erfahrenen Polizisten nicht. Offensichtlich hatte er Kollau diesen Grund verschwiegen und ihm, Rothenburg, ja auch.

Ich werde ihn besuchen und fragen, nahm er sich vor. Sobald dieser Meuchelmord vom Tisch ist, gehe ich zu ihm.

Er goss sich etwas Kaffee ein und packte ein Brötchen aus. „Könnt Ihr Euch vorstellen, dass dieser Tête-de-Moine schon seit dem 12. Jahrhundert hergestellt wird?"

Irene Franta verzog schlagartig das Gesicht und riss mit einem Schwung das Fenster auf. Die Junisonne hatte die Luft allerdings schon so weit erwärmt, dass nur heiße und stickige Luft nach innen strömte, wo sie sich mit den Tête-de-Moine-Abgasen vermischte. Franta fischte sich die nächstliegende Akte und wedelte sich damit Luft zu. Briesch starrte auf das Brötchen.

„12. Jahrhundert, sagst du?"

„Mmmhh, ja."

„Kommt hin, würde ich sagen."

Rothenburg seufzte und packte das Brötchen wieder ein. Er spülte seinen letzten Bissen mit einem Schluck Kaffee herunter und nahm Franta mit einem Blick der Entschuldigung die Akte Jensen/Tönnies aus der Hand.

Adrian Jensen und Mirko Tönnies hatten bislang noch nichts mit der Polizei zu tun gehabt. Der Architekt Jensen war mit 32 Jahren bereits zum Professor an der Technischen Hochschule Aachen ernannt worden und hatte danach mit spektakulären Entwürfen international für Aufsehen gesorgt. Das Außergewöhnliche an seinen Entwürfen war, dass es nicht bei ihnen blieb, sondern sie ausnahmslos ausgeführt wurden. Erst eine Kongresshalle in Kiew, dann ein Rathaus in Malaga und schließlich ein Theater in Bogota, wo er auch seinen Lebensgefährten Mirko Tönnies kennengelernt hatte, der sich wegen einer Konferenz über internationale Zusammenarbeit bei der Strafverfolgung und -prävention bei Jugendlichen in der kolumbianischen Hauptstadt aufhielt.

Mirko Tönnies hatte bei der Stadt Münster in der Sozialverwaltung gearbeitet und war Koordinator der Jugendgerichtshilfe gewesen. Mehr war eigentlich noch nicht über ihn bekannt.

Rothenburg fasste den Tathergang und die bisherigen Informationen zusammen und zückte einen Stift. „Also los, lasst euren Gedanken freien Lauf."

„Raubmord fällt aus", begann Briesch. „Der Tresor ist nicht angetastet und in Jensens Sekretär liegt eine Unsumme Geld. Kaum versteckt und nicht abgeschlossen. Das ist fast wie eine Einladung zum Raub, unglaublich."

„Es könnte ein Schwulenhasser sein", bemerkte Franta nachdenklich. „Diese 22 Messerstiche weisen doch auf einen unglaublichen Hass auf die beiden hin. Zwei, drei Stiche hätten gereicht, meint Machalle, so gezielt, wie der Täter zugestochen hat."

Briesch nickte zustimmend. „Jensen stand in der absoluten Öffentlichkeit und hat sich sogar darin gesonnt. Jeder konnte also wissen, wo er lebte und arbeitete, zumal er sein Nebenbüro auch noch in der Wohnung und dies auf seiner Webseite angegeben hatte. Also quasi noch eine Einladung. Entweder war Jensen total überheblich, so in der Art: mir kann sowieso keiner was, oder er war völlig naiv."

Rothenburg überlegte einen Moment, ob er einen zweiten Anlauf mit seinem Brötchen wagen sollte, ließ es dann aber sein, weil er die aufkommende Energie nicht stören wollte. Es war jetzt der Moment, den er so liebte in seinem Beruf: die Eröffnung der Jagd. Die Guten versammeln sich, um den Bösen zu fangen. So durfte man es natürlich keinem verkaufen, doch die Atmosphäre war in diesen Augenblicken so aufgeladen wie bei einem Unwetter mit Blitz und Donner. Oft spürte er förmlich, wie er vor Aufregung zitterte und seine Kollegen insgeheim anflehte, die elektrische Spannung mit aller Kraft hochzuhalten. Da durfte er nicht mit seinen stinkenden Brötchen kommen.

„Sozialneid könnte ein Motiv sein", warf Rothenburg in die kleine Runde.

Franta nickte langsam, Briesch war leicht verwundert.

„Sozialneid?"

„Jensen muss für sein Alter ein außergewöhnlich hohes Ansehen genossen haben", erklärte Rothenburg. „Mit 32 schon Juniorprofessor, dann internationale Aufträge, Vorträge auf Kongressen und so weiter. Ich wette, er sitzt in tausend Gremien und Ausschüssen und wird von den Medien gerne als Experte herangezogen. Münster hat wahrscheinlich nicht viele Architekten von seinem Kaliber, und ich könnte mein mickriges Gehalt darauf verwetten, dass die hohen Herren dieser Stadt sich die Hände nach ihm leckten und er sich schon ins Goldene Buch seiner Heimatstadt eintragen durfte. Wohlgemerkt, mit 36 Jahren. Das zu Ruhm und Ehre. Und jetzt der schnöde Mammon: Dass Jensen vermutlich Geld im Überfluss hat, muss ich euch nicht sagen. Schaut euch die Wohnung an, die kann sich kein kleiner Angestellter einer kommunalen Sozialbehörde leisten. Das alles schafft doch Neider."

„Wir wissen nicht, wie klein der Angestellte Tönnies wirklich war", entgegnete Franta. „Das müssen wir erst noch klären. Ansonsten gebe ich dir Recht."

Briesch hatte fleißig mitgeschrieben und blickte jetzt auf. „Ich auch. Fragt sich nur, wo wir diese Neider suchen sollen."

„Bei einem Schwulenhasser könnten wir uns bei rechten Gruppierungen umschauen", meinte Franta. „Die haben zwar selbst Schwule in ihren Reihen, aber bei denen steht Heuchelei ja ganz hoch im Kurs. Bei den Neidern wird's etwas komplexer: Da wären zunächst die bei wichtigen Ausschreibungen unterlegenen Architekten, …"

„Deswegen bringt man doch keinen um", protestierte Briesch.

„… deren Existenz auf dem Spiel steht, falls die Ausschreibung verloren geht."

„Das stimmt", brummte Briesch, „da kann man schon mal zulangen."

Rothenburg schüttelte den Kopf. Was sah Kollege Briesch eigentlich für Filme, wenn er abends allein auf dem Sofa hockte?

„Wir müssen also herausbekommen, ob Jensen gerade eine wichtige Ausschreibung gewonnen hat und wer die unterlegenen Büros waren."

Rothenburg nickte Briesch zu und grinste. „Das machst du. Du bist ja offenbar vom Fach."

Briesch zuckte die Schultern und machte sich eine Notiz. „Kein Problem."

Für eine Weile schwiegen die drei Polizisten. Rothenburg hoffte, dass sich jeder seine Gedanken machte und die Fantasie spielen ließ, was in den Minuten heute Morgen in der Wohnung von Adrian Jensen wohl passiert sein könnte. Irene Franta schob sich gerade eine Strähne aus dem Gesicht und pustete sie zur Seite, ein untrügliches Zeichen dafür, dass sie angestrengt nachdachte. Bei Andreas Briesch war er sich nicht so sicher, der starrte auf seinen Notizblock und kaute an seinem Mittelhandknochen.

„Es gibt natürlich noch politische Gruppierungen", fuhr Franta fort, „die sich den Kampf gegen Kapitalismus, Wohlstandsgesellschaft, Globalisierung und so weiter auf ihre Fahnen geschrieben haben."

„Und Adrian Jensen ist natürlich ein hervorragender Vertreter dieses Feindbildes", stimmte Rothenburg zu. „Vielleicht hat er auch gegen den Willen einer Bürgerinitiative ein Naturschutzgebiet umgegraben und zu einer Wellnessoase gemacht. Versiegelung von unbebauten Flächen ist ein heikles Problem und ein andauerndes Thema von Ökoverbänden. Andreas? Das kannst du gleich mit abchecken, ja?"

Briesch nickte.

„Bleibt noch was Persönliches, Privates", sagte Franta. „Unerfüllte Liebe, Stalking, was weiß ich. Auch Schwule haben wahrscheinlich mit diesen Problemen zu tun. Ob sie anders damit umgehen als Heterosexuelle, weiß ich allerdings nicht. Vermutlich sind sie im Wesen weicher."

„Weicher?" Briesch hüstelte. „Ich hab mal in Köln in einer schwulen Handballmannschaft gespielt ..."

„Du?" Rothenburg hob die Augenbrauen. „Bist du auch schw..."

Briesch winkte ab. „Nein, aber ich habe eine Mannschaft gesucht, die nicht so auf Leistung spielt, und sonst keine gefunden. Und wir waren ja auch zwei Heten, so haben sie uns genannt."

„Und?", fragte Franta ungeduldig. „Was hat das mit ‚weich' zu tun?"

„Na ja, in der Umkleidekabine ging es wesentlich direkter zu als bei Heten. Also nicht, dass sie in der Kabine übereinander hergefallen wären oder so, aber sie haben schon anzügliche und unmissverständliche Bemerkungen gemacht, meistens über sich selbst oder ihre Pläne für die kommende Nacht. Das kannte ich vorher so gar nicht. Uns haben sie in Ruhe gelassen, das war gar kein Thema.

Der Ton war hart, aber herzlich. Und dann dieser Duft nach dem Duschen." Er holte tief Luft und blies sie mit spitzem Mund wieder aus. „Douglas ist nichts dagegen."

Franta schüttelte den Kopf. „Aber das ist doch eher weiblich und weich."

Briesch wollte etwas erwidern, aber Rothenburg beendete eloquent das Thema.

„Hart oder weich, völlig egal. Wir müssen uns auch in der Schwulenszene umhören, das ist klar. Das, die Sozialbehörde und die Eltern werde ich übernehmen. Irene, du hörst dich beim Verfassungsschutz über rechte Gruppen um, die durch schwulenfeindliche Parolen aufgefallen sind, und über einzelne Personen, die in Frage kommen könnten. Okay?"

Franta nickte und grinste Briesch schelmisch an.

„Dann komm mal mit, mein warmer Bruder."

5

Der gesetzte Herr mit dem schütteren Haar wunderte sich, dass der Notarzt alleine kam, ließ sich aber durch die Entschlossenheit, mit der der Mediziner auftrat, überzeugen.

„Sind Sie ein Angehöriger?", fragte der Arzt streng.

„Äh, nein, ich bin ein Kunde von ihr. Wir hatten einen Termin, sie wollte mir die Haare schneiden. Und ich habe mich gewundert, dass die Tür nur angelehnt war, also bin ich rein und …"

„Okay, dann gehen Sie bitte jetzt und schließen Sie die Tür."

Der Herr wandte sich zum Gehen, zögerte etwas und kam noch einmal zurück. „Aber – wollen Sie denn gar nicht wissen, ob sie was nimmt oder was mit ihr los ist?"

Der Arzt stand auf und schob den Mann unsanft auf den schmalen Flur. „Ich sehe, was mit der Frau los ist. Sie ist fertig mit der Welt und braucht dringend medizinische Hilfe. Und jetzt machen Sie schon, dass Sie rauskommen. Sonst zeige ich Sie an wegen Behinderung einer Hilfeleistung."

„Schon gut. Ich gehe ja schon." Der Herr hob abwehrend die Hände und stolperte durch die Wohnungstür. Der Arzt wartete an der Tür, bis er von unten die Haustür ins Schloss fallen hörte. Dann ging er in ein Zimmer, aus dessen Fenster er einen guten Blick auf die Straße hatte, und vergewisserte sich, dass der Kunde auch wirklich verschwand und nicht etwa vor der Tür wartete und die Polizei rief.

Erst dann lächelte er.

Jetzt hatte er freie Bahn.

Marie lag auf dem Sofa im Wohnzimmer. Sie hatte die Augen geschlossen und wimmerte vor sich hin. Eine Hand hing schlaff herunter und zog kleine Kreise über den türkisfarbenen Teppich. Der Notarzt stellte einen Stuhl vor das Sofa und setzte sich. Er streichelte ihr Haar und legte die hinunterhängende Hand auf ihren Bauch. Mit seinem Zeigefinger fuhr er langsam zwischen ihren Brüsten hinauf bis zum Hals und weiter bis zum Kinn. Dann legte er den Finger vorsichtig auf ihre Lippen.

„Wie schön du bist, Marie", flüsterte er.

Sie schlug entsetzt die Augen auf. „Wer sind Sie?", fragte sie mit matter Stimme. „Was machen Sie da?"

Der Notarzt machte sich an seinem Koffer zu schaffen und bereitete eine Injektion vor.

„Bleiben Sie ganz ruhig. Sie haben einen Nervenzusammenbruch gehabt und ich werde Sie jetzt ein wenig aufpäppeln. Sie bekommen eine Spritze, die Ihren Kreislauf stabilisiert. Dann wird es Ihnen wieder besser gehen."

„Wer hat Sie gerufen?" Marie spürte plötzlich, dass sie Angst bekam. Irgendetwas war hier nicht in Ordnung. Sie verkrampfte die Zehen und ballte die Hände zu einer Faust, wie es Babys machen, wenn sie unsicher sind.

„Ihr Kunde, dem Sie die Haare schneiden sollten. Er hat Sie gefunden und uns informiert."

„Wo ist er?"

„Weg."

„Holen Sie ihn bitte zurück. Ich möchte, dass er hier ist."

„Er hatte es plötzlich sehr eilig und hätte uns nur im Wege gestanden."

Marie richtete sich etwas auf und sah sich um. „Uns? Wo sind die anderen Sanitäter? Sie kommen doch nie allein."

Er legte die Hand auf ihre Schulter und drückte sie sanft, aber bestimmt wieder zurück in das Kissen. „Sie brauchen keine Angst zu haben, es ist alles in Ordnung. Ich habe die Sanis weggeschickt, als ich gesehen habe, dass ich sie nicht brauche." Er lächelte verachtend. „Sie können sich gar nicht vorstellen, wie die sich gefreut haben. Kein Patient, keine Arbeit, so sind sie eben. Und jetzt halten Sie bitte ihren Arm ruhig, damit ich Ihnen helfen kann."

Marie wollte aufstehen, doch ihr fehlte die Kraft dazu. Ihr blieb nichts anderes übrig als zuzusehen, wie dieser fremde Mann ihr eine Spritze gab. Der Arzt machte überhaupt keine Anstalten, eine Staubinde anzulegen, aber Marie wunderte das nicht mehr. Sie ließ den Kopf seitlich fallen und sah hilflos zu, wie die Kanüle ihre Haut durchbohrte und tatsächlich in eine Ader drang. Vielleicht sollte es ja so sein, dass ihr wertloses Leben jetzt zu Ende ging. Und sie konnte doch froh sein, dass ihr jemand diese Arbeit abnahm, wahrscheinlich wäre sie viel zu feige gewesen, sich die Pulsadern aufzuschneiden oder sich von der Brücke auf der Hammer Straße vor einen Zug zu schmeißen.

Während er den Kolben langsam herunterdrückte und die klare Flüssigkeit in ihr Blut floss, richtete sie ihre schweren Augen auf sein Gesicht.

„Kenne ich Sie eigentlich?", fragte sie mit letzter Kraft.

Ihr war, als wüsste sie bereits die Antwort, als es dunkel wurde.

Als Rothenburg vor dem Präsidium am Friesenring stand, war es bereits Mittag und die Sonne schien erbarmungslos von einem tiefblauen Himmel. Er packte eine Flasche Mineralwasser in die Satteltasche und schloss sein neues, knallblaues Citybike auf. Der Golf war wieder in der Werkstatt und würde diese wahrscheinlich nie wieder fahrtüchtig verlassen. Svenja hatte die Gelegenheit genutzt und darauf gedrängt, dass er sich etwas mehr bewegte als einmal in der Woche Handballtraining.

„Du kriegst einen Bauch, Papa", hatte sie gesagt. „Kauf dir endlich ein vernünftiges Fahrrad."

Der Weg zur Sentruper Höhe, wo Jensens Eltern angeblich eine prachtvolle Villa bewohnten – so Mama Scalfatto –, war eine schöne Strecke. Er hätte natürlich einfach den Ring entlang fahren können, aber bei dieser Hitze hatte er keine Lust, auch noch Abgase einzuatmen. Er fuhr quer durchs Kreuzviertel bis zur Wilhelmstraße, dann Richtung Uniklinik, bog nach dem Coesfelder Kreuz in die Albert-Schweitzer-Straße ein und schlängelte sich dann durch die Sentruper Höhe bis zur gleichnamigen Straße.

Rothenburg pfiff anerkennend: Mama Scalfatto hatte nicht übertrieben. Das Haus war eine weiß getünchte, zweigeschossige Villa im Bauhaus-Stil mit einer großen Gartenterrasse und einem Balkon, der einen Wintergarten überdachte und mindesten 30 Quadratmeter groß war. Auf dem Balkon waren zwei große Sonnenschirme aufgespannt. Herr Ludger Jensen bot Rothenburg einen Platz darunter an und holte seine Frau Maria.

Trotz der fast unerträglichen Hitze trug Herr Jensen einen tadellos sitzenden Anzug mit Weste und schien kein bisschen zu schwitzen. Seine kurzen grauen Haare und sein sonnengebräuntes Gesicht machten ihn trotz seiner mindestens siebzig Jahre zu einem attraktiven Mann. Auch Frau Jensen konnte sich noch durchaus sehen lassen, fand Rothenburg, obwohl sie schon tiefe Falten um die Augen hatte. Sie hatte ihre langen blonden Haare nach hinten gekämmt und durch ein weißes Haarband gebändigt. Sie trug weiße Shorts und eine weiße Bluse. Barfuß kam sie auf Rothenburg zu und gab ihm die Hand.

„Es ist wegen Adrian, sagten sie? Bedienen Sie sich. Es ist heiß heute."

Rothenburg räusperte sich und nahm einen Schluck Wasser. Wie er diese Situation hasste! Vermutlich hassten alle Kripoleute auf der Welt diese Situation. Da war nichts zu machen, einer musste es tun.

„Es tut mir sehr leid. Adrian ist tot."

Ludger Jensen ließ sich neben seine Frau in die Hollywoodschaukel fallen und nahm ihre Hand. Maria Jensen ließ das Glas Wasser fallen, das auf dem Steinfußboden in tausend Stücke sprang.

Bitte jetzt nicht aufstehen, betete Rothenburg mit Blick auf ihre nackten Füße.

Herr Jensen zog seine Frau leicht zu sich nach hinten und legte seinen Arm um sie. Er wollte etwas sagen, brachte aber keinen Laut heraus. Das einzige, was Rothenburg in den nächsten fünf Minuten hörte, war das Schluchzen der Frau, und er wagte es nicht, sie zu unterbrechen. Er stand stattdessen auf und sah sich in der Küche nach Handfeger und Kehrblech um. Als er die Glassplitter in den Müll geschüttet hatte, setzte er sich dem Ehepaar gegenüber in einen Korbstuhl. Dann erzählte er ihnen die notwendigen Tatsachen.

„Können Sie sich vorstellen, wer ihn getötet haben könnte?"

Ludger Jensen drückte seine Frau noch fester an sich und sah den Kommissar würdevoll an.

„Er war ein erfolgreicher Architekt. Und er war ein liebenswerter Mensch. Aber es gab eine Menge Leute, die ihn hassten und ihm nichts Gutes wünschten."

Rothenburg hob die Augenbrauen. „Aha. Und was sind das für Leute?"

Herr Jensen stand auf und verschränkte die Arme hinter dem Rücken. „Nun, Sie sind ja bereits darüber informiert, dass mein Sohn homosexuell war. Das ist auch öffentlich bekannt, er hat sich schon vor Jahren geoutet. In letzter Zeit ist es ja Gott sei dank so, dass man durch die Bekanntmachung der eigenen Homosexualität nicht nur Nachteile hat, sondern auch Vorteile."

„Welche denn?", unterbrach ihn Rothenburg interessiert.

Maria Jensen meldete sich zu Wort. „Es gibt doch keine Serie im Fernsehen mehr, in denen keine Schwulen oder Lesben eine wichtige Rolle spielen. Stellen Sie sich das mal vor zwanzig, dreißig Jahren vor! Niemals! Die, die sich heutzutage outen, können sich einer positiven Publicity ziemlich sicher sein …"

„Es sei denn, sie sind Fußballprofis", unterbrach sie ihr Mann.

Sie nickte zustimmend. „Die Gesellschaft hat also endlich erkannt, dass sie genauso Teil von ihr sind, wie Sie, mein Mann und ich."

Sie zögerte und musterte Rothenburg. „Sie schauen so misstrauisch. Glauben Sie mir nicht?"

„Ich bewundere ihre fortschrittliche Einstellung, Frau Jensen. In Ihrer Generation, Verzeihung, ist das längst nicht selbstverständlich."

Herr Jensen lächelte. „Ist schon okay. Wir haben viel gelernt von Adrian. Als er zwanzig war, hat er sich uns anvertraut und von seiner Homosexualität erzählt. Aber statt uns zu freuen, dass er so viel Vertrauen zu uns hat, haben wir uns natürlich diese ganzen dummen Fragen gestellt: Oh Gott, was haben wir falsch gemacht? Was werden die Nachbarn sagen? Kann man Adrian heilen? Wie geht es jetzt weiter mit der Familie? Und keiner konnte uns eine Antwort darauf geben."

„Außer Adrian", sagte Maria Jensen stolz. „Er hat uns klar gemacht, dass er kein anderer Mensch ist, nur weil er statt mit Frauen mit Männern ins Bett geht. Im Gegenteil. Er hat diese Art von Männern verachtet, die nur den Frauen hinterherschauen und einen Wettbewerb daraus machen, wer die und die als erste rumkriegt. Er hat sich aus allem rausgehalten, was irgendwie mit Drogen, Macht und Gewalt zu tun hatte und hat nur seine Architektur geliebt. Mit der Zeit haben wir dann den Dreh gekriegt und haben uns bei ihm entschuldigt."

Sie sah ihren Mann voller Schmerz an. „Und jetzt ist er ermordet worden." Sie fing heftig an zu schluchzen und rannte in die Wohnung.

„Ich verstehe", sagte Rothenburg nach einer Weile, „aber das klingt doch alles ganz harmonisch. Wo sind denn jetzt die Menschen, die ihm den Tod gewünscht haben?"

Ludger Jensen setzte sich wieder in die Hollywoodschaukel und rieb sich das Gesicht. „Es gab einige Kollegen, die ihm den Erfolg nicht gegönnt haben, weil sie glaubten, er würde nur von meinem guten Ruf profitieren, den ich damals hatte."

„Sie sind auch Architekt?"

Jensen nickte. „Aber ich habe ihm gar nichts geschenkt, er hat sich alles selbst erarbeitet. Ganze Nächte hat er am Schreibtisch gesessen und an seinen Entwürfen gefeilt, ist um vier Uhr morgens ins Bett gegangen und um sechs wieder aufgestanden. Wochenlang ging das so, es war unglaublich und für uns Eltern auch sehr besorgniserregend. Besonders heftig war es, als die ersten wichtigen Ausschreibungen kamen aus Kiew und Malaga, da hat er gar nicht mehr geschlafen und rund um die Uhr gearbeitet. Abends mal eine Stunde ins Café und dann wieder ins Büro. Alles, was er unbedingt bauen wollte, durfte er bauen, es gab nicht eine Ausschreibung, die er verloren hat. Es war schon fast – beängstigend."

Rothenburg nickte ihm aufmunternd zu fortzufahren.

„Ich gebe Ihnen gleich ein paar Namen, von denen ich glaube, dass sie für Sie interessant sein könnten. Aber gehen Sie bitte diskret damit um, ich möchte nicht als Denunziant dastehen."

„Kein Problem", sagte Rothenburg.

Ludger Jensen nahm einen großen Schluck Wasser. „Tja, und da wären natürlich noch diese dummen Erpresser- und Hassbriefe, die Adrian regelmäßig bekommen hat. Er hat sie mir immer gezeigt, weil er damit demonstrieren wollte, wie man immer noch mit Schwulen umgeht. Aber ehrlich gesagt habe ich die für ein Produkt eines krankes Hirns gehalten und nicht ernst genommen."

Rothenburg streckte sich und beugte sich dann vor. „Haben Sie noch zufällig so einen Brief?"

Jensen dachte einen Augenblick nach und nickte dann. „Ja, ich glaube, einen Zettel hat Adrian hier einmal vergessen. Ich habe ihn in seinem alten Zimmer aufbewahrt. Soll ich ihn holen?"

„Das wäre sehr freundlich. Vielleicht hat ein Kollege schon einmal etwas Ähnliches gesehen und kann Rückschlüsse auf den Absender ziehen."

Herr Jensen erhob sich mit einer erstaunlich leichten Bewegung und ging mit erhobenem Haupt ins Haus.

Ein stolzer Mann, dachte Rothenburg. Und ein starker dazu. Herr Jensen hatte in seinen eigenen Augen einen großen Fehler gemacht und seinen Sohn für eine Zeit abgelehnt. Dies anzuerkennen und sich bei dem Sohn zu entschuldigen, erforderte eine gewaltige Menge an Einsicht und Stärke. Respekt!

Herr Jensen kam mit einem kleinen weißen Umschlag zurück und überreichte ihn Rothenburg.

„Ich fürchte, Sie werden hier keine fremden Fingerabdrücke mehr finden."

Rothenburg öffnete den Umschlag und zog ein zerknittertes Blatt Papier hervor.

Du schwule Sau hast dein letztes Haus gebaut. Wenn du noch bei einer Ausschreibung mitmachst, bist du erledigt.

Rothenburg pfiff durch die Zähne. „Das ist eindeutig. Wann hat Ihr Sohn das bekommen?"

„Vor etwa drei Monaten."

„Warum sind Sie nicht zur Polizei gegangen?"

Ludger Jensen sah ihn fest an. „Sagen Sie mir selbst, was die Polizei unternommen hätte."

Rothenburg musste zugeben, dass er recht hatte. Mit so einem Zettelchen würde sich der Polizeiapparat nicht in Bewegung setzen. Es war wie in der Verkehrsbehörde: Erst musste jemand sterben, bis etwas geschah.

„Eine Frage noch", sagte Rothenburg, während er sich erhob. „Kannten Sie eigentlich den Freund von Adrian, Herrn Mirko Tönnies?"

Jensens Blick wurde plötzlich finster. „Ja, ich kannte ihn. Flüchtig. Und ich bin froh, dass ich ihn nie näher kennengelernt habe. Schlimm genug, dass sich Adrian ausgerechnet ihn aussuchen musste."

Rothenburg war irritiert. Erst diese fortschrittliche Einstellung zur Homosexualität und dann diese Ablehnung im realen Leben. „Was ist mit Tönnies?"

Jensen wandte ihm den Rücken zu. „Fragen Sie das Amt. Da weiß man Bescheid." Für ihn war das Gespräch damit beendet.

Ja, ja, dachte Rothenburg, so nehmen die Dinge ihren Lauf.

6

Staatsanwalt Rabbel verspürte heute keine Lust mehr, die Angelegenheit Doris Konlaczyk endgültig zu entscheiden. Konlaczyk hin, Turkmenistan her, die zweijährige Jana und der fünfjährige Fritz warteten vermutlich schon an der Pforte des Montessori-Kindergartens am Pötterhoek. Dies duldete wirklich keinen Aufschub.

Der Berufsverkehr hatte noch nicht eingesetzt. Nach zwei Liedern seiner selbst gebrannten Hit-CD war er am Kindergarten angelangt. Er lud die lustig plappernden Kinder ins Auto und fuhr wenige Meter später in den Teigelkamp zu seiner Doppelhaushälfte. Susanne und er hatten das Haus vor fünf Jahren günstig aus einer Zwangsvollstreckung gekauft. Ein kleines Haus mit Garten, möglichst zentral, das war ihr Wunsch gewesen, und dieser Wunsch hatte sich nach ein paar Jahren Suche endlich erfüllt.

Rabbel parkte vor der Garage und brachte die Kinder in den umzäunten Garten. Jana rannte sofort zum Planschbecken, Fritz holte sich einen Ball und kickte auf ein Fußballtor. Rabbel bewunderte ihre Ausdauer, es war schwierig, sie vor der Tagesschau müde zu kriegen. Er ging ums Haus und holte die Post aus dem Briefkasten. Jede Menge Werbung, die Mitgliederzeitschrift eines Automobilclubs, ein Katalog für Outdoor-Ausrüstung, eine Postkarte und zwei Rechnungen. Er knallte Aktentasche und Post auf den Küchentisch und warf einen Blick durch die Terrassentür auf die spielenden Kinder. Mit vier Sätzen war er oben im Schlafzimmer, riss sich Anzug und Oberhemd vom Leib und zog sich eine kurze Hose und ein T-Shirt mit der Stones-Zunge an. Die qualmenden Socken verschwanden sofort in der Wäschetruhe.

Im Wohnzimmer war es angenehm kühl. Rabbel merkte, wie er sich langsam entspannte, und freute sich auf einen Milchkaffee, als es an der Tür klingelte. Seufzend stellte er die Dose mit dem Kaffeepulver wieder hin und ging barfuß zur Tür.

Bitte nicht Doris Konlaczyk, dachte er. Die schmeiß ich ins Planschbecken.

Vor der Tür war niemand. Rabbel runzelte die Stirn und schaute nach links, ob der ungeduldige Besucher vielleicht schon dabei war, ums Haus herum zu gehen. „Hallo, ist hier jemand?", rief er mehr verärgert als verwundert in den leeren Vorgarten hinein. Klingelmännchen von vorwitzigen Kindern kamen in dieser Gegend normalerweise nicht vor, ebensowenig Besuche von den Zeugen Jehovas. Aber die waren extrem geduldig in der Akquise und stünden bestimmt noch vor der Tür.

Er vergewisserte sich, dass seine Kinder weiter munter im Garten spielten, und wollte schon wieder ins Haus gehen, als er von der anderen Straßenseite eine Autotür zufallen hörte. Eine Sekunde später heulte der Motor auf und ein knallroter Mazda X5 Cabrio raste mit einem Kavalierstart aus der Parklücke heraus. Rabbel schüttelte wütend den Kopf und rannte die vier Meter auf die Straße.

„Tempo 30, du Arschgeige", schrie er dem Wagen hinterher, der bereits die scharfe Rechtskurve erreicht hatte und im nächsten Augenblick verschwunden war. Rabbel blieb noch einen Moment stehen. Seine hellblauen Augen funkelten voller Zorn. Morgen würde er bei der Verkehrsabteilung der Polizei versuchen, den Halter zu ermitteln, so viel stand schon mal fest. Leider hatte er vom Kennzeichen nur MS für Münster lesen können, die Chancen waren also schlecht. Dennoch, versuchen würde er es.

Arschgeige.

Die Haustür vom Nachbarhaus ging auf. Eine ältere Dame trat mit diversen Putzutensilien heraus und grinste ihn an. „Aber Herr Staatsanwalt, was haben Sie denn für eine Wortwahl? Machen Sie das im Gericht etwa auch?"

Rabbel lächelte zurück. „Das kommt schon mal vor, Frau Gerdes." Er nickte ihr freundlich zu und ging zurück ins Haus.

Er hörte Janas glucksendes Lachen und ging auf die Terrasse. Die Sonne verschwand langsam hinter der Buche im Nachbargarten, aber die Luft war immer noch heiß. Er schloss die Augen und überlegte, ob er dem kleinen Vorfall irgendeine Bedeutung beimessen sollte. Er entschied sich für ein *Nein* und wollte wieder hineingehen und endlich seinen Kaffee trinken, als Fritz ihn lautstark aufforderte, noch etwas Fußball mit ihm zu spielen. Sport lenkt ab und Schweiß kühlt, dachte er und lief mit Fritz auf den Rasen.

Bis sich Susanne gegen Mitternacht in seine Kuhle gekuschelt hatte und er erschöpft einschlief, dachte er keine Sekunde mehr an den roten Mazda.

Kommissar Andreas Briesch stand staunend vor dem schwarzen Gebäude an der Mecklenbecker Straße. Er hatte im Präsidium das Hauptbüro von Adrian Jensen gegoogelt und gelesen, dass dieses Haus angeblich keinen einzigen rechten Winkel hatte. Jetzt stand er auf dem Bürgersteig vor dem Eingang und war fasziniert von der für ihn undenkbaren Architektur. Er legte den Kopf nach rechts und links auf seine Schultern und versuchte, doch einen rechten Winkel auszuspähen. Nach einer halben Minute gab er auf.

Vor dem Haus waren großzügige Parkmöglichkeiten für acht Pkw auf einem Kiesbett angelegt. Am Ende des Parkplatzes führte ein schmaler Fußweg über einen gepflegten Rasen direkt in eine große, mit mehreren alten Eichen herrlich schattige Grünanlage, die nach etwa 100 Metern am Aasee endete. Briesch konnte am Ufer einige Ruderboote und Kajaks erkennen. Wahrscheinlich als Ausgleich für die täglichen Überstunden, überlegte er.

Das Haus selbst war mehr eine kleine Burg als eine Gewerbeimmobilie. An allen vier Ecken ragten kleine fensterlose Türme etwa drei Meter über das untere Dachende, der First war ungefähr auf gleicher Höhe mit dem Spitzdach der Türme. Auf dem Dach flatterten die Fahnen der Stadt Münster, des Landes Nordrhein-Westfalen und des Fußballvereins Preußen Münster. Der Eingang befand sich auf der rechten Seite im 1. Stock, zu erreichen über eine Halbwendeltreppe aus unbehandelten Natursteinen, eingefasst von einer etwa einen Meter hohen Trockenmauer.

Fehlt nur noch der Wassergraben, dachte Briesch.

Eine junge Frau mit strengem Blick, Brillengestell und Zopf sowie verführerischem Parfüm führte ihn zu Adrian Jensens Partner. Auf dem Weg zu dessen Büro bestaunte er einen geräumigen Innenhof mit Springbrunnen und Ruhezone. Briesch dachte in diesem Moment daran, wie es wohl wäre, mit der herrlich duftenden Jungarchitektin auf einem dieser wetterfesten Ruhekissen zu liegen, dem Plätschern des Brunnens zu lauschen und ein Fläschchen eiskaltes Bier zu trinken.

Er schüttelte irritiert den Kopf über seinen idiotischen Gedanken. Als ob diese Frau Bier trinken würde!

Eine tiefe Stimme holte ihn wenig später zurück in die Realität.

„Was kann ich für Sie tun?"

Briesch zuckte leicht zusammen, als er sich in einem riesigen Büroraum dem wuchtigen Ebenbild eines gutmütigen Sumo-Ringers mit Seemannsbart gegenübersah. Er versuchte, sein Alter zu schätzen, aber zwischen Anfang Dreißig und Mitte Fünfzig war alles drin.

„Herr Günther Jansen?", fragte er vorsichtig.

Der Sumo-Ringer lachte freundlich. „Ja, ich weiß, Jensen & Jansen hört sich scheußlich an. Wie eine dänische Elektrohandlung. Wir heißen aber beide nun mal so, da kann man nichts machen."

Er zwängte sich hinter seinem bombastischen Schreibtisch hervor, kam überraschend flink auf Briesch zu und gab ihm die Hand. Herr Jansen hatte, außer dass er außerordentlich beleibt war, offenbar wenig Gemeinsamkeiten mit ähnlich dicken Mitmenschen. Er roch wie die Zopffrau nach Parfüm, wenn auch nach männlichem und eher dezent, schien nicht zu schwitzen und hatte einen kraftvollen und behenden, fast geschmeidigen Gang. Für Briesch eher außergewöhnliche Merkmale für einen dicken Menschen. Was er aber niemals erwartet hätte, war, dass Jansen anfing zu weinen, als er vom Tod seines Partners Adrian Jensen erfuhr. Er brauchte mehr als zehn Minuten, bis er sich einigermaßen gefasst hatte und wieder sprechen konnte.

„Entschuldigen Sie bitte, aber Adrian war für mich wie ein kleiner Bruder", erklärte Jansen mit dünner Stimme, während er sich die letzten Tränen wegwischte. „Wir haben zusammen studiert, ebenso wie die junge Dame, die Sie eben zu mir gebracht hat. Und er hat mich als Assistent mitgenommen nach Aachen."

Er schnäuzte sich lautstark und schüttelte den Kopf. „Mein Gott, wer tut denn so etwas?"

Briesch räusperte sich. „Das versuchen wir gerade herauszufinden. Können Sie sich irgendjemanden vorstellen, der das getan haben könnte?"

„Hm, lassen Sie mich einen Moment nachdenken." Er ging zum Panoramafenster, das einen wunderbaren Blick auf den Aasee bot, und verschränkte die Arme hinter dem Rücken. „Normalerweise traut man einen Mord ja keinem Menschen zu, nicht wahr? Ich meine, man kennt den einen oder den anderen und findet ihn vielleicht auch ganz fürchterlich, weil er wieder eine Ausschreibung oder einen Wettbewerb gewonnen hat. Das geht mir zum Beispiel so, ehrlich gesagt, und öfter, als ich eigentlich will. Vielleicht hat der Kerl auch was mit der eigenen Ehefrau, alles möglich. Aber deswegen ermorden? Ich weiß nicht. Bei der Mafia ist das wahrscheinlich Tagesgeschäft, aber hier in Münster?"

Briesch nickte höflich.

„Wissen Sie", fuhr Jansen bekümmert fort, „Adrian war der kreative Kopf in unserem Büro. Es war eine Ehre für mich, als er mich vor Jahren aussuchte, in sein Büro einzusteigen. Sie wissen wahrscheinlich nicht, dass er zur Zeit *der* Architekt in Deutschland war. Doch? Manche sprechen schon von einem Genie, so wie der Däne Bjarke Ingels einer ist. Nur Adrian haben wir die ganzen Erfolge der vergangenen Jahre zu verdanken, er wäre Ingels bald ganz schön auf den Pelz gerückt, was seine Popularität angeht. Und dazu brauchte er natürlich Menschen, denen er voll vertrauen konnte, die fachlich versiert und in der Lage waren, mit ihm zu wachsen. Mascha, die Dame von vorhin, und ich haben ihm sozusagen alles abgenommen, wozu er keine Zeit hatte …"

Oder keine Lust, dachte Briesch, hielt sich aber zurück.

„Wir organisieren alles, regeln die ganzen finanziellen Angelegenheiten, schauen nach lukrativen Wettbewerben, haben teilweise auch seine Termine gemacht. Er war ja selbst schon, mit 36 Jahren, Fachpreisrichter bei Wettbewerben und musste viel reisen. Mascha und ich waren quasi seine Manager, wir sorgen dafür, dass die Praktikanten gute Arbeit abliefern und der ganze Laden läuft. Das ist manchmal fast unmöglich. Verstehen Sie, wenn ein Abgabetermin näher rückt, wird es immer furchtbar hektisch. Die Mitarbeiter arbeiten fast rund um die Uhr, und unsere Praktikanten schlafen sogar im Büro. Da ist es ganz nützlich, wenn man Fachleute an Bord hat, die das Ganze im Auge haben und die Ruhe bewahren."

„Wie Sie?"

„Ja, wie ich. Und Mascha."

Warum redet der soviel?, fragte sich Briesch. Er hatte ein komisches Gefühl, es war ihm eine Spur zu heroisch, was Jansen da über Jensen erzählte. Brieschs Nachbar in der Schillerstraße war ein normalerweise liebenswerter Architekturstudent, der sich aber jeden Abend bei ihm darüber beklagte, was für ein Ausbeuter sein Chef sei und dass er eigentlich doch gerne einen anderen Beruf ergreifen wolle, um nicht so viel arbeiten zu müssen. Wenn drei Beziehungen in die Brüche gegangen waren, weil einfach keine Zeit füreinander vorhanden war, dann reichte es doch wohl, oder?

Ja, klar, hatte Briesch geantwortet, ich hab auch nur einen Hamster.

Er räusperte sich. „An was hat Herr Jensen zuletzt gearbeitet?"

Günther Jansen ging langsam zurück zu seinem Schreibtisch, setzte sich und stützte sein Gesicht auf die Hände.

„Wir nehmen seit einer Woche wieder an einem Wettbewerb teil. Ab morgen geht die Arbeit hier richtig los. Heute ist es noch so leer, weil die Mitarbeiter noch Ausgleich haben vom letzten Mal. Für die ganze Schufterei schenken wir ihnen ein paar Tage Sonderurlaub."

„Das freut mich für sie", sagte Briesch. „Um was geht es denn bei dem Wettbewerb?"

„Wir wollen ein neues Institut für Meeresbiologie in der Hamburger Hafencity bauen. 50 Millionen Euro wird es kosten, vom Renommee mal ganz abgesehen. Es wird ein hartes Stück Arbeit, aber Adrian hatte schon eine grandiose Idee. Ich habe sie im Vorentwurf gesehen, die ist nicht zu toppen. Wir werden auf jeden Fall gewinnen, da bin ich mir sicher."

„Wissen Sie, wer die Konkurrenten sind?"

„Ja." Jansen starrte auf seine Hände und schwieg.

Briesch seufzte. Er wurde nicht richtig schlau aus Jansen. Erst redete er wie ein Wasserfall, und jetzt schien er herumzudrucksen.

„Woher? Ist so ein Wettbewerb nicht immer anonym?"

„Wir hatten gestern das Rückfragekolloquium. Da sieht man sich."

Briesch überlegte kurz, ob es jetzt klug wäre zu fragen, was ein Rückfragekolloquium sei. Er entschloss sich aber, seinen unglücklichen Nachbarn zu fragen. Bei der Gelegenheit könnte er ihm auch seinen Hamster zeigen.

„Werden Sie auch ohne Adrian Jensen weitermachen?"

„Natürlich, wir sind ja keine Amateure. Außerdem haben wir ja schon Adrians Idee. Die werden wir noch verfeinern und in seinem Sinne weiter entwickeln. Das werden wir schaffen, auch ohne ihn."

„Können Sie mir eine Liste der Büros machen, die mitmachen dürfen?"

„Alle 24?"

„Wenn es so viele sind, ja, bitte."

Jansen sah ihn verständnislos an. „Was wollen Sie denn damit? Glauben Sie etwa, ein anderer Architekt hätte Adrian ermordet?"

Briesch zuckte die Schultern. „Möglich ist das."

„Auch wahrscheinlich?"

Briesch hatte genug. Günther Jansen war ihm suspekt, er konnte ihm nicht länger zuhören. Für einen trauernden Büropartner trat er zu selbstbewusst auf, obwohl er zu wissen schien, dass Jensen – und nicht er oder diese Mascha – die wichtigste Person gewesen war. Er schien Jensens Stellung akzeptiert zu haben und war jetzt gleichzeitig schon in den Startlöchern für einen Neuanfang.

Ziemlich fix in den Startlöchern.

Er legte Jansen seine Karte auf den Schreibtisch, erinnerte ihn an die Liste und verabschiedete sich. Auf dem Flur blieb er kurz stehen und roch, ob Mascha noch in der Nähe war.

Leicht enttäuscht ging er nach draußen.

Zum Glück hab ich meinen Hamster, dachte er bitter.

Eine Autofahrt zum Jugendamt in der Hafenstraße wäre ein Albtraum um die Uhrzeit gewesen. Ab 16 Uhr bewegte sich gewöhnlich gar nichts mehr rund um den Bahnhof, wobei der Verkehr an der Westseite am gläsernen Fahrradparkhaus vorbei noch etwas besser voran kroch als an der Ostseite mit einer einzigen lächerlichen Fahrspur auf der Bremer Straße. Die Stadt Münster hatte schon vor Jahren großzügig Busspuren angelegt, es aber versäumt, diese durchgängig zu machen. Die Busse steckten also regelmäßig im normalen Verkehr fest und schlängelten sich wie die anderen Autos durch die Innenstadt.

Aber Rothenburg war auf den Fahrradgeschmack gekommen. Er genoss die Fahrt entlang des Aasees und fuhr schadenfroh an den in der Hitze wartenden Autos am Ludgeriplatz vorbei. Ohne das Tempo zu verringern, raste er über den Kreisverkehr, nahm die Ausfahrt Hafenstraße und ließ sich entspannt die Straße bis zum Jugendamt hinabrollen.

Der Leiter des Kommunalen Sozialdienstes KSD, Jochen Breuer, war ein kleiner, untersetzter Mann um die Fünfzig, dem man die Sorgen seines Amtes schon am Gesicht ablesen konnte. Tiefe Falten hatten sich um Augen und Mund gebildet, seine Haltung war leicht gebeugt, der Kopf weit nach vorne gestreckt. Sein Büro war nicht viel größer als eine geräumige Besenkammer, auf dem Schreibtisch türmten sich Akten. Regelmäßigen Publikumsverkehr schien Breuer nicht zu haben.

„Es war fast zu befürchten", sagte er düster, als er sich von dem Schock der Todesnachricht Mirko Tönnies' einigermaßen erholt hatte. Er starrte auf seinen Monitor, auf dem ein bunter Ball als Bildschirmschoner lustig hin und her hüpfte. „Irgendwann musste einer austicken."

Rothenburg hob die Augenbrauen. „Was meinen Sie damit?"

„Lesen Sie keine Zeitung?"

Rothenburg schwenkte die Hände. „Gerne den Sportteil, sonst eher wenig."

„Na ja, wie die meisten. Mirko Tönnies war seit zwei Wochen vom Dienst suspendiert."

„Was? Warum?"

Breuer schaute aus seinem kleinen Fenster, das die Größe zweier Backbleche hatte. „Er arbeitete bei der Jugendgerichtshilfe. Das heißt, er war Ansprechpartner von Jugendlichen, die Mist gebaut haben und erwischt wurden. Für die hieß es dann: Polizei, Staatsanwalt, Gericht und so weiter. Und natürlich für die Eltern. Viele sind total entsetzt, wenn wir auftauchen und unsere Hilfe anbieten, nur wenige nehmen sie dankbar an. Meistens wird – das müssen Sie sich mal vorstellen – mit der Polizei gedroht, und die Sozialarbeiter werden rausgeworfen. Bescheuert, was? Wir wollen den Umgang mit der Polizei doch entdramatisieren, aber so klappt das natürlich kaum."

„Und Herr Tönnies?", fragte Rothenburg. „Hat der was falsch gemacht?"

„Nein, ganz und gar nicht, der war oberkorrekt. Das musste er auch sein, weil er schwul war." Er zögerte einen Moment. „Das wissen Sie doch bestimmt schon, oder?"

Rothenburg nickte.

„Für viele in den schlechter gestellten Schichten war er damit nämlich angreif- und erpressbar geworden, obwohl es allgemein bekannt war."

Rothenburg runzelte die Stirn. „Verstehe ich nicht."

Breuer seufzte. „Vor drei Wochen kamen die Eltern eines Jugendlichen aus Kinderhaus zu mir, der eine Anzeige wegen gefährlicher Körperverletzung am Hals hatte. Der Junge hatte einem Mitschüler auf dem Schulhof einen Papierkorb über den Schädel gehauen, weil der seiner Freundin wohl zu nahe gekommen war. Herr Tönnies fährt also hin, kommt wieder, tippt seinen Bericht, macht

Vorschläge, schreibt dem Staatsanwalt, kümmert sich um einen Verteidiger und so weiter. Alles gut, dachte ich."

Er stockte. Rothenburg versuchte, die Kunstpause zu interpretieren. Offenbar kam jetzt der Höhepunkt des Kurzkrimis. „Und dann?", fragte er ungeduldig.

Jochen Breuer kostete die Sekunden bis zum dramaturgischen Gipfel noch etwas aus. „Zwei Tage später hatten wir eine Anzeige wegen sexueller Belästigung und Erpressung am Hals. Der brave Knabe behauptet doch allen Ernstes, Tönnies hätte ihm eindeutige Angebote gemacht und schon seine Hose heruntergerissen. Als Gegenleistung wollte Tönnies sich dann beim Staatsanwalt für ihn einsetzen."

„Und? Könnte da was dran sein?"

„Natürlich nicht, das ist absoluter Unsinn. Tönnies hätte so etwas niemals gemacht, das wäre doch beruflich sein sicherer Untergang gewesen. Und er hat seinen Beruf geliebt, das kann ich Ihnen versichern. Aber wir mussten natürlich die Sache pro forma untersuchen und ihn deswegen für eine Zeit vom Dienst suspendieren. Ich denke aber, er wäre nächste Woche wieder da gewesen. Die Kollegen vom KSD haben den Bengel ordentlich in die Mangel genommen, er ist schon weich geworden. Aber leider hat die Sache auch ihren Weg in die Presse und somit in die Öffentlichkeit gefunden. Schon denkbar, dass einige engstirnige Leute da unschöne Gedanken hatten. Wir haben daraufhin viele Mails bekommen, in denen gegen Schwule gehetzt wird. Unfassbar! Wie gesagt, für Tönnies könnte ich meine Hand ins Feuer legen, dass er sich stets korrekt benommen hat. Außerdem lebte er doch meines Wissens mit diesem jungen Stararchitekten zusammen. Wie heißt der noch mal …?"

„Adrian Jensen. Sie sind zusammen gestorben."

„Ach?", machte Breuer, „der auch? Zusammen?" Er lehnte sich in seinem Stuhl zurück und rieb sich mit dem Finger die Stirn. „Das heißt, es ist noch gar nicht klar, ob Tönnies das eigentliche Ziel war?"

Rothenburg seufzte. „Klar ist hier leider noch gar nichts. Ob nur Tönnies oder nur Jensen ermordet werden sollte und der andere zufällig dabei war oder ob der Mord tatsächlich beiden galt – das alles untersuchen wir im Moment."

Breuer stand auf. „Es tut mir leid, ich habe einen Termin. Ich werde Ihnen Namen mailen, mit denen Herr Tönnies in der letzten Zeit zu tun hatte. Ich fürchte, mehr kann ich nicht für Sie tun."

Rothenburg stand auf und kramte eine Visitenkarte aus seiner Gesäßtasche. „Ach ja, eine Frage noch. War Tönnies eigentlich der einzige Schwule hier in der Abteilung? Oder haben noch andere Mitarbeiter Schwierigkeiten mit gewalttätigen Bengels?"

„Schwierigkeiten habe ich nicht. Aber bis zu dem grässlichen Augenblick, als Mirko Adrian kennenlernte, war er mein Lebenspartner."

Erst jetzt sah Rothenburg die Tränen in den Augen von Jochen Breuer. Er musste offenbar mal wieder an seiner Wahrnehmung arbeiten.

7

Der Mann schaute befriedigt auf die Schlafende. So hatte er sie sich schon lange gewünscht: ihm vollkommen ausgeliefert und wehrlos. Ihr Gesichtsausdruck war zu seiner Überraschung keineswegs ängstlich, auch keine Spur von Furcht oder Panik. Es lag mehr ein Hauch von Seelenfrieden in ihren weichen Zügen, eine Portion Zufriedenheit und ein gewisses Maß an Einverständnis. Ihre Mundwinkel gingen ganz leicht nach oben, es war fast ein Lächeln.

So gefällst du mir.

In seinem Inneren brodelte es. Es wäre jetzt ein Leichtes, sie auszuziehen und über sie herzufallen, eben das zu tun, was er sich schon immer gewünscht hatte. Sie würde es nicht merken, das Schlafmittel würde noch mindestens drei bis vier Stunden wirken. Er trat einen Schritt näher an das Sofa, setzte sich und berührte ihr blondes weiches Haar. Seine Hand zitterte, als er sie langsam von oben in ihr T-Shirt schob und ihre weiche Brust spürte. Er hielt inne und atmete tief.

Nur einmal ganz kurz.

Disziplin war noch nie seine Stärke gewesen. Was machte es denn schon, wenn er sie jetzt richtig nahm? Wollte er denn nicht schon immer wissen, wie sie sich anfühlte? Seine Hand kroch wie von selbst Zentimeter für Zentimeter weiter in den BH und legte sich schließlich ganz um eine Brust. Wieder atmete er tief aus, ihm wurde leicht schwindelig. Er konnte nicht glauben, dass er es getan hatte, dass er sie berührt hatte. Wenn sie wüsste!

Er wurde fast wahnsinnig vor Aufregung und innerer Zerrüttung. Das hier war nicht das Ziel seiner Anstrengungen, das hier konnte jeder, der ein Schlafmittel in eine Kanüle kriegen konnte. Sein Ziel war ein ganz anderes. Ein ehrenwertes, das würde letzten Endes auch Marie so sehen.

Einmal, los mach doch!

Sie schlief noch tief und fest. Sie hatte noch nicht einmal gezuckt, als er ihre Brust umschlossen hatte. Er konnte also getrost in Ruhe weitermachen, sie würde absolut nichts davon mitbekommen. Langsam tastete sich seine zweite Hand unter das T-Shirt und legte sich auf die andere Brust. Er schloss die Augen und ließ den Moment auf sich einwirken. Ein wohliger Schauer durchfuhr ihn, ein Moment der Seligkeit. Ja, das war es tatsächlich.

Er fühlte sich selig.

Aber er wollte kein Vergewaltiger sein. Vorsichtig zog er die Hände aus dem T-Shirt und zupfte es wieder zurecht. Marie sollte nichts merken, sich an nichts erinnern. Außerdem war er aus einem ganz anderen Grund hier und hatte noch eine Menge Arbeit vor sich. Seufzend stand er auf und betrachtete Marie vom Kopf bis zu den Füßen.

„Du wirst mir gehören, schon bald", flüsterte er.

Seine Hände und sein Gesicht waren schweißnass. Erst jetzt merkte er, dass er immer noch diese albernen Notarztklamotten trug. Er riss sich die dicke Jacke vom Leib und schmiss sie mitten im Wohnzimmer auf den Boden. Er würde sie einpacken, wenn er seine Arbeit hier erledigt hatte. Suchend blickte er sich nach seinem Notarztkoffer um, in dem er sein eigentliches Werkzeug verstaut hatte. Er fischte einen Schraubenzieher und eine kleine Zange aus dem Koffer und ging hinüber zum Schreibtisch, wo Marie Computer und Telefon stehen hatte. Ächzend kroch er unter den niedrigen Tisch und zog den Rechner vorsichtig nach vorne.

Er kannte sich mit Computern bestens aus und arbeitete sogar in einem PC-Laden, aber man brauchte schon lange kein Spezialist mehr zu sein, um in die Welt eines anderen Menschen einzutauchen und an ihr teilhaben zu können. Man musste nur ein gewisses technisches Verständnis haben, lange genug im Internet suchen und auf die passende Gelegenheit warten. Die war vor etwa zwei Jahren gekommen, als Marie diese Wohnung bezog und sich viele Sachen neu anschaffte, zum Beispiel einen Computer. Sie hatte bei Ebay zu einem Spottpreis von 100 Euro einen gebrauchten ersteigert, zum Glück leistungsfähig genug, um seinen Anforderungen zu genügen. Er brauchte danach nur noch auf eine Situation zu warten, bis sie und Rona außer Haus waren.

Die Wohnungstür war ein Kinderspiel gewesen. In einer Stunde hatte er eine Videoüberwachungskarte aus dem Elektronikmarkt eingebaut und die Software nebst einem Programm aufgespielt, das die Videofunktion unsichtbar und unauffindbar machte, auf jeden Fall für Marie. Er hätte laut Handbuch 12 Kameras mit Mikro anschließen können, die ihre Daten per Funk zum Computer übertrugen, aber das war natürlich nicht nötig gewesen. Er hatte beschlossen, in Ronas Zimmer, im Friseurzimmer, Schlafzimmer, in der Küche, im Bad und im Wohnzimmer eine der murmelgroßen Kameras zu installieren. Die Suche nach geeigneten Verstecken hatte ziemlich lange gedauert, aber er war anschließend sehr zufrieden gewesen, war mehrmals laut pfeifend durch die Wohnung spaziert und hatte versucht, die Kameras zu entdecken.

Wer es nicht wusste, würde sie nicht finden.

Den Ausschlag für die PCI-Karte hatte ihre zusätzliche Funktion als Web-Server und ihre Doppelfunktion – gleichzeitige Aufnahme plus Wiedergabe – gegeben. Er konnte sich also in aller Ruhe in seiner neuen Bude, die immerhin 250 Kilometer entfernt war, entspannt vor den Computer setzen, einen Browser starten, sich einloggen und Marie morgens beim Duschen zusehen. Und wenn ihm danach war, sah er sich sie abends noch einmal an. Die Karte zeichnete automatisch alles auf und speicherte die Filme auf seinem Rechner. Bei sechs Kameras ein enormer Datenberg.

Nach einigen Wochen hatte er herausgefunden, welche Kameras er wann benötigte, und sich gezwungenermaßen mit dem Kapitel *Timer-Funktion* im Handbuch beschäftigt. Er hatte einfach keine Lust mehr gehabt, plappernde Frauen vor dem Friseurtisch zu sehen oder die Ansammlung von Lillifee-Prinzessinnen in Ronas Zimmer. Was er sehen musste, war Marie. Er musste wissen, was in ihr vorging. Musste wissen, wie sie sich fühlte, was sie sich wünschte, welche Gedanken sie offen aussprach. Er wollte sie beobachten, an ihrem Gesicht ablesen, wie es ihr ging. Er wollte alles hören, was sie sagte.

Er wollte einfach bei ihr sein.

Die Timerfunktion brachte ihm eine enorme Zeitersparnis. Bis zum Sommer vergangenen Jahres hatte sie ja noch regelmäßig außer Haus gearbeitet, von zehn bis 18 Uhr konnte er also in der Woche die Kameras abschalten. Zuerst hatte er der Technik nicht richtig getraut und die Küchenkamera stichprobenartig aktiviert. Aber er hatte stets nur das Ticken der Wanduhr gehört. Fast 250 Kilometer entfernt!

Seit dem Unglück im letzten Jahr liefen die Kameras wieder rund um die Uhr. Marie war fast immer zu Hause, und er hatte Mühe mit der Auswertung, besonders seit dieser Scheißtyp von Lars Wilkens in ihr Leben getreten war. In seinen Augen ein Weichei vor dem Herrn.

Wilkens hatte es bis jetzt nicht geschafft, dass sie sich ihm näherte, nicht nur körperlich. Er schlief in einem Zustellbett in ihrem Schlafzimmer, aber das schien ihm nichts auszumachen. Wilkens durfte sie nicht auf den Mund küssen, nur umarmen, aber auch das schien er zu akzeptieren. Es war ihm ein Rätsel, wie ein Mann, der eine Frau liebt, eine solche Distanz bei gleichzeitiger Nähe aushalten kann. Aber das war das Problem von Lars Wilkens, wenn es denn eines war, und es war ihm egal. Im Gegenteil, die Zeit lief für ihn, wenn es so weiter ging. Eines Tages würde sie Wilkens sowieso den Laufpass geben. Seinetwegen.

Aber er durfte jetzt nicht nachlassen. Er schraubte den Rechner auf und untersuchte die PCI-Karte. Zwei Kameras hatten einen Wackelkontakt, außerdem wollte er ein Update der Software einspielen, das es ihm erlaubte, die eingebauten Bewegungsmelder der Kameras fernzusteuern. Vorsichtig löste er die Karte und prüfte die Verbindungen, tatsächlich hatten sich zwei gelockert. Er steckte sie wieder fest und klebte auf alle sechs Verbindungen noch ein Stück Gewebeband, das einen neuerlichen Wackelkontakt verhindern sollte. Zum Schluss überprüfte er noch das Empfangsgerät des Telefonsenders, das aber fest in der Halterung steckte. Die Ursache der Störgeräusche bei Maries Telefonaten musste also beim Sender liegen. Den würde er sich gleich noch vornehmen.

Er pustete noch einmal den Staub von den Platinen, schraubte den Rechner wieder zu und fuhr ihn hoch. Ein bekanntes Gesicht begrüßte ihn auf Maries Desktop.

Rona!

Er schluckte kurz, loggte sich ein und tippte die Befehle zum Update. Sein Passwort zu ändern war nicht nötig, an das Programm kam niemand anders als er selbst heran. Natürlich hatte das Kennwort mit Marie zu tun, Marie82. Was sollte er denn sonst nehmen? Etwas, an das er sich gut und gerne erinnerte, ja klar, aber da war doch nichts außer Marie. Er konnte die Tage seines Lebens an einer Hand abzählen, an denen er nicht an sie gedacht hatte. Er hatte gewissermaßen sein ganzes Leben mit ihr verbracht, und sie hatte keine Ahnung davon.

Die Reiter für die einzelnen Kameras tauchten auf. Er programmierte die Bewegungsmelder, klickte auf OK und loggte sich aus. Im selben Augenblick verschwand das Software-Icon vom Desktop. Ist schon irre, dachte er grimmig. Da sitzt man Hunderte von Kilometern entfernt auf einer Baustelle, stellt den Rechner an und belauscht einen Menschen, der nichts davon mitbekommt. Das war zwar nicht legal – aber die Bauteile durfte immerhin jeder Idiot kaufen.

Er streckte seinen langen Rücken und sah sich nach Marie um. Sie schlief noch immer tief und fest, aber ihre Atmung war jetzt deutlich flacher geworden und kaum noch zu hören. Er runzelte die Stirn. Hatte sich sein Lieferant etwa in der Dosierung des Schlafmittels verhauen? Oder hatte er ihm eine gänzlich falsche Spritze mitgegeben? Beunruhigt legte er sein Ohr auf ihren Mund und lauschte den kurzen Atemzügen. Sie waren regelmäßig, der Puls lag bei 45. Nicht viel, aber noch nicht alarmierend, schätzte er. Auf jeden Fall würde er sich jetzt beeilen, hier fertig zu werden. Wenn sie dann immer noch fest schlafen sollte, würde er ihr ein Gegenmittel spritzen.

Er krabbelte wieder unter den Schreibtisch und stellte fest, dass die komplette Telefondose aus der Wand hing und nur noch von dem Schwachstromdraht gehalten wurde. Zum Glück, denn so hatten Marie und Wilkens den Sender noch nicht bemerkt, und das Telefon funktionierte weiterhin. Er fluchte, hatte sich aber auf kleinere Handwerkerarbeiten eingestellt. Aus seinem Koffer holte er eine Tube Moltofill und reparierte die Dose. Vermutlich war sie beim Verrücken des Schreibtisches von der Wand gezogen worden. Der Minisender schien auf den ersten Blick in Ordnung. Er war nicht größer als eine Erbse und lieferte eine großartige Sprachqualität. Die Signale funkte er wie die Kameras an einen Empfänger im Computer, der sie in einen geschützten Bereich des Internets überspielte. Audio-Software zur Konvertierung gab es massenhaft gratis im Netz, und so hatte er abends, wenn er nichts zu tun hatte – außer sich unzählige *CSI*-Versionen reinzuziehen –, die Wahl zwischen ihrem Bild und ihrer Telefonstimme.

Es kam oft vor, dass er abends nichts zu tun hatte, eigentlich war es seine bittere Normalität. Aber auch das würde sich ändern, wenn er mit Marie zusammensein würde, wenn er ihr Freund werden würde, vielleicht sogar der Vater ihres nächsten Kindes. Klar, sie war mit 46 Jahren nicht mehr die Jüngste, aber ein Kind konnte sie doch bestimmt noch bekommen, wo sie doch schon zwei Geburten hinter sich hatte. Vielleicht würde es noch ein Jahr dauern, bis sie dazu bereit wäre, aber spätestens dann würden sie eine richtige Familie sein. Das stand für ihn fest wie das Amen in der Kirche.

Unter der Spüle lagen Handfeger und Kehrblech, das wusste er aus den Videos. Auf allen vieren kroch er unter dem Schreibtisch hin und her und fegte sorgfältig alle Dreckspuren zusammen. Mit sicheren Griffen, die den Profi verrieten, prüfte er an der Hinterseite des Rechners, ob alle Anschlüsse fest saßen. Dann krabbelte er vorsichtig zurück und erhob sich mit einem Seufzer der Erleichterung. Scheiß Tisch, nächstes Mal würde er das Teil einfach beiseite schieben und von hinten arbeiten. Die Platte war einfach viel zu niedrig für einen Schlaks wie ihn. Aber vielleicht würde es auch gar kein nächstes Mal geben. Er wusste, dass er sehr gründlich arbeitete, ein Defekt würde so schnell nicht wieder vorkommen. Und wer weiß, wie schnell sich die Dinge entwickelten.

Er packte seine Sachen zusammen und schaute in jedem Zimmer nach, ob er dort noch etwas liegen hatte. Sein Blick wanderte noch einmal zu den Kameras. Ein Lächeln huschte über sein Gesicht. Ein wahrhafter Künstler war er, stellte er fest, die Dinge so gut zu verstecken, das würde ihm so schnell keiner nachmachen. Als er in Maries Schlafzimmer war, begann sein Herz schneller zu schlagen. Dort in dem großen Bett lag sie jede Nacht allein mit ihrem warmen Körper, schwermütig und voller Kummer. Das wird bald ein Ende haben, dachte er. Halte noch eine Weile aus, das Tor ist weit offen. *Ich* habe das Tor aufgemacht.

Er beugte sich über das Kopfkissen und roch daran. Sein Herz raste, als er Maries Geruch wahrnahm und ihn gierig aufsog. Er verspürte den brennenden Wunsch, sie vom Sofa ins Bett zu holen und einfach nur neben ihr zu liegen. Und sie nur anzusehen. Wie sie dalag und schlief und sich ihre Brust langsam auf- und niedersenkte.

Er erstarrte. Marie! Das Schlafmittel. Das verflixte Midazolam. Er rannte zum Sofa und legte sein Ohr wieder auf ihren Mund. Ihr Puls war schwächer geworden, aber noch spürbar. Wenn sie jetzt sterben sollte, würde sein Lieferant wünschen, er wäre nie geboren. Hatte Marie etwa eine Allergie gegen den Wirkstoff? Oder einen instabilen Kreislauf? Davon hatte er bei seinen Überwachungsaktivitäten nichts mitbekommen, aber auszuschließen war das natürlich nicht. Marie war keine Frau, die ihre Probleme mit Tabletten erstickte, sie hatte seines Wissens noch nie Schlafmittel oder ähnliche Mittel genommen. Es war also gut möglich, dass er Midazolam gar nicht hätte geben dürfen. Der Arzt hatte ihn über Gegenanzeigen belehrt, aber wenn der nun mal nichts wusste …

Scheiße, was jetzt?

Er kaute nervös an den Fingernägeln. Sollte er jetzt schon das Gegenmittel spritzen? Oder noch warten?

Marie durfte nicht sterben, auf keinen Fall. Aber noch wichtiger war, dass er nicht die kleinste Spur hinterließ. Was nützte ihm eine lebende Marie, wenn er wegen Mordversuchs im Knast saß?

Er warf einen letzten prüfenden Blick auf ihren Oberkörper und stellte seinen Koffer und den großen Müllsack mit dem Notarztkittel und dem Dreck an die Wohnungstür. Er würde nicht viel Zeit haben, wenn er die nächste Spritze setzte, nach zwei Minuten begann sie zu wirken. Und sie würde hervorragend wirken, wie ihm der Lieferant versichert hatte – wenn das Midazolam keine ernsten Komplikationen verursachte. Wenn doch, könnte man es auch lassen. Dann wäre sowieso Hopfen und Malz verloren.

Ob das hier eine Komplikation war, konnte er nicht beurteilen. Aber er hatte eigentlich keine Wahl.

Lebe, Marie! Lebe!

Dann nahm er die Spritze mit dem Gegenmittel Flumazenil und injizierte es. Die nächsten Minuten würden über Leben und Tod von Marie entscheiden. Doch er hatte keine Zeit mehr, das Ergebnis abzuwarten. Er durfte nicht riskieren, erkannt zu werden.

Er presste die Lippen aufeinander und rang mit sich. Ein Kuss? Auf den Mund? Auf den Mund einer Halbtoten?

Er rannte aus dem Wohnzimmer und warf die Spritze in den Müllsack. In weniger als 30 Sekunden stand er unten auf dem Bürgersteig der Augustastraße.

Wie so oft in seinem Leben wusste er nicht, was er tun sollte.

8

Ricarda Nürting war wohl das, was man im Allgemeinen als eine erfolgreiche Karrierefrau bezeichnen würde. Eine äußerst erfolgreiche.

Sie hatte in Frankfurt und Stuttgart Betriebswirtschaft und Volkswirtschaft mit Schwerpunkt Personalwesen studiert, in Münster promoviert und war dann für fünf Jahre als Dozentin nach London an die dortige European School of Economics gegangen. Danach, so hatte es ihr Münsteraner Doktorvater vorausgesagt, würde sie es sich aussuchen können, wo und als was sie arbeiten wolle, wenn sie ihre eiserne Disziplin nur beibehalte. Darüber hatte sie sich nie den Kopf zerbrochen. Sie hatte gewusst, dass sie keine fünf Jahre brauchen würde, um sich das Renommee zu erarbeiten und die nötigen Kontakte zu knüpfen, um sich den Traum von einer eigenen Beratungsfirma zu erfüllen, die weltweit mindestens unter den Top Ten rangierte. So ein Ziel erreichte man nicht, wenn man schluderte oder die Zeit mit privaten Vergnügungen verplemperte, das war ihr klar, so ein Ziel erreichte man nur, wenn man kontinuierlich und verbissen arbeitete und sonst das Leben das Leben sein ließe.

Die Zeit in London war hart gewesen, das musste sie schon zugeben. Aber sie hatte es so gewollt und sich nie darüber beklagt. Jeden Morgen war sie vor den ersten Seminaren und Vorlesungen abwechselnd im Hyde Park gejoggt oder ins Frauen-Fitnessstudio gegangen. Das hatte ihr die nötige Energie gegeben, die Seminare mit den versnobten Kindern der reichen Leute durchzustehen, die dachten, der klangvolle Name der Universität würde für eine steile Karriere ihres Sprösslings schon reichen. In den ersten zwei Jahren als Dozentin hatte sie noch versucht, den Studenten ihre Eitelkeit und ihren Standesdünkel durch Härte und eine Unmenge an Lehrstoff auszutreiben. Doch sie musste einsehen, dass die Studenten so nicht zu kriegen waren, sie saugten nur den Stoff gierig auf und wurden noch peinlicher in ihrem Verhalten. Irgendwann hatte Ricarda dann beschlossen, dass es ihr egal war, weil die Studenten ihr sowieso nichts nützten. Auf wen es wirklich ankam in ihrer Lebensplanung, das waren die Professoren, die Wirtschaftspartner der Universität, die Unternehmen und ihre Spitzenmanager. Hier lag ihre Zukunft, hier lohnte es sich zu investieren.

Sie nutzte jede Pause zur Anbahnung von Kontakten. Sie rief prominente Unternehmen und Experten an, schob oft als Grund ein geplantes Kolloquium in einem Seminar vor und schaffte es durch ihr eloquentes Auftreten und außergewöhnliches Aussehen stets, einen nachhaltigen Eindruck zu hinterlassen.

Ricarda Nürting sah aus wie eine scharfe Hexe.

Ihre riesigen grünen Augen funkelten wie die einer Katze und strahlten Stärke, Selbstbewusstsein und einen festen Willen aus. Sie hatte dünne Lippen, eine leichte Adlernase und ein langes Kinn. Mit den größten High Heels kam sie auf höchstens 1,60 Meter. Ihre Figur schwankte zwischen sportlich und dünn, je nachdem, in welcher Phase eines Geschäfts sie sich gerade befand. Aber das herausstechendste Merkmal an ihr waren ihre feuerroten Haare.

Das Auftauchen ihrer knallroten Mähne war stets ein Ereignis für sich. Ob auf der Straße, im Seminarraum, im Supermarkt, in der U-Bahn oder beim Joggen: Wo immer Ricarda in Erscheinung trat, hielt die Umgebung kurz den Atem an, teils bewundernd, teils spöttisch, teils sprachlos. Die Lockenpracht kostete sie mindestens eine Stunde Zeit pro Tag, aber das war sie auf jeden Fall wert. Es war ein leichtes, diese Zeit durch das Auslassen von After-Work-Partys und Absagen für Dinner wieder hereinzuholen, wenn man dazu bereit war. Und wenn irgend jemand dazu bereit war, dann Ricarda Nürting. Besonders viel Spaß machte es ihr nicht, diese Massen von Haaren zu pflegen und zu bürsten. Aber einerseits nutzte sie die Zeit unter der Trockenhaube für ihre Fortbildung und die Kontaktpflege per E-Mail, und andererseits gab es das Wort *Spaß* in ihrem Wortschatz auch gar nicht.

Ricarda Nürting war eine ziemlich hübsche, aber total humorlose Hexe.

Sie konnte kurz lächeln, wenn sie einen bekannten Fachmann für sich gewinnen konnte, sie freute sich still für einen Moment, wenn ein Experte auf sie zukam und sie um ihre Meinung fragte. Als der Universitätsdirektor sie für eine prestigeträchtige Vorlesung eingeteilt hatte, hatte sie sogar kurz die Faust geballt und ein *Ja!* herausgeschrien. Aber ansonsten waren bisher alle Versuche von wem auch immer gescheitert, mit ihr einen Scherz zu machen oder sich einfach nur humorvoll mit ihr zu unterhalten. Entweder verstand sie die Witze einfach nicht oder sie fand sie so abgrundtief niveaulos, dass sie einfach nicht darauf reagieren wollte und konnte. Am wenigsten peinlich hatte sie noch den Annäherungsversuch des finnischen Studenten Kerkko Järvinen in Erinnerung behalten, der einmal wie üblich um 20 Uhr die Zwei-Promillegrenze überschritten hatte und Ricarda während ihrer Einzelsprechstunde in ihrem Büro dazu genötigt hatte, sich einen albernen Hexenwitz anzuhören. Zuerst hatte sie nur entnervt mit den Augen gerollt, aber die Mischung aus Järvinens lustigem finnischen Akzent und das lallende Geplapper des harmlosen Milchbubis aus den finnischen Wäldern hatte sie doch gegen ihren Willen etwas amüsiert.

„Soll ich dir mal einen tollen Hexenwitz erzählen?", hatte er mit leuchtenden Augen gefragt und, ohne eine Antwort abzuwarten, losgelegt. „Ein Holzarbeiter begegnet im Wald einer hässlichen Hexe mit einer Krähe auf der Schulter. ‚Hallo, schöner Mann. Wenn du mir sagst, welches Tier auf meiner Schulter sitzt, darfst du eine unvergessliche Nacht mit mir verbringen.' Der Arbeiter ist entsetzt und bekommt Panik. Er denkt nach, grinst und sagt schließlich: ‚Ein Mammut!' Die Hexe schaut zur Krähe und meint: ‚Na gut, das können wir gerade noch durchgehen lassen.'"

Ricarda hatte innerlich geschmunzelt, aber keine Miene verzogen. „Warum, Kerkko, erzählst du mir einen Hexenwitz?"

Järvinen fiel der Kopf nach vorne. „Warum … Hexenwitz? Na ja, ich meine … nur so. Ich hab gedacht, vielleicht kennst du ihn noch nicht."

„Kerkko, ich kenne keinen einzigen Witz. Warum sollte ich also ausgerechnet diesen Hexenwitz kennen? Sehe ich aus wie eine Hexe? Sehe ich so aus, als ob ich einen Mann bräuchte?"

Järvinen sank auf seinem Stuhl zusammen und packte seine Sachen in seine Aktentasche. „Nein", sagte er leise. „Du siehst so aus, als ob du alle haben könntest." Ohne sie auch nur noch einmal anzusehen, war er aufgestanden und hatte ihr Büro stolpernd verlassen.

Damit war das Kapitel Humor und Ricarda Nürting zu Ende.

Der finnische Student hatte allerdings recht, das wusste sie. Sie bräuchte wahrscheinlich nicht lange zu suchen, um einen Mann zu finden. Aber sie wollte nicht. Ein Mann hatte keinen Platz in ihrem arbeitsreichen Leben, ganz abgesehen von Kindern. Nicht, dass sie Kinder per se schrecklich fand oder es sich nicht vorstellen konnte, irgendwann einmal Kinder zu haben. Aber bis sie ihr Ziel nicht erreicht hatte, ihr eigenes Unternehmen in die Topklasse geführt und dort etabliert zu haben, waren diese Überlegungen absolut überflüssig. Was nicht hieß, dass Ricarda Nürting eine Frau ohne Gefühle oder Bedürfnisse war. Aber wenn es sie überkam und sie Lust auf schnellen Sex hatte, ging sie in einen Club nach Soho oder Shoreditch und ließ sich für ein paar Stunden abschleppen. Das war in London nie ein Problem gewesen. Im überschaubaren und weniger anonymen Münster sah die Sache ein wenig anders aus. Hier würde sie es riskieren, ihren hervorragenden Ruf aufs Spiel zu setzen, nur um mit einem Mann zu schlafen. Das waren die Kerle einfach nicht wert, und dafür hatte sie sich zu gut im Griff.

Ricarda Nürting musste unwillkürlich an den Hexenwitz und an Kerkko Järvinen denken, als sie jetzt in ihrem neuen Büro am Prinzipalmarkt in Münster saß, vor sich eine Anfrage der deutsch-finnischen Handelskammer DFHK, ob sie bereit wäre, ein Seminar über die Vermittlung von Top-Führungskräften innerhalb Europas zu leiten und auch als Referentin tätig zu sein. Sie überflog die Mail und schüttelte immer wieder verständnislos den Kopf. So aalglatt schmeicheln können wirklich nur Männer, dachte sie. Was führten die Herren als Referenz hier nicht alles auf, als ob sie nicht selber wüsste, was sie bisher alles geleistet hatte: Geschäftsführerin der besten deutschen Personalvermittlung im oberen Gehaltssegment, Präsidentin des Netzwerks *Personaler on Progress,* Aufsichtsratsmitglied in diversen Dax-Unternehmen und so weiter.

Sie lehnte sich zufrieden zurück und betrachtete das große Firmenschild an der Wand.

NÜRTING & PARTNER CONSULTANTS GMBH
TOP PERSONALVERMITTLUNG
FÜR DAS OBERE MANAGEMENT

Sie lächelte leicht, wie sie stets lächelte, wenn sie den Namen ihres Unternehmens las. Sie hatte keinen Partner, sie war der alleinige Boss, sie war der Kopf der Firma. Für sie wäre es nie in Frage gekommen, sich mit einem Menschen zusammenzutun, um ihr ehrgeiziges Ziel zu erreichen. Sie hatte sich alles selbst erarbeitet, über Monate, Jahre, am Wochenende, in der Nacht. Da konnte doch dann keiner kommen und sagen: Danke, jetzt steig ich mit ein. Aber das Wort *Partner* vermittelte bei den Kunden ein Gefühl der Sicherheit, der Aufgehobenheit, der Ausgewogenheit, warum auch immer. Und noch keiner ihrer Kunden hatte nachgefragt, wer denn überhaupt ihr Partner sei. Sobald sie Ricarda Nürting einmal in natura gesehen hatten, hatte sich diese Frage auch von selbst erledigt.

Sie las die Mail weiter. Ein Vertreter der DFHK würde gerne in den nächsten Tagen bei ihr vorbeischauen, um die Einzelheiten zu besprechen, falls sie zusagen sollte. Als Ort der Veranstaltung hätten die Organisatoren – nicht zuletzt ihretwegen – Münster ausgewählt, die Anzahl der Anmeldungen übersteige alle Erwartungen, sie läge jetzt bei fünfzig, mehr wollten sie ihr nicht zumuten. Eine Warteliste sei eingerichtet, um die abgelehnten Bewerber bei der Stange zu halten, eventuell könne man ja auch über ein zweites Seminar reden, wenn es ihre Zeit erlaube. Über die Mitreferenten und die thematischen Schwerpunkte könne sie selbstverständlich mitentscheiden.

Ricarda hob die Augenbrauen. Sie war es gewohnt, lukrative Angebote zu bekommen, aber meistens spiegelte sich das in der exzellenten Bezahlung wider und nicht in den Rahmenbedingungen. Sie warf einen Blick auf den Honorarvorschlag des Absenders, eines gewissen Dr. Walter Steinkörber. Er war in Ordnung, nicht außergewöhnlich hoch, aber doch deutlich über dem Durchschnitt. Das dreitägige Seminar sollte im September stattfinden, auch kein Problem. Es war ein weiterer großer Vorteil der Selbstständigkeit, Termine so zu legen, wie es einem passte. Zur Not und wenn man es sich leisten konnte, wurde die eine oder andere Veranstaltung eben wieder abgesagt. Die Referenten würde sie spielend zusammenbekommen. Es gab genügend gute Personaler, die sich darum rissen, bei einem Seminar von Ricarda Nürting ihren Namen in der Referentenliste sehen zu dürfen.

Das einzige kleine Problem schien der Besuchstermin des Abgesandten der DFHK zu sein, vermutlich Dr. Steinkörber selber. Er hatte gebeten, diesen Termin möglichst bald zu machen, damit er weiter planen könne, möglichst – er wolle sie aber auf keinen Fall bedrängen – vielleicht schon morgen? Wenn es ihr nichts ausmachen würde und sie einen vollen Terminkalender hätte, würde er es auch einrichten können, am Abend vorbeizukommen und sie zu einem Abendessen abzuholen. Bei geschmorter Lammkeule und einem Glas Rotwein ließe sich doch vieles einfacher und direkter klären. Auf jeden Fall sei er heute bis 23 Uhr im Büro und warte gespannt auf ihre Antwort.

Ricarda runzelte die Stirn. Ihr gefiel es nicht, dass sie nicht selbst entscheiden konnte, wann sie Dr. Steinkörber antwortete. Warum hatte er es so eilig? Falls sie morgen oder in einer Woche zusagen würde, wäre es immer noch früh genug, die nächsten Schritte zu planen. Es war Juni, mein Gott! Andererseits versuchte auch sie immer, Termine so schnell wie möglich wahrzunehmen, um Luft für weitere Vorbereitungen zu haben und ihre Mitarbeiter zu instruieren. Sie dachte noch einen Moment nach und entschloss sich, die DFHK und diesen Dr. Steinkörber kurz zu überprüfen. Bei ihr unbekannten Namen war sie seit einiger Zeit dazu übergegangen, dies obligatorisch zu tun oder einen kurzen Check wenigstens in Auftrag zu geben. Sie hatte keine Lust, auf einem Batzen Rechnungen der Dozenten sitzen zu bleiben, weil der Auftraggeber plötzlich insolvent war. Noch mehr fürchtete sie die schlechte Publicity, die ein verkorkster Auftrag mit sich bringen würde. Die Konkurrenz würde sich ins Fäustchen lachen und ihr erstklassiger und unbeschädigter Ruf wäre arg ramponiert.

Sie rief Google auf und gab DFHK ein. Nach ein paar Minuten des Stöberns und Querlesens war sie beruhigt, es war tatsächlich eine seriöse Vertretung deutsch-finnischer Handelsinteressen. Sie klickte auf das Impressum und fand einen Dr. Walter Steinkörber als Geschäftsführer, einen melancholisch dreinschauenden Mann um Mitte Vierzig mit geringer Ausstrahlung.

So weit alles in Ordnung, stellte Ricarda fest und öffnete ihr Mailprogramm. Sie freue sich auf das Seminar, schrieb sie, und erwarte ihn morgen Abend gegen 20 Uhr in ihrem Büro. Dann könnten sie ja bei einem Essen die nötigen Dinge besprechen, wenn es denn wirklich so eilig sei. Mit freundlichen Grüßen, Ricarda Nürting.

Sie fuhr den Rechner herunter, sah auf die Uhr und streckte sich. Fast 21 Uhr, ein langer Tag lag hinter ihr und sie merkte, wie ihre Konzentration rapide nachließ. Damals, in der Frankfurter Gruppe, wussten sie, was zu tun war, um schnell wieder fit zu werden. Ein Anruf, ein kurzer Besuch, eine Ladung Koks, und schon war man wieder auf der Höhe und voller Tatendrang. So etwas könnte sie jetzt auch gut gebrauchen, aber das war natürlich absolut tabu. Das hatte sie sich geschworen und diesen Schwur würde sie niemals brechen, so wahr sie Ricarda Nürting hieß.

Die Alternative war bedeutend langweiliger. Sie packte ein paar Unterlagen in ihre Tasche und fuhr nach Hause. Eigentlich wollte sie

72

im Bett noch einige Dokumente durchsehen, aber ihre Augen machten nicht mehr mit.

Mit der Lesebrille auf der Nase und dem Lebenslauf eines unglaublich unsympathischen Automanagers in der Hand fiel sie sofort in einen tiefen und traumlosen Schlaf.

Hans-Jörg Calma hätte sich in den Arsch beißen können, so sauer war er auf sich selbst. Was zum Teufel hatte ihn eigentlich davon abgehalten, sich bei seinem alten Schulfreund Christian Rabbel Rat zu holen? Aber er brauchte nur ein paar Sekunden ehrlichen Nachdenkens, um sich diese Frage selbst zu beantworten: die nackte Angst, das alles wieder hochkommen würde, wovon er gehofft hatte, dass es endgültig für immer begraben sein würde. Die nackte Angst gepaart mit seinem schwachen Rückgrat.

Klingeln und abhauen – wie feige und lächerlich, und unangemessen noch dazu.

Allein die Vorstellung, dass er einem Uneingeweihten alles über sein früheres Leben erzählen musste, löste bei ihm Beklemmungen aus und trieb ihm den Angstschweiß in alle Poren. Das war schon im vergangenen Jahr vor Gericht so gewesen, als er als Zeuge geladen war und in aller Öffentlichkeit seine Laster ausbreiten musste. Warum um Himmels willen hatte dieser verflixte Staatsanwalt bloß hartnäckig darauf bestanden, die gesamte Gruppe vorzuladen und über ihre Gewohnheiten zu befragen? Der starrköpfige Kerl hatte sie allesamt nur vorführen und der Verachtung der Münsteraner Öffentlichkeit preisgeben wollen, da war Calma sich sicher. Allerdings, das musste er zugeben, hatte die peinliche Offenlegung auch dazu geführt, dass er schließlich aufgehört hatte und bis heute standhaft geblieben war. Im Gegensatz zu einigen anderen, die sich einen Dreck darum scherten, was andere dachten, und munter weitermachten.

Er saß in seinem kleinen Apartment auf der Couch und hatte sich einen Scotch eingeschenkt. Gedankenversunken bewegte er das Glas hin und her und nahm hin und wieder einen kleinen Schluck. Er suchte verzweifelt einen Weg, den Anrufer zufriedenzustellen, ohne dass er selber großartig in Erscheinung treten müsste. Schließlich holte er sich einen Notizblock und schrieb die Möglichkeiten mit Pro und Contra auf.

1. Ich mache gar nichts. Pro: Ich muss mir keine Gedanken mehr machen, an wen ich mich wenden soll, keine Pläne schmieden, Polizei bleibt außen vor. Contra: Forderung nicht erfüllt, bin bald tot.

Ein kalter Schauer überkam ihn, als er die letzten Wörter geschrieben hatte. Scheiß Möglichkeit. Diese Vorgehensweise schied also schon mal definitiv aus.

2. Ich selbst bringe Rolf um. Pro: Ich bleibe am Leben, Polizei bleibt außen vor, Forderung erfüllt. Contra: noch gar kein Plan vorhanden, überhaupt realisierbar?, muss schnell passieren, sonst siehe 1. Contra.

Er nahm einen kräftigen Schluck Whisky und wiegte leicht den Kopf. Variante zwei sah schon wesentlich besser aus als Nummer eins. Wenn er davon ausging, dass erst ein Mensch tot war und der Kerl nicht im Stundentakt mordete, dann hatte er noch etwas Zeit. Er sollte schließlich die Nummer vier werden. Allerdings hatte er noch keinen Schimmer, wie er es anstellen sollte, auch nur in Rolfs Nähe zu kommen. Und wie sollte er unbelastet wieder aus dem Knast, nachdem er Rolf wie auch immer getötet hatte? In ein Gefängnis konnte man doch nicht einfach so hereinspazieren, einen Knastbruder abmurksen und dann wieder hinausgehen.

Er seufzte. Hier würde er noch ordentlich Gehirnschmalz investieren müssen. Weiter!

3. Ich lasse Rolf von Insassen umbringen. Pro: Ich mach mir die Hände nicht schmutzig, Polizei bleibt außen vor, Forderung erfüllt. Contra: Ich kenne keine Insassen, warum sollten die das tun?, habe kaum Geld für Bezahlung.

Calma ließ sich nach hinten zurückfallen und starrte aus dem Fenster. Das Pro überzeugte ihn, aber war es denn realistisch, innerhalb kürzester Zeit einen Knasti kennenzulernen und ihn dazu zu bringen, einen Mitinsassen zu ermorden? Für wenig Geld? Wohl kaum. Außerdem: Rolfs Leben war ihm seit letztem Jahr zwar egal, aber immerhin war er früher sein Freund gewesen. Und Mitglied der Gruppe. Er konnte sich einfach nicht vorstellen, ihn zu töten, genau so wenig wie er sich vorstellen konnte, irgend einen anderen Menschen zu töten.

Aber sein Leben war ernsthaft in Gefahr, davon war er jetzt fest überzeugt. Diese bittere Erkenntnis brachte einiges durcheinander in seinem Weltbild. Er hatte zwar keine Familie, auf die er Rücksicht nehmen musste, aber er hatte durchaus vor, am Leben zu bleiben und aus seiner Zukunft etwas zu machen. Warum sonst verzichtete er seit einem Jahr auf dieses Teufelszeug, rackerte in der Bank von morgens bis in den späten Abend und gönnte sich keinen Urlaub? Mittlerweile hatte er auch wieder Spaß an der Arbeit, konnte sich regelmäßig über lobende Worte seines Abteilungsleiters freuen und nahm auch gerne an den Betriebsausflügen teil, die er früher verächtlich ignoriert hatte. Es hatte einige Zeit gedauert, bis er wieder richtig klar im Kopf war und sein Körper sich von den Strapazen erholt hatte. Aber es hatte sich gelohnt. Er war wieder da, und das würde er sich weder von einem dahergelaufenen Killer noch von Rolf Trenschel kaputt machen lassen. Es gab immer einen Zeitpunkt im Leben, da musste man einfach an sich denken – und nur an sich.

Er kippte den Rest Whisky in sich hinein und wandte sich wieder dem Notizblock zu.

4. *Ich schalte die Polizei ein.* Pro: eigentlich oberste Pflicht, Schutzprogramm der Polizei?, keiner kann mir einen Vorwurf machen. Contra: Forderung nicht erfüllt, zwei Verstöße, da Trenschel wohl in Sicherheit gebracht wird, bin in Lebensgefahr, wenn kein Schutzprogramm. Tot.

Er konnte nicht abschätzen, ob die Polizei ihn auch wirklich sicher unterbringen würde, bis der Täter gefasst war. Wenn ja, hieße das aber auch, dass er seiner Arbeit nicht mehr nachgehen konnte und aus seiner Wohnung heraus musste, wenigstens eine Zeit lang. Wenn nein, konnte er Nummer vier gleich wieder vergessen. Aber wer würde ihm das sagen können, ohne dass er sich verriet?

Scheiße aber auch.

5. *Ich suche selbst den Kerl.* Pro: Polizei bleibt außen vor. Contra: Forderung nicht erfüllt, bleibe in Lebensgefahr, keine Ahnung, wo ich suchen soll. Tot.

Calma stützte seine Arme auf die Oberschenkel und starrte auf die vollgeschriebene Seite. Er schüttelte den Kopf, es war kompletter Irrsinn, was er hier machte. Auf diesem Blatt Papier befand er darüber, ob und wie ein Mensch zu Tode kommen sollte. Wer glaubte er eigentlich zu sein? Gott? Jeder vernünftige Mensch würde zur Polizei gehen, die Sachlage schildern und hören, was die Fachleute einem rieten. Er konnte sich keinen noch so abgebrühten Polizisten vorstellen, der einen dann einfach nach Hause schicken würde, so leichtsinnig würde niemand sein.

Er holte einen schwarzen Edding und strich die erste und letzte Variante durch. Gar nichts zu unternehmen war genauso hirnrissig wie den Typen selber zu suchen. Entweder sorgte er also dafür, dass Rolf starb oder er ging zur Polizei. Oder aber …

Ihm kam eine Gedanke, eine vage Idee. Er schenkte sich noch einen Whisky ein und riss das Blatt vom Notizblock. Seine Hände zitterten vor Aufregung, als er die ersten Buchstaben zu Papier brachte, aber er hatte das sichere Gefühl, dass er in den nächsten Minuten der Lösung seines Problems ein gutes Stück näher kommen würde.

Es kam nicht oft vor, dass Kommissar Rothenburg zu spät zur Teambesprechung erschien, und wenn doch, dann hatte es meistens handfeste Gründe.

„Scheiß Leeze!", fluchte er auf der Herrentoilette im Polizeipräsidium, wo er mit kaltem Wasser und milder Seife versuchte, Schmutz- und Ölflecken von seinen Händen zu waschen.

„Platten?", fragte Staatsanwalt Rabbel belustigt, der drei Meter neben ihm pinkelte.

„Ich habe das Fahrrad jetzt eine Woche und schon den zweiten Plattfuß", schnaubte Rothenburg und rubbelte mit Papiertüchern die letzten Schmutzflecken weg. „So viele Scherben kann es doch gar nicht geben."

Rabbel stellte sich neben ihn und wusch sich seine Hände. „Ich habe gehört, dass es Mäntel gibt, die keine Scherben mehr durchlassen. Die sind innen so dick, dass Nägel und Scherben gar nicht durchkommen. Wäre vielleicht eine Überlegung wert, oder? Allerdings müssten Sie dann Abstriche in der maximalen Geschwindigkeit machen. Kommt Ihnen das entgegen? Wenn nicht, könnten wir hier im Keller für Sie eine Fahrradwerkstatt einrichten."

„Witzbold", knurrte Rothenburg und schob Rabbel mit nach draußen. Sie betraten gemeinsam das Besprechungszimmer „Grün", in dem Franta, Briesch und der Techniker Behle schon warteten. Rothenburg fand, dass Irene Franta mal wieder extrem reizend aussah in ihrer hellbraunen Bluse und weißen Leinenhose, verkniff sich aber einen Kommentar vor versammelter Mannschaft. Sie würde auch so gemerkt haben, dass er ihr soeben ein stilles Kompliment gemacht hatte.

Rothenburg räusperte sich, begrüßte die Runde und fasste den Ermittlungsstand im Fall Jensen/Tönnies zusammen. Anschließend berichtete er über seine Besuche bei den Eltern von Adrian Jensen und der Jugendgerichtshilfe. Briesch informierte das Team über seine Eindrücke bei Jensens Büropartner Günther Jansen.

„Und dann ging ja die Arbeit erst richtig los."

Briesch blickte von seinen Notizen auf und schaute in lauter verdutzte Gesichter.

„Was meinst du genau mit Arbeit?", fragte Rothenburg ratlos.

„Na ja, ich habe mir vom Finanzamt und den Banken Informationen von allen beteiligten Firmen kommen lassen. Das war schon schwierig genug, aber ich hab's hinbekommen. Dann war ich bei der Architektenkammer und beim Bewerbungsbüro für den neuen Wettbewerb und hab mich erkundigt. Nach dem Rückfragekolloquium haben von 25 Firmen 15 schon das Handtuch geschmissen und sind nicht mehr im Rennen. Die Nummer war ihnen doch wohl zu groß. Von den übrig gebliebenen zehn Architekturbüros ist Jensen & Jansen natürlich das mit dem meisten Kapital im Rücken, die sind auf diesen Auftrag nicht angewiesen, nicht finanziell wenigstens. Bei weiteren acht Büros sieht die Finanzlage auch eher stabil bis recht ordentlich aus, so dass ein Ausfall eines Auftrags wohl keine unmittelbaren Konsequenzen haben würde."

Er machte eine Pause und sah die Runde erwartungsvoll an.

Rothenburg warf genervt den Kopf zurück. „Und? Was ist mit dem zehnten?"

Briesch grinste unbekümmert. „Jaha, das Büro Solkewski steht kurz vor der Insolvenz. Nach Information der Kammer müsste es wahrscheinlich schließen, wenn dieser Wettbewerb für sie verloren geht. Wovon übrigens viele ausgehen, weil Jensen & Jansen zurzeit wirklich unschlagbar sind."

„Ab sofort wohl nicht mehr", warf Rabbel ein. „Schließlich ist der kreative Kopf jetzt tot."

„Jensen hatte schon ordentlich vorgearbeitet und weitreichende Pläne gemacht. Sein Partner Jansen will weitermachen und glaubt fest daran, dass er damit den Wettbewerb gewinnen wird. Auch ohne den Halbgott Adrian Jensen."

Franta meldete sich zu Wort. „Das hieße dann aber, dass dieser Mord völlig umsonst gewesen wäre, falls Solkewski dahintersteckt."

Briesch nickte. „So ist es wohl, ja."

„Und Jensens Pläne sind noch da?"

Briesch blickte Franta irritiert an. „Wie? Da?"

„Im Büro. Oder bei sich zu Hause, im Nebenbüro. Irgendwo dort, wo sie hingehören."

Briesch schüttelte verständnislos den Kopf. „Wo sollen sie denn sonst sein? Von einem Einbruch hat Jansen mir nichts erzählt. Was willst du denn damit andeuten?"

Franta lehnte sich zurück und faltete ihre Hände artig wie zu einem Gebet. „Na ja, es könnte ja sein, dass die Pläne in falsche Hände geraten könnten. Wenn ich das richtig verstehe, nützen dem Büro Solkewski nur ein toter Jensen *plus* dessen Pläne etwas, wenn es die Firma retten soll. Ohne die Pläne hätten sie Jensen auch am Leben lassen können. Sie können ja wohl schlecht alle Mitarbeiter Adrian Jensens umbringen, um sicher zu gehen, dass keiner die Entwürfe weiter verfolgt. Das ginge doch wirklich etwas zu weit, findet ihr nicht?"

„Wenn eine Existenz auf dem Spiel steht, sind die Hürden oft niedrig", wiegelte Rabbel ab. „Da reicht manchmal schon ein falsches Wort, und das Todesurteil ist gesprochen."

Rothenburg nickte ihm und Franta zu. „Irene hat recht. Wir müssen wissen, ob Jensens Pläne noch da sind und ob es wirklich seine Entwürfe sind. Wenn sie noch da sind, ist Solkewski schon halb aus dem Schneider, wenn nicht, werden wir das Büro gründlich unter die Lupe nehmen. Irene, machst du das bitte?"

Franta nickte. „Klar."

Rothenburg massierte sich die Stirn. „Wo geht's weiter?"

Franta meldete sich wieder. „Die rechte Szene. Ich habe mit mehreren Experten vom LKA und Verfassungsschutz gesprochen. Sie sind allesamt der Meinung, dass ein rechter Mörder so niemals töten würde. Ein Profiler vom BKA meinte, die Todesumstände deuteten eher darauf hin, dass Adrian Jensen wegen Adrian Jensen sterben sollte, weil er etwas gemacht oder eben nicht gemacht hat, aber nicht wegen seiner Veranlagung als Homosexueller. Das gleiche gilt für Mirko Tönnies." Sie lächelte sauer. „Natürlich haben sie mir eingebläut, dass dies nur Vermutungen sind, die ihrer Erfahrung und wissenschaftlichen Erkenntnissen nach aber höchstwahrscheinlich den Tatsachen entsprechen."

„Also kein Schwulenhasser?", fragte Briesch vorsichtig.

„Kein Schwulenhasser", bestätigte sie. „Ich glaube das auch nicht, auch wenn ich keine Studien kenne. Wenn es einer wäre, hätte er ihnen doch die Eier abgeschnitten oder sich an Ihren Ärschen zu schaffen gemacht."

„Uupps", machte Rabbel.

„Wenn jemand Homosexuelle hasst, dann zeigt er das nicht, indem er ihnen Brust und Bauch mit einem Messer zerfetzt. So jemand liebt klare Worte beziehungsweise Taten."

„Schon gut, Irene", sagte Rothenburg sanft, aber bestimmt. „Du hast bestimmt recht. Ich denke auch, dass wir diese Richtung fürs erste beiseite lassen können." Er blätterte in seinen Unterlagen und überflog still die letzte Seite.

„Es gibt von Jochen Breuer eine Liste mit Jugendlichen oder jungen Männern, mit denen Mirko Tönnies in der letzten Zeit zu tun hatte. Ich denke, Breuer können wir vertrauen. Die Jungs sind alle mit dem Gesetz aneinandergeraten, Körperverletzung, schwere Körperverletzung mit und ohne Todesfolge, Raub, Erpressung, Drogen … alles was ihr wollt. Einigen konnte Tönnies helfen, einigen nicht. Einige wollten auch keine Hilfe annehmen. Ich denke, wir fangen mit den Fällen an, wo Tönnies nicht helfen konnte, und arbeiten uns dann weiter vor. Andreas?"

Briesch sah sich die Liste an. „Mein Gott, das dauert Jahre. Das ist einfach nicht zu schaffen."

Rothenburg seufzte. „Ich weiß, es ist 'ne Menge Arbeit und wir sind leider zu wenig Leute. Aber wir haben keine Wahl. Kollau gibt mir im Augenblick keinen einzigen Mann mehr, solange der Mord an diesem Immobilienanwalt und die SATO-Sache nicht vom Tisch sind."

SATO. Doris Konlaczyk alias *die dumme Dolores*. Turkmenistan. Staatsanwalt Rabbel zuckte leicht zusammen. Er war noch nicht einen Millimeter weitergekommen in dieser Sache und nahm sich fest vor, sich noch heute wieder dranzusetzen. Er bezweifelte aber nach wie vor, dass der zuständige Richter sich das Band inoffiziell anhören würde. Dr. Michael Bartuschek war das Gesetz selbst, er kuschelte vermutlich mit den 1500 Seiten des Strafgesetzbuches und kannte jede Seite auswendig.

„Andreas hat recht", merkte auch Franta an. „Wir drei können unmöglich die ganzen Jugendgerichtsfälle nacheinander abarbeiten. Bis wir fertig sind, ist Kollau in Pension."

„Ein wunderbarer Gedanke", murmelte ausgerechnet Rabbel, der ihm gar nicht unterstellt war.

Rothenburg stand auf und streckte sich. „Ich werde nicht zu Kollau gehen und um Verstärkung bitten. Das bringt nichts außer schlechte Laune und ein ordentliches Magengeschwür. Darauf kann ich verzichten. Ich werde mich jetzt gleich hier wieder hinsetzen und überlegen, wie wir diesen Personalmangel flott beheben können. Und auch, wenn mir nichts einfällt: Wir werden den Kerl kriegen, und zwar deutlich vor Kollaus Pensionsbeginn."

Nachdem alle den Raum in etwas deprimierter Stimmung verlassen hatten, überlegte Rothenburg, was er da gerade seinem Team überhaupt versprochen hatte. Er war der Leiter der Mordkommission Münster, sein Job war es unter anderem, ein gutes professionelles Team auch bei ständiger Überforderung zu motivieren. Aber Irene Franta und Andreas Briesch waren keine Idioten, sie würden hohle Versprechungen sofort als solche abtun, und das würde seinem Ansehen nicht gerade förderlich sein. Woher sollte er verflucht noch mal die Leute nehmen, die in den nächsten Tagen und vielleicht Wochen die Klinken von Münsteraner Kleinkriminellen putzen mussten? Und: Die Ermittlungsrichtung Jugendgerichtshilfe war nur eine von mehreren, er durfte die Architekten nicht vernachlässigen und auch die rechte Szene nicht ganz aus den Augen verlieren. Es war nun mal so wie bei vielen Mordfällen, dass sie in alle Richtungen ermitteln mussten und sie noch keine ernst zu nehmende Spur hatten. Auch die inhaltliche Bewertung der verschiedenen Ansätze hatte sie nicht weitergebracht.

Rothenburg setzte sich an den Konferenztisch, nahm einen Block und versuchte, den Fall noch einmal ganz systematisch anzugehen. Nicht dass sie das während der letzten Zeit nicht schon getan hätten, aber es lohnte sich nach seiner Erfahrung immer wieder, nach neuen Erkenntnissen den Fall so zu betrachten, als wäre er gerade erst passiert. Vielleicht war es ja eben dieses neue Puzzleteilchen, das noch gefehlt hatte, um etwas Licht im Dunklen zu sehen. Diese Arbeit machte er am liebsten allein für sich, weil er glaubte, dass seine Kollegen die Linien, Tabellen, Pfeile und Kreise für etwas übertrieben halten könnten. Es waren, zugegeben, auch ziemlich viele Linien, Tabellen, Pfeile und Kreise, so dass er wahrscheinlich auch der einzige wäre, der hier den Durchblick hätte. Er war fest davon überzeugt, dass Kollege Briesch das Blatt für ein Schnittmuster aus einer Modezeitschrift halten würde.

Zuerst mussten sie herausfinden, wem der Mord eigentlich galt: Jensen, Tönnies oder wirklich beiden. Noch hatte Rothenburg keinen Schimmer, wie sie das bewerkstelligen sollten, aber wenn das gelingen würde, bestünde durchaus die Möglichkeit, daraus und aus den unmittelbaren Tatumständen Rückschlüsse auf das Motiv des Täters zu ziehen. Wenn nur Adrian Jensen dran glauben sollte, würden die Kleinkriminellen als Verdächtige schon mal wegfallen. Wenn nur Mirko Tönnies ermordet werden sollte, könnte man das Büro Solkewski in Ruhe auf seine Insolvenz zusteuern lassen. Wenn jedoch geplant war, beide umzubringen, dann war es doch entweder ein Schwulenhasser, oder das Motiv musste etwas mit dem Leben beider Ermordeter zu tun haben. In diesem Fall bräuchten sie wahrscheinlich nicht nur einen zusätzlichen Mann, sondern mehrere.

Er seufzte, weil er nach dem Studium seines Diagramms merkte, dass er seinem Versprechen nach Verstärkung keinen Deut näher gekommen war. Wilhelm Kollau, im Präsidium nur spöttisch *Kaiser Wilhelm* genannt, dieser publicitysüchtige Bürokratenhengst, dem eine positive Berichterstattung seiner Person in der Zeitung wichtiger war als effizientes Arbeiten seiner Abteilungen, er sollte sich endlich mal auf die Hinterbeine stellen und mehr Personal anfordern, statt erfahrene Beamte für eine Lappalie in die Psychiatrie zu schicken.

Ihm war nach einem starken Kaffee und einem Käsebrötchen, aber *Holstein* hatte heute geschlossen, Betriebsausflug. Heute hätte er ein paar aufmunternde Worte oder eine konstruktive Zurechtweisung gut gebrauchen können, drei Sätze der Verkäuferin Mathilde Overkamp brachten ihn oft weiter als tagelanges einsames Grübeln. Aber gut, es musste halt auch mal ohne sie gehen. Ganz blöd war er ja auch nicht.

Rothenburg dachte an das Gespräch mit Kollau und Dr. Vossler.

Dann lächelte er vor sich hin und nahm seinen Fahrradschlüssel.

9

Obwohl sich die Sonne schon hinter den ersten Häusern versteckte, war es noch so brüllend heiß, dass kaum Menschen unterwegs waren. Er brauchte einen Hinterhof, wo er seinen vollgestopften Müllsack loswerden konnte. Einige Meter lief er dicht an den Häusern entlang, bis er einen geeigneten Müllcontainer entdeckte. Ein kurzer Blick nach oben, ob vielleicht jemand zufällig aus einem Fenster schaute, aber es war nichts zu sehen. Als er wieder auf der Straße stand, diesmal in seinen eigenen Klamotten und ohne jeglichen Ballast, atmete er tief durch. Aber er war alles andere als ruhig.

Es war gut möglich, dass er gerade sein Lebensziel vernichtet hatte. Das wäre schlimm genug, aber noch schlimmer war für ihn die Unsicherheit. Er hatte das ihm Mögliche getan, damit sie weiterlebte, aber wenn sie durch ein blödes Missverständnis oder den Fehler eines Arztes wirklich sterben würde, könnte er jetzt auch nichts mehr machen. Jetzt kam es darauf an, dass er sich für diesen Fall einen Vorsprung sicherte, dass er schnell nach Hause fuhr, wo ihn garantiert kein Mensch aufspüren würde. Bald würde Maries nächster Kunde kommen, und dann würde sich die Polizeimaschinerie in Bewegung setzen.

Nicht, dass er vor der Polizei Angst hatte. Er hinterließ keine Spuren, aber der öffentliche Wirbel machte ihn immer etwas nervös, seine Gedanken waren dann wirr und fanden unter Druck oft nicht zueinander. Er hatte schon einmal versucht, den Wirbel einfach zu ignorieren, aber das hatte nicht geklappt. Er musste einfach wissen, was lief, wenn er der Polizei voraus sein wollte. Wenn er also wissen wollte, wo die Polizei stand, musste er deren Mitteilungen lesen. In Zeiten des Internets war dies Gott sei Dank ein Kinderspiel. Er holte sich einfach den RSS-Feed der Polizei Münster auf sein Handy, filterte die ganzen albernen Einbrüche, Drogenrazzien und Unfälle heraus und gab als Schlagwort nur *Tötungsdelikt* ein.

Tötungsdelikt zum Nachteil des XY. Bescheuerter konnte man doch einen Mord nun wirklich nicht nennen. Wer so etwas schrieb, hatte entweder tiefschwarzen Humor und machte sich über die Opfer lustig oder war einfach unfähig, einen Mord Mord zu nennen.

Unschlüssig stand er an der Straßenecke und überlegte fieberhaft seine nächsten Schritte. Er war kein Freund langer Spaziergänge, dazu war es auch zu heiß. Außerdem wurde er dann von vielen Menschen gesehen, das konnte er nicht riskieren. Am vernünftigsten wäre es, sich in irgendeiner schäbigen Bude in die dunkelste Ecke zu setzen und sich die Zeit mit Lesen oder besser Daddeln zu vertreiben. Er schlug den Weg Richtung Hauptbahnhof ein, durchquerte den Eisenbahntunnel zum Bremer Platz und suchte auf der Ostseite nach einem geeigneten Ort. Gegenüber dem Parkhaus betrat er eine neu eröffnete Spielothek, vergewisserte sich, dass die Internetplätze abseits lagen und sah sich um. Die Räume waren dunkel und nur durch die Lichter der Automaten und Geräte erleuchtet. Die Rezeption mit der kleinen Bar befand sich gleich am Anfang und war mit einer älteren, griesgrämig dreinschauenden Frau besetzt. Zwei etwa 15 Jahre alte Jungen spielten Autorennen und feuerten sich gegenseitig lautstark an. Ansonsten war der Laden leer. Perfekt.

Er legte der Bedienung ein paar Euro für die Benutzung eines Rechners und für eine Cola hin und verzog sich in die hinterste Ecke. Das Geschrei der Autofreaks hörte er nur noch gedämpft, die Musik aus den Lautsprechern, lahmer deutscher Hip Hop, war kaum wahrzunehmen.

Zufrieden mit seiner Entscheidung machte er es sich an seinem Platz bequem. Ein paar Stunden Daddeln hatten noch niemandem geschadet.

Der Tag war hektisch und geschäftig gewesen, aber das war Ricarda Nürting gewohnt. Und sie liebte sie auch, diese permanente Anspannung, die erst abflaute, wenn die letzte Mail in einen Ordner verschoben war. Ruhe konnte sie am Tag nicht gebrauchen, es sei denn, sie musste dringend wichtige Dokumente lesen. Dann zog sie sich mit einem eindeutigen Befehl an ihre Sekretärin, keine, aber auch wirklich keine Anrufe durchzustellen, in ihr Büro zurück, schaltete alles um sich herum ab und tauchte hinein in die geliebte Welt der Karriereplaner und Headhunter.

Gegen 19 Uhr war die Sekretärin nach Hause gegangen, früher als sonst, weil der Papierkram erledigt war und keine wichtigen Anrufe mehr erwartet wurden. Ricarda saß noch an ihrem Computer und überarbeitete das Bewerbungsschreiben des Automanagers, der tatsächlich glaubte, sich einen Job aussuchen zu können, nur weil er ein paar Jahre in den USA und Indien gearbeitet hatte. Wer hatte das heutzutage nicht? Zudem war seine Gehaltsvorstellung maßlos überzogen.

Sie tat sich schwer mit den Formulierungen im Anschreiben, weil sie keinen Draht zu dem Mann fand, so sehr sie sich auch bemühte. Sie war professionell genug, auch unausstehlichen Kunden positive Eigenschaften zuzuordnen und ihnen ein äußerst schmeichelhaftes Persönlichkeitsprofil zu erstellen, aber es widerte sie fürchterlich an. Und es dauerte eben entsprechend länger.

Um viertel vor acht merkte Ricarda, dass sie jede Zeile dreimal las und keinen vernünftigen Satz mehr zustande brachte. Sie hatte auch keine Lust mehr, war erschöpft, ihre Nackenmuskeln schmerzten und die Augen brannten vor Trockenheit. Sie war nicht zufrieden mit dem, was sie geschrieben hatte, und würde sich morgen noch einmal dransetzen müssen. Sie fluchte, weil sie es hasste, einen Arbeitstag so unbefriedigend zu beschließen, und weil sie wusste, dass sie morgen als allererstes wieder dieses widerwärtige Großmaul vor sich auf dem Monitor hatte. Sie beschloss, es sich dafür am Abend richtig gut gehen zu lassen. Sie rief ihre beste Freundin Anna an, eine Ärztin, und verabredete sich für halb neun im vietnamesischen Restaurant *Pham's* in der Neubrückenstraße. Danach könnte man ja noch weiterziehen ins Kuhviertel und den einen oder anderen Cocktail in der *Gorilla Bar* schlürfen. Sie freute sich, dass Anna spontan zugesagt hatte. Wenigstens am Abend war es möglich, nur die Gesichter um sich zu haben, die man wirklich mochte.

Mit fast geschlossenen Augen fuhr sie den Rechner herunter und streckte die Arme mit einem lauten Gähnen in die Luft. Sie brauchte nur fünf Minuten, um ihre Tasche zu packen, ihren Kontrollgang durch die Büros zu machen, die Lichter zu löschen und die Alarmanlage scharf zu schalten. Nach weiteren fünf Minuten war sie im Arkaden-Parkhaus, wo sie einen Dauerparkplatz gemietet hatte und beim Einsteigen in ihren Wagen merkte, dass sie ihren Wohnungsschlüssel im Büro vergessen hatte. Sie überlegte kurz, ob sie die Nacht nicht einfach bei Anna auf der Schlafcouch verbringen sollte, aber dann fiel ihr ein, dass sie noch wichtige Unterlagen zuhause hatte, die sie am anderen Morgen mit ins Büro nehme wollte. Sie schloss fluchend das Auto wieder ab und ging mit schnellen Schritten zurück über den Prinzipalmarkt zu ihrem Büro. Erst als sie den Schlüssel umdrehte, bemerkte sie direkt neben sich den schlaksigen Herrn, der mit einer Aktentasche an der Tür stand und offensichtlich auch hineinwollte. Er war etwa 40 Jahre alt, trug einen etwas zu großen dunklen Anzug aus feinem Stoff, hatte pomadige Haare, die zu einem völlig altmodischen Seitenscheitel frisiert waren, und ein milchiges Gesicht. Ricarda roch sofort seinen scharfen Schweiß und rümpfte die Nase.

„Kann ich Ihnen helfen?", fragte sie so unfreundlich, wie sie nur konnte. Sie wollte weg hier, nur kurz ihren Schlüssel holen und dann schnell nach Hause, sich frisch machen und mit Anna einen netten Abend verbringen. Alles andere musste warten.

„Ich bin hier eigentlich verabredet", sagte der Mann übertrieben freundlich, schon fast unterwürfig. „Mein Name ist Walter Steinkörber und ich komme von der Deutsch-Finnischen Handelskammer. Sind Sie Frau Ricarda Nürting?"

Sie ließ für einen Moment den Schlüssel im Schloss stecken und sackte zusammen. Natürlich, das Seminar im September, das so eilige Treffen! Das hatte sie total vergessen und sie wusste auch warum. Auf nichts hatte sie gerade weniger Lust als mit diesem stinkenden Milchbubi am Tisch zu sitzen und Pläne zu schmieden. Sie hatte auch von Anfang an nicht das Gefühl gehabt, dass dieser Mensch oder wenigstens sein Anliegen ihr irgendwie von Nutzen sein konnten.

„Hören Sie", begann sie und versuchte erst gar nicht, ihren Unmut zu verbergen, „es tut mir fürchterlich leid, aber ich habe Ihren Termin schlicht vergessen. Würde es Ihnen etwas ausmachen, meinetwegen morgen wiederzukommen? So ganz eilig ist es doch nicht. Ich hatte heute einen sehr anstrengenden Tag und möchte eigentlich nur noch ins Bett."

„An einem so schönen Sommerabend, Frau Nürting?"

Oh nein, dachte Ricarda, jetzt will er auch noch den Romantiker spielen.

„Es tut mir leid, Frau Nürting", fuhr Steinkörber fort, „morgen früh fliege ich nach Finnland und soll dort das Konzept des Seminars vorstellen, das Sie leiten sollen." Er vermied es, ihr direkt in die Augen zu schauen. Ricarda hatte das Gefühl, als wenn sein Blick ihrem Dekolleté galt, wo es aber eigentlich nichts zu holen gab. Ihre Bluse war bis auf den letzten Knopf geschlossen. Sie hatte es nie nötig gehabt, ihre Kunden mit Minirock oder tiefem Ausschnitt zu überzeugen, und sie hatte es sich angewöhnt, sich auch im Büroalltag sittsam zu kleiden. Vielleicht hoffte der Kerl ja, dass sich dies im Verlaufe des Abends noch änderte.

Aber Ricarda war jetzt fest entschlossen, den pomadigen Handelsvertreter loszuwerden, auch wenn sie dafür irgendeinen anderen Termin verschieben musste. Zur Not würde sie dieses blöde Seminar eben sausen lassen. Es wäre zwar nicht besonders gut für ihren Ruf, aber das würde sie ausnahmsweise heute mal in Kauf nehmen. Es ging eben nicht! Nicht heute Abend, nicht jetzt, nicht mit dem! Der Gedanke, mit Steinkörber nebeneinander am Tisch zu sitzen und permanent seinen Schweiß zu riechen, trieb ihr schon die Galle hoch.

„Es tut mir auch leid, aber es geht wirklich nicht. Ich bin todmüde. Sie können gerne ein anderes Mal wiederkommen und ich versichere Ihnen, dass es dann auch klappen wird." Sie versuchte, ein besänftigendes Lächeln aufzusetzen und ihm in die Augen zu schauen, aber Steinkörber starrte auf den Boden und scharrte mit den Füßen. Erst jetzt fiel ihr auf, dass er mit seinem langen Oberkörper langsame Bewegungen nach vorne und hinten machte, so wie sie es schon in Jerusalem bei betenden Juden gesehen hatte. Oder bei Dustin Hoffmann in *Rain Man*.

War Walter Steinkörber auch noch autistisch?

„Ich habe wohl keine Wahl, oder?", fragte er mit seiner hellen Stimme.

Uff!, machte Ricarda innerlich. Sie schien ihr Ziel erreicht zu haben, der Abend war gerettet.

„Ich fürchte, nein." Sie setzte ein charmantes Lächeln auf und streckte ihre Hände bereits wieder nach dem Schlüssel aus. „Wie gesagt, rufen Sie mich morgen an, dann machen wir einen neuen Termin. Ganz bestimmt." Sie zögerte noch, den Schlüssel umzudrehen. Erst sollte dieser Mann verschwinden.

„Gut, ich weiche der weiblichen Gewalt", sagte Steinkörber mit einem schiefen Grinsen. „Aber nur, wenn Sie mir wenigstens erlauben, noch kurz Ihre Toilette zu benutzen. Es ist … dringend, Sie wissen schon."

Ricarda seufzte. Sie hätte ihr letztes Honorar darauf verwetten können, dass Steinkörber ein Stehpinkler war. Einer von der ganz üblen Sorte, die noch nicht einmal den Sitzdeckel dabei hochklappten. Aber das war wohl der Preis heute für einen schönen freien Abend mit Anna. Sie verzog das Gesicht, ohne dass er es sehen konnte.

„Na schön. Wenn es unbedingt sein muss. Kommen Sie."

Sie schloss die Haustür auf und marschierte mit schnellen Schritten auf die Treppen zu. Ihr Büro lag zwar im 3. Stockwerk, aber sie würde jetzt lieber zehn Mal die Treppen rauf und runter laufen, als mit Steinkörber und seinem scharfen Geruch für zehn Sekunden im Aufzug zu stecken. Allein das Bild daran verursachte einen erneuten und gezielten Angriff der Galle.

Der Nachteil von Treppen war, dass es erheblich länger dauerte als mit dem Aufzug. Sportlich für sie als durchtrainierte Frau kein Problem – im Gegensatz zu Walter Steinkörber, der bereits nach dem ersten Stock anfing zu hecheln. Der Punkt war nur, dass sie diese Zeit mit höflichen Floskeln überbrücken musste. Schließlich hatte er nachgegeben und konnte durchaus erwarten, dass man ihn respektvoll behandelte. Auch wenn er eigentlich nur pinkeln wollte.

„Ist es in Finnland gerade eigentlich auch so heiß wie hier?", fragte sie. Ihre Stimme klang wieder kräftig und unternehmungslustig. Sie hatte ihren Tiefpunkt überwunden und entschieden, dass sie diese Sache jetzt schnell und für beide Seiten in Würde hinter sich bringen würde. Walter Steinkörber stank zwar wie ein Berserker, ansonsten hatte er ihr aber nichts getan außer ihr erlaubt, den gemeinsamen Termin zu verschieben. In gewisser Weise musste das doch auch honoriert werden

Es dauerte einen Moment, bis sie von Steinkörber eine Antwort bekam. Er war bereits einige Meter hinter ihr und legte gerade eine kleine Verschnaufpause ein. Eine Hand ruhte auf dem Geländer, eine auf einem Bein.

„Ehrlich gesagt, weiß ich das gar nicht so genau. Ich war schon seit Wochen nicht mehr drüben. Meist ist das Wetter…"

Die letzten Worte verstand Ricarda nicht mehr. Er war schon zu weit entfernt von ihr, seine Stimme musste der körperlichen Anstrengung Tribut zollen, und ihre High Heels taten ein Übriges. Auch gut, dachte sie, und erreichte die Tür zu ihrem Büro, ohne noch einen Gedanken an Steinkörber verschwendet zu haben. Sie schloss auf, entschärfte die Alarmanlage und machte sich auf die Suche nach ihrem Hausschlüssel. Dass er nicht auf ihrem Schreibtisch lag, wunderte sie. Er hatte eigentlich seinen festen Platz auf dem Fuß ihres Monitors, aber dort lag nur ein roter Textmarker. Sie schüttelte den Kopf. Offensichtlich war sie heute Abend so von der Rolle gewesen, dass sie nicht mehr gewusst hatte, was sie eigentlich tat. Sie ließ sich auf den Schreibtischstuhl fallen, warf ihren Büroschlüssel neben die Tastatur und massierte sich die Stirn.

Klar, sie hatte schon beim Anschreiben gemerkt, dass sie durch war. Wo war nur dieser verflixte Hausschlüssel?

Walter Steinkörber hatte mittlerweile die Büroräume erreicht und stand erschöpft in ihrer Zimmertür. „Wo ist denn die Toilette?", keuchte er.

Sie winkte ihn zu sich. „Gehen Sie dort den langen Flur entlang. Letzte Tür rechts."

Er nickte kurz und verschwand. Dachte Ricarda.

Aber Steinkörber blieb hinter dem kleinen Fenster stehen, durch das man vom Flur aus in Ricardas Büro blicken konnte. Er öffnete seine Aktentasche und griff hinein. Dann drehte er sich langsam um und beobachtete sie durch das Fenster. Noch saß sie unbewegt am Schreibtisch mit dem Blick zur Tür, noch konnte er nichts tun. Er wusste, dass sie gut trainiert war und ihm mit Leichtigkeit entwischen konnte, wenn er einen Fehler machte. Dann würde sie ihn im Büro einschließen und die Bullen rufen. Aber er hatte noch etwas Zeit. Sie wähnte ihn ja auf der Toilette, zudem musste sie ihren dämlichen Schlüssel suchen. Selbst eine gefeierte Karrierefrau wie Ricarda Nürting fand einen Schlüssel nicht dadurch, dass sie sich ihren süßen Hintern plattsaß und ihn sich herbeidachte. Auch sie würde aufstehen und ihn suchen müssen.

Na, mach schon!

Er verharrte eine Zeit lang neben dem Fenster und lauschte. Außer dem gelegentlichen wütenden Schnaufen von ihr war nichts zu hören. Der Flur war nicht beleuchtet, er warf also auch keine verräterischen Schatten. Nur in ihrem Büro brannte die kleine Halogen-Schreibtischlampe. Er lugte wieder um die Ecke und sah, dass sie wütend ihre rote Hexenmähne schüttelte.

„Scheiße! Wo ist dieser verdammte Schlüssel?"

Er lächelte. Nun war sie bestimmt bald soweit, dass sie aufstand und ihr Büro auf den Kopf stellte. Er betrachtete gerade das abstrakte Gemälde auf der anderen Wandseite des Flurs und überlegte, ob es klug wäre, sich zum Klo zu schleichen und die Spülung zu betätigen, als er aus den Augenwinkeln eine hektische Bewegung registrierte. Blitzschnell duckte er sich, hockte sich auf den Boden und fischte einen kleinen Spiegel aus der Tasche, den er so über sich hielt, dass er das Büro durch das Fenster gut im Blick hatte. Er sah, dass Ricarda sich erhoben hatte und tatsächlich ihre Ablageflächen, Regale und Schubladen nach dem Schlüssel durchforstete. Noch ein Sideboard, und sie würde mit dem Rücken zu ihm stehen. Seine Chance!

Noch immer in der Hocke – mit einer Hand den Spiegel über sich haltend – setzte er einen Fuß dicht neben den anderen und wartete unmittelbar neben der Tür auf seinen großen Moment. Seine andere Hand umklammerte das lange Fleischermesser und holte es langsam aus der Aktentasche, die er etwas zur Seite schob.

Jetzt!

Blitzschnell stand er auf und rannte auf sie zu, das Messer fest in der erhobenen Hand. Es waren nur ungefähr fünf Meter bis zu seinem Opfer, doch sie kamen ihm vor wie fünfzig. Aufgeschreckt durch das ungewohnte Geräusch drehte sich Ricarda Nürting rasch um. Sie riss irritiert die Augen auf und erfasste offensichtlich in Bruchteilen von Sekunden die Situation. Er sah, wie ihre Hände einen Locher packten und ihm entgegenschleuderten. Aber der Wurf zeigte keine Wirkung, der Locher krachte mit lautem Getöse in den Monitor. Jetzt hatte er sie erreicht. Sein Messer sauste von oben herab in ihre Brust, als er zwischen den Beinen einen höllischen Schmerz verspürte. Die Hexe hatte ihm wahrhaftig und mit voller Wucht in die Eier getreten. Mit ihren High Heels.

Ihm wurde schwindelig vor Schmerz und er sackte zusammen. Er schrie laut auf, wälzte sich am Boden und hämmerte mit den Fäusten auf den Dielenboden. Er schlug und schrie immer weiter, ohne eine Ahnung, wie lange er hämmerte und schrie, und ohne wahrzunehmen, was um ihn herum passierte. Es war ihm auch gleich, jetzt, in diesen Augenblicken, in denen sich der Schmerz wie ein brennendes Feuer in seinem Unterleib ausbreitete und keine Lust zu verspüren schien nachzulassen.

Kaltes Wasser, dachte er irgendwann erschöpft, als er seine Hände wund geklopft hatte. Ich brauche kaltes Wasser, sonst sterbe ich.

Keuchend robbte er bis zum Schreibtisch. Hier konnte er sich gut hochziehen. Wie ein Baby, das gerade laufen lernt, dachte er wütend. Und alles nur wegen dieser Hexe.

Ricarda Nürting! Die Hexe!

Voller Panik blickte er sich um und fürchtete schon das Schlimmste: dass sie geflohen war, ihn hier eingeschlossen hatte und in wenigen Minuten die Handschellen klickten. Aber er bemerkte sofort die riesige Blutlache, in der Ricarda regungslos lag, und wusste, dass er es wieder geschafft hatte, dass er seinem Ziel wieder ein Stück näher gekommen war. Er hatte sie offenbar mit einem Stich niedergestreckt.

Der Anblick seines halbtoten Opfers ließ ihn sofort den eigenen Schmerz vergessen und gab ihm neue Kraft. Er brauchte kein Wasser mehr, er wollte jetzt seinen Sieg auskosten und diese Hexe endgültig in den Tod schicken. Das Messer lag direkt neben ihr. Er nahm es und fuhr mit der Klinge langsam über ihr Gesicht. Sie hatte die Augen geöffnet und starrte ihn hasserfüllt an. Ihr Brustkorb hob und senkte sich nur noch kaum wahrnehmbar. Es war nur noch eine Frage von Minuten, bis Ricarda Nürting sterben würde.

Er kniete sich neben sie und ließ die Messerspitze weiter leicht nach unten gleiten. Er hatte wieder so viel Gefühl in den Händen, dass er es schaffte, ihre Bluse nicht zu beschädigen. Andere Männer würden sich jetzt nehmen, was sie sich erarbeitet hatten, aber er war nicht einer von dieser plumpen Sorte. Ihm kam es auf das große, weite Ziel an, nicht auf die kleinen Schritte. Nicht auf Ricarda Nürting. Sie war im Grunde unwichtig wie die anderen auch. Ihr Tod war ein Baustein in seinem Plan. Nicht mehr und nicht weniger.

Sie zitterte, ihre Hände bewegten sich leicht, und ihre Finger schienen kleine Kreise zu ziehen. Mit letzter Kraft hob sie eine Hand und winkte ihm, sein Ohr an ihren Mund zu halten. Er zögerte erst, entschied dann aber, dass sie keine ernsthafte Gefahr mehr für ihn darstellte. Er hielt sein Ohr dicht an ihren Mund, das Messer griffbereit und mit der Spitze auf ihrem Bauchnabel.

„Arschloch!", zischte Ricarda Nürting mit ihren letzten Reserven und biss Walter Steinkörber im selben Moment sein linkes Ohr ab.

Er jaulte, heulte auf, fast wahnsinnig vor Schmerz, und fasste sich mit der freien Hand an die Stelle, wo noch bis vor ein paar Sekunden sein Ohr war. Blut strömte ihm über den Arm und tropfte auf den Boden. Wie ein Irrer rannte er durchs Büro, trat gegen Stühle, Schränke und Regale und schrie sich den Schmerz aus seinem Körper. Als er gegen den Computer treten wollte, der unter dem Schreibtisch stand, rutschte er auf dem überall verschmierten Blut aus und blieb direkt neben ihr liegen. Ihre Köpfe berührten sich, beide drehten die Gesichter wie auf Kommando zueinander.

Ricardas Augen waren bereits ohne jeglichen Ausdruck, der blutrote Hass in ihnen war einer weißen Leere gewichen. Sie bewegte schwach die Lippen, hatte aber keine Kraft mehr, einen Laut auszustoßen.

„Warte nur, du Hexe", stöhnte Walter Steinkörber grimmig. „Jetzt bekommst Du, was du verdienst."

Dann hob er das Messer und stach zu. Noch 21 Mal.

10

Sie sah zuerst nur einen grauen Schleier vor den Augen, als sie erwachte. Ihr Kopf brummte fürchterlich und drehte sich wie ein Karussell. Das Schwindelgefühl in ihrem Schädel war so heftig, dass sie meinte, es müsse gleich etwas aus ihm herausgeschleudert werden. Sie fühlte, dass ihr Herz kräftig pochte und so laut, dass es ihr schon zu viel war. Am schlimmsten tat ihr die Beuge am linken Arm weh.

Dann hörte sie die erste menschliche Stimme seit ewigen Zeiten etwas flüstern.

„Marie? Marie, bist du wach?"

Die Stimme war ihr vertraut, doch sie konnte sie noch nicht eindeutig zuordnen. Sie versuchte, ihre Augen zu öffnen, aber sie klebten noch zusammen. Etwas Kaltes, Nasses legte sich erst auf ihre Augen, dann auf ihre Stirn. Noch einmal legte sie alle Kraft in den Versuch, die Augen aufzumachen. Sie schaffte es kaum einen Zentimeter.

Lars! Es ist vorbei!

Und ich lebe noch!

Eine Welle der Erleichterung durchfuhr ihren Körper. Sie schloss die Augen wieder, um Kraft zu tanken, um ihre Gedanken zu sammeln. Sie wusste weder, wo sie war, noch was passiert war. Sie hatte das Gefühl, dass sie Jahre weg gewesen war von diesem Planeten der Lebenden. Mit der Zunge fuhr sie sich über die Lippen, die völlig ausgetrocknet waren.

„Wasser", stöhnte sie leise.

Ein Glas wurde ihr gereicht. Nicht von Lars, sondern von einer Frau, die eine seltsam rote Uniform trug. Sie setzte sich zu Marie auf das Sofa und strich ihr über die Haare. „Schön langsam trinken, nicht zu hastig."

Marie war noch zu schwach, um darüber nachzudenken, wer diese Fremde war. Für sie reichte es zunächst völlig, dass Lars da war und sie wusste, dass sie lebte. Das Wasser war herrlich kühl, und sie spürte, wie die kalte Flüssigkeit ihre Speiseröhre hinunterrann und ihre ausgetrockneten Zellen wieder zum Leben erweckten. Als das Glas leer war, half die fremde Frau ihr etwas hoch und steckte ihr ein dickes Kissen in den Rücken. Marie schaute sich langsam um, bis ihr Blick auf Lars fiel.

„Lars!", sagte sie matt. „Bin ich zu Hause?"

Lars hatte hinter der Frau gestanden und geduldig gewartet. Jetzt schob er sich sanft an ihr vorbei und kniete neben Maries Kopf. Zärtlich küsste er sie auf die Stirn. Seine Hand umklammerte fest die ihre.

„Marie", sagte er mit tränenerstickter Stimme. „Ja, du bist zu Hause. Ich dachte schon, du seist tot."

„Ich auch." Ein zaghaftes Lächeln kam über ihre Lippen. „Wer ist das?", fragte sie und hob den Zeigefinger leicht in Richtung der Frau.

„Das ist die Notärztin, Dr. Derenthal. Ich habe sie gerufen, weil ich nicht wusste, was mit dir los ist. Ich habe dich einfach nicht wachgekriegt."

Die Ärztin lächelte ihr freundlich zu. „Wir kriegen Sie schon wieder hin. Aber Sie müssen einiges mitgemacht haben. Ihr Blutdruck ist sowas von im Keller und Ihr Arm sieht aus, als wäre ein dicker Ziegelstein draufgefallen, ein riesiger Bluterguss. Ich habe Ihnen in den anderen Arm ein Kreislaufmittel gespritzt. An diesem hier vorne ging gar nichts mehr, eine einzige Beule. Was ist denn bloß passiert?"

Marie zuckte zusammen. Kreislaufmittel! Da war doch etwas gewesen, etwas Merkwürdiges, etwas, wovor sie auf jeden Fall Angst gehabt hatte. Sollte ihr jetzt derselbe Fehler ein zweites Mal passieren? Durfte sie dieser Ärztin blind vertrauen? Dr. Derenthal war noch relativ jung und hatte ein zartes Gesicht. Ihre langen schwarzen Haare hatte sie hinten zu einem Pferdeschwanz zusammengebunden. Sie schaute gütig und wirklich mitfühlend, aber in Marie wehrte sich etwas, ihr zu vertrauen und ihr alles zu erzählen, obwohl Lars dabei war. Dieses Etwas war stark.

„Sind Sie wirklich Ärztin?"

Derenthal war für einen Moment vollkommen verblüfft, lächelte ihr dann aber aufmunternd zu. „Natürlich. Ihr Freund hat die 112 angerufen, und die Leitstelle hat mich geschickt. Ich kann gerne hier und jetzt die Kollegen anrufen, die das bestätigen. Möchten Sie das? Es wäre kein Problem."

Marie schüttelte den Kopf und sah Lars fest an. „Schon gut, ich glaube Ihnen ja."

Lars zog sich einen Stuhl heran und streichelte ihren Kopf. „Warum sollte sie keine Ärztin sein?", fragte er verwundert und reichte ihr ein neues Glas Wasser.

Marie starrte auf das Glas. „Ich weiß nicht … ich bin irgendwie zusammengesackt, weil es wieder hochkam … die Geschichte, meine ich. Und dann war da auf einmal so ein Mann, der sagte, er wäre der Notarzt und würde mir helfen."

„Wann war das?", unterbrach sie Derenthal scharf.

„Ich weiß nicht so genau. Irgendwann, so am Nachmittag, glaube ich. Ich weiß es wirklich nicht genau. Ich weiß ja auch nicht, wie lange ich vorher schon weg war."

Derenthal machte sich Notizen und nickte. „Weiter, bitte."

Marie schluckte. „Ja, und dann hat er mir eine Spritze gegeben. Er meinte auch – so wie Sie gerade –, es wäre ein Kreislaufmittel. Darum war ich eben auch so komisch."

„Verstehe. Kein Problem."

„Er hat mir diese Spritze gegeben und dann war ich weg. Mehr weiß ich nicht mehr."

„Haben Sie irgendwo Schmerzen?"

„Der Kopf tut irrsinnig weh und natürlich der Arm. Sonst geht es."

Dr. Derenthal sah kurz zu Wilkens hinüber und seufzte entschuldigend. „Es tut mir leid, aber ich muss Sie das jetzt fragen: Könnte es sein, dass er Sie missbraucht hat?"

Zu ihrer eigenen Überraschung reagierte Marie gefasst auf diese Frage, nur Lars riss panisch die Augen auf. Auf diesen Gedanken war er offensichtlich überhaupt noch nicht gekommen. Marie konnte es seinen Augen ablesen, was er in diesem Moment dachte: Wenn das jetzt auch noch, dann …

Sie schüttelte entschieden den Kopf. „Nein, ich glaube nicht. Ich fühle nichts Besonderes. Außer, dass ich gerade meine Tage habe."

Sie registrierte schon halb belustigt, als sie sah, wie Lars und Dr. Derenthal gleichzeitig vor Erleichterung tief durchatmeten.

Die Ärztin stand auf und legte ihre Instrumente zurück in den Koffer. „Frau Zeulweggen, ich schlage vor, dass Sie ein paar Tage zur Beobachtung in ein Krankenhaus gehen. Ich weiß nicht, was Ihnen dieser angebliche Notarzt gespritzt hat, wobei ich einfach nicht glauben kann, dass das tatsächlich ein Arzt gewesen sein soll. Sie haben so wunderbar dicke Venen, da trifft doch wirklich ein Blinder."

Marie spürte, wie gut es ihr tat, dass sich wieder ein Mensch für sie aus vollem Herzen einsetzte. Dr. Derenthal redete sich jetzt richtig in Rage.

„Wer solch einen Erguss bei diesen Venen produziert, kann höchstens seine Druckerpatronen wieder voll spritzen, aber nie im Leben ein Arzt sein. Ich habe Ihnen Blut abgenommen, das ich Ihnen ins Krankenhaus mitgeben werde. Dort wird es dann untersucht, um herauszufinden, was dieser Kerl Ihnen injiziert hat. Und dann werde ich gleich sofort bei der Leitstelle nachfragen, ob jemand von uns heute hier war. Ich kann mir das aber beim besten Willen nicht vorstellen, wir können alle ziemlich gut spritzen. Das muss jemand anderes gewesen sein, der sich irgendwie in das System eingeschlichen hat. Aber fragen Sie mich bloß nicht wie!"

„Und warum", ergänzte Lars Wilkens nachdenklich.

„Das kommt noch dazu", stimmte Derenthal zu. „Je nachdem, was die Proben ergeben, könnte das auch ein Fall für die Polizei werden. Vermutlich haben Sie den Mann vorher noch nie gesehen, oder?"

Marie war auf dem Kissen zurückgesunken und griff sich an die Stirn. „Ich weiß nicht ... ich glaube nicht ... ich bin mir nicht sicher. Mein Kopf tut so weh, und mir ist noch etwas schwindelig. Ich fürchte, ich kann jetzt nicht besonders gut nachdenken."

Die Ärztin klappte ihren Koffer zu und wandte sich Wilkens zu. „Der Krankenwagen wird gleich hier sein. Ihre Freundin kommt ins Franziskus, dort ist sie wunderbar aufgehoben. Mein Vater leitet die Innere." Sie lächelte ihn kurz an, fast als wenn sie sich dafür entschuldigen müsste. „Sie begleiten Sie hoffentlich?"

„Natürlich."

„Gut. Ich habe ja Ihre Handynummer. Sobald ich die Auskunft von meiner Leitstelle habe, rufe ich Sie an. Und wenn es tatsächlich kein Notarzt war, müssen Sie zur Polizei."

„Klar."

Sie setzte sich noch einmal zu Marie aufs Sofa. „Machen Sie sich keine Sorgen mehr, es wird alles gut. Sie kommen in gute Hände."

„Danke", flüsterte Marie.

Als die Ärztin gegangen war, setzte sich Marie wieder gerade hin und blickte Wilkens fest an. „Was ist bloß heute Nachmittag passiert, Lars? Ich verstehe das alles nicht."

Er schüttelte den Kopf. „Ich auch nicht. Ich habe nicht die geringste Ahnung. Kann es vielleicht sein, dass es etwas … etwas mit Rona zu hat?"

„Wieso Rona?", fragte Marie müde. Sie versuchte, etwas Ordnung in ihren Kopf zu bekommen und wenigstens einen Gedanken zu Ende zu denken, aber der Schädel schmerzte so sehr, dass sie schnell wieder damit aufhörte. „Lass Rona bitte aus dem Spiel!"

Er sah ein, dass es heute keinen Sinn mehr machen würde, sie mit Fragen zu quälen. Er nahm sich aber vor, sich diese Fragen selbst zu stellen und in den nächsten Stunden auch eine Antwort zu suchen, wenn Marie tief und diesmal friedlich schlafen würde. Denn dass hier irgendetwas nicht stimmte, war ja wohl offensichtlich.

Wenn er alles richtig mitbekommen hatte, war ein unbekannter Mann einfach bei Marie aufgetaucht, nachdem sie zusammengebrochen war, vermutlich wieder, weil sie mit Ronas Tod einfach nicht fertig wurde. Der Mann, der sich als Notarzt ausgegeben hatte, hatte ihr irgendwas gespritzt und war dann wieder gegangen. Zunächst erschien es Lars eigentlich unmöglich, sich in einen offiziellen Notruf einzuklinken. Technisch mochte das vielleicht gehen, wenn man sich richtig gut auskannte, doch wie viele Notrufe wurden denn täglich in Münster abgesetzt? Bei dem Kerl musste es doch dann laufend klingeln. Und dann: War Marie ein zufälliges Opfer oder ein sorgfältig ausgewähltes? Was wollte der Mann eigentlich? Es fehlte ja nichts. Kam er wegen ihr oder wegen irgendetwas in der Wohnung?

Scheint ziemlich zwecklos, dachte er resignierend. Bevor nicht klar war, was gespritzt worden war, brauchte er sich also keine weiteren Gedanken zu machen. Er rückte den Stuhl näher zum Sofa und drückte ihre kalte Hand.

Sie sah ihn an. „Bleibst du bei mir?", fragte sie leise.

Er kämpfte mit den Tränen, als er sie so liegen sah, kaum fähig zu sprechen, hilflos und zerbrechlich. Zerbrochen.

„Ja", hauchte er. Er war froh, als er endlich die Sirene des Rettungswagens hörte.

Hans-Jörg Calma konnte wieder einmal nicht einschlafen. Schon die letzten Nächte war er immer wieder schweißgebadet aufgewacht, ohne sich spontan an das erinnern zu können, was ihm eigentlich den

Schlaf geraubt hatte. Er war ruhelos in seiner kleinen Wohnung umhergelaufen, hatte abwechselnd Wasser und Rotwein getrunken, in der Bibel und im Telefonbuch gelesen, aber es hatte wenig genutzt. Immer wieder hatte er den Zettel gelesen, auf dem er sich die Worte des anonymen Anrufers notiert hatte, immer wieder hatte er gedacht, einen Hinweis zu finden, mit wem er es zu tun hatte. Das Schlafdefizit zerrte allmählich an seinen Kräften, er musste aufpassen, dass er die Kontrolle über sich behielt.

Es war Mitternacht, und er saß mit einem Glas Rotwein und den Streckenverbindungen der Deutschen Bahn ab Münster in seinem Bett, als das Telefon klingelte. Er zuckte zusammen, stand ganz langsam auf und ging zum Telefon. Das Klingeln war wie eine Sirene in seinen Ohren, er traute sich nicht, den Hörer abzunehmen und die Sirene vorzeitig abzustellen. Schließlich überwand er sich.

Rolf Trenschel lebt noch.

Er war es wieder! Calma schwieg. Seine Hand zitterte und konnte den Hörer kaum halten.

Du hast nicht mehr viel Zeit. Drei sind tot. Du bist der nächste oder übernächste.

Calma erstarrte. Wieso drei? Das konnte doch nicht sein. Er wusste nur von einem. Sein Puls begann zu rasen.

„Wieso dr …?"

Sei still! Ich hab dich gewarnt.

„Wer zum Teu …?"

Still, habe ich gesagt. Rolf Trenschel stirbt, oder du bist bald dran. Du hörst wieder von mir.

Klick.

Calma ließ langsam den Hörer auf die Gabel fallen. Minutenlang war er unfähig, sich zu rühren, und starrte aus dem Fenster in die Dunkelheit. Jetzt hatte er die Quittung für sein Zaudern, für seine Feigheit bekommen. Wenn er nichts unternahm, war er bald tot, das war klar. Er hatte gehofft, dass dieser Spinner sich etwas mehr Zeit lassen würde mit seinem teuflischen Vorhaben. Aber jetzt war klar, dass er sich höllisch sputen musste mit seinem Plan oder mit dem, was man so einen Plan nennen konnte. Viel weiter war er mit seiner Idee noch nicht gekommen. Es war wie bei Rückenschmerzen: Wenn sie da waren, gab es nichts Wichtigeres als den festen Vorsatz, jeden Tag gegen die Pein zu arbeiten. Sobald sie wieder verschwunden waren, gab es nichts Unwichtigeres.

Wer, um Himmels willen, war dieser Verrückte bloß? Und warum sollte ausgerechnet er, Hans-Jörg Calma, dafür sorgen, dass Rolf starb?

Er hatte sich diese Fragen schon hundertmal gestellt in den letzten Tagen, immer wieder und wieder. Nichts war ihm dazu eingefallen, rein gar nichts, so sehr er sich auch den Kopf zermarterte. Zentimeter für Zentimeter schlich er sich zurück ins Schlafzimmer, wo ihm als erstes das Streckenbuch der Bahn ins Auge fiel, das auf seinem Kopfkissen lag. Er nahm es und schleuderte es mit einem lauten Schrei ins Bücherregal. Dann warf er sich aufs Bett und hämmerte mit den Fäusten aufs Kopfkissen. Wut überkam ihn, eine panische Angst breitete sich in ihm aus, er zitterte am ganzen Körper. Aber es war auch wie ein Befreiungsschlag. Jetzt hatte er keine Ausrede mehr, die Hände in den Schoß zu legen und die Sache auszusitzen. Jetzt musste er handeln. Auch wenn er nicht der lebenslustigste war: Er hing tatsächlich an seinem Leben.

Er nahm einen kräftigen Schluck Rotwein und suchte den Notizblock, auf dem er seinen Schlachtplan schon mal grob skizziert hatte. Als ersten Spiegelstrich mit mehreren Ausrufezeichen notierte er sich sofort: - *bei Bank krankmelden.* Für den Vormittag schrieb er zwei Termine auf, das müsste zu schaffen sein. Und je nachdem, wie das Ergebnis der ersten Gespräche war, würde er dann entscheiden, wie es weitergehen sollte. Ihm war jetzt schlagartig klar geworden, dass er keine Zeit mehr zu verlieren hatte, wollte er seinen nächsten Geburtstag noch erleben. Je schneller er jetzt handelte, desto eher war er diese Pest los. Warum also nicht gleich? Jetzt sofort!

Er tapste, noch halb benommen vom Rotwein und dem Anruf, wieder zurück zum Telefon und sprach seinem Chef bei der Bank auf dessen Anrufbeantworter. Er fühle sich schlecht, sehr schlecht, Gliederschmerzen und Halsschmerzen, es sei wohl ein Virus oder die Sommergrippe. Sobald er beim Arzt gewesen sei, würde er sich wieder melden.

Mit einer langen Linie strich er den ersten Punkt von der Liste. Seine Hand zitterte nicht mehr, wie er überrascht feststellte. Der Anruf war wohl in der Tat der Keulenschlag gewesen, den er bitter nötig gehabt hatte, um ihn ins Leben zurückzuholen.

Was für ein Irrsinn!

11

Es war fast Mitternacht, als Rothenburg am Prinzipalmarkt ankam. Die sonst um diese Uhrzeit so ruhige Touristen- und Vorzeigemeile Münsters war vom Blaulicht der Polizei- und Rettungswagen hell erleuchtet, es wimmelte von Uniformierten. Die genaue Adresse des Tatorts, gegenüber der Lambertikirche, hätte sich Briesch also sparen können. Rothenburg stellte sein Fahrrad an einen Laternenpfahl innerhalb der Polizeiabsperrung und schloss es ab. Ein Polizist mit kreidebleichem Gesicht, der den Hauseingang absicherte, nickte ihm kurz zu und trat zur Seite, um ihn vorbeizulassen. Ein scharfer Geruch schlug Rothenburg entgegen.

„Haben Sie eben noch was gegessen?", erkundigte sich der Polizist in bemüht dienstlichem Ton. Seine Stimme zitterte, nach jedem Wort musste er schlucken.

Rothenburg schüttelte den Kopf. „Nur getrunken."

„Dann passen Sie besser auf, dass Sie es bei sich behalten. Es ist äußerst unappetitlich da oben."

Er nickte kurz. „Danke für die Warnung. Was haben Sie da in der Tüte?"

Der Beamte starrte auf die drei Käfige der Wiedertäufer an der Lambertikirche und versuchte offensichtlich, sich von irgendetwas abzulenken. „Glauben Sie mir, das wollen Sie gar nicht wissen."

Der Gedanke an den Inhalt der Tüte war wohl zu viel für den Polizisten. Er drehte sich blitzschnell zur Seite und kotzte in die Tragetasche. Vermutlich heute nicht zum ersten Mal, dachte Rothenburg. Er beeilte sich, dem Gestank zu entfliehen und ging zügig zur Treppe. Dritter Stock, signalisierte ihm ein weiterer Beamte, der das Treppenhaus absperrte. An der Tür zu den Büroräumen empfing ihn das gewohnte Gewusel von Technikern und Fotografen. Zwei Sanitäter lehnten sich an das Treppengeländer und rauchten eine Zigarette. Auch sie sahen für ihren Berufsstand sehr mitgenommen aus. Er ging am Anmeldetresen vorbei und hatte dann einen langen Flur vor sich, von dem rechts und links Räume abgingen. Am ersten Büro links stand Andreas Briesch mit zerzausten Haaren und wirrem Blick. Er winkte ihn zu sich.

„Ich glaube nicht, dass du so eine Sauerei schon mal gesehen hast. Ich jedenfalls nicht", sagte er düster statt einer Begrüßung. Rothenburg stellte sich in die Tür und musste zugeben, dass Briesch vollkommen Recht hatte.

Der ganze Boden des Büros war eine einzige Blutlache. Die Leute von der Spurensicherung hatten Holzplanken quer durch den Raum verlegt, um nicht im Blut waten zu müssen und Spuren zu verwischen. Ein Monitor lag völlig demoliert am Boden, der weiße Schreibtisch hatte an einer Längskante rote Blutspuren, die Regale waren verwüstet, viele Ordner auf den Boden geschmissen, wo sich das Papier mit dem Blut vollgesaugt hatte. Und vor dem Sideboard unter dem einzigen großen Fenster lag eine Frau. Oder vielmehr das, was mal eine Frau gewesen war.

Ihr Oberkörper war ein einziger Brei aus Blut, Gewebe und fast bis zur Unkenntlichkeit zerstörten Organen. Ihre vormals weiße Bluse hatte sich komplett dunkelrot gefärbt. Ihre Augen waren noch weit aufgerissen, die langen roten und gelockten Haare lagen platt im Blut. Dr. Sebastian Machalle, der Rechtsmediziner, kniete auf einem Holzstück neben ihr und untersuchte gerade ihre Fingernägel.

Rothenburg lehnte sich an den Türrahmen. „Mein Gott, das ist ja ein Massaker." Er trat vorsichtig auf eine Planke und ging zum Arzt.

Machalle schaute zu ihm auf und stellte sich dann ächzend hin, wobei er sorgfältig darauf achten musste, nicht von seiner Holzplatte zu fallen. „Eine Schlacht passt wohl eher. Obwohl ja das eine mit dem anderen oft einhergeht. Bei Varus war das auch so ... nun gut. Die Frau ist verblutet, keine große Überraschung, wenn man sich hier einmal umsieht. Verursacht wieder durch viele Messerstiche in den Oberkörper. Wie viele genau, kann ich erst später sagen, das ist hier alles ein einziger Gewebematsch. Ich tippe aber auf 22. Der Tod dürfte so zwischen 20 und 21 Uhr eingetreten sein. Die Tatwaffe ist bislang nicht gefunden worden, ist aber auch nicht notwendig, schätze ich."

„Wieso?"

„Der Mörder hat Spuren wie eine Herde wilder Bisons hinterlassen, wobei ihm eine besondere ganz bestimmt sehr fehlen wird." Er fischte einen Plastikbeutel vom Schreibtisch und zeigte ihn Rothenburg. Der zuckte angewidert zusammen.

„Ist das sein...?"

„Nein. Das ist nur sein Ohr. Sie muss es ihm im Todeskampf abgebissen haben. Es finden sich noch Teile davon in ihrer Mundhöhle."

Rothenburg musste gleichzeitig schlucken und würgen.

„Also … haben wir die DNA des Täters?"

„Auf jeden Fall. Mehr als genug."

Rothenburg starrte hinunter zur Toten. Sie war eine sehr schöne Frau, mit einer sportlichen, wenn auch zierlichen Figur, feuerroten Haaren und feinen Gesichtszügen. Er bemerkte, dass die Knöpfe ihrer zerschnittenen Bluse noch teilweise geschlossen waren. Die schwarze Hose war nahezu unversehrt.

„Missbraucht worden ist sie nicht, nehme ich an."

„Auf den ersten Blick, nein."

„Sonst irgendetwas Besonderes?"

Machalle legte das Ohr auf den Schreibtisch zurück und kniete sich wieder hin. „Das wird sich zeigen, wenn sie auf dem Tisch liegt. Wie immer."

Rothenburg fiel bei diesen Worten auf, dass Machalle für seine Person sehr ernst war. Selbst am hartgesottenen Arzt war das Gemetzel offensichtlich nicht spurlos vorbeigegangen, was ihn sehr sympathisch machte. Aber derjenige, der bei dem Anblick dieser Toten und der Vorstellung ihres verzweifelten Todeskampfes einen Witz erzählen konnte, musste wohl erst noch geboren werden. Selbst Kollege Briesch hatte ja angesichts der Umstände bis auf weiteres seinen Humor verloren.

„Ich bin echt platt", sagte Briesch, der sich Rothenburg von hinten genähert hatte und jetzt eine stabile Holzplanke suchte. „Das war ja ein Tier, eine Bestie."

Rothenburg blickte sich suchend im Raum um. „Wo ist Irene?", fragte er knapp. Er wünschte sich eine erste Analyse seiner versierten Kollegin und kein Lamentieren. Irene Franta verstand es wie keine zweite, Situationen am Tatort einzuschätzen, zu interpretieren und zu bewerten. Mit ihrem scharfen Verstand hatte sie schon oft bewiesen, dass sie für die Mordkommission unentbehrlich war.

„Sie kümmert sich um die Frau, die die Tote gefunden hat."

„Okay. Was wissen wir bis jetzt?"

Briesch zückte seinen kleinen Spiralblock und spulte seine Notizen in gewohnt rasanter Weise ab.

„Die Tote ist Ricarda Nürting, 35 Jahre alt, Headhunter und Coach ... oder heißt es Coachin? ... Gut. Sie hat hier ihre eigene Firma, wohnt aber in Mecklenbeck. Sie hatte sich mit ihrer Freundin, einer Frau Dr. Anna Jakobs, für halb neun in einem vietnamesischen Restaurant verabredet. Dort ist sie aus verständlichen Gründen nicht angekommen. Jakobs hat sich dann Sorgen gemacht, hat versucht, sie zu erreichen, ist erst zu ihr nach Hause gefahren und danach zu ihrem Büro und hat hier noch Licht gesehen. Tja, und dann ist sie hoch, die Tür stand auf und ... bumm."

Er machte mit der Hand ein Zeichen, wie wenn ein Baum umfällt. Als er bemerkte, dass Rothenburg das nicht besonders witzig fand, wurde er rot und fuhr ernst fort.

„Nach ein paar Minuten ist sie wieder zu sich gekommen und hat dann die Polizei gerufen."

„Hat sie eine Ahnung, warum Nürting so spät noch hier war?"

„Sie hat wohl oft noch abends gearbeitet. Aber wenn sie verabredet waren, war sie immer pünktlich, sagt Jakobs."

„Hat schon jemand den Terminkalender durchgesehen?"

Briesch schüttelte bedauernd den Kopf. „Kein Eintrag für heute Abend. Der letzte Termin war um 16 Uhr und ging bis 17 Uhr."

Rothenburg seufzte. Was für eine Nacht. Während des Gesprächs mit Svenja hatte er sich richtig gut gefühlt, ein bisschen stolz sogar, dass er wieder in seine Vaterrolle schlüpfen konnte und sich mit seiner Tochter so normal unterhalten konnte, wie es viele Väter wahrscheinlich taten. Väter, die nachmittags um 17 Uhr nach Hause kamen, Arbeit Arbeit sein ließen und sich Zeit für die Kinder oder die Ehefrau nahmen. Womöglich sogar für beide. Und mit einem Anruf war jetzt alles wieder vorbei. Rothenburg kam es vor, als hätte jemand auf eine Reset-Taste gedrückt, zurück zur Werkseinstellung, eben so, wie er eigentlich am besten funktionieren sollte. Statt eng an seine Gattin gekuschelt im Bett zu liegen und über die Streiche und Anfälle der Kinder zu reden, hatte er vor seinen Füßen eine schöne tote Frau liegen, deren Eingeweide entweder herausquollen oder zerstückelt worden waren. Und auf dem Schreibtisch lag ein abgebissenes Ohr des Mörders. Großartig!

Abgesehen davon, dass seine Frau auch noch durchgebrannt war.

Schöne Scheiße.

Rothenburg ging aus Nürtings Büro zurück zur Anmeldung und riss ein Fenster auf. Er brauchte dringend frische Luft. Ein paar

Sekunden, um sich neu zu konzentrieren. Um diese ewige Frage, ob er lieber ein guter Vater als ein guter Kriminalpolizist sein wolle, wieder einmal für ein paar Minuten zur Seite zu schieben. Wenn alles gut lief, würde er am Morgen mit Svenja wenigstens ein paar Minuten frühstücken können. Ein paar Minuten, besser als nichts, aber nicht unbedingt das, was man einen neuen Anfang nennen konnte.

„Nikolaus?"

Er fuhr zusammen. Irene Franta stand hinter ihm und sah ihn mit fragenden Augen an. „Sinnierst du?"

Er rieb sich erschöpft die Augen. „In gewisser Hinsicht, ja."

„Aber nicht über das hier, oder?"

„Nicht konkret, nein." Er räusperte sich. „Was sagt die Frau? Wie geht es ihr?"

Franta lehnte sich neben ihn an das Fensterbrett. Beide starrten mit verschränkten Armen auf die weiter umtriebigen Spezialisten in ihren weißen Schutzanzügen. Noch immer blitzte es ab und zu auf, wenn der Polizeifotograf ein neues Ziel für sein Objektiv gefunden hatte.

„Schlecht. Richtig schlecht. Zum Glück ist sie Ärztin und hatte in ihrer Handtasche ein Notfallset dabei. Sie hat sich selbst wieder hochgepäppelt. Aber sie ist mit ihren Nerven total am Ende. Wäre ich auch, wenn ich meine beste Freundin dilettantisch zerschnitten im Büro finden würde."

„Hat sie auch noch das Ohr gefunden?"

„Nein, zum Glück nicht. Es lag etwas versteckt unter dem Schreibtisch zwischen dem Seitenteil des Tisches und dem Computer. Keine Ahnung, wie es dahin gekommen ist.

„Angehörige? Mann? Freund?"

„Die Eltern leben in Süddeutschland. Die Kollegen kümmern sich um sie. Einen festen Mann gab's wohl nicht in ihrem Leben."

Rothenburg betrachtete die große Wanduhr hinter der Anmeldetheke im schlichten Deutsche-Bahn-Design. Ein großer roter Sekundenzeiger tickte laut und unablässig. Rothenburg zählte für sich mit, um die Zahl 22 zu begreifen.

„Wenn Machalle richtig gezählt hat, hat er nicht zum ersten Mal gemordet."

Franta nickte. „Wir brauchen die Untersuchung der DNA nicht abzuwarten, schätze ich auch. 22 Messerstiche ist keine gängige Anzahl, sie muss etwas bedeuten."

„Das werden wir schnell rauskriegen", meinte Briesch, der sich zu den beiden stellte. „Er wird nicht weit kommen. Ihm fehlt ein Ohr, er blutet wie ein Schwein und wird höllische Schmerzen haben. Die Fahndung läuft, die Krankenhäuser, Apotheken und Notärzte sind informiert. Wo soll er hin, frage ich euch? Wir haben Hochsommer, es ist heiß. Da fällt ein Ohr, das nicht vorhanden ist, ganz schön auf."

„Er wird sich verstecken", entgegnete Franta. „Er wird sich jemanden suchen, der ihn medizinisch versorgen muss. Er wird diesem jemand dringend raten, den Mund zu halten, vielleicht nimmt er ihn als Geisel oder dessen Frau oder Tochter. Und dann taucht er ab. Und wartet ab. Das mit dem Ohr war natürlich nicht geplant, vielleicht macht er jetzt Schluss. Es könnte zu riskant geworden sein. Er kann sich nicht vollkommen frei in der Öffentlichkeit bewegen, bald weiß jeder Mensch, dass hier ein Mörder mit nur einem Ohr rumläuft. Er darf nicht auffallen und darum wird er sich gut verstecken müssen. Vielleicht ist er auch schon im Ausland. Holland ist nicht weit, mit dem richtigen Zug könnte er auch schon fast in Dänemark sein."

Rothenburg verspürte einen kleinen Hieb in die Magengrube. Sein Sohn Frederik war letztes Jahr heimlich mit dem Zug nach Dänemark abgehauen, wo ihn Lisa abgeholt hatte. Keine Kindesentführung, Lisa hatte von Frederiks Plan nichts gewusst, aber das hatte es keinen Deut erträglicher gemacht.

„Zug ist zu gefährlich", warf Briesch ein. „Wenn der Schaffner kommt und das Ohr sieht … ich meine, die Stelle, wo es mal war …"

„Dafür gibt's Mützen."

„Im Sommer?"

Franta seufzte. „Sag mal, Andreas, wo lebst du eigentlich? Mützenträgern ist die Jahreszeit und das Wetter ziemlich schnurz. Eine schicke Mütze ist eine schicke Mütze. Auch bei 35 Grad."

Briesch schien ehrlich verblüfft. „Die schwitzen sich ja zu Tode."

„Denen egal."

Er schüttelte den Kopf. „Aber er muss sie sich noch irgendwo besorgen. Wo kriegt man denn in Münster um 21 Uhr noch Mützen her? Mit einem blutenden Ohr?"

Franta wollte ihm antworten, aber Rothenburg fiel ihr ins Wort.

„Die Mützenfrage wird uns ab heute Punkt acht Uhr beschäftigen", sagte er energisch. „Wir können hier nichts mehr tun. Die Stellen sind alle informiert, die Fahndung läuft, Machalle will durcharbeiten und uns das Ergebnis am Vormittag verkünden. Dann sehen wir weiter. Wir brauchen unsere Kräfte. Schlaft ein bisschen."

Er wartete, bis sie die Treppe hinuntergegangen waren, und überlegte, ob er noch einen Blick auf den Tatort werfen sollte. Die Leiche war inzwischen abtransportiert worden, auch das Ohr hatte seinen letzten Weg zu Dr. Machalle angetreten. In der Tür zum Büro blieb er stehen und sah auf den blutverschmierten Fußboden. Es musste eine grässliche Szene gewesen sein, und keiner hatte sie verhindern können. Er stellte sich Ricarda Nürting vor, wie sie verzweifelt um ihr Leben rang und in ihrem Todeskampf noch diese wichtige Spur legte.

Eine tapfere Frau, dachte er. Wahrlich.

12

Staatsanwalt Christian Rabbel saß, wie immer, wenn er keinen Kinderdienst hatte, Punkt acht Uhr an seinem Schreibtisch. Vor ihm lag der Polizeibericht der vergangenen Nacht. Samt Fotos. Er fluchte laut und stellte seine Kaffeetasse beiseite. Er hatte schon eine Menge gesehen, aber solch ein malträtierter Körper einer so zierlichen Frau – das musste in der Tat ein Wahnsinniger gewesen sein. Hatte Kommissar Briesch das nicht schon bei Adrian Jensen und Mirko Tönnies vermutet? Manchmal war der Kerl gar nicht so schlecht. Etwas salopp bisweilen, aber besser so als zu gestelzt.

Er las den Bericht sehr gründlich. Am Vormittag würde es sich herausstellen, ob sie im Fall Jensen/Tönnies die anderen Ermittlungen einstellen konnten, die Fahndung nach dem flüchtigen Täter könnten LKA-Zielfahnder übernehmen. Das würde denen im Präsidium bestimmt gut passen, Rothenburg kroch sowieso schon bald auf dem Zahnfleisch. Und er könnte sich endlich wieder der dummen Dolores, Doris Konlaczyk, widmen. Er war in der SATO-Sache noch keinen Schritt weitergekommen, weil diese hirnlose Pute, leider auch Hauptzeugin, einfach verschwunden war. Die Polizei suchte nach ihr, aber ihr Mörder-Mann hatte bestimmt seine fabelhaft bösen Kontakte spielen lassen, um Dolores an einen sicheren Ort zu verfrachten, wo sie die Staatsgewalt mit Sicherheit nicht finden würde. Vielleicht lag sie auch schon auf dem Grund eines Flusses oder des Aasees. Möglich war das. Sogar wahrscheinlich.

Insofern hatte er die erfreuliche Perspektive, in den nächsten Tagen ein paar Überstunden abbummeln zu können und mit Susanne und den Kindern irgendwohin zu fahren. Vielleicht an die Nordsee, oder wenigstens paddeln irgendwo auf der Ems oder der Werse. Das würde auf jeden Fall amüsanter werden als ein Vernehmungsgespräch mit Doris Konlaczyk.

Apropos Hauptkommissar, dachte Rabbel. Bei Rothenburg würde er sich bedanken müssen, dass er ihn nicht um Mitternacht noch an den Tatort geholt hatte. Viele Kripobeamte hätten bei diesen Tatumständen ganz sicher die Staatsanwaltschaft dazuzitiert. Aber Rothenburg hatte die Lage Gott sei Dank schnell richtig eingeschätzt und ihn schlafen lassen. Er selbst hätte auch nicht mehr ausrichten können.

„Herein", rief er mit kräftiger Stimme, als es klopfte.

Ein Mann mit übertrieben gegelten Haaren und einem schwarzen Anzug trat ein. Er ging etwas nach vorne gebeugt, seine Augen strahlten gleichzeitig Angst und Hoffnung aus.

„Christian Rabbel? Staatsanwalt Christian Rabbel?"

Rabbel stand auf und ging dem Mann entgegen. Das Gesicht des Besuchers kam ihm bekannt vor, aber er konnte ihn nicht sofort einordnen. Er streckte ihm die Hand entgegen. „Richtig. Und wer sind Sie?"

„Calma. Hans-Jörg Calma. Wir kennen uns von der Uni. Wir haben ein paar Semester zusammen Jura studiert."

Rabbel kniff die Augen zusammen und spulte seine Seminare und Vorlesungen ab. Ja, damals gab es einen Hans-Jörg in einer Arbeitsgruppe, Unternehmensrecht oder so was ähnliches. Aber er war ihm nicht weiter aufgefallen und er hatte weiter nichts mit ihm zu tun gehabt. Das musste die Zeit gewesen sein, als er Susanne kennengelernt und weniger Zeit als eigentlich erforderlich seinem Studium gewidmet hatte.

Er lächelte kurz bei diesem Gedanken.

Calma interpretierte das Lächeln als einen herzlichen Willkommensgruß. Seine Züge entspannten sich, sein Händedruck war fest. Vielleicht etwas feucht.

„Schön, dass du dich erinnerst. Es ist ja schon ein paar Jahre her, nicht wahr?"

Rabbel nickte und bot ihm einen Stuhl und Kaffee an. Er selbst setzte sich wieder an seinen Schreibtisch. Man konnte ja nicht wissen, was jetzt kam. Vermutlich eine Art Gefallen für einen alten Studienfreund, der Calma aber weiß Gott gar nicht war. Mit einem großen Aktenberg vor und neben sich war es bestimmt leichter und auch für sein Gegenüber plausibel, wenn er nein sagen würde.

Er entschloss sich, das Gespräch höflich distanziert zu beginnen.

„Nett, dich zu sehen. Was kann ich für dich tun?"

Calma knibbelte an seinen Fingernägeln. Jetzt musste es raus, aber er wusste noch nicht genau wie. Auf keinen Fall wollte er sich blamieren.

„Ich werde bedroht. Von einem anonymen Anrufer."

Rabbel schmunzelte innerlich und lehnte sich entspannt zurück. Calma war also ein Neurotiker. Hatte er damals gar nicht bemerkt, aber wie sollte er auch? Er blickte Calma betont ernst an.

„Dann musst du zur Polizei, schätze ich, wenn du die Drohung ernst nimmst. Ich bin ein Staatsanwalt, und ich muss dir ja nicht erklären, was ein Staatsanwalt so alles macht."

„Ich nehme sie ernst, verdammt ernst sogar. Aber ... es ist nicht so einfach."

„Was ist nicht so einfach?"

„Na ja, ich werde eigentlich mehr erpresst. Ja, das ist wohl das passendere Wort. Bedroht werde ich natürlich damit auch, weil ich nämlich sterben soll, wenn die Forderung nicht erfüllt wird."

Rabbel hob die Augenbrauen. „Welche Forderung?"

Calma holte tief Luft, bevor er antwortete. „Ich soll dafür sorgen, dass Rolf Trenschel stirbt."

Rabbel runzelte die Stirn und überlegte einen Moment, ob der Name ihm etwas sagte. „Wer ist das?"

Calma trank einen Schluck Kaffee und setzte sich aufrecht hin. Rabbel ahnte, dass jetzt eine längere Geschichte auf ihn zukommen würde. Sein Gegenüber rieb sich mit beiden Händen durchs Gesicht und begann.

„Rolf Trenschel hat im vergangenen Jahr ein kleines Mädchen totgefahren und Fahrerflucht begangen. Unter Drogeneinfluss auch noch, Alkohol und Kokain. Die Mutter saß am Steuer und hat überlebt. Rolf war total zugedröhnt, und er hat schon öfter Mist gebaut. Darum sitzt er jetzt für fünf Jahre in Hagen. Ich kenne ihn von früher."

Rabbel ballte die Hände. Den Gedanken, dass seiner Familie so etwas zustoßen könnte, wollte er lieber nicht weiterverfolgen.

„Unter uns", brummte er, „ich hätte 50 Jahre gefordert, wenn das möglich wäre."

Calma nickte. „Ich auch, das kannst du mir glauben."

„Weiter?"

„Vor ein paar Tagen erhielt ich dann diese komischen Anrufe. Rolf Trenschel solle sterben, für jedes Lebensjahr des Mädchens würde ein Mensch dran glauben, wenn Trenschel nicht stirbt, also insgesamt sechs. Beim ersten Mal sagte er, er hätte mit dem Töten bereits angefangen und heute Nacht meinte er, es wären jetzt schon drei und ich sei der nächste oder übernächste. Hier, ich habe das alles aufgeschrieben, was er gesagt hat."

Er reichte ihm den Zettel mit seinen Notizen und tupfte sich dann mit einem Taschentuch den Schweiß von der Stirn. „Du hast es ja genauso heiß wie ich im Büro." Er lächelte matt.

Rabbel starrte den Zettel an. „Drei, sagte er? Sicher?"

Calma war irritiert. „Ja, klar, das habe ich deutlich verstanden. Das denke ich mir nicht aus." Er stand auf, ging zum Fenster und machte es auf. „Du musst mir helfen, Christian, bitte, sonst bin ich bald tot."

Rabbel wusste für einen Moment nicht, wie er reagieren sollte. Es musste schon mit dem Teufel zugehen, wenn dies nicht der Zusammenhang zwischen den Morden an Jensen, Tönnies und Nürting war. Der bedauernswerte Hans-Jörg Calma hatte der Polizei also durch die ebenso bedauernswerte Tatsache, dass sein Leben bedroht war, eine Menge Ermittlungsarbeit erspart. Insofern hätte er sich als Staatsanwalt also freuen müssen, was natürlich angesichts der momentanen Umstände kein Zeichen von Feingefühl gewesen wäre.

„Ich werde natürlich in die Wege leiten, dass du sicher untergebracht bist, solange der Kerl frei herumläuft, das ist doch selbstverständlich. Es wäre aber schön, wenn wir vorher der Polizei noch ein paar Informationen mit auf den Weg geben könnten. Der Anrufer hat nicht zufällig mitgeteilt, wen er umgebracht hat?"

Calma schüttelte verständnislos den Kopf. „Warum sollte er?"

„Richtig, du weißt es sowieso bald."

Calma zuckte zusammen. „Dann stimmt es also wirklich?"

Rabbel nickte ernst. „Ja, tut mir leid."

„Wer ist es?"

Rabbel sah auf die Uhr. „Na ja, in der Zeitung steht es natürlich noch nicht, aber die Morgennachrichten müssten es schon gebracht haben. Gestern Abend wurde eine Ricarda Nürting ermordet."

„Nein." Calma ließ sich fassungslos auf seinen Stuhl fallen und schloss die Augen. „Und die ersten beiden?"

„Die Namen standen in der Zeitung, Adrian Jensen und Mirko Tönnies. Liest du keine Zeitung?"

„Sollte ich wohl wieder", murmelte Calma. Er schien jetzt fix und fertig mit den Nerven zu sein. Er stützte die Unterarme auf den Oberschenkeln ab und ließ den Kopf tief zwischen den Beinen hängen.

Der Staatsanwalt kniff die Augen zusammen. „Warum hat der Erpresser dich ausgewählt? Sagen dir die Namen der Toten etwas?"

„Ja", flüsterte Calma.

„Mensch, was ist da los? Sprich! Rede! Es ist wichtig!" Rabbel sprang hinter seinem Schreibtisch hervor und setzte sich zu Calma. Er hob dessen Kopf hoch und drückte den Oberkörper sanft, aber bestimmt gegen die Lehne. Calmas Augen waren blutunterlaufen, sein Gesicht weiß wie Kalk. „Wasser", sagte Rabbel mehr zu sich und besorgte für Calma und sich selbst ein Glas frisches Leitungswasser.

„Trink! Und dann erzähl!", forderte er ihn streng auf.

Calma trank das kühle Wasser in einem Zug aus.

„Es ist eine blöde und unangenehme Geschichte", sagte er zögernd, als ob er ihn warnen wollte.

„Das denke ich mir, wenn am Ende sechs Leichen dabei herauskommen."

Calma schüttelte den Kopf. „Nicht nur für die Toten. Auch für mich … und die, die noch leben."

Rabbel schlug wütend mit der Faust auf den Tisch. „Jetzt hör mal zu, mein lieber Hans-Jörg Calma. Es geht hier um dreifachen Mord – bis jetzt. Und du scheinst einiges zu wissen, was der Polizei und uns wirklich weiterhelfen könnte. Wenn du dich nicht jetzt sofort zusammenreißt und mir alles erzählst, lass ich dich auf der Stelle einbuchten wegen …"

„Schon gut. Aber es dauert eine Weile. Hast du jetzt Zeit?"

„Keine Bange, die nehme ich mir."

Calma holte tief Luft und sah dem Staatsanwalt in die Augen. „Scheiße, wo soll ich anfangen?"

„Herr im Himmel", fuhr Rabbel ihn an und verdrehte genervt die Augen. „Also gut: Woher kennst du Adrian Jensen, Mirko Tönnies und Ricarda Nürting?"

Calma krallte seine Fingernägel in die Handflächen und erzählte alles. Rabbel machte sich fleißig Notizen, fragte ab und zu nach oder machte einen ironischen Kommentar. Nach einer guten Stunde war Calma fertig mit seinem Bericht. Rabbel stand auf und setzte sich wieder an seinen Schreibtisch.

„Okay", sagte er langsam, „ich weiß jetzt, woher sich die Toten kannten, wer Rolf Trenschel ist, was er angestellt hat und wer vielleicht noch getötet werden könnte. Mir ist aber noch nicht ganz klar, warum der Kerl ausgerechnet dich als Vollstrecker auserkoren hat. Er hätte ja auch Jensen oder Nürting nehmen können."

„Jensen ja, aber Ricarda eher nicht. Trenschel hat sie mal fies angebaggert, richtig brutal, sie waren beide sternhagelvoll. Ricarda hat ihn dann trotz ihres Pegels mit einem Karategriff flachgelegt und ihm so heftig eine gescheuert, dass seine Wange aufgeplatzt ist. Sie wäre kein gutes Werkzeug. Aber ich weiß es wirklich nicht, warum er mich gewählt hat. Vielleicht hat er gelost oder ist nach dem Alphabet gegangen oder was weiß ich. Keine Ahnung, wirklich."

„Bist du vielleicht der einzige, der aufgehört hat?"

Calma zuckte mit den Schultern. „Keine Ahnung. Wie eben gesagt, ich habe seit letztem Jahr zu keinem mehr Kontakt."

Rabbel massierte sich die Schläfen. Er musste sich konzentrieren und durfte keinen einzigen Fehler machen. Jede falsche Entscheidung konnte ab sofort den Tod eines weiteren Menschen bedeuten. Wenn man so wollte, hatte er es jetzt in der Hand, dieser Bestie sein Futter zu entziehen. Und die Bestie hatte noch Hunger, das war ihm klar.

Rabbel seufzte und ging zu Calma. Er streckte ihm die Hand entgegen zum Zeichen, dass das Gespräch jetzt beendet war.

„Also gut. Ich werde sofort mit der Polizei reden. Sie werden sich schnell bei dir melden, also lass deine Handynummer hier. Hast du einen Platz, wo du dich verstecken kannst, solange wir dir noch keinen Schutz bieten können?"

Calma überlegte. „Ein Freund hat ein Bootshaus an der Werse, draußen in Handorf. Ich schätze, dort kann ich ein paar Tage bleiben."

„Okay, fahr sofort dahin und lass dich von diesem Freund versorgen. Ich hoffe, er hat nichts mit eurer illustren Runde zu tun. Nein? Gut. Wir melden uns, es wird nicht lange dauern. Und lass die Adresse vom Bootshaus hier."

Er wartete, bis Hans-Jörg Calma sein Büro verlassen hatte und fing sofort an, einen Bericht für Rothenburg zu schreiben. Noch hatte er alles im Kopf, auch die Einzelheiten, die er sich nicht notiert hatte. Er googelte Calmas Namen und fand tatsächlich ein passables Foto, das ihn auf einem Empfang seiner Bank zeigte. Mit einem Bildbearbeitungsprogramm machte er einen passenden Ausschnitt und fügte das Foto in den Bericht ein. Am Schluss formulierte er seine Beurteilung der Ermittlungslage, die seiner Einschätzung nach alles andere als rosig war. Er druckte den Bericht aus und schickte eine E-Mail an Rothenburg mit der Mitteilung, dass er mit einer wichtigen Information bereits auf dem Weg zu ihm sei.

Er starrte die Tür an und fluchte.

Da ging er soeben dahin, dachte er bitter, der Ausflug mit Susanne und den Kindern.

„Du gütiger Gott."

Dr. Peter Halbeck schlug die Hände vor Mund und Nase, als er den taumelnden und blutüberströmten Mann mit der Ballonmütze sah. „Sind Sie es, Mann? Kommen Sie schnell rein."

Der Verletzte schob sich an ihm vorbei, wankte hastig durch den Flur und ließ sich mit einem lauten Stöhnen aufs Sofa fallen. Die Mütze schmiss er auf den Boden.

„Ich brauch was zu trinken, Mann. Whisky! Schnell!", befahl er. Mit einem kurzen Ruck zog er ein Kissen unter seinem Hintern weg und legte es an die Lehne. Ächzend hob er seine Beine an, drehte sich schwerfällig und ließ den Kopf langsam auf das Kissen sinken. Sofort färbte sich das Kissen dunkelrot. Halbeck sah ihn missmutig an.

„Muss das sein?"

„Scheiß was auf dein blödes Kissen. Gib mir was zu trinken und bring das hier in Ordnung, verstanden?", schrie er.

Halbeck hob die Hände und verschwand. Nach ein paar Minuten kam er mit einem großen Tablett wieder. Neben eine Karaffe Whisky und ein Glas hatte er Verbandszeug, Spritzen und Desinfektionssalben gelegt. Er schenkte das Glas voll und gab es ihm. Mit zitternden Händen nahm es Marc van der Esten und trank es gierig in einem Zug aus.

„Langsam, langsam", mahnte Halbeck, aber er erntete nur einen verachtenden Blick.

„Los, fang an. Ich hab nicht viel Zeit." Er legte sich mit dem Kopf auf die gesunde Seite.

„Lieber Himmel, das ganze Ohr ist ja weg. Wer war das denn?" fragte Halbeck erschüttert.

„Stell keine Fragen. Tu was!"

Halbeck seufzte. „Okay, ist wohl besser so. Ich gebe Ihnen erstmal eine Tetanusspritze und dann versorge ich die Wunde." Er zögerte. „Hören Sie hier noch was?"

„Nein."

Halbeck spritzte das Tetanusmittel, säuberte die Wunde und desinfizierte sie. Dann legte er einen Kopfverband an. „So, fertig. Sie sollten aber unbedingt ins Krankenhaus."

„Tolle Idee, Doc. Und was soll ich denen sagen, wenn die mich fragen, wer das war?"

„Na ja, vielleicht ein Kampfhund", schlug Halbeck vorsichtig vor.

„Idiot. Ich habe sofort die Bullen am Hals, wenn ich ins Krankenhaus gehe. Die wissen doch alle schon, dass ich ..." Er stockte. Er war drauf und dran, sich zu verplappern. Auch wenn es nur Halbeck war, vor dem er bestimmt keine Angst haben musste, alles brauchte er ja nicht zu wissen. Es war schließlich wirklich besser für beide, da hatte der Doc schon Recht. Van der Esten richtete sich langsam auf und füllte sein Glas. „Danke", murmelte er kaum hörbar.

„Sehr gern geschehen", sagte Halbeck mit ironischem Unterton, „immer zu Diensten, wie Sie wissen."

„Mach mir mal 'nen Joint." Van der Esten leerte auch das zweite Glas in einem Zug und schaute sich im Wohnzimmer um. „Schön hässlich hast du's hier. War das schon immer so?"

Halbeck nickte stumpf. Er ließ sich nicht mehr provozieren. Er war es gewohnt, dass sein Gegenüber herablassend und verachtend mit ihm umging, und am Anfang hatte er sich noch jedes Mal gewehrt. Aber das hatte nachgelassen, je mehr er sich an van der Esten als seinen Herrn gewöhnt und eine kleine Nische gefunden hatte, in der er im Grunde leben konnte wie vorher. Der Kerl war lästig, kein Zweifel, überflüssig wie ein Kropf, aber van der Esten hatte ihn nun mal in der Hand, und wenn er als Notarzt weiterarbeiten und seine kleinen Gelüste weiter befriedigen wollte, musste er tun, was der Kerl ihm sagte. So einfach war das.

Es war auch nicht viel, was er verlangte. Ein kleines Zimmer hier in Münster, wo er ab und zu schlafen konnte, mietfrei selbstverständlich. Das war kein Problem gewesen. Halbeck hatte keine Familie und genug Platz in seiner Wohnung. Und klar, er musste immer für ihn in Bereitschaft sein, aber das hatte sich bislang in Grenzen gehalten. Ein paar Kleinigkeiten, Schlafmittel, Aufputschmittel, nichts wirklich Hartes, nur eben so, dass es wirkte, dazu Marihuana. Er verbog sich nicht für van der Esten, das war es nicht. Es war einfach nur nervig, ansonsten eher harmlos. Hinter all den kleinen Frondiensten für diesen Kleinkriminellen stand für ihn immer die Frage, was van der Esten mit seinem merkwürdigen Vorgehen eigentlich bezweckte.

Hunderte Male hatte er sich schon gefragt, was dieser Kerl eigentlich vorhatte. An van der Esten war alles rätselhaft. Seine Augen schauten oft ins Leere, die Haut war milchig und großporig, sein Körper hatte keine Spannung. Der Kopf schien sich vom Rest des Körpers nach vorne absetzen zu wollen, getragen von einer gekrümmten Wirbelsäule, die der Größe von 1,95 Meter wahrscheinlich schon in der Pubertät Tribut gezollt hatte. Seine Erscheinung war die eines tragischen Einzelgängers, der sich damit abgefunden hatte, für immer ein tragischer Einzelgänger zu bleiben. Halbeck hatte ihn einmal nach dem Duschen in ein weißes Handtuch gehüllt gesehen und sofort an ein trauriges Gespenst gedacht. Das Seltsamste an ihm aber war wohl sein ungewöhnliches Interesse an dieser Frau in der Augustastraße.

Sofort nachdem sie sich unter diesen unglücklichen Umständen kennengelernt hatten, hatte van der Esten ihm eingetrichtert, dass er auf diese Adresse ganz besonders zu achten hatte. Sollte jemals von dort ein Notruf eingehen, hatte er ihn sofort zu informieren. Alles weitere könnte er ruhig ihm überlassen. So wie gestern.

Es war Zufall gewesen, dass van der Esten gerade wieder bei ihm gewesen war, als der Notruf tatsächlich kam, glaubte Halbeck. Er war ja über Monate weg gewesen im Norden bei seiner komischen Kommune. Aber offensichtlich hatte der Typ hier etwas zu erledigen gehabt, und dann nutzte er gerne sein kleines Zimmer als Rückzugsmöglichkeit. Wenn er tatsächlich mal da war, bekam Halbeck ihn kaum zu Gesicht. Van der Esten hatte in dem kleinen Zimmer nur ein schmales Bett stehen, einen kleinen Tisch mit einem Laptop und einer Lampe sowie eine kleine Kommode. Mehr brauchte er offensichtlich nicht, um seine Zeit hier in Münster zu gestalten. Keine Bücher, keine CDs, noch nicht mal Pornohefte. Er selbst war mit Computern nicht so vertraut, sonst hätte er schon längst mal nachgeschaut, was sich auf seiner Festplatte so tat. Je öfter er über diesen Sonderling mit dem friesischen Akzent nachdachte, desto mehr kam er zu der Ansicht, dass van der Esten das war, was er aus tiefstem Herzen verachtete und mit ihm wahrscheinlich die gesamte Einwohnerschaft Deutschlands: ein hässlicher Pädophiler. Oder sogar ein Kindermörder.

Aus kriminalistischem und medizinischem Interesse hatte er sich sowohl wissenschaftliche Studien als auch Bücher und Filme angesehen, die sich mit dem Thema Pädophilie und Kinderschänder auseinandersetzten. Ein anerkannter Forscher hatte zehn mögliche Typen von Pädophilen ausgemacht, und es war nicht schwer, diesen eigentümlichen Holländer hier einzuordnen: *ein sexuell unreifer Erwachsener, der die ihm fehlenden Doktorspiele bewusst oder unbewusst nachholen will.* Ähnlich wie in dem alten Film *Es geschah am hellichten Tag* mit Heinz Rühmann und Gert Fröbe. Nur dass Marc van der Esten um einiges jünger war als der Filmmörder Schrott. Aber genauso verschroben.

Das alles glaubte also Dr. Halbeck. Aber Halbeck glaubte auch, dass die Patientin aus der Augustastraße wirklich den Notarzt gebraucht hatte.

Er setzte sich auf einen Stuhl in der anderen Ecke des Zimmers. Er mochte die Nähe zu van der Esten nicht. „Was wollen Sie nun machen", fragte er ruhig. „Bleiben sie ein paar Tage hier und erholen Sie sich?"

Van der Esten sah ihn verächtlich an. „Ich muss mich nicht erholen. Die Wunde wird schnell heilen und in ein paar Tagen haben Sie mir eine schöne Ohrprothese besorgt, nicht wahr?"

Halbeck seufzte. „Das wird nicht ganz einfach sein, wenn Sie nicht verfügbar sind."

„Du machst das schon, ich verlasse mich darauf. Wenn nicht … du weißt ja, was dann passiert."

Halbeck nickte stumm.

„Na siehst du. Ich werde für zwei, drei Tage nach Hause fahren, ich muss dort ein paar Sachen erledigen. Wenn ich zurück bin, melde ich mich. Ich denke, dass ich deine Dienste nicht mehr lange in Anspruch nehmen muss. Das wird dich sicherlich freuen."

Halbeck hob schlaff die Augenbrauen.

„Wir werden sehen", sagte er matt.

13

Es war deutlich kühler geworden. Ein sich aus Island schnell näherndes Tiefdruckgebiet scheuchte den klaren Himmel vor sich her und langsam aus Münster weg. Spätestens morgen oder übermorgen würde es regnen. Die Bauern aus der Umgebung würde es freuen, die Studenten aus Münster wahrscheinlich weniger. Rothenburg war es gleich.

Es hatte nicht geklappt mit dem gemeinsamen Frühstück mit Svenja, er war einfach nicht hochgekommen, nachdem er noch bis drei Uhr in der Nacht an dem Bericht über den Mord an Ricarda Nürting gesessen hatte. Svenja hatte ihn um halb acht mit einem Kuss und einer Tasse Kaffee am Bett überrascht und sich noch einen Moment zu ihm gesetzt.

„Schlimm gestern, Papa?"

Rothenburg nickte mit geschlossenen Augen. „Barbarisch. Nichts für kleine Mädchen, auch wenn sie sich schon sehr erwachsen fühlen und Svenja Eriksson heißen."

„Haha", machte Svenja gespielt beleidigt, setzte dann aber sofort ein ernstes Gesicht auf. „Mann oder Frau?"

„Frau."

„Scheiße." Sie trank ihr Glas Wasser aus und ließ es auf seinen Nachttisch krachen. „So ein Scheißkerl." Dann boxte sie ihn leicht in die Seite und verschwand zur Schule.

Eine wirklich gute Zusammenfassung, dachte Rothenburg verschlafen.

Eine halbe Stunde später stand er dennoch vor der Ladentheke bei *Holstein* und betrachtete müde die Auslagen. Er war froh, dass das Geschäft ziemlich voll war und er noch Zeit hatte. Für die Auswahl und überhaupt.

„Oh je, Herr Kommissar", sagte Mathilde Overkamp mit gütiger Stimme, als er an der Reihe war, „mit Ihnen ist aber heute gar nichts los. Sie haben keine Energie mehr."

„Guten Morgen. Ja, so könnte man das durchaus sehen. Und dabei fängt der Tag erst an."

Overkamp ließ ihren Blick durch die Käsereihen schweifen und wiegte den Kopf. „Hm, was transportiert am besten Energie?"

Rothenburg hatte keine Ahnung, worauf sie hinauswollte. „Schlafen? Oder ein Mars."

Die Verkäuferin schüttelte belustigt den Kopf. „Wir haben weder ein Gästebett noch Schokoriegel. Ich meine auch etwas anderes. Ich meine Fett. Fett ist ein erstklassiger Geschmacksträger und eine wunderbare Transportmöglichkeit ... wenn man es sich leisten kann, was bei Ihnen ja überhaupt kein Problem sein dürfte." Sie schaute diskret auf seinen Bauch. „Wenn ich Ihnen etwas empfehlen darf, ist es ein Weichkäse aus Burgund, der Petit Delice d'Argental. Er hat rekordverdächtige 72 Prozent Fett und ist so mild und cremig, dass ihn viele Leute gerne auch ohne Brot essen. Er zergeht sozusagen auf der Zunge. Der Geschmack ist vollendet. Und was noch das Tollste für Ihre Kollegen sein dürfte: Der Käse stinkt kein bisschen."

Rothenburg waren bei dem Lobgesang auf den Weichkäse fast die Augen zugefallen. Er hatte Mühe, die nett gemeinten Informationen in die richtige und normale Bahn Verkäufer/Käufer zu lenken. Er war einfach todmüde. „Bekommen Sie eigentlich Provision?", fragte er wie ein Idiot.

Overkamp stutzte. „So kenne ich Sie gar nicht, Herr Kommissar, aber ich nehme es Ihnen nicht übel, weil Sie sehr erschöpft sind."

„Entschuldigung", murmelte Rothenburg. Er schämte sich in Grund und Boden und kaufte mit schlechtem Gewissen vier Brötchen mit dem Energiewunder aus Burgund. Das nächste Mal würde er Overkamp eine Blume mitbringen.

Eine halbe Stunde zu spät traf er im Präsidium ein. Der Besprechungsraum „Rot" war voll besetzt. Neben Andreas Briesch und Irene Franta war auch Techniker Sven Behle anwesend. Staatsanwalt Christian Rabbel wollte später dazukommen. Alle Anwesenden hatten den Bericht vor sich liegen und schauten Rothenburg gespannt an.

„Heftig", eröffnete Briesch die Runde. „Voll heftig."

Rothenburg überging den Beitrag, schenkte sich Kaffee ein und fasste den Bericht noch einmal in eigenen Worten zusammen. Ein paar Mal musste er ein herzhaftes Gähnen unterdrücken, zum Schluss war ihm die Etikette egal und er gähnte lautstark. Dann zog er den morgendlichen Bericht von Dr. Machalle aus der Mappe. Er pfiff durch die Zähne und war plötzlich hellwach.

„Wir begeben uns hiermit in zwielichtige Gefilde."

Die anderen Ermittler sahen sich ratlos an. „Mach's nicht so spannend", sagte Franta.

Rothenburg holte tief Luft. „Machalle hat bei Tönnies und Jensen eine stark angegriffene Nasenschleimhaut gefunden. Und weil Machalle eben Machalle ist, hat er Haarproben entnommen und analysiert. Unser Stararchitekt und sein Freund haben wie die Weltmeister gekokst."

Ein paar Sekunden war Stille im Raum. Franta fing sich als erste.

„Und Nürting?"

Rothenburg lächelte sie an. Er hatte gehofft, dass sie *diese* Frage stellte und keine andere. „Bei Ricarda Nürting lässt sich Kokain nur noch in den Haaren nachweisen, die Nasenschleimhaut hat sich offenbar regeneriert. Was bedeutet, dass sie mal gekokst hat und seit einiger Zeit clean war. Machalle schätzt seit etwa einem Jahr."

„Koks in Münster." Briesch schüttelte fassungslos den Kopf. „Ich dachte immer, so was gibt es nur in Frankfurt und München."

„Die Frage ist", warf Sven Behle ein, „wie uns das weiterbringt. Ich meine, wir wissen jetzt durch die Tatumstände und die DNA, dass Jensen, Tönnies und Nürting von demselben Mörder umgebracht wurden. Die einzigen Hinweise, die wir haben, sind die sonderbaren 22 Messerstiche – wenn die denn wirklich wichtig sind – und die Tatsache, dass alle drei Opfer gekokst haben. Wir können vermuten, dass die drei sich gekannt haben, aber noch wissen wir das nicht."

Rothenburg nutzte den Beitrag, um sich aus seiner Tasche ein Brötchen zu holen.

„Tu's nicht", baten Briesch und Franta fast gleichzeitig.

„Keine Bange, der müffelt nicht. Versprochen. Ein milder Weichkäse aus Burgund, hab vergessen, wie der heißt. Also, ich denke, wir haben durch den letzten Mord schon viel Klarheit. Wir können eine Abrechnung von jugendlichen Kleinkriminellen genauso ausschließen wie einen personellen Sabotageakt eines Architekten. Ich glaube, dass die drei sich gut kannten, was wir natürlich sofort überprüfen werden, und dass sich die Lösung dann abzeichnet, wenn wir wissen, woher sie sich kannten. Waren es nicht nur Konsumenten, sondern auch Dealer? Hatten sie deswegen Geldprobleme, Schulden? Ist der Mörder ein Kokslieferant?"

Er stoppte seinen Beitrag, um in sein Brötchen zu beißen. Was den Käse anging, hatte Mathilde Overkamp keine Silbe zu viel versprochen. Er stank kein bisschen und schmeckte himmlisch. Er beschloss, aus der Blume einen großen Strauß zu machen.

„Sonst noch irgendwelche Spuren?", fragte er Behle.

„Wir nehmen gerade die ganzen Rechner auseinander, prüfen Mails und Chatprogramme, aber auf den ersten Blick ... Die Sekretärin von Nürting ist hier und hilft ein bisschen mit Passwörtern und Erklärungen. Das bringt uns schon weiter. Es gibt da nur eine E-Mail, die uns Kopfzerbrechen bereitet."

Rothenburg nickte ungeduldig. Manche Menschen hatten ein ungeheures Talent für Dramatik zum falschen Zeitpunkt.

„Eine Einladung der Deutsch-Finnischen Handelskammer DFHK. Ein Geschäftsführer Steinkörber hat bei Nürting angefragt, ob sie als Seminarleiterin verfügbar sei."

„Soll ich raten?", fragte Briesch. „Steinkörber gibt's nicht."

Behle lächelte selbstzufrieden. „Doch, den gibt es wirklich, auch in dieser Funktion, aber ..."

„Sven", brüllte Rothenburg, „mach hinne!"

Behle zuckte zusammen und räusperte sich. „Es gibt die von diesem Steinkörber angegebene Domain dfhk.de ebensowenig wie seine E-Mail-Adresse. Die Handelskammer DFHK ist mit .fi im Internet unterwegs, auch auf Deutsch. Die Sekretärin hat uns gesagt, dass Nürting keinen Termin für Steinkörber in den Firmenkalender eingetragen hat, was sie für äußerst ungewöhnlich hielt. Daraufhin haben wir die Seite gecheckt und bei dem echten Steinkörber angerufen. Der arme Kerl wusste natürlich von gar nichts, der Mörder hat einfach seinen Namen und die Position benutzt."

Franta schaute ihn nachdenklich an. „Dann hat er sich also die Seite dfhk.de gesichert und darüber die Mail geschrieben?"

Behle nickte anerkennend.

„Clever", fuhr Franta fort, „das fällt natürlich nicht sofort auf, wenn überhaupt. Aber dann müssten wir ihn doch darüber auch kriegen, oder?"

Behle winkte ab. „Schwierig. In das Formular kannst du doch Hans Pampel oder sonst was schreiben. Es kann auch sein, dass die Seite schon längst wieder frei ist. Wenn er schlau ist, hat er sie wieder gekündigt, ich schau gleich mal nach. Gute Idee, hätte ich eigentlich selbst drauf kommen müssen." Er lächelte Franta an.

„Und der richtige Steinkörber kann auch bestimmt nicht der falsche Steinkörber sein?", fragte Briesch vorsichtig. Offenbar hatte er ernste Bedenken an der Sinnhaftigkeit seiner Frage. Aber Behle nahm die Frage so ernst, wie sie gemeint war.

„Nein, ausgeschlossen. Der hat Helsinki seit Wochen nicht verlassen, wir haben mehrere unabhängige Zeugen befragt. Der Mörder brauchte vermutlich irgendeinen wohlklingenden Namen aus einem anerkannten Unternehmen, mit dem er Ricarda Nürting ködern konnte. Also gibt er Wirtschaft und Unternehmen oder was weiß ich bei Google ein und klickt sich dann durch die tausend Seiten. Und irgendwann stößt er auf die DFHK und merkt sofort, dass Meister Steinkörber genau der Richtige für seinen Zweck ist. Er hat halt das Riesenglück, dass er da mit seinen offenbar vorhandenen Computerkenntnissen die Lücke mit .de ausnutzen kann."

Rothenburg wurde während des Gesprächs zwischen Behle und Franta schmerzhaft daran erinnert, wie wenig er von Computertechnik verstand. Er verschloss sich ihr nicht und wusste durchaus ihre Vorteile zu schätzen, aber nach ein paar Diskussionsrunden mit IT-Experten der Polizei, bei denen er als einfacher Anwender geladen war, hatte er beschlossen, es ein für allemal dabei zu belassen. Irgendwie waren diese Leute auch anders. Wie, konnte er gar nicht genau sagen. Anders eben.

„Herr Rothenburg, dösen Sie etwa im Dienst?"

Rothenburg zuckte zusammen. Für ein paar Sekunden hatte wohl das Aufnahmezentrum in seinem Hirn den Dienst verweigert, auf jeden Fall konnte er sich nicht daran erinnern, Staatsanwalt Rabbel in den Besprechungsraum hereinkommen zu sehen. Wie ein gut gelaunter Oberarzt stand der direkt vor ihm, klopfte ihm jovial auf die Schulter und fragte dazu noch mit einem fröhlichen Grinsen: „Na, wie geht's uns denn heute Morgen so? Wenig Schlaf gekriegt, was?"

Rabbel sah in vier irritierte Gesichter. „Was?"

„Sie waren schon mal witziger", merkte Rothenburg an. „Für Späße sind wir heute Morgen nicht das richtige Publikum."

Rabbel setzte sich unbeeindruckt auf einen freien Stuhl, nahm sich Kaffee und zog eine Mappe sowie einen dicken Ordner aus seiner Aktentasche. „Wo stehen wir also nach dem Gemetzel gestern Abend?"

Rothenburg war dankbar, dass Briesch es übernahm, eine erneute Zusammenfassung zum Stand der Ermittlungen zu geben, die zwar stark gekürzt war, aber dennoch alle wichtigen Fakten enthielt und wesentlich unterhaltsamer war als seine eigene. Das musste er zugeben. Vermutlich war das einfach der Unterschied zwischen einem Westfalen und einem Rheinländer.

„Sie wissen ja schon einiges", sagte Rabbel und lächelte. „Dann wird es Sie alle freuen, dass ich die Koksgeschichte nicht nur bestätigen, sondern noch weit voranbringen kann."

„Aha", machte Rothenburg skeptisch, „und wie? Haben Sie mitgekokst?"

Rabbel grinste. „Schon besser, Rothenburg. Sie werden langsam wach, wie? Nein, jetzt im Ernst, es ist mehr oder weniger ein Zufall, dass ich es als Erster erfahren habe. Ein Bekannter aus dem Studium hat mich heute Morgen aufgesucht, weil er um sein Leben fürchtet, und zwar völlig zu Recht." Er streckte sich, legte sich seine Zettel ordentlich nebeneinander und berichtete den Ermittlern ausführlich von Calmas Besuch.

„Dieser Rolf Trenschel, der sterben soll, hat ziemlich genau vor einem Jahr einen äußerst widerlichen Unfall gebaut. An der Danziger Freiheit hat er einer Frau die Vorfahrt genommen und ihre Tochter dabei getötet, die Frau hat so gerade eben überlebt. Leider, würden viele sagen. Sie selbst sagte es auch. Trenschel war zugedröhnt bis in die Haarspitzen, Kokain und Alkohol, also ist er auch noch abgehauen, der Idiot. Aber den Crash haben viele Leute beobachtet, und so hat die Polizei Trenschel schnell gekriegt. Der Prozess war fürchterlich. Der damalige Staatsanwalt ist ein Freund von mir und hat an dem Prozesstag abends bei mir gesessen und geheult wie ein Schlosshund, dabei wiegt der Mann hundert Kilo und spielt Rugby. Die Mutter hat entweder geschrien oder nur lethargisch auf ihrem Stuhl gesessen und Trenschel angestarrt. Der war vor Gericht clean und total fix und fertig. Er hat sich tausendmal entschuldigt, wollte alles tun für die Mutter, bis an sein Lebensende umsonst arbeiten und so weiter. Aber das war dem Staatsanwalt völlig schnurz, zum Glück jetzt für uns. Er hat darauf bestanden, dass Trenschels Kokainabhängigkeit als eigentliche Ursache für den Unfall auf den Tisch kommt, und zwar in allen Einzelheiten. Trenschels Verteidiger war wohl so fertig vom Zustand der Mutter, dass er keine Einwände hatte und den Staatsanwalt voll unterstützte. Na, und so kamen die Namen der illustren Runde an die eingeschränkte Öffentlichkeit: Adrian Jensen, Mirko Tönnies, Ricarda Nürting, Hans-Jörg Calma, Peter Halbeck und eben Rolf Trenschel."

„Ja, und was haben die jetzt konkret gemacht?", fragte Behle etwas ratlos.

„Na, wie wild gekokst natürlich. Es war eine kleine bürgerliche Interessengemeinschaft von Kokainkonsumenten, eine kleine Peergroup, wenn Sie so wollen. Jensen war Architekt, Tönnies Verwaltungsangestellter, Nürting Coach und Headhunter, Calma ist Bankangestellter, Halbeck Arzt und Trenschel ist Künstler ... Musiker, um genau zu sein. Sie haben sich vor drei bis vier Jahren zusammengefunden und an wechselnden Orten das Zeug in die Nase gezogen. Und das wäre vermutlich noch viele Jahre so weiter gegangen, wenn Trenschel nicht diesen schrecklichen Unfall gebaut hätte. Aber offenbar hat das wenigstens bei Nürting und Calma dazu geführt, dass sie mit dem Kokain aufgehört haben. Ein Stararchitekt hat das natürlich nicht nötig. Leider hat es Nürting nicht davor bewahrt, ermordet zu werden, und es wird auch Calma nicht davor bewahren."

„Haben Sie ihm Polizeischutz zugesichert?", fragte Rothenburg.

Rabbel nickte. „Selbstverständlich, ist angefordert. Bis wir genug Leute zusammen haben, versteckt er sich auf eigenen Wunsch in einem Bootshaus in Handorf. Ich denke, dass wir spätestens übermorgen soweit sind."

„Okay, solange können die Kollegen vor Ort verstärkt Streife fahren."

Franta meldete sich zu Wort. „Wieso soll ausgerechnet Calma diesen Trenschel beseitigen? Und warum soll der sterben?"

Rabbel zuckte die Achseln. „Dass sind die entscheidenden Fragen dieser Geschichte, besonders die letzte. Aber Calma weiß auf beide keine Antwort, sagt er, und ich glaube ihm. Er hat Schiss, klar, und wenn er etwas wüsste, würde er uns das hundertprozentig sagen. Da bin ich mir sicher."

Rothenburg nahm sein zweites Brötchen und biss herzhaft hinein. Mit einem großen Schluck Kaffee spülte er den Bissen herunter und lehnte sich mit verschränkten Armen im Stuhl zurück. Es ging ihm jetzt wesentlich besser. Der Kaffee war gut, die Brötchen Weltklasse, aber vor allem sahen sie endlich etwas Licht am Horizont. Es schien so, dass die kleinen Erfolge die Müdigkeit und Erschöpfung in sich aufsogen. Irgendwann würde jedoch ein Punkt erreicht sein, an dem auch ein noch so großer Wurf nichts mehr half und der Körper seine Ruhe forderte. Aber dieser Punkt war noch weit weg, das wusste er.

„Sie haben eben erzählt, die Namen wären nur einer beschränkten Öffentlichkeit bekannt. Wer oder was ist das genau?"

„Na ja, das Gericht und die anderen Behörden natürlich. Dazu noch die Presse, die aber die Vorgabe hatte, die Namen zu ändern, wenn sie unbedingt darüber schreiben wollte, mit wem Trenschel gekokst hatte, weil die anderen mit dem Unfall ja nichts zu tun hatten."

„Das heißt, wer nicht dienstlich mit dem Fall befasst war und kein Journalist ist, kennt die wahren Namen nicht."

Rabbel blätterte in dem dicken Aktenordner. „Ich hab mir schon mal die Prozessakten geholt. Moment … hier, nee … hier. Ah, es gab auch Publikum."

„Scheiße", entfuhr es Briesch.

Der Staatsanwalt seufzte. „Ja, so könnte man es vorsichtig ausdrücken."

Franta meldete sich zu Wort. „Es gibt auf den ersten Blick eine Schnittmenge, allerdings ist die mir jetzt noch viel zu einfach. Aber es gibt sie wenigstens: die Mutter. Sie hätte doch den meisten Grund überhaupt, Trenschel umzubringen. Und sie war im Gericht und kennt die Namen. Wir müssen schnell mit ihr reden, um uns ein Bild von ihr zu machen. Wer ist sie?"

Rabbel blätterte wieder nach vorn. „Marie Zeulweggen, Niederländerin, in Deutschland seit … über 25 Jahren, zur Tatzeit 45 Jahre alt, wohnhaft hier in Münster im Geistviertel, arbeitet als Friseurin. Rona, das kleine Mädchen, war sechs Jahre alt, als es starb."

„Scheiße", murmelte Briesch wieder.

„Sie war nach dem Unfall natürlich total neben der Spur und auch eine Zeit lang im Krankenhaus, wo sie zwei Mal versucht hat, sich das Leben zu nehmen. Vor Gericht hat sie keinen einzigen Ton herausbekommen, nur geweint und … na ja, das hab ich ja eben schon alles erzählt."

„Ich werde gleich mit ihr reden", sagte Rothenburg. „Wir müssen sehen, in welchem Zustand sie sich jetzt befindet. Es gibt eine ganze Reihe von wichtigen Fragen: Hat sie einigermaßen zurückgefunden ins Leben oder eben noch nicht? Ist sie labil? Normalerweise würde ich eine professionelle Psychologin mit dazu bitten, aber angesichts unseres schrecklichen Drachens da oben und Irenes exzellenter Kenntnisse der menschlichen Psyche würde ich dich gerne mitnehmen."

Franta nickte lächelnd. „Danke für die Blumen."

Rothenburg fuhr fort. „Andreas, du kümmerst dich um Calma und den Polizeischutz, ja? Wir brauchen den so schnell wie möglich."

„Geht klar."

Briesch notierte sich Calmas Handynummer und weitere Informationen und verschwand. Rothenburg wusste, dass Briesch jetzt einen mühsamen Job vor sich hatte. In Zeiten knapper Kassen verwiesen die verantwortlichen Stellen bei Privatpersonen immer öfter auf teure Sicherheitsfirmen als auf staatlichen Schutz. Selbst bei höchster Gefährdungsstufe, die hier seiner Meinung nach zweifellos vorlag, würde Kollau sich wahrscheinlich weigern, Beamte zur regelmäßigen Überwachung abzustellen. Zumal bei einem ehemaligen Kokser. Da konnte man nur hoffen, dass das Bootshaus den Recherchen des Mörders bislang entgangen war. Oder dass Calma noch nicht an der Reihe war. Sie mussten Zeit gewinnen.

Er schlug sich an die Stirn. „Ich Idiot."

Er sprang auf und rannte hinter Briesch her, den er in dessen Büro traf. Briesch wollte gerade mit Kollau einen Gesprächstermin vereinbaren.

„Ach, hallo", frotzelte Briesch, „lange nicht gesehen."

„Halbeck, Polizeischutz", keuchte Rothenburg, „was für Calma gilt, gilt selbstverständlich auch für Peter Halbeck."

„Sehr richtig", bestätigte Briesch todernst und hob seinen Block in die Höhe. „Und darum habe ich mir auch alles schon notiert. Ich bin dran, sozusagen."

Rothenburg entfuhr ein kurzes Lachen. Er spürte, wie plötzlich seine Energie nachließ.

Es war an der Zeit, das dritte Brötchen zu essen.

TEIL 2

14

Der Geländekomplex MUNA Lübberstedt zwischen Bremen und Bremerhaven hieß eigentlich, militärisch korrekt, „Lufthauptmunitionsanstalt 2/XI" und hatte eine bewegte und skurril wechselvolle Geschichte hinter sich. 1936 hatten die Nazis begonnen, Bunker für die Produktion und Lagerung von Seeminen und Flakmunition zu bauen, ab 1941 wurde produziert, natürlich von Zwangsarbeiterinnen und Kriegsgefangenen. Kurz vor der Befreiung durch die Alliierten sprengte die Wehrmacht viele Bunker und die Produktionsbereiche in die Luft. Die Zwangsarbeiterinnen, darunter 500 ungarische Jüdinnen, die im KZ-Außenlager von Neuengamme in Lübberstedt untergebracht waren, wurden mit einem Zug zur Ermordung Richtung Osten abtransportiert. Der Zug wurde allerdings bei Plön von den Briten bombardiert, was vielen Frauen die Flucht ermöglichte.

Nach dem Krieg waren erst die Briten Hausherren, dann die Amerikaner, danach das Rote Kreuz, das auf dem Gelände ein Kinderheim unterhielt. 1956 übernahm die Bundeswehr die Anlage als Materiallager, Munitionsdepot und Kaserne. Im Jahre 2009 hatte sich die Welt und demzufolge das Selbstbild der Bundeswehr schließlich so verändert, dass kein Mensch mehr wusste, was man mit dem Areal anfangen sollte. Also überließ man es der Gemeinde Lübberstedt nach der Devise *Macht doch damit, was ihr wollt*. Und die Gemeindeväter und -mütter hatten tatsächlich eine prachtvolle Idee: Sie verkauften das Gelände samt mehr oder weniger baufälliger Immobilien an ruhe- und naturhungrige sowie kreative Städter, die mit einem feinen Konzeptantrag dafür sorgen sollten, dass aus der arg strapazierten und unseligen Gegend eine durchaus vorzeigefähige wurde. Diese Idee wurde für einen Mann, in dessen Ausweis der Name Jan Vermeeren stand, zum Schlüssel für seinen lang gehegten Traum. Genauer gesagt, für seinen einzigen Lebenszweck, denn ohne die Erfüllung seines größten Wunsches war die Welt es nicht mehr wert, dass er in ihr lebte. Eine *conditio sine qua non*, wie es sein alter Latein- und Geschichtslehrer ausgedrückt hätte.

Als er zum ersten Mal in die Gegend nördlich von Bremen kam, war er beeindruckt und belustigt zugleich gewesen. Nichts als Wiesen, Felder und Wälder, hier und da ein paar Bauernhäuser, dazwischen kleine Dörfer mit einem urigen kleinen Kaufmannsladen und einem Briefkasten. Die Durchfahrtsstraßen hatten noch nie glatten Asphalt gesehen, aber das passte zum Charakter des scheinbar Vergessen-worden-Seins. Vor den hübschen Häusern parkten teure Familien-kutschen, dahinter entweder Wippe und Schaukel oder Fußballtore, auf den großen Grundstücken mit den besonders dicken Vans sowohl Wippen und Schaukeln als auch Fußballtore. Was Vermeeren aber am meisten zu einem spöttischen Lächeln gebracht hatte, waren die vielen Tagungs- und Seminarhäuser. Auf der Landstraße von der Autobahn A 27 bis nach Lübberstedt hatte er zwei Häuser für Theaterseminare, einen Tanztherapie-Schuppen, einen Jin Shin Jyutsu-Tempel und drei weitere Höfe mit diversen esoterischen Angeboten registriert.

Vermeeren stieg am Bahnhof Lübberstedt aus dem Zug. Es war 10 Uhr, der Bahnsteig war menschenleer. Kein Wunder, was sollte man um diese Uhrzeit auch hier in diesem gottverlassenen Kaff? Die Schüler und Berufspendler waren längst weg, die Hausfrauen nahmen für ihre Einkäufe nach Hambergen den Zweitwagen. Die Ballonmütze juckte wie der Teufel, seine Wunde am Ohr schmerzte. Drei Ibuprofen hatte er seit gestern Nacht schon genommen, vermutlich musste er die Dosis erhöhen. Er hatte im Zug kurz überlegt, Andrea aus dem Haus nebenan zu bitten, die Stelle neu zu verbinden, schließlich war sie Ärztin. Der Verband war schon rot durchtränkt, und er hatte nicht den leisesten Schimmer, wann er unbedingt neu gemacht werden musste, ohne dass er sich eine Entzündung einfing. Schließlich hatte er sich entschieden, dass es doch besser wäre, die Wunde keinem weiteren Menschen außer Halbeck zu zeigen. Einem guten Freund oder der Familie, ja, vielleicht. Das Problem war nur, er hatte weder das eine noch das andere.

Sein Magen begann zu rebellieren, nicht nur eine Folge des Schmerzmittels. Er hasste dieses aufgezwungene Heimkommen. Es war nicht so, dass er einfach nach Hause, in seine beiden noch unrenovierten Zimmer kam, weil er es wollte, sondern weil *sie* es so wollten. Und er musste sich fügen, wollte er sein perfekt geplantes Versteck so lange wie möglich behalten. Wie er das verabscheute!

Jedes Mal musste er sich dazu zwingen, ein freundliches Gesicht zu machen, wenn er an den ersten Gebäudekomplexen vorbeiging. Er war selten genug hier, und er wollte ihnen keinen Vorwand liefern, ihn aus dem Projekt zu mobben. Wenn er hier war, spielte er den freundlichen, etwas eigentümlichen Sonderling, der zwar nicht gerne redete und nicht übermäßig viel Verantwortung übernahm, genauer gesagt gar keine, auf den man sich auf niedrigem Niveau aber verlassen konnte und der sonst auch keinen störte oder Probleme machte. Eigentlich konnten sie doch über einen wie ihn nur froh sein.

Waren sie aber nicht. Meistens.

Er überquerte die Gleise auf der Bahnhofstraße und bog dann nach links in die Forststraße ein. Auf der rechten Seite erstreckte sich eine Siedlung mit hässlichen und verwohnten Häusern, in denen zur Bundeswehrzeit die Soldaten mit ihren Familien gewohnt hatten, grau und trostlos. Da nutzte auch der mehrere hundert Hektar große Wald nichts, der direkt auf der anderen Seite der Siedlung begann und sich einige Kilometer entlang der Bundesstraße erstreckte. Denn dieser Wald hatte seit 70 Jahren keinen Menschen mehr gesehen und war mit Stacheldraht abgesperrt, ein Vermächtnis des Krieges. Wie musste es im Wald jetzt nur aussehen, wenn er so viele Jahre einfach sich selbst überlassen geblieben war? Es war bestimmt ein kleiner Urwald entstanden.

Er stapfte mit seinen schweren Stiefeln über den provisorischen, schmalen Schotterweg, der im Moment noch die einzige Zufahrt zu den Häusern war, und ging an dem ersten Gebäude auf dem ehemaligen Kasernengelände vorbei. Andrea, die Ärztin, und ihr Freund Holger, ein Tischler, hatten das alte Offizierskasino für unverschämt wenig Geld von der Gemeinde gekauft und waren jetzt dabei, es in mühseliger und langwieriger Arbeit zu renovieren. Weil sie sich so schnell entschieden hatten und den Kaufpreis in bar bezahlen konnten, waren sie als einziges Haus schon an die Wasserversorgung angeschlossen. Zum Glück für alle anderen waren sie durchaus nett und hilfsbereit und ließen für die überschaubare nächste Zeit einen sanften Duschtourismus in ihr Bad zu. Die Toiletten mussten die Bewohner der anderen Häuser allerdings bei sich selbst mit Grundwasser nachspülen.

Vermeeren schielte unauffällig nach rechts und sah die beiden Kinder des Paares, Anton und Jonathan, beim Fußballspielen. Hier in Niedersachsen waren bereits Ferien, und das großzügige Gelände mit den großen Rasenflächen, Sackgassen und Arealen mit herrlichen Laubbäumen war ideal für solche quirligen Bengel. Man konnte sie morgens nach dem Frühstück rausjagen und abends zum Abendbrot wieder reinrufen. Irgendein Abenteuer in ihrem neuen wilden Zuhause fand sich immer. Er zog sich seine scheußliche Mütze tiefer in die Stirn und tat so, als ob er die Jungen nicht sehen würde. Gleichwohl wusste er, dass es überflüssig war. Er war bestimmt nicht der Mensch, auf den sich Kinder zur stürmischen Begrüßung stürzten, warum sollten sie? Er war sich sogar ziemlich sicher, dass die Jungs noch nicht einmal wussten, wie er eigentlich hieß. Dabei hauste er schon ein paar Monate hier, genau wie sie. Aber die Eltern sprachen vermutlich nie über ihn, und das war auch besser so.

Er bog in die nächste Kehre ein und stand jetzt direkt vor dem Haus, das ihm zu einem Sechzehntel gehörte. Es war ein schmuckloser, zweigeschossiger roter Backsteinbau aus den siebziger Jahren, ein typisches Kompaniegebäude der Bundeswehr. Lange Jahre war hier eine Ausbildungseinheit der Luftwaffe untergebracht, im Erdgeschoss die Unteroffiziere, die Waffenkammer und diverse Verwaltungsräume, im ersten Stock die Mannschaftsgrade. Weil er nie bei der Armee gewesen war, hatte er sich alles erklären lassen müssen, seine Vorstellungskraft reichte bei weitem nicht dafür aus, eine funktionierende Soldatenunterkunft zu verstehen. Warum ist denn direkt hinter der großen Haustür so eine kleine Stube mit einem Glasfenster zum Flur? Ach so, eine Art Nachtwache, verstehe. Und warum ist die Straße vor der Tür so breit? Wie, jeden Morgen mussten sich hier alle Soldaten in Reih und Glied aufstellen und ihren Chef begrüßen? Totaler Schwachsinn!

Und so weiter.

Es war mühsam für alle gewesen, aber sie hatten ihn gebraucht. Der kaufmännische Baubetreuer hatte darauf bestanden, dass erst alle Zimmer verteilt und angezahlt sein mussten, bevor er sich mit einem Notar zu ernsten Kaufgesprächen zusammensetzen würde. Und für die letzten zwei Zimmer hatte sich kein Interessent gefunden, was eigentlich kein Wunder war, denn sie lagen direkt neben den rauschenden Toiletten und waren mit je 15 m² im Verhältnis zu den anderen auch nicht besonders groß. Als der ganze Deal deswegen zu scheitern drohte, hatte der selbsternannte Bauleiter Rupert einen gewissen Jan Vermeeren angeschleppt, einen entfernten Bekannten von einem Bekannten, der dringend in den Norden wollte, um schneller an der Nordsee zu sein. Er sei wohl Holländer, hatte Rupert verkündet, etwas sonderbar zwar, aber ansonsten völlig harmlos. Vor allen Dingen sei dieser Jan offensichtlich ein grandioser Computerspezialist, und so einen hätten sie ja noch nicht in ihrer Runde. Wenn sie denn wirklich ihren großen Plan von einem total vernetzten Haus verwirklichen wollten, dann bräuchten sie ja wohl so einen wie ihn. Außerdem wäre er schon einverstanden mit den beiden kleinen Zimmern, ohne sie gesehen zu haben, ein Foto hätte gereicht. Er glaube, hatte Rupert versichert, dass sie sich mit Jan einen äußerst bescheidenen Mann ins Haus holen würden. Und dann würde es auch endlich weiter vorangehen mit der Kaufabwicklung. Die Argumente waren nach Ruperts Meinung ziemlich stichhaltig bis unschlagbar, trotzdem war die Entscheidung mit 8:7 hauchdünn ausgefallen. Und so war Jan Vermeeren Anfang des Jahres 2010 zu der Baugemeinschaft *latha math* gestoßen, was gälisch ist und so viel wie 'Guten Tag' oder 'Hallo' bedeutet. Warum sie so hieß, hatte ihn nie interessiert.

Heute um 10.30 Uhr war wieder eine Gesellschafterversammlung angesetzt. Alle 16 Parteien sollten, wenn es eben ginge, anwesend sein, denn es standen eine Menge wichtiger Themen auf der Tagesordnung. Die Arbeiten im großen Gemeinschaftsraum waren ins Stocken geraten, weil kein Geld mehr für Material auf dem Konto war. Die Grünanlagen waren in einem erbärmlichen Zustand, die Gemeinde brauchte Pläne für den vorgesehenen Wasseranschluss und eine örtliche Theatergruppe hatte einen spektakulären Plan, den sie gerne mit der Baugemeinschaft besprechen wollte.

Vermeeren öffnete die breite, gläserne Haustür und blieb im Flur vor der Treppe zum ersten Stock stehen. Aus der ehemaligen Waffenkammer, die jetzt eine provisorische Küche mit Festzelttischen und -bänken, Kochplatten und drei Kühlschränken war, hörte er bereits leise Stimmen. Herrlicher Kaffeeduft erfüllte den Flur, die ersten Teilnehmer waren also bereits eingetroffen und hatten es sich gemütlich gemacht. Er schlich sich nach oben, froh, keiner Seele begegnet zu sein, und schloss sein Zimmer auf. Es roch muffig, weil er vergessen hatte, ein Fenster auf Kipp zu stellen.

Sein erster Blick galt wie immer seiner Computeranlage. Dafür hatte er sich im zweiten Zimmer eine Ecke mit Rigipswänden und einer extra Innentür abgetrennt, gewissermaßen ein Zimmer im Zimmer. Da noch nie jemand außer ihm hier oben gewesen war, hatte auch noch keiner einen Kommentar abgegeben. Es würde gewiss nicht einfach sein, das Vorhängeschloss im eigenen Zimmer zu erklären, aber er setzte einfach darauf, dass alles so blieb, wie es war: Sie interessierten sich nicht für ihn, und er interessierte sich nicht für sie. Nicht gerade eine ideale Voraussetzung, um zusammen zu wohnen, aber das war ja auch nicht seine Absicht. Und offensichtlich ihre auch nicht.

Er stellte den Rechner an, fuhr ihn hoch und startete ein paar Programme. Um alles im Blick zu haben, was er für nötig befand, hatte er sich vier Monitore zugelegt, die er in einem Halbkreis auf dem Schreibtisch aufgebaut hatte, jeweils zwei nebeneinander auf dem Tisch und einer höheren Ablage. Wie ein Börsenmakler, hatte er spöttisch gedacht, als er die Monitore eingerichtet hatte. Er wählte das Abhörprogramm des Telefons, klickte eine Verbindung an und lauschte dem Gespräch. Es war doch immer wieder faszinierend, welche Qualität so ein Minisender hergab.

Schon nach ein paar Worten verzog er das Gesicht. Ihm gefiel ganz und gar nicht, was er da hörte. Dieser Hanswurst Lars Wilkens hatte doch tatsächlich die Polizei wegen seines Notarzteinsatzes angerufen. Er hatte zwar damit gerechnet, aber doch insgeheim gehofft, dass ihm beziehungsweise Peter Halbeck dieser Kriegsschauplatz erspart würde. Halbeck würde großen Ärger bekommen, warum er auf einmal so schlecht spritzte. Er hatte schon genug um die Ohren und musste sich jetzt was Ordentliches ausdenken, um aus diesem Schlamassel ungeschoren herauszukommen.

Vermeeren dachte nach. Es war auch und besonders in seinem Interesse, wenn Halbeck sich vernünftig erklären konnte. Er hatte nur solange absolut freie Hand für seinen Plan, wie Halbeck in Ruhe arbeiten konnte. Insofern waren sie beide voneinander abhängig. Zum Glück hatte der Arzt das noch gar nicht begriffen, grinste er schäbig. Wie dem auch sei, er würde etwas unternehmen müssen, um ihn zu entlasten. Darum würde er sich nach der Sitzung kümmern. Vielleicht ein kleiner Drohbrief an den Chef der Leitstelle nach einem untergeschobenen Joint … ja, so etwas in der Art würde es werden. Das machte sogar Spaß.

Vermeeren prüfte sorgfältig die anderen Programme und Logdateien und schaltete den Rechner aus. Dann verließ er seine IT-Ecke, riss sich endlich die Mütze vom Kopf und betrachtete seinen

Verband vor dem Spiegel über dem kleinen Waschbecken. Die Stelle über der Wunde war knallrot, er spürte ein starkes Pochen. Er presste die Lippen zusammen, fluchte, und wickelte den Mullverband vorsichtig ab. Die Verletzung sah schlimmer aus als er befürchtet hatte. Wundsekret sickerte aus den aufgebrochenen Krusten. Er wusch sich gründlich die Hände mit Wasser aus dem Kanister und säuberte die Stelle sorgfältig mit desinfizierenden Tüchern, die er sich bei Halbeck noch besorgt hatte. Dann legte er eine extra dicke Mullschicht auf die Stelle und machte sich einen neuen Verband. Darüber legte er ein schwarzes Stirnband an, damit der Verband nicht sofort auffiel, sollte die Mütze mal verrutschen.

Er drehte den Kopf leicht nach rechts und links und prüfte sein Erscheinungsbild. Es war den Umständen entsprechend ganz okay, befand er, abgesehen davon, dass er die Mütze grottenhässlich fand. Sobald er die Gelegenheit hatte, würde er sie durch eine modernere ersetzen. Ein Vorteil dieses Exemplars war allerdings, dass er hier weniger auffiel, oder positiv ausgedrückt, dass er sich dadurch dazugehörig fühlte. Ein anderer Vorteil war, dass er sich seltener seine langen Haare waschen musste. Wenn eine Ballonmütze zu etwas gut war, dann dazu, fettige Haare darunter zu verstecken.

Müde starrte er auf sein provisorisches Bett, zwei Euro-Paletten und eine billige Matratze. Er hätte sich zu gern noch etwas hingelegt, aber es lohnte sich nicht mehr, die Versammlung würde gleich anfangen. Die einzigen Minuten, die er vergangene Nacht ein wenig gedöst hatte, waren in den Regionalzügen von Münster nach Osnabrück und von Osnabrück nach Bremen gewesen. Zum Glück war in keinem Zug ein Schaffner gekommen, so dass er wenigstens eine Stunde lang durchgehend die Augen zumachen konnte. Auf den Bahnhöfen zu schlafen wäre viel zu gefährlich gewesen, zu viele Bundespolizisten, die jetzt vermutlich mit einem Steckbrief in der Hand nach dem Mann ohne Ohr suchten.

Er gähnte noch einmal herzhaft, nahm einen Block und einen Kugelschreiber aus seiner Reisetasche und verließ das Zimmer. In der Küche murmelte er ein undeutliches „latha math" als Zeichen seiner inneren Verbundenheit. Der Raum war voll besetzt, an den U-förmig aufgestellten Biertischen saßen um die zwanzig Personen, die ihm mehr oder weniger freundlich zunickten. Er fand noch einen Platz hinten am Fenster neben Heidrun, einer unscheinbaren Heilpraktikerin, von der er außer ihrem Beruf nur wusste, dass sie fürchterlichen Mundgeruch hatte. Rupert saß wie ein Lehrer vorne und hatte wieder die Moderation übernommen. Nach einigen Formalien wie Anwesenheit und Protokollgenehmigungen kam er zum ersten strittigen Punkt.

„Leute, es geht nicht, dass hier Bauarbeiten durchgeführt werden ohne die geringsten Sicherheitsvorkehrungen. Letzte Woche ist hier eine Mauer zusammengestürzt und hätte fast einen Mann unter sich begraben, der Wolfgang bei den Abbrucharbeiten im Gemeinschaftsraum helfen wollte. Das hier ist kein Spielplatz."

Wolfgang hob vorsichtig die Hand. „Das war ein Missverständnis, Rupert. Wir haben gedacht, wenn wir die Mauer von der Mitte her durchstemmen, geht's schneller. Wir konnten ja nicht ahnen, dass der Mörtel oben so scheiße ist."

Rupert schüttelte fassungslos den Kopf. „Der Mörtel war nicht scheiße, er hat nur nicht gehalten, was er eigentlich auch gar nicht halten sollte. Habt ihr mal Physik gehabt in der Schule?"

Wolfgang winkte ab. „Ist okay, kommt nicht wieder vor, Chef." Er grinste.

Rupert grinste zurück. „Dann ist gut, Stift. Das gilt natürlich für alle. Wer unsicher ist, kann mich immer fragen. Ihr habt meine Handynummer, ich bin immer erreichbar. Gut, weiter. Die Aufteilung der Arbeiten an den Grünanlagen klappt hinten und vorne nicht. Woran liegt's?"

Ein kleiner, dicker Mann mit einer Nickelbrille meldete sich. „Ich kann die Sträucher und Büsche nicht beschneiden, wenn das Gras 20 Zentimeter hoch steht. Da muss erst mal gemäht werden."

„Wer sollte das machen?", fragte Rupert, ohne von seinem Notizblock aufzusehen.

„Ich", sagte Jan Vermeeren, „aber als ich das letzte Mal hier war, war der Rasenmäher kaputt."

Rupert legte verärgert seinen Stift aus der Hand. „Herrgott, das sind doch Ausreden aus der Schule. Hast du ihn zur Reparatur gebracht oder dich sonstwie gekümmert? Nein? Du hättest dir einen von Holger borgen können."

Vermeeren machte einen zweiten kläglichen Versuch der Verteidigung. „Ich hab gerade in Münster eine Menge zu tun."

„Viel zu tun hat jeder, Jan, das dürfte auch dir inzwischen klar geworden sein. Wenn wir hier vorankommen wollen, müssen sich alle am Riemen reißen, verdammt. Du mähst gleich, okay?"

Er nickte mürrisch. Die Zeit hatte er nicht eingeplant. Wenn jetzt wegen dieses beschissenen Rasens sein ganzer Plan schiefging, würde Rupert sich warm anziehen müssen, so viel stand schon mal fest. Er schickte einen feindseligen Blick zum Bauleiter, als dieser sich dem nächsten Thema zuwandte.

Nach drei Stunden hatten sie es fast geschafft und Rupert stellte eine Anfrage einer Theatergruppe aus Lübberstedt zur Diskussion, ob die Baugemeinschaft nicht an einem Theaterstück über die Vergangenheit des MUNA-Komplexes teilnehmen wolle.

„Und der Hammer ist, Leute", führte er begeistert aus, „dass nur für die beiden Aufführungen der Wald geöffnet wird. Wisst ihr, was das bedeutet?"

Er stockte abrupt und starrte auf den vor ihm liegenden Flyer, als wenn er einen entscheidenden Fehler gemacht hätte. Dann verzog er das Gesicht. Aber um seine Worte zu ändern, war es zu spät.

„Ja also, isch tät misch gar nischt wundern, wenn dann viele reschte Gruppen kommen und die Baracken als Pilgerstätten besuchen täten." Die Heilpraktikerin war eine ausgewiesene Schwäbin und Antifa-Aktivistin. Rupert hatte das gewusst, es aber in diesem Moment wohl vergessen. Er setzte seine sanfteste Miene auf, alle anderen sahen betreten aus dem Fenster.

„Nein, liebe Heidrun, das wird bestimmt nicht passieren. Die Besucher werden mit einem Extra-Zug auf den alten Gleisen zu den Bunkern gefahren und unablässig mit der Scheiße konfrontiert, die damals passiert ist. Glaubst du allen Ernstes, das hört sich ein Nazi stundenlang an."

Heidrun zuckte die Schultern. „Möglisch. Es wäre auf jede Fall zu dischkutiere, ob ..."

Das waren die letzten Worte, die Jan Vermeeren von der Versammlung mitbekam. Der Schlaf hatte ihn übermannt. Schon der Diskussion über den Wasseranschluss hatte er nicht mehr richtig folgen können, immer wieder fielen ihm die Augen zu. Und immer wieder stieß ihn diese verfluchte Heidrun unter dem Tisch an und hinderte ihn so daran zu schlafen. Jetzt, als sie endlich selbst aktiv in die Diskussion eingriff, bekam er endlich seine verdiente Ruhepause.

Er hätte sich gewundert, wenn er mitbekommen hätte, wie viele neidische Blicke anschließend auf ihm ruhten.

15

Als Rothenburg die Küche betrat, saß Marie Zeulweggen vollkommen in sich zusammengesunken am Tisch, vor sich eine Tasse Tee, und starrte gleichgültig die Wand an. Eine Hand stützte den Kopf, die andere lag auf dem Tisch und wurde von Lars Wilkens gehalten. Wilkens Blick wechselte sekündlich von ihm zu Irene Franta und wieder zurück. Es war weder ein freundlicher noch ein unfreundlicher Blick, aus seinen Augen sprach eher die Bitte: *Seid vorsichtig mit ihr. Sie ist so zerbrechlich und vollkommen am Ende.*

„Frau Zeulweggen", begann Rothenburg so behutsam er nur konnte, „können Sie uns etwas über diese Frau und die Männer sagen, deren Namen auf der Liste vor Ihnen stehen?"

Maries Hand löste sich von ihrem Kopf, die unterlaufenen Augen suchten das Stück Papier und starrten Text und Fotos ein paar Sekunden lang an. Sie runzelte die Stirn und blickte Rothenburg fragend an. „Was soll das?"

„Wir wollen nur wissen, ob Ihnen die Namen bekannt sind", antwortete Franta.

Marie schüttelte den Kopf. „Von denen war es keiner."

„War was keiner?"

„Der Notarzt gestern. Von denen war es keiner. Deshalb sind sie doch gekommen, oder?"

Rothenburg kratzte sich am Kopf. „Eigentlich nicht, Frau Zeulweggen. Wir wissen auch nichts von einem Notarzt. Das können wir vielleicht gleich im Anschluss besprechen, jetzt möchten wir über diese sechs Menschen reden, die dort auf dem Zettel stehen. Ihnen sagen die Namen doch etwas, oder?"

„Muss das sein?", mischte Wilkens sich jetzt ein.

„Ja, das muss sein. Sonst wären wir nicht hier. Also, Frau Zeulweggen? Bitte."

Marie verschränkte die Arme vor der Brust. „Rolf Trenschel ist der Mörder meiner Tochter. Er hat zusammen mit den anderen Kokain genommen und dann mein Kind getötet." Sie sah Rothenburg feindselig an. „Wollten Sie das hören?"

Rothenburg zuckte mit den Schultern. „Wenn Sie das so sehen, ist das Ihr gutes Recht. Wissen Sie, wo sich Trenschel jetzt befindet?"

Marie zuckte zusammen. Rothenburg bis sich auf die Lippen, diese Frage hätte er anders stellen sollen. Natürlich musste die arme Frau jetzt annehmen, Trenschel wäre nicht mehr im Gefängnis. Das hätte er ihr wirklich ersparen können.

Marie starrte ihn fassungslos an. „Sagen Sie jetzt nicht, er ist frei."

Franta schüttelte schnell den Kopf. „Natürlich nicht. Der Kollege wollte lediglich wissen, ob Ihnen bekannt ist, in welchem Gefängnis sich Trenschel befindet."

„Klar. Hagen."

„Woher wissen Sie das?"

„Woher sie das weiß?" Wilkens war aufgesprungen und rannte ins Wohnzimmer. Nach wenigen Augenblicken kam er mit einem alten Schuhkarton wieder, Laufschuhe von Puma, wie Rothenburg erkennen konnte. Wilkens öffnete den Deckel und schüttelte den Inhalt auf den Tisch.

„Daher weiß sie es. Ich hoffe, das kann Sie überzeugen."

Rothenburg schätzte, dass es mindestens 100 Briefe waren, alle hatten das gleiche Umschlagformat. Als Absender war auf der Rückseite vermerkt: Rolf Trenschel, JVA Hagen. Er nahm den nächstliegenden Brief und zeigte ihn Marie, um ihr Einverständnis zu bekommen, ihn zu lesen. Marie nickte stumm.

Rothenburg war überrascht, wie sauber und ordentlich die Handschrift war. Wenig Schnörkel, keine langgezogenen Striche etwa beim *g*. Gewiss hatte er sich große Mühe gegeben, dass Marie auch wirklich alles lesen konnte, aber für einen Künstler schon außergewöhnlich brav, dachte sich Rothenburg.

Hagen, den 24.12. 2009

Liebe Frau Zeulweggen, heute ist nun Weihnachten, aber Sie werden dieses Datum bestimmt nicht mehr als Fest der Liebe betrachten. Sie müssen diesen Tag zum ersten Mal ohne Ihre geliebte Tochter feiern, aber es wird für Sie kein Fest mehr sein. Das weiß ich. Es wird vielmehr eine schwere Zeit, weil Sie überall sehen werden, wie Familien zusammenströmen, um gemeinsam am Tisch zu sitzen, zu essen, sich zu beschenken, Lieder zu singen. Wahrscheinlich möchten Sie gar nicht mehr feiern und sind weggefahren. Vielleicht nach Holland, Ihre Heimat, ans Meer. Ich kann Ihnen nur wie schon so oft zuvor versichern, wie leid es mir tut, was ich getan habe. Ich werde es niemals wiedergutmachen können, das ist mir klar. Ich kann Sie nur um Verzeihung bitten und hoffen, dass Sie mir irgendwann die Möglichkeit geben werden, Ihnen zu helfen, wenn Sie es wünschen.

Ich bereue zutiefst, was ich Ihnen angetan habe, und wünsche Ihnen, dass Sie bald wieder etwas Glück finden. Rolf Trenschel, JVA Hagen / 100

Rothenburg ließ den Brief sinken und gab ihn Franta. Wenigstens war dieser Trenschel kein durchgeknallter Drogist, dem alles egal war, wenn er denn nur seinen Stoff bekam. Ihm schien es wahrhaftig leid zu tun, was er angerichtet hatte, und er schien die Situation von Zeulweggen auch recht gut einzuschätzen. Nicht übel, so ganz ohne Informationen.

Wenn es denn so war.

„Sagen Sie, Frau Zeulweggen, was bedeutet diese Zahl 100 am Schluss?", fragte er.

„Es war der hundertste Brief von ihm."

„Und Sie haben auf keinen reagiert?!"

„Ja."

„Haben Sie welche gelesen?"

„Nein. Keinen einzigen."

„Ich habe auf Ihre Bitte hin die ersten zehn gelesen", sagte Wilkens. „Marie wollte wissen, wie er zu seiner Tat steht. Seitdem hat sie keinen mehr geöffnet. Sie bekommt immer noch fast jeden Tag einen neuen. Ich schätze, es wird immer etwas Ähnliches drinstehen. Zeigen Sie mal."

Er überflog den Brief und nickte. „Ja, so waren schon die ersten Briefe. Natürlich ohne Weihnachten."

Rothenburg hatte nebenbei damit begonnen, die Briefe nach Datum zu sortieren und zu Wochenpäckchen zu stapeln. Er sah Marie voller Mitgefühl an. Erst jetzt fiel ihm auf, wie schön diese Frau eigentlich war.

„Sie waren doch im Prozess dabei, Frau Zeulweggen, und haben live mitbekommen, dass Trenschel um Verzeihung gebeten und seine Tat bereut hat."

„Ich habe es ihm nicht abgenommen. Er wollte nur einfach nicht in den Knast, hatte ich geglaubt. Oder nicht so lange wenigstens."

„In Ordnung", sagte Franta energisch, lächelte Marie aber freundlich zu. „Was ist mit den andern fünf Personen? Haben oder hatten Sie Kontakt zu ihnen?"

Marie zog misstrauisch die Augenbrauen hoch. „Warum sollte ich?"

„Kennen Sie die Leute persönlich?"

„Nein. Ich kenne nur die Namen. Was ist denn überhaupt mit ihnen? Vielleicht erklären Sie mir jetzt mal, was Sie von mir wollen, wenn Sie wirklich nicht den falschen Notarzt suchen."

„Woher wissen Sie, dass der falsch war?"

Marie zeigte den Polizisten ihre Armbeuge. „So spritzt kein Mediziner, hat mir eine richtige Ärztin versichert."

Rothenburg und Franta schauten sich kurz an. „Darum wird sich das Betrugsdezernat kümmern", sagte Rothenburg. „Ich sage Ihnen jetzt, warum wir hier sind."

Er erzählte Marie alle Fakten, die sie wissen musste, vermied aber jede Formulierung, die als eine Verdächtigung Maries gedeutet werden könnte. Für ihn stand fest, dass diese gebrochene Frau keine gestandenen Männer oder eine sportliche Frau mit 22 Messerstichen abschlachten könnte. Aber zusammen mit einem einigermaßen kräftigen und willigen Mann als Vollstrecker an ihrer Seite wäre immerhin ein Auftragsmord noch möglich.

Marie hörte zu, ohne ein einziges Mal aufzublicken. Erst am Ende von Rothenburgs Bericht funkelten ihre Augen ihn gefährlich an.

„Und jetzt wollen Sie von mir wissen, ob ich will, dass dieser Mörder sterben soll?"

„Unter anderem, ja."

Rothenburg sah, dass sich Maries Augen immer noch weiter öffneten. Ihr Gesicht verzerrte sich zu einer gefährlich-schönen Grimasse. Mit einem Ruck stand sie auf, fegte die Briefe vom Tisch und schrie sich die Seele aus dem Leib.

„Jaaaaa, verdammt noch mal. Er soll sterben, dieser verfluchte Kerl. Ich will, dass er endlich verreckt, verreckt, verreckt." Sie hämmerte mit ihren Fäusten auf den Rücken von Wilkens, der sie in den Arm genommen hatte. Rothenburg und Franta saßen betreten am Tisch und nickten schließlich Wilkens zu, Marie ins Schlafzimmer zu bringen, als sie sich etwas beruhigt hatte. Nach einigen Minuten war er wieder da. Er zog ein Taschentuch aus der Hosentasche und wischte sich ein paar Tränen weg.

„Ich habe ihr was gegeben, sie schläft jetzt. Es wird kaum besser. Ich tue, was ich kann, aber ich bin auch bald mit meinem Latein am Ende."

„Sie machen das großartig", munterte Franta ihn auf. „Jede Frau wäre stolz auf einen Mann wie Sie."

Wilkens wischte sich mit der Hand durchs Gesicht und zog dezent die Nase hoch. „Danke, Frau … ? Na egal. Ich versuche schon sei Monaten, sie wieder in Therapie zu schicken, aber sie schiebt es immer vor sich her. Sie glaubt, dass sie es alleine schafft, oder nur mit mir. Aber ich bin kein Profi, ich kann ihr nicht so helfen, wie sie es verdient und nötig hätte."

„Sie machen das wirklich super", wiederholte Franta.

Rothenburg kniff irritiert die Augen zusammen. „Herr Wilkens, können Sie sich vorstellen, wer dieser Anrufer sein kann? Es ist jemand, der Trenschel unbedingt tot sehen will, warum auch immer. Ich sage gleich dazu, dass ich nicht glaube, dass Frau Zeulweggen etwas damit zu tun hat, aber wir finden keinen anderen Anhaltspunkt in Trenschels Leben als diesen schlimmen Unfall und Ronas Tod."

Wilkens stützte seinen Kopf auf die Hände. „Ich verstehe. Sie vermuten also, dass jemand aus Maries Nähe der Anrufer sein könnte."

„Könnte durchaus sein."

„Also ich, zum Beispiel."

Rothenburg musterte ihn. Das waren die Sekunden, die oft darüber entschieden, ob in seinen Augen jemand verdächtig war oder nicht. Ein kleines Blinzeln, rot werdende Wangen, eine zittrige Stimme, Finger, die sich gegeneinander pressten. Von all dem konnte er bei Wilkens nichts beobachten. Aber in diesem Stadium der Ermittlungen hieß das noch nicht allzu viel. Wilkens hatte zwar noch beide Ohren, aber auch er könnte jemanden für die Drecksarbeit angeheuert haben.

„Zum Beispiel, ja."

„Dann hätte ich auch diese Leute ermordet, ist das richtig?"

„Richtig."

Wilkens lehnte sich mit einem schweren Seufzer zurück. „Hab ich aber nicht. Ich kann Marie sehr gut verstehen, wenn sie unglaubliche Hassgefühle auf diesen Trenschel entwickelt hat. Ich selbst habe keine Kinder und weiß nicht, wie es ist, ein Kind zu lieben und zu verlieren. Es muss schrecklich sein. Ja, gewiss, es ist schrecklich. Aber ich versuche behutsam, Marie diesen Todesgedanken auszureden. Wenn er so stirbt, gut, dann könnte es durchaus sein, dass sie wieder zu sich selbst findet und wir vielleicht eine Zukunft haben, die diesen Namen auch verdient. Aber ich würde im Leben nicht versuchen, ihn umzubringen oder ihn umbringen zu lassen. Ich bin Pazifist,

138

Totalverweigerer, Sie werden wissen, was das ist. Sie können es auch nachprüfen. Ich war Mitte der Achtziger einer von den ganz Wenigen in Deutschland, die weder Bundeswehr noch Zivildienst gemacht haben. Da werde ich doch keine Menschen umbringen, die ich noch nicht einmal kenne."

„Hat sie noch Freunde, die ihr nahestehen? Oder Familie?", fragte Franta.

„Freunde in dem Sinne nicht. Sie hat 'ne Menge Freundinnen, aber Sie suchen ja offenbar einen Mann, wenn ich Sie recht verstanden habe. Alle, die mir dazu einfallen, sind ihr Ex-Mann Clemens Hollmann, Ronas Vater, und Maries Bruder, Johann Zeulweggen. Der lebt in einem kleinen Dorf in Holland, soviel ich weiß. Die Eltern sind beide tot. Hollmann wohnt hier in Münster und ist Autohändler an der Weseler Straße. Aber ich glaube nicht …"

Er hob die Arme. Wilkens wirkte erschöpft, müde, zermürbt vom ewigen Bemühen um seine Lebensgefährtin, wenn man Marie so nennen konnte. Rothenburg traute sich nicht, ihn danach zu fragen. So wichtig war die Definition sicher nicht. Wilkens liebte Marie und hoffte auf eine gemeinsame Zukunft, wozu Marie so lange nicht in der Lage sein würde, bis sie den Tod ihrer Tochter verarbeitet hatte. Das konnte noch Wochen oder Monate dauern, vielleicht sogar Jahre. Wenn überhaupt. Ob Wilkens wirklich die Geduld hatte, ohne die sichere Perspektive auf ein gemeinsames Leben, vielleicht mit Kindern, den ewigen Händchenhalter zu spielen, war mehr als fraglich. Er, Rothenburg, kannte jedenfalls keinen Mann, der dazu fähig wäre. Ihn selbst eingeschlossen.

Franta erinnerte ihn mit einem sanften Tritt unter dem Tisch daran, dass die Beziehungsperspektive von Lars Wilkens und Marie Zeulweggen nicht der eigentliche Grund ihres Besuchs war. „Ja, ich glaube, das wäre es dann erstmal", sagte sie mit einem freundlichen Lächeln zu Wilkens. „Wir melden uns, wenn wir noch Fragen haben. Nicht wahr, Kollege?"

Rothenburg rieb sich verärgert den Unterschenkel. Ihm war eben ein Gedanke gekommen, der durch Frantas Fußtritt fast wieder aus seinem Kopf vertrieben worden wäre. Er kramte umständlich einen Zettel aus seiner Hosentasche und machte sich eine Notiz. Das fehlte noch, dass er wegen Frantas übereiltem Aufbruch einen Gedanken vergaß. Außerdem war da ja noch die Sache mit diesem merkwürdigen 112-Einsatz.

„Einen Moment noch", erwiderte er langsam. „Was hat es denn mit diesem falschen Notarzt auf sich, von dem Sie vorhin erzählt haben?"

Lars Wilkens erzählte in ein paar Sätzen den Vorfall, so wie Marie ihn erlebt hatte. „Die richtige Notärztin, die ich schließlich gerufen habe, und Marie sind sich fast sicher, dass es gar kein Arzt war, der sie behandelt hat. Und Marie glaubt, dass sie den Mann irgendwo schon mal gesehen hat. Aber da ist sie sich nicht sicher. Sie war ja völlig fertig mit den Nerven und hatte eine Heidenangst."

„Ist darüber hinaus etwas passiert oder etwas abhanden gekommen?"

Wilkens schüttelte den Kopf. „Nein, so auf den ersten und zweiten Blick, nein."

„Gut. Wir kümmern uns darum." Rothenburg erhob sich mit einem lauten Stöhnen und hielt sich eine Hand an den Rücken. „Sie sollten sich neue Stühle kaufen, sonst kriegen Sie's bald am Rücken."

16

Wenn er vorher gewusst hätte, wie groß das Gelände tatsächlich war, hätte Jan Vermeeren sich niemals für den Posten gemeldet, Ansprechpartner und Verantwortlicher für die Herrichtung und Pflege der Außenanlagen zu sein. Aber Rupert hatte die Fläche geschickt heruntergerechnet und mehrmals betont, dass Ansprechpartner nicht automatisch auch Ausführender sein müsste. Ein Ansprechpartner sollte nur dafür sorgen, dass die Arbeiten erledigt wurden, von wem, war völlig egal. Er musste dafür sorgen, dass immer genügend Material vorhanden war, und er war dafür verantwortlich, dass die Geräte und Maschinen in Ordnung waren. Das war insgesamt gesehen ein recht umfangreicher und aufwändiger Job, aber als Vermeeren der Baugemeinschaft beitrat, waren nur noch die Aufgaben Außenanlagen oder Kaufabwicklung frei. Er wählte die Grünflächen, aber es war für ihn keine Auswahl. Von kaufmännischen Angelegenheiten hatte er nicht den leisesten Schimmer, und er wollte auf keinen Fall Verantwortung übernehmen, die über die Konsequenzen eines kaputten Rasenmähers hinausging.

Zum Glück war die Sonne hinter einer dichten Wolkendecke verschwunden, sonst hätte er sich diese Plackerei auf keinen Fall angetan. Er wäre zum nächsten Landschaftsgärtner gefahren, hätte ihm 50 Euro zugesteckt und wäre dann nach oben in seine kühlen Zimmer gegangen, um seine Wunde zu versorgen. So war es gerade noch zu ertragen gewesen. Die meisten Projektmitglieder waren sofort nach der Besprechung wieder nach Bremen oder sonst wohin gefahren, das Gelände war leer und Rupert hatte sich angeboten, nach dem Rasenmäher zu sehen.

„Geht's mit der Mütze?"

„Klar, wieso?"

„Nicht zu warm oder so?"

Rupert hatte vermutlich nur irgendetwas Belangloses sagen wollen, um die Peinlichkeit zu überbrücken, dass es wirklich schwer war, sich mit Jan Vermeeren zu unterhalten. Kein Mensch wusste, was er mit diesem sonderbaren Mann reden und anfangen sollte, und so hatten ihn alle mehr oder weniger ignoriert. Was Vermeeren auch mehr als recht war.

Peinlich war nur, dass dem Rasenmäher nur die Zündkerze fehlte, die auf einem Regal lag.

„Mensch Jan, bist du sicher, dass du letztes Mal auch wirklich mähen wolltest?", hatte Rupert gefragt und verständnislos den Kopf geschüttelt. „Ehrlich gesagt, das hätte sogar Heidrun gemerkt." Ohne ein weiteres Wort hatte er die Zündkerze eingeschraubt und war abgerauscht. Vermeeren kam es so vor, als hätte er in diesem Moment seinen letzten heimlichen Verbündeten in diesem Kreis der Verrückten verloren. Von jetzt an, so glaubte er, war er ganz auf sich alleine gestellt. Aber er musste dieses Loch ja nicht mehr ewig ertragen. Bald waren seine Probleme gelöst und er würde mit Marie ein neues Leben anfangen.

Nach drei Stunden Mähen war er völlig erschöpft, aber er hatte es geschafft. Er machte den Rasenmäher gründlich sauber, füllte Benzin auf und schob ihn in den Gerätebunker. Der Eingang zu dem unterirdischen Bunker war links neben dem Kompaniegebäude und erinnerte aus der Entfernung an eine Garageneinfahrt, die von der Straße leicht nach unten ging. Die schwere Eisentür bekam man nur nach einem ordentlichen Frühstück auf, leichtgewichtige und zarte Persönchen wie Heidrun hatten keine Chance. Aber diese Öko-schlunze kümmerte sich ja um andere lebenswichtige Aufgaben wie Kunst am Bau und die geschichtliche Aufarbeitung des Geländes und hatte im Bunker sowieso nichts verloren.

Als er zum ersten Mal den Bunker betreten hatte, war er vollkommen fasziniert von der Bauweise und Wirkung der Anlage. Hinter der Außentür führte ein schmaler Gang jeweils geradeaus und nach links. Geradeaus kam man in den großen Bunkerraum, in dem sich die Soldaten während eines Angriffs aufhalten sollten. An allen Wänden standen einfache Holzbänke, in der Mitte ein paar kleine Tische, vermutlich, damit sich die Soldaten die langweilige Zeit mit Kartenspielen vertreiben konnten. Oder natürlich zum Essen. Jetzt standen hier die Gartengeräte und schweren Maschinen, die für den Umbau des Gebäudes gebraucht wurden. Vermeeren hatte keine Ahnung, wer die alle angeschleppt hatte, wahrscheinlich war es Oberpolier Rupert gewesen, der seine Firma um ein paar Geräte erleichtert hatte. Hinter dem Bunkerraum ging der Gang weiter und führte zu den Sanitäreinrichtungen und den Vorratsräumen sowie zu den kleinen Nischen, in denen die Technik untergebracht war. Überall in den Gängen verliefen Heizungs- und Lüftungsrohre an der

Decke. Die Heizungsanlage war wie im gesamten Haus außer Betrieb, aber die Be- und Entlüftung schien noch zu funktionieren. Es roch zwar etwas muffig, aber längst nicht so stark, wie er es in einem unterirdischen Bunker erwartet hätte.

Er schob den Rasenmäher an seinen Platz und beschloss, sich einmal in dem Gang nach links umzusehen, wo er noch nicht gewesen war. Er drückte die Außentür etwas weiter auf, um mehr Licht hineinzulassen, nahm eine Taschenlampe von einem Haken neben der Tür und tastete sich vorsichtig vorwärts. Er leuchtete geradeaus und sah, dass der Gang schon nach etwa zehn Metern zu Ende war. Links und rechts waren jeweils zwei schwere Eisentüren, die mit einem Stahlbügel von außen so verschlossen werden konnten, dass man sie von innen nicht mehr aufbekam.

Eine Zelle, durchfuhr es ihn. Wurden hier etwa aufsässige Bundeswehrsoldaten eingesperrt? In einem lichtlosen Bunker? Nein, das traute er den modernen Deutschen denn doch nicht zu. Den Nazis, klar, die hatten so etwas gemacht, ohne mit der Wimper zu zucken. Vielleicht war die Bunkeranlage ja noch aus der Nazizeit und die Bundeswehr hatte das Kompaniegebäude einfach drübergebaut und den Bunker anders genutzt. Er nahm sich vor, Rupert bei Gelegenheit danach zu fragen. Vielleicht konnte er damit ja wieder ein paar Punkte gutmachen. Eigentlich war ja Heidrun für dieses Thema zuständig, aber er hätte sich eher die Zunge abgebissen, als diese Schreckschraube anzusprechen.

Er befestigte die Taschenlampe mit ihrem magnetischen Ende an der Eisentür gegenüber und versuchte, einen Bügel aus der Vorrichtung zu hebeln, aber es ging nicht. Der Bügel war fest eingerostet und auch durch wütende Fußtritte von unten nicht dazu zu bewegen, seine Stellung auch nur einen Millimeter zu verändern. Er erschrak, wie leise sich die Tritte hier unten anhörten, die engen Gänge schluckten den Schall fast komplett. Keuchend versuchte er sein Glück bei den anderen drei Türen, aber dort war es genauso. Ein paar Minuten überlegte er, was er tun sollte. Dann ging er in den Geräteraum und suchte auf den Regalen nach etwas Brauchbarem. Er schnappte sich eine Dose Caramba und ein schweres Stemmeisen und ging zurück zu den Eisentüren. Die Dose war zum Glück noch halb voll, und er sprühte den Bügel und das Einlegeeisen großzügig ein. Nach ein paar Minuten merkte er durch Rütteln, dass der Bügel sich langsam löste. Ja, es würde klappen, den Rest würde das Stemmeisen besorgen. Er schob ein Ende unter den Bügel und hob das Eisen an, bis der Bügel sich aus der Vorrichtung löste. Langsam und vorsichtig ließ er den Bügel nach unten gleiten, bis er neben der Tür hing. Erst jetzt konnte er erkennen, dass in der Mitte der Tür, dort, wo eben noch der Bügel vorlag, ein etwa zehn Zentimeter breiter und fünf Zentimeter hoher Schlitz war. Ein Lüftungsschlitz? Oder um Essen reinzuschieben?

Also wirklich ein Gefängnis?

Die Tür ließ sich jetzt einfach öffnen, quietschte aber wie der Teufel. Spontan sprühte Vermeeren die Scharniere ein. Dann erst trat er zur Seite, um den Lichtstrahl der Taschenlampe in den Raum leuchten zu lassen. Um ehrlich zu sein, war er ein bisschen enttäuscht.

Die Zelle war nur etwa neun Quadratmeter groß und hatte weder ein Fenster noch ein Luftloch. Der Boden war aus Beton gegossen, die Wände waren mit Ziegelsteinen gemauert. In der Mitte des Bodens war ein kleines Rost eingelassen, vermutlich, damit man die Exkremente der Gefangenen einfach wegspülen konnte. Falls hier damals wirklich Häftlinge festgehalten wurden. Aber dann sah er an der hinteren Wand einen eingemauerten Eisenring und hatte keine andere Erklärung als die, dass es sich hier um vier Einzelzellen der Nazis handeln müsse, die entweder schlicht vergessen worden waren, oder aber man wusste darüber Bescheid, hatte aber keine Ahnung, was man mit diesem scheußlichen Relikt anfangen sollte.

Er brauchte noch fast eine halbe Stunde, um die anderen drei Zellen zu öffnen und festzustellen, dass sie in dem gleichen Zustand waren. Der Schlitz an der Tür reichte also offenbar aus, um die Zelle mit ausreichend Luft zu versorgen, andernfalls hätte er beim Betreten der Räume wahrscheinlich Erstickungsanfälle bekommen.

Na gut, dachte er, mal sehen, wofür man das alles noch mal braucht. Er brachte die Dose und das Stemmeisen wieder weg und ging zur Eingangstür. Er stutzte. Die Tür war zu.

Hatte er die Tür nicht vorhin extra weit aufgemacht, um mehr Licht hineinzulassen? Ein Adrenalinstoß durchfuhr seinen Körper. Wer sollte ihn hier einsperren? Er drückte vorsichtig gegen die Tür und stellte zu seiner Erleichterung fest, dass sie sich mühelos öffnen ließ. Wahrscheinlich war sie einfach zugefallen oder ein besonders eifriger Mitmensch hatte sie der Ordnung halber zugedrückt.

Er atmete tief durch und wollte gerade gehen, als er aus Versehen an den Schalter seiner Taschenlampe kam und sie ausknipste. Er erschrak und starrte ungläubig in eine tiefe Finsternis. Die Tür stand etwa zwanzig Zentimeter weit auf, aber nach einem Meter hatte die Bunkerkonstruktion sämtliches Licht einfach verschluckt, sowohl geradeaus Richtung Gerätebunker als auch nach links zu den Zellen. Wenn er jetzt noch den Stechschritt sich nähernder Soldaten gehört hätte, hätte ihn das auch nicht mehr gewundert.

Puuuh, dachte er. Raus hier.

Er holte tief Luft, als er endlich wieder draußen vor dem Gebäude stand. Noch immer war keine Menschenseele zu sehen, jetzt konnte er in Ruhe das erledigen, wozu er eigentlich gekommen war. Der Rasen war gemäht, und die anderen Aufgaben würde er jetzt einfach delegieren. Das Problem war nur, dass er noch nicht einmal alle Namen wusste, die müsste er sich noch irgendwo besorgen. Im Flur vor der Küche hatte Rupert ein großes schwarzes Brett aufgehängt, an dem Termine angekündigt, Informationen verbreitet und Adressen von beteiligten Baufirmen angeschlagen waren. Sogar ein kleiner Marktplatz hatte sich hier entwickelt. So erfuhr Vermeeren jetzt, dass eine Verona Hilfe bei ihren Computerproblemen brauchte, im Gegenzug bot sie einen Kurs in Karate an. Er hatte den Namen noch nie gehört, schrieb sich aber die Nummer auf. Ganz rechts am Brett hing tatsächlich eine Liste mit den Namen und Aufgabenbereichen aller Projektmitglieder. Vermeeren riss sie ab und ging die Treppe hoch in sein Zimmer.

Er schloss zweimal hinter sich ab, er durfte nichts riskieren. Sein Zimmer war der einzige Ort, an dem er diese verfluchte Mütze abnehmen konnte. Mit einem Fußtritt fuhr er den Rechner hoch und legte die Liste auf den Schreibtisch. Das würde er zuerst erledigen, die Pflicht, danach kam dann die Kür. Vor dem Spiegel prüfte er noch einmal den Verband und musste feststellen, dass er schon wieder mit Blut und Sekret durchtränkt war. Offensichtlich hörte das nicht so schnell auf, wie er gehofft hatte. Er seufzte, wusch die Wunde aus und erneuerte die Mullbinden. Dieses Miststück, fluchte er innerlich. Sie hätte eigentlich einen ganz anderen Tod verdient gehabt.

Zum Beispiel verhungern in einer dunklen Zelle.

Er grinste hämisch bei dem Gedanken an die Vorstellung, wie es wohl gewesen wäre, dieses Biest nicht sofort zu töten, sondern hier langsam und elendig verrecken zu lassen, jetzt, wo er dieses fantastische Versteck entdeckt hatte. Er wäre jeden Tag einmal zu ihr herunter gekommen, hätte erst einmal höflich durch den Schlitz gefragt, ob er hereinkommen dürfe, dann geklopft, haha, und dann langsam den Bügel beiseite geschoben. Und dann hätte er sie betrachtet, wie sie dalag, angekettet an der Wand wie ein räudiger Hund. Er hätte ihr einen Napf mit Wasser und einen mit Hundefutter gegeben. Nicht genug, um zu überleben, aber genug, um nicht sofort zu sterben, falls sie den Fraß überhaupt angerührt hätte. Bei einer Frau wie Ricarda Nürting bezweifelte er das. Gut, dann wäre sie halt nach ein paar Tagen gestorben, aber er hätte seine wahre Freude daran gehabt. Wer ihm ein Ohr abbiss, durfte eigentlich nicht mit einem schnellen Tod davonkommen.

Mit dem frischen Verband um seinen Kopf schrieb er ein Informationsblatt an alle Mitglieder, auf dem er sich für sein bisher fehlendes Engagement entschuldigte und versicherte, dass es in ein paar Wochen anders werden würde, wenn seine Verpflichtungen in Münster erledigt seien. Dann stellte er in einer Tabelle die in nächster Zeit anfallenden Außenarbeiten und jeweils ein Mitglied zusammen, von dem er glaubte, dass es schon irgendwie klappen würde. Mit doppeltem Ausrufezeichen schrieb er noch darunter, dass alle natürlich auch tauschen könnten, so sei das System doch schließlich gedacht. Er druckte die Datei aus und wandte sich mit einiger positiver Spannung seinen Überwachungsprogrammen zu. Er startete die Software, wählte den Menüpunkt Live und lehnte sich mit einem wohligen Seufzer der Zufriedenheit zurück.

Er stutzte und sah auf seine Uhr. Es war noch nicht halb sechs. Was war das?

Ein Blick auf den Live-Bildschirm zeigte ihm, dass Marie schlief. Sehr ungewöhnlich für diese Uhrzeit. Normalerweise schlief sie erst gegen Mitternacht ein, obwohl sie schon gegen 22 Uhr zu Bett ging. Sie litt unter massiven Schlafstörungen, kein Wunder. Aber warum schlief sie jetzt an einem Freitagnachmittag tief und fest?

Das Programm zeigte ihm an, dass es um die Mittagszeit in der Küche mehrere Dateien angelegt hatte. Er zog sie auf sein Abspielprogramm, holte sich ein Glas Wasser und schaute sich in Ruhe den Besuch der Polizei bei Marie an.

Er knurrte wütend. Die Polizei war also schon bis zu Marie gekommen, wofür es nur einen Grund geben konnte: Dieser Calma hatte die Schnauze nicht gehalten und war entgegen seiner

146

Anweisung tatsächlich zur Polizei gegangen. Na warte, das würde er bitter bereuen.

Er hörte dem Gespräch mit höchster Aufmerksamkeit zu, fand aber keine Stelle, die ihn ernsthaft beunruhigte. Sie hatten also nichts weiter außer einem fehlenden Ohr. Keinen Namen, dem man das Ohr zuweisen konnte. Die Frage war nur, ob er sein Ziel jetzt überhaupt noch erreichen konnte, wenn Calma zu den Bullen gelaufen war, statt in seinem Spiel mitzuspielen. Wusste dieser Kerl überhaupt, dass er damit sein endgültiges Todesurteil unterschrieben hatte? Er musste es wissen, schließlich hatte er es ihm mehr als eindringlich erklärt. Dann gab es nur zwei Möglichkeiten: Calma verließ sich auf den Schutz durch die Polizei, oder aber Calma fuhr zweigleisig, hatte die Polizei verständigt und versuchte dennoch, an Trenschel heranzukommen. Das musste er jetzt schnell herausfinden.

Er startete ein neues Programm und wählte eine Handynummer. Nach dem vierten Klingeln nahm Calma ab.

„Ja?"

„Mein lieber Freund, was hast du getan?", säuselte der Anrufer gekünstelt. „Du hast doch nicht etwa die Polizei informiert, oder?"

Für ein paar Sekunden war es totenstill in der Leitung. Dann hörte er das schwere Atmen Calmas, der vermutlich um eine Antwort rang, die ihn retten sollte. Er entschied sich für die Wahrheit.

„Doch, ich war dort. Sie würden es ja doch irgendwie rauskriegen. Glauben Sie mir, die Bullen hätten es bald selber herausgefunden, wie die drei zueinander standen. Ich habe denen nur ein bisschen Arbeit abgenommen, mehr nicht."

„Was du aber nicht hättest tun sollen", sagte Vermeeren scharf. „Du spielst mit deinem Leben, weißt du das? Eigentlich hatte ich vor, dich am Leben zu lassen, aber nach dieser Aktion sehe ich schwarz für dich."

„Halt", rief Calma durch die Muschel, „ich bin ja trotzdem dran an Trenschel. Es dauert nur seine Zeit."

„Richtig. Und diese Zeit hast du jetzt den Bullen geschenkt. Wie blöd bist du eigentlich? Du nimmst dir selber deinen Vorsprung. Glaubst du, du kommst jetzt noch so einfach rein zu Trenschel? Der wird jetzt streng bewacht werden, und das haben wir alles Hans-Jörg Calma zu verdanken."

„Ich schaffe es, ich versprech's."

„Du hast genau 24 Stunden."

Er legte auf. Er hatte genug gesehen, beziehungsweise hatte sein Ortungsprogramm Calmas Handy aufgespürt. Wahrscheinlich eine Hütte in einer Kleingartenkolonie oder ein Bootshaus, so dicht an der Werse. Nicht schlecht, aber die Entfernung von ganzen sieben Kilometern war ja wohl eine Frechheit, ja schon fast eine Beleidigung für seine Künste. Calma musste sich total sicher fühlen, oder er hatte es wirklich geschafft, dass sich eine ganze Hundertschaft von Polizisten um ihn kümmerte.

Wie dem auch sei, er musste sich jetzt die Frage stellen, wie er weiter vorgehen sollte. Calma hatte zwar versichert, an Trenschel dranzubleiben, aber es wäre auf jeden Fall besser, davon auszugehen, dass er es in einem Tag nie und nimmer schaffen würde. Soviel er wusste, hatte er seit dem Prozess keinerlei Kontakt mehr zu Trenschel gehabt, und warum sollte der ihn ausgerechnet heute oder morgen noch sehen wollen. Abgesehen davon konnte ja nicht jeder Dahergelaufene in den Knast marschieren und sagen, ich würde gerne den Herrn Trenschel besuchen, aber wundern Sie sich nicht, wenn er hinterher tot ist. Und wie überhaupt sollte Calma es anstellen, ihn umzubringen?

Nein, Calma schied als Täter aus. Er würde sich morgen Abend um ihn kümmern und dann selbst sein Glück versuchen. Schließlich gab es da ja noch jemanden, der ihn mit allem versorgte, was sein Herz begehrte. Ein Arzt an der Hand war doch etwas Feines.

Er lehnte sich zufrieden zurück und überlegte, was noch getan werden musste. Da ihm nichts einfiel, ließ er das Video noch einmal laufen. Zur Sicherheit, sozusagen.

Der Notarzt.

Er schrieb Halbeck eine unmissverständliche Mail, in der er davon ausging, dass sich dieses Problem innerhalb weniger Stunden auflösen würde. Er schlug ihm mehrere Vorgehensweisen vor und befahl eine sofortige Nachricht, sobald die unselige Sache vom Tisch sei. Am besten bis heute Abend. Sonst würde er, Jan, keinen guten Schlaf finden, und das würde sich auch auf das Befinden des Herrn Doktors auswirken, so leid es ihm tue.

Nachdem er auf den Senden-Button geklickt hatte, fuhr er den Rechner herunter, nahm sich die zwei Listen und hängte sie unten am Schwarzen Brett schön nebeneinander auf. Zufrieden betrachtete er sein kleines Werk, seinen Freibrief für wenig Arbeit und die notwendige Abwesenheit in der nächsten Zeit.

Er war befriedigt und gleichzeitig ein wenig nervös. Die nächste Zeit hatte eine Menge unbekannter Variablen, und das behagte ihm nicht. Seine Wunde pochte weiter und stärker, er würde sich bald wieder auf den Weg nach Münster machen müssen.

Die nächsten Aufgaben warteten schon.

Als er wieder angerufen hatte, war für ihn fast eine Welt zusammengebrochen. Nicht dass er an der Ernsthaftigkeit zweifelte, mit der der Erpresser vorging, aber Hans-Jörg Calma hatte einfach so inständig gehofft, dass die Polizei ihn schon erwischt oder dass er einen Unfall hatte oder sonst was. Aber nichts dergleichen war passiert, im Gegenteil, ihm schien es jetzt nicht mehr schnell genug zu gehen. Warum auf einmal diese Eile? Es war doch etwas anderes ausgemacht, wenn er sich richtig erinnerte.

Der Mörder hatte ihn in dem Moment angerufen, als er seinen Wagen vor dem Bootshaus abstellte. Es war ein schönes, geräumiges Holzhaus, das erst gerade frisch renoviert worden war. Alle Leitungen waren neu verlegt worden und das Grundwasser war ohne Bedenken trinkbar. Es gab zwei Schlafräume mit jeweils vier Einzelbetten und eine große Wohnküche. Sein Freund hatte dafür gesorgt, dass alle Vorräte frisch aufgefüllt worden waren. Hier könnte er sich also eine Zeit lang verstecken, bis die Polizei endlich ihren Job erledigt hatte ... oder er seinen.

Bestimmt hundert Mal hatte er sich die Frage gestellt, ob er es wirklich ernsthaft in Erwägung ziehen sollte, Trenschel selbst umzubringen. Mal hatte er diese Frage verneint, mal bejaht, aber er hatte noch keinen endgültigen Entschluss gefasst. Es ging letztendlich auch um sein eigenes Leben, Trenschel war ihm völlig egal. Aber es gab ja schließlich noch so etwas wie eine moralische Hürde. Sein anerzogenes humanistisches Weltbild würde arg ins Straucheln geraten, sollte er tatsächlich dazu fähig sein, einen Menschen zu töten. Er hatte sich bis vor ein paar Tagen noch nie ernsthaft mit dieser Frage auseinandersetzen müssen. Bis vor ein paar Tagen war seine Welt eine heile gewesen, ein paar Schwankungen ab und zu, nichts Ernstes. Er liebte seinen Job, er liebte Geld, und er liebte sich selbst.

Jetzt, nach dem Anruf, war es allerdings eine vollkommen neue Situation. Er ging die Stufen hinab in den Garten, der direkt an der

Werse lag, und begann wie ein eingeengtes Zootier auf und ab zu gehen. Am Steg, der direkt neben der Einlassstelle für die Boote war, blieb er jedes Mal stehen und starrte aufs Wasser und zum anderen Ufer. Eine Entenmutter zog mit ihren Jungen durch die Büsche auf dem Weg in den Fluss. Das letzte Küken hatte Schwierigkeiten, es kam nicht so gut mit, wahrscheinlich hatte eine Ratte ihm ins Bein gebissen. Calma beobachtete mit Erstaunen, wie der ganze Tross wartete, wenn der Abstand zu groß geworden war.

Sie kümmern sich, dachte Calma melancholisch.

Jetzt endlich fiel ihm wieder ein, was er sich überlegt hatte. Er rannte ins Haus und telefonierte sich die Finger wund. Nach fast zwei Stunden war alles klar, das Kinderhospiz war einverstanden. Wenn die Sache hier schief ging, brauchte er sich bei dem Verein nicht mehr blicken zu lassen, das war klar, aber das war das geringste Problem. Er hätte die Angelegenheit am liebsten sofort erledigt, aber da spielte leider das Gefängnis nicht mit. Kein Termin heute mehr frei, tut uns leid. Kommen Sie morgen gegen Mittag, das wird gehen.

Na schön, das würde auch noch gehen. Die 24 Stunden wären erst am Abend um, er hatte also noch einige Stunden Puffer. Die nächste und entscheidende Frage aber war natürlich: Wie?

Wie zum Teufel tötet man einen Menschen, der im Gefängnis sitzt, ohne dass man gleich selber eingebuchtet wird? Es musste natürlich zeitversetzt geschehen, erschießen, erwürgen oder erstechen fiele damit schon mal aus. Ebensowenig konnte man ihm einfach Gift ins Wasser oder in den Tee schütten. Es musste etwas sein, was Trenschel erst viel später zu sich nahm, wenn er schon längst wieder weg war. Und nichts davon durfte natürlich mit ihm in Verbindung gebracht werden. Er musste sich so harmlos wie möglich geben. Dafür war seine Tarnung perfekt.

Calma setzte sich auf die Veranda und starrte wieder aufs Wasser. Er brauchte ein geeignetes Medikament in einer geeigneten Form. Pulver, zum Beispiel. Eines, das er Trenschel in die Wasserflasche oder ins Bier tun konnte. Aus der Apotheke konnte er freiverkäuflich nichts Anständiges bekommen, von den laschen Schlafmitteln würde er wahrscheinlich hundert Tabletten zerstampfen müssen. Einbrechen heute Nacht? Solange er nicht wusste, was er stehlen sollte, totaler Unsinn. Also doch ein Arzt?

Calma sah auf die Uhr. 18 Uhr, alle Ärzte waren längst zu Hause, sein Hausarzt wahrscheinlich auf dem Golfplatz. Außerdem, wie sollte er ihm erklären, was er haben wollte, natürlich für sich selbst, ohne dass Dr. Jungmann Verdacht schöpfen würde?

Er seufzte und spielte lustlos mit seinem neuen Smartphone herum. Wenn es jetzt an dieser letzten Frage scheitern sollte ... Er spürte, dass er heftige Kopfschmerzen bekam. Hoffentlich hatte er in Eile daran gedacht, genügend Tabletten einzupacken.

Er sprang auf und durchwühlte seinen Koffer, den er auf dem großen Küchentisch abgelegt hatte. Die Kulturtasche war ganz unten, Zahnbürste, Paste, Rasierzeug, alles da. Im letzten Fach fand er endlich, was er suchte. Er nahm sofort zwei Tabletten und schluckte sie mit einem großen Glas Wasser herunter. Dann setzte er sich wieder nach draußen und gab den Namen der Tabletten kombiniert mit *Überdosis tödlich* in eine Suchmaschine ein.

Voilà! Wer sagt's denn?

Er studierte mehrere vorgeschlagene Seiten und hatte bald die erhofften Informationen. Nicht schön, der Tod, wahrhaftig nicht, eher schrecklich, aber das war jetzt in der Kürze der Zeit nicht zu ändern. Sorry, Rolf! Das einzige Problem war nur, dass der Tod nicht sofort oder nach einigen Stunden eintreten würde. Rolf würde noch mindestens eine Woche leiden und mit schweren Krämpfen im Bett liegen, das musste er dem Anrufer irgendwie erklären. Dann war es nur noch eine Frage der Zeit, bis Rolf tot war. Und es gab garantiert kein Zurück mehr. Das sollte den Kerl eigentlich zufrieden stellen.

Und sowieso: Es war seine einzige Chance.

Er sprang ins Auto. Viel Zeit hatte er nicht mehr, die Apotheken machten alle um 18.30 Uhr zu, in dieser Branche war man noch nicht so weit mit flexiblen Öffnungszeiten. Er brauchte mindestens zehn Apotheken, wenn er auf Nummer sicher gehen wollte. In Handorf gab es eine, für den Rest würde er nach Münster reinfahren müssen.

Er hatte wieder etwas Mut gefasst. Das andauernde Auf und Ab in seiner Stimmung zehrte mächtig an seinen Kräften, aber noch hatte er genug Energie, das Wahnsinnige durchzustehen, so glaubte er.

Ja, es war Wahnsinn, was er da vorhatte. Ohne Zweifel.

17

Die Zeit im Intercity von Münster nach Hagen nutzten Rothenburg und Staatsanwalt Rabbel, um sich gegenseitig auf den neuesten Stand der Ermittlungen zu bringen und ihre Einschätzungen auszutauschen. Weil es ein Samstagvormittag war, war der Zug nicht besonders voll, so dass sie einen Viererplatz mit Tisch für sich allein hatten und ihre Unterlagen dort ausbreiten konnten. Rabbel erzählte sofort amüsiert von der Reaktion der niederländischen Kollegen, die gebeten wurden nachzuprüfen, ob Johann Zeulweggen noch beide Ohren hatte. Die hätte er zwar noch, hatten die freundlichen Kollegen mit ihrem lustigen Akzent am Telefon berichtet, aber dafür würden ihm seit Dienstag drei Schneidezähne fehlen, weil er mit seinem frisierten Moped und 100 Sachen gegen eine Straßenlaterne gerauscht sei. Ob das auch relevant sei, das mit den Zähnen? Na ja, und dann hätte er noch beide Arme in Gips und läge überdies im Krankenhaus. Sie wüssten zwar nicht, um was es ginge, aber vermutlich würden diese Umstände den armen Johann Zeulweggen entlasten.

„Der ist aus dem Rennen", schmunzelte Rabbel und streckte die Füße unter dem Tisch aus. „Mit zwei gebrochenen Armen kann man aus dem Krankenhaus auch keine Anweisungen mehr geben, schätze ich."

„Wir sollten es Frau Zeulweggen sagen", entgegnete Rothenburg nachdenklich. „Ich glaube nicht, dass sie es weiß."

Rabbel zuckte die Schultern. „Wenn Sie meinen, gerne. Was ist mit Clemens Hollmann?"

„Franta und Briesch sollen sich heute Morgen um ihn kümmern. Ich nehme an, sie sind jetzt gerade bei ihm."

Rabbel blätterte im Bericht, den Rothenburg von der Unterredung mit Marie Zeulweggen und Lars Wilkens angefertigt hatte. Als er fertig war, runzelte er die Stirn.

„Also, dieser Wilkens ist ja echt ein armes Schwein. Er hilft dieser Frau, die er noch nicht einmal richtig kennt, als sie völlig am Boden zerstört ist. Das Kind ist tot, der Mann abgehauen, eigentlich könnte man sich nur noch die Kugel geben … "

„Hat sie ja versucht, gewissermaßen. Hat aber nicht geklappt."

„ … und er kümmert sich und kümmert sich und weiß ganz genau, dass er erst eine richtige Chance haben wird, wenn dieses Thema vom Tisch ist. Das kann Jahre dauern."

„Einen klugen Staatsanwalt haben wir da", frotzelte Rothenburg trocken, „wollen mal sehen, ob er auch Fantasie hat."

Die restliche halbe Stunde im Zug verging rasend schnell. Rothenburg redete und Rabbel hörte zu, nickte ab und zu, schüttelte hin und wieder mit dem Kopf und machte manchmal auch gar nichts. Er musste nur wenige Verständnisfragen stellen. Dann war die Sache klar.

Die zwei Kilometer lange Strecke vom Hagener Hauptbahnhof bis zur Justizvollzugsanstalt gingen sie zu Fuß. Rabbel hatte ein Taxi nehmen wollen, weil er gehört hatte, dass Hagen zu den scheußlichsten Städten Deutschlands gehörte, aber Rothenburg hatte gekontert, dass sie das am besten bei einem kleinen Fußmarsch überprüfen könnten. Ihr gemeinsames Fazit war, dass Hagen mitnichten eine Schönheitsmedaille verdiente, aber sie beide auch schon weitaus hässlichere Städte gesehen hatten.

Die JVA war ein weiß getünchtes, freundliches Gebäude, das auf den ersten Blick gar nicht ahnen ließ, dass hier die schlimmsten Verbrecher aus ganz Nordrhein-Westfalen einsaßen. Mord, Totschlag, bewaffneter Raub mit und ohne Todesfolge, schwerer Diebstahl, Entführung, Vergewaltigung, kurz: Alles, was mehr als vier Jahre Knast nach sich zog, war hier vertreten.

Rothenburg und Rabbel wickelten beim Empfang die Formalien ab und begaben sich mit ihrem Begleiter in den Konferenzraum, der Rabbel eher an einen Seminarraum eines renommierten Weiterbildungsunternehmens erinnerte. Der Boden war mit hellgrauem Teppich ausgelegt, die Wände eine Spur heller gestrichen. Vorne an der Wand hing eine große weiße Leinwand, in der Ecke stand ein Flipchart. Insgesamt hatten hier etwa 20 Personen Platz. Aber jetzt waren sie alleine.

„Herr Trenschel kommt sofort", sagte der Vollzugsbeamte freundlich und nahm draußen auf einem Stuhl Platz. Rothenburg und Rabbel setzten sich an die Fensterseite und holten die Akten aus ihren Taschen.

„Irgendwie komisch", sagte Rothenburg nach einer Weile. „Jetzt kommt hier gleich ein Mann durch die Tür, der vollgekokst ein Kind totgefahren hat und der selber bald tot ist, wenn wir nichts unternehmen." Er rieb sich die Augen und gähnte herzhaft. „Mann, bin ich noch müde."

Rabbel blinzelte ihn an. „Was haben Sie denn gestern Abend noch getrieben?"

Rothenburg schüttelte den Kopf. „Von wegen getrieben. Nur Training und danach noch mit Svenja und ihrer Freundin gepokert. Ganz harmlos."

„Gepokert?"

„Ja, Poker, mein Gott. Ob wir jetzt Mau-Mau spielen oder Poker, das ist doch egal."

„Und der Einsatz?" Rabbel grinste fast schon unverschämt.

„Fahrrad putzen." Er seufzte. „Sie hat gewonnen."

Er war froh, dieses Gespräch nicht weiter fortführen zu müssen, denn in diesem Moment kam Rolf Trenschel durch die Tür. Er war ein großer, schlanker Mann mit einem braunen Lockenkopf und Dreitagebart. Die Größe seiner Nase wurde mit der Ablenkung durch eine noch größere schwarze Hornbrille etwas gemildert. Mit einem festen Handschlag begrüßte er die Beamten aus Münster.

„Was verschafft mir die Ehre? Ich könnte mir vorstellen, dass es um Frau Zeulweggen geht, ja? Sie kommen ja auch aus Münster." Seine Stimme klang kräftig und trainiert. Kein Wunder, er war ja Sänger, wie Rothenburg sich noch rechtzeitig erinnerte.

„Ihnen hat keiner etwas gesagt?", fragte er.

„Nein."

„Okay, es geht auch um Frau Zeulweggen, aber in erster Linie geht es um Sie, Herr Trenschel. Dürfen Sie hier Zeitung lesen?"

„Dürfen schon, aber ich habe seit ein paar Wochen keine mehr gelesen. Ich schaue ab und zu die Tagesschau, wenn ich wissen will, was in der Welt passiert. Warum wollen Sie das wissen?"

Rothenburg nickte Rabbel zu. „Erzählen Sie."

„Gut", sagte Rabbel. „Herr Trenschel, in der vergangenen Woche sind in Münster drei Menschen zu Tode gekommen. Und zwar Adrian Jensen, Mirko Tönnies und Ricarda Nürting. Sie kennen die drei gut, oder?"

Trenschel starrte sie an. „Das ist ein Witz."

„Leider nein. Ein viertes Mitglied ihres … nun ja, ich nenne es mal Kokskreises, Hans-Jörg Calma, hat anonyme Anrufe bekommen, in denen er aufgefordert wird, Sie zu töten oder Sie töten zu lassen."

Trenschel wurde kreidebleich. „Mich. Aber wieso das denn?"

„Tja, so genau wissen wir das natürlich auch nicht, weil wir nicht wissen, wer der Anrufer ist. Aber wir glauben, dass es mit dem Unfall im letzten Jahr zusammenhängt."

„Und warum ... glauben Sie das?", stammelte Trenschel.

Rothenburg übernahm. „Weil alle drei Toten mit Ihnen gekokst haben. Weil die Namen aller Kokser nur vor Gericht bekannt gemacht wurden. Weil Sie das eigentliche Ziel des Täters sind und uns sonst kein anderer Grund einfällt, Sie umzubringen, als Rache für den Tod des kleinen Mädchens. Oder wissen Sie einen?"

Trenschel schüttelte heftig den Kopf.

„Vielleicht irgendetwas aus ihrer Zeit als aktiver Kokskonsument? Waren Sie auch mal Dealer oder Beschaffer? Erinnern Sie sich!"

„Nein, nie." Trenschel wurde lauter. „Das kann doch alles nicht wahr sein." Seine Stimme klang jetzt verzweifelt und zittrig.

„Die Lage ist ernst für Sie, Herr Trenschel, und wir wollen Ihnen helfen. Also müssen wir, falls Sie uns im Fall Zeulweggen nichts Neues sagen können, Ihre ganze Kokserkarriere noch einmal aufdröseln, und zwar jetzt und an dieser Stelle und in allen Einzelheiten, denn ich weiß nicht, wann der Mörder wieder zuschlägt. Wir haben keine Zeit zu verlieren."

„Oh Mann!", murmelte Trenschel.

Staatsanwalt Rabbel holte ein Aufnahmegerät aus der Tasche, prüfte es kurz und drapierte es vor Trenschel.

„Also los, Herr Trenschel, wie fing alles an?"

„Ist das echt Ihr Ernst?"

Rothenburg schüttelte verärgert den Kopf. „Sehen wir so aus, als wenn wir zum Spaß hier sitzen?"

„Also gut. Hans-Jörg Calma kannte ich noch von früher von der Schule her, und ab und zu haben wir uns zufällig auf Partys getroffen. Ich habe mich immer gewundert, dass der feiern konnte ohne Ende. Es war echt irre, wie fit er jedes Mal war. Eines Tages bin ich dann zu ihm gegangen und hab' gefragt, wie er das denn macht, ob er viel Sport treibt oder Red Bull trinkt oder so ein Zeug. Er hat nur gelacht und sofort gesagt, dass er mit ein paar Freunden ab und zu Kokain nimmt. Wahrscheinlich, weil wir früher auch eng befreundet waren, sonst erzählt man das doch keinem, oder? Na ja, ich war total neugierig und habe ihn gefragt, ob er mich mal mitnimmt. Das hat er dann auch getan."

„Wie lange ist das her?", wollte Rothenburg wissen.

„Na, jetzt vielleicht fünf bis sechs Jahre, würde ich sagen."

„Okay, weiter."

„Bei mir hat das bestimmt ein halbes Jahr gedauert, bis ich wirklich davon sprechen möchte, regelmäßig Koks genommen zu haben. Zu Anfang hab ich ja nur gekokst, wenn mir einer was angeboten hat. Da stand bei mir nur die kleine Party im Vordergrund. Ich hab wirklich immer nur zu gewissen Anlässen und nur abends und am Wochenende gekokst. Dann fing es an, dass ich mir auch Anlässe tagsüber gesucht habe."

„Also", unterbrach ihn Rothenburg ungeduldig, „wir wären Ihnen wirklich sehr dankbar, wenn Sie Ihren Bericht mit mehr Namen versehen würden. Wann, wie oft und warum Sie Koks genommen haben, ist mir ehrlich gesagt jetzt scheißegal. Uns kommt es darauf an, woher Sie das Zeug hatten, ob Sie die Dealer kannten, immer bezahlt haben und so weiter. Verstanden?"

Trenschel schaute etwas betreten drein. „Okay, ich versuch's. Aber ich muss Ihnen gleich sagen, dass ich selbst das Zeug nie besorgt habe. Das haben entweder Adrian oder Hans-Jörg besorgt, ab und zu auch Ricarda … "

„Die wir leider nicht mehr befragen können. Weiter!"

„Also, Ricarda hatte einen Stammdealer, das weiß ich. Aber sie war am Telefon natürlich übervorsichtig, hat nie einen Namen erwähnt und die Bestellung immer codiert, so zum Beispiel, dass er ihr zehn CDs brennen sollte, das hieß dann, dass sie gerne zehn Gramm Koks hätte. Ja, und dann hatte sie noch die Ersatzdealer sozusagen, wenn der Stammdealer mal ausverkauft war oder es sich herumgesprochen hatte, dass er anfängt, mit Glasscherben zu strecken oder so. Ich habe mal einen von ihnen gesehen, den sie zu sich bestellt hat, weil sie schon vollkommen besoffen war und keinen Schritt mehr laufen konnte. Und weil sie völlig knülle war, hat sie ihn auch am Telefon mit Namen angeredet. Ich glaube, sie nannte ihn Clemens, ja, so hieß er wohl. Der war natürlich stinksauer auf sie und hat sie die nächste Zeit nicht mehr beliefert."

„Clemens?", fragte Rothenburg interessiert nach. „Wirklich Clemens?"

Trenschel starrte vor sich und überlegte einen Moment. „Doch, so hieß er, ganz sicher."

„Wissen Sie noch mehr Namen?"

„Nein, tut mir leid."

„Wer hat bezahlt?"

„Na, jeder für sich selbstverständlich. Ab und zu hat Adrian uns mal 'ne Line spendiert, wenn er wieder einen Wettbewerb gewonnen und ein kleines Architekturbüro in den Untergang geschickt hatte. Oder Ricarda, wenn sie einen dicken Auftrag an Land gezogen hatte. Die hatten doch beide Geld ohne Ende, ob sie jetzt fünf oder zwanzig Gramm Kokain kauften, war denen doch egal. Hauptsache, sie konnten feiern und sie hatten ihren Spaß."

„Und sie selbst?", fragte Rabbel mit einem künstlichen Lächeln, „hatten Sie denn auch wenigstens etwas Spaß?"

Trenschel stützte den Kopf auf die Hände. „Mit Koks hat jeder Spaß ... für eine Weile."

„Wie sah denn so ein Spaß aus?"

„Na ja, wir haben zusammengesessen, ein bisschen was gegessen, viel getrunken, Musik gehört, getanzt, ordentlich abgelästert über andere Leute."

„Was ist mit Halbeck?", wollte Rothenburg wissen.

„Peter kam über Ricarda zu uns. Sie waren mal Nachbarn, glaube ich. Aber ich schätze, sie wollte nur die Sicherheit eines Arztes, wenn wirklich mal was passieren würde. Ansonsten spielte er so wie ich immer nur die zweite Geige."

„Kamen Prostituierte?"

„Mein Gott, nein." Trenschel war ehrlich entsetzt. „Das war Münster und nicht Frankfurt."

„War zwischen Ihnen allen irgendwie Sex im Spiel?"

Trenschel ballte die Faust. „Sie werden es ja sowieso rauskriegen: Ich habe mal versucht, Ricarda rumzukriegen, als wir beide völlig high waren. Das hat aber nicht geklappt, und sie hat mir eine gescheuert. Das war alles. Ansonsten haben es Adrian und Mirko ständig getrieben. Es war aber nie jemand Fremdes dabei, auch keine Freunde von uns. Immer nur wir sechs."

„Wie haben Sie das Kokain bezahlt?", fragte Rabbel. „Ich meine, die anderen hatten alle gute Jobs, aber bei Ihnen wüsste ich das gar nicht. Sie sind Musiker und schreiben deutsche Lieder, oder?"

„Ja, ich habe ab und zu ein paar CDs verkauft, und während meiner Drogenzeit bin ich noch recht erfolgreich durch Deutschland getourt. Da konnte ich dann was zurücklegen. Aber ich muss sagen, ich hab schon meine ganzen Reserven über die vier, fünf Jahre aufgebraucht. Sie werden es nicht glauben, aber ich hatte zum

Beispiel einen richtig soliden Bausparvertrag, den ich leider nach einigen Jahren auflösen musste, um meine Schulden zu bezahlen. Wenn ich die Wahl hatte zwischen etwas zu essen und was zu rauchen oder zu ziehen – dann hab ich mich immer für letzteres entschieden. Schlimm, was?"

Rabbel warf einen Blick auf das Aufnahmegerät. „Also, ich fasse noch einmal zusammen. Bis auf einen angeblichen Kokaindealer Clemens haben sich keine neuen Anhaltspunkte in der Sache ergeben. Es gab in der beschriebenen Runde der Kokainkonsumenten weder einen Dealer noch jemals Probleme mit der Bezahlung. Herr Trenschel kann sich an keinen außergewöhnlichen Vorfall erinnern, der einen Grund darstellen könnte, ihn umzubringen. Ist das korrekt?"

Trenschel nickte.

„Sie müssen *Ja* sagen."

„Oh natürlich. Ja, das ist korrekt."

„Danke! Ende der Vernehmung."

Rabbel stoppte das Diktiergerät und packte es wieder zurück in die Tasche. Er und Rothenburg sahen Trenschel erwartungsvoll an.

„Was ist?"

„Wie geht es Ihnen hier eigentlich so?", fragte Rothenburg teilnahmslos, während er eine SMS an Franta schickte. Clemens Hollmann vielleicht Koksdealer. Das musste sie wissen.

Trenschel blickte etwas ratlos. „Was? Sie wollen wissen, wie es mir hier geht? Sie sind ja lustig, können Sie sich das nicht vorstellen?"

„Ehrlich gesagt, nicht so richtig. Ich war noch nie im Gefängnis."

Man sah Trenschel an, dass es ihm mehr als unangenehm war, darüber zu reden. Aber er hatte keine Wahl. In seiner Situation ganz bestimmt nicht.

„Ich sitze halt meine Zeit hier ab. Ich bin clean, ich lese viel, mache Sport, übe Gitarre, schreibe Lieder und warte auf meine Entlassung. Das ist alles."

„Haben Sie heute schon Ihren Brief an Marie Zeulweggen geschrieben?"

Trenschel zuckte zusammen. „Das wissen Sie auch? Na klar, natürlich wissen Sie das. Nein, ich schreibe ihn immer nach dem Mittagessen."

„Schreiben Sie ihn jetzt!"

Trenschel blickte ihn verwundert an. „Und warum sollte ich das tun?"

„Weil ich es Ihnen sage."

Trenschel drehte sich erschrocken um. Hinter ihm stand eine große, schlanke und attraktive Frau von etwa fünfzig Jahren. Ihre langen schwarzen Haare waren hinten zu einem Pferdeschwanz zusammengebunden. Sie trug eine weiße, hochgeschlossene Bluse und einen dunkelblauen Rock, der ein paar Zentimeter über das Knie ging. Die Lesebrille hatte sie sich lässig ins Haar geschoben. Sie gab erst Trenschel die Hand und begrüßte dann die Besucher aus Münster. Sie stellte sich Rabbel als die Leiterin der JVA Hagen vor, Dr. Karoline Huntler, was Rothenburg bereits wusste, weil er mit ihr telefoniert hatte. Er erkannte das dezent aufgetragene Parfüm sofort als das der Polizeipsychologin Johanna Vossler wieder. Hoffentlich war das kein schlechtes Omen.

Huntler nahm an Trenschels Seite Platz und knallte ihre Akten auf den Tisch. Eine Macherin, dachte Rothenburg erleichtert. Also nicht wie Vossler.

„Wir legen am besten sofort los, meine Herren. Ich habe gleich noch einen weiteren wichtigen Termin, den ich leider nicht mehr verschieben konnte. Und wir haben eine Menge zu bereden."

„Was denn?", fragte Trenschel unsicher.

Huntler lächelte. „Wir wollen doch nicht, dass ein Irrer hier in den Knast marschiert und sich an Ihnen vergreift, oder?"

Rothenburg wusste nicht, ob er über die Ahnungslosigkeit Trenschels amüsiert sein sollte oder ob der Mann ihm nur leid tat. Er entschied sich dafür, ihn einfach ernst zu nehmen.

Schließlich war sein Leben in Gefahr, und wer sollte es denn retten, wenn nicht die Polizei.

18

Hans-Jörg Calma war aufgeregt wie ein unvorbereiteter Bewerber vor dem alles entscheidenden Vorstellungsgespräch. Die Fahrt von Münster nach Hagen war viel zu kurz, um den Ablauf detailliert planen zu können. Außerdem konnte er nicht einschätzen, wie Rolf Trenschel auf die eine oder andere Frage reagieren würde. Er hatte ihn seit dem Prozess nicht mehr gesehen und gesprochen. Die nächsten zwei Stunden würden entscheiden, wie sich sein Leben weiter entwickeln würde.

Am Besuchereingang wies er sich aus, füllte die Formulare aus und ließ die seiner Ansicht nach sehr lasche Leibesvisitation über sich ergehen. Aber von einem Vertreter eines Kinderhospizes erwartete man offensichtlich keine krummen Dinger. Wahrscheinlich zahlte es sich jetzt auch aus, dass er eine andere Niederlassung des Hospizes als Münster gewählt hatte. Bielefeld klang unverdächtiger, aus der Stadt kam kein einziger Häftling der JVA. Trenschel wartete schon im Besucherzimmer. Calma streckte seinen Rücken und ging mit forschen Schritten auf Trenschel zu.

„Rolf, schön, dich zu sehen. Wie geht's?" Er gab ihm die Hand, die Trenschel schlaff annahm. Er schaute Calma misstrauisch an. „Geht so. Was willst du?"

„Na ja, dich mal sehen, mit dir sprechen. Wir haben ja früher viel Zeit miteinander verbracht."

„Das ist vorbei", erklärte Trenschel kurz angebunden.

Calma lachte kurz auf. „Das weiß ich doch. Für mich doch auch, ich bin auch clean. Seit dem Prozess kein einziges Mal mehr."

„Freut mich."

Calma strahlte ihn an. Er hatte sich fest vorgenommen, absolut positiv und lebensfroh zu wirken, solange, bis er ihm verriet, was er wirklich wollte. Der Kontrast würde es Trenschel unmöglich machen, *Nein* zu sagen.

„Ja, toll, nicht? Ganz ohne Therapie und Entzug, einfach so hat das geklappt. Hätte ich nicht gedacht, aber wenn man den unbedingten Willen hat, dann geht alles … na ja, wenigstens fast alles." Wieder lachte er. „Aus'm Knast kommt man natürlich nicht so ohne weiteres … war ein Scherz, entschuldige."

„Sehr komisch", brummte Trenschel.

„Hör mal zu", begann Calma, „ich habe seit dem Prozess viel über mich und mein Leben gelernt, was ich auch dir zu verdanken habe. Deswegen möchte ich mich bei dir revanchieren."

„Was schwafelst du da? Sag endlich, was du willst!"

„Okay." Calma holte tief Luft. „Also, ich bin seit dem Prozess ehrenamtlicher Mitarbeiter eines Kinderhospizes. Du weißt, was das ist?"

„Ich bin ja nicht blöd."

„Natürlich nicht, entschuldige. Dann brauche ich dir ja auch nicht zu erklären, was ich dort mache. Na ja, auf jeden Fall suchen wir jetzt Paten für bestimmte Kinder."

„Paten?"

„Ja, Paten. Und zwar haben wir uns überlegt, dass es Inhaftierte sein sollen, die aus welchen Gründen auch immer wegen eines Kindes einsitzen. Pädophile natürlich ausgenommen. Das geht gar nicht. Die Paten sollen ihnen schreiben, sie besuchen, soweit es ihnen erlaubt ist, ihnen von ihrem Schicksal erzählen, aber vor allem ihnen Mut machen. Wie findest du die Idee?"

„Weiß nicht. Meinst du etwa, dass ich ein geeigneter Pate wäre? Ich, der ein kleines Mädchen totgefahren hat?"

Calma hob wie ein Priester die Arme. „Ja, gerade deswegen bist du genau der Richtige. Du weißt nämlich jetzt, was wahre Schuld ist, entschuldige. Du kannst ihnen vermitteln, dass weder sie noch ihre Eltern irgendeine Schuld an ihrem harten Schicksal trifft. Schuld ist ein ganz großes Thema bei uns. Du würdest den Kindern und den Eltern wahnsinnig damit helfen, wenn sie dich ab und zu an ihrer Seite hätten." Er stockte kurz. „Ich kenn dich doch noch von früher, du bist ein guter Mensch."

Trenschel winkte ab. „Okay, hör auf mit dem Gesülze. Was ist, wenn die Eltern mich nicht wollen?"

„Es gibt in jedem Fall eine Einzelprüfung und eine Vorstellung ohne das Kind. Wenn die Eltern nicht wollen, können wir nichts machen. Aber das wird nicht passieren. Glaube mir!"

Trenschel starrte eine Weile auf den Tisch. „Gut, ich mache es", sagte er langsam.

Calma fiel ein Stein vom Herzen. Wenn er jetzt versagt hätte, hätte er gleich wieder gehen können.

„Wunderbar, Rolf. Das ist ehrlich toll von dir. Genau wie ich erwartet hatte."

„Jaja, schon gut. Sonst noch was?"

„Ja, das Hospiz möchte ein Foto von dir und deiner Zelle. Sie wollen es schon mal den Kindern zeigen."

„Das ist nicht erlaubt."

Calma hielt ein Stück Papier hoch. „Doch, ist es. Ich habe bei deiner Chefin eine Sondergenehmigung erwirkt."

„Das ist nicht meine Chefin", knurrte Trenschel. „Sie leitet nur den Knast."

„Ist doch egal." Calma war nun fast fröhlich. Es lief alles perfekt, bald würde er am Ziel sein. Jetzt bloß nicht übermütig werden.

Begleitet von einem Vollzugsbeamten führte Trenschel Calma zu seiner Zelle. Sie war etwa sechs Quadratmeter groß. Vorne links stand das Bett mit dem Fußende zur Zellentür, hinter dem Kopfende war ein hohes Holzbrett, das die Sicht auf die Toilette versperrte. An der rechten Wand standen ein Kleiderschrank, ein kleiner Tisch und ein Stuhl. Unter dem Fenster an der Stirnseite der Zelle war ein winziges Waschbecken angebracht. Calma atmete erleichtert auf, als er auf dem Tisch neben einem Kartenspiel eine gut gefüllte Flasche mit Mineralwasser sah. Er holte eine Digitalkamera aus seiner Tasche und sah sich um. Dann bat er den Vollzugsbeamten, ein paar Schritte auf den Flur zurückzugehen, was dieser auch prompt tat.

„Spielst du Karten?"

„Poker. Ab und zu."

„Okay, jetzt mache ich ein paar Fotos, wenn du erlaubst."

„Wenn's sein muss."

Hans-Jörg Calma hatte noch nie gerne fotografiert, und er hatte auch keine Ahnung, ob er mit dem Drücken auf den Auslöser überhaupt Fotos machte, aber das war ihm egal. Er dirigierte Trenschel mal aufs Bett, mal ans Waschbecken, und bat ihn schließlich so zu tun, als ob er im Kleiderschrank etwas suchen würde. Dazu musste er die linke Schranktür öffnen, so dass sie den Blick zwischen ihnen versperrte.

Blitzschnell schraubte Calma den Verschluss der Wasserflasche auf, schüttete das weiße Pulver hinein und schraubte den Verschluss wieder zu. Vorsichtig drehte er sie einmal auf den Kopf und wieder zurück. Dann stellte er sich vor die Flasche, um dem Pulver genügend Zeit zu geben, sich aufzulösen.

„So, jetzt noch vielleicht ein Foto auf dem Flur, so als wenn du gerade in deine Zelle kommst."

Trenschel starrte ihn missmutig an. „Ich möchte nicht mehr. Bist du dann endlich fertig?"

Calma drückte ein letztes Mal auf den Auslöser und strahlte. „Ja, das bin ich. Ich danke dir ganz herzlich auch im Namen der … „

„Spar dir deine Leier und lass mich in Ruhe."

Calma nickte, gab Trenschel noch einmal die Hand und warf einen letzten verstohlenen Blick auf die Flasche. Vom Pulver war nichts mehr zu sehen.

Er hatte es tatsächlich geschafft.

Als er wieder vor dem Gefängnis auf der Straße stand, wusste er absolut nicht, was er tun sollte. Er hätte gleichzeitig weinen, lachen und schreien können, aber er war wie gelähmt, starrte nur stumm auf eine H&M-Werbung an einer Bushaltestelle, ohne hinterher zu wissen, was auf dem Plakat eigentlich abgebildet war.

Er winkte ein Taxi zu sich, das ihn zum Bahnhof brachte. Eine Stunde später war er wieder in Münster, eine weitere halbe Stunde später saß er auf der Veranda des Bootshauses. Es war drei Uhr am Nachmittag.

Was, um Himmels willen, hatte er nur getan?

Es hatte sich deutlich abgekühlt, und es gab wohl niemanden, der glücklicher darüber war als der Mann mit der Ballonmütze. Er hasste dieses scheußliche Teil, hatte aber noch keine Gelegenheit gehabt, es zu ersetzen. Für heute hatte er sich fest vorgenommen, in Münster eine neue Kopfbedeckung zu kaufen. Der Samstagnachmittag war perfekt dafür, die Läden waren voll, kein Verkäufer würde sich später an ihn erinnern können.

Sein Zug war pünktlich. In der Windhorststraße schnappte er sich ein nicht abgeschlossenes Fahrrad und fuhr in die Innenstadt. Der Prinzipalmarkt war brechend voll, die Busse hatten große Mühe, sich einen Weg durch die Menschenmassen zu bahnen. Heute, am Samstag, waren nicht nur die Busse der Stadtwerke unterwegs, zusätzlich verstopften auch noch niederländische Reisebusse die engen Straßen. Vermeeren schüttelte verächtlich den Kopf, er hatte sich schon lange gefragt, was seine Landsleute eigentlich in die westfälische Metropole zog. Der Dom etwa? Oder die Käfige der Wiedertäufer? Oder doch nur die billigere Bluse bei Karstadt?

Er fand in einem Warenhaus eine leichte, schwarze Baumwollmütze, die er bis unter die Ohren ziehen konnte, beziehungsweise unter sein einziges noch verbliebenes. Er kaufte sich noch eine leichte Jacke und eine Hose, nicht nur, weil seine alte völlig zerrissen war und zum Himmel stank, sondern weil er dann in der Umkleidekabine in Ruhe den Sitz der Mütze testen konnte. Er wusste, dass die Polizei nach einem Mann ohne Ohr suchte, und er wollte sich nicht auf seine langen Haare verlassen. Sie verdeckten die Wunde recht gut, aber ein Windstoß würde ausreichen, die Stelle für einen Moment freizulegen. Das durfte er nicht riskieren.

Neu eingekleidet machte er sich auf den Weg zu der Autovermietung, die Halbeck ihm einmal empfohlen hatte. Sie wurde von freundlichen Türken betrieben, die es mit den Formalitäten nicht so genau nahmen. Die Vermietung war kurz vor Mecklenbeck und lag auf dem Weg zu Halbeck, ihm würde er noch einen Besuch abstatten müssen. Er brauchte neue Schmerzmittel und Mullbinden, und ein fachkundiger Blick auf die Wunde konnte auch nicht schaden.

Er hatte Glück mit seinem gestohlenen Fahrrad, es fuhr sich hervorragend leicht, hatte genügend Luft in den Reifen und einen weichen Sattel. Vermeeren war alles andere als sportlich, eine Strecke von sieben Kilometern verlangte ihm schon etwas ab, noch dazu in seiner Verfassung. Er spürte einen kommenden Muskelkater in den Armen, das verfluchte Rasenmähen. Wenn er noch einmal würde mähen müssen, würde er sich das Gerät von Holger ausleihen, das hatte wenigstens Motorantrieb.

Kurz hinter der Autobahnauffahrt registrierte er auf dem Parkplatz eines großen Autohauses ein riesiges Polizeiaufgebot. Er runzelte die Stirn und hielt hinter einer Bushaltestelle an. Auto-Hollmann – der Name sagte ihm etwas, aber er kam nicht gleich drauf. Nach einem weiteren Kilometer erreichte er die Autovermietung. Zufrieden stellte er fest, dass der Besitzer ihn erst erkannte, als er sich die falschen Papiere ansah.

Peter Halbeck war, wie erwartet, nicht zu Hause, wahrscheinlich hatte er Notdienst. Er fischte den Ersatzschlüssel aus einem leeren Blumentopf und ging in seine kleine Rumpelkammer im Souterrain, sein Domizil in Münster. Das Zimmer lag zur Straße hin, er konnte also gut erkennen, wer sich dem Haus näherte. Er hatte die Fensterbank aber mit Blumen so vollgestellt, dass ein Blick von außen in das Zimmer kaum möglich war, es sei denn, man kniete sich direkt davor.

Auf dem Küchentisch lag ein Zettel von Halbeck: *Die Polizei war hier, will mir Schutz geben wegen Lebensgefahr, habe abgelehnt, da ich nur wenig hier und meistens unter Leuten bin. Verstärkte Streife ums Haus. Gruß H.*

Vermeeren grinste. Na, wenn das nicht ein treuer Verbündeter war.

Im Badezimmer säuberte er seine Wunde und erneuerte den völlig verschmutzten Verband. Halbeck hatte Wort gehalten und ihm genügend Mullbinden, Pflaster, Desinfektionssalben und Schmerzmittel hingestellt. Gut, wenn Halbeck weiter so loyal und zuverlässig arbeitete, würde er ihn tatsächlich aus seiner Knechtschaft entlassen, sobald genügend Gras über die Sache gewachsen war. Er war ja kein Unmensch.

Es schien so, als ob die Heilung langsam voranschreiten würde. Es hatten sich an einigen Stellen Krusten gebildet, die sich nicht entzündet hatten. Einige Wochen würde es schon noch dauern, bis Halbeck die Ohrprothese würde anbringen können, aber die Hauptsache war, dass alles vernünftig verheilte. Dass er zurzeit nur noch auf einem Ohr hören konnte, war ihm egal. Was wirklich wichtig war, würde er auch so mitbekommen.

Vorsichtig steckte er ein mit Betaisodona getränktes Mullstück in die Wundhöhle und machte sich einen neuen Kopfverband. Mittlerweile hatte er schon eine gewisse Routine entwickelt, und wenn er ehrlich war, sah dieser Verband mit dem schwarzen Stirnband darüber recht forsch aus, ziemlich männlich, sogar ein wenig martialisch. Er musste zugeben, dass es ihm eigentlich ganz gut gefiel, jetzt, wo er sich an den Anblick gewöhnt hatte und die Zeichen wieder gut standen. Ein wenig erinnerte ihn sein Spiegelbild an Rambo 1 oder 2, lange schwarze, ungepflegte Haare, mit einem Stirnband gebändigt. Er war nur ganz sicher, dass er lange nicht so debil aus der Wäsche glotzte wie Sylvester Stallone.

Er packte ein paar Sachen in eine kleine Reisetasche und ging wieder in die Küche zurück. Halbeck war ein ordentlicher und praktisch denkender Mensch und hatte den Kühlschrank stets gut gefüllt. Vermeeren steckte ein kaltes gebratenes Hühnchen, Joghurt, Brot und ein ordentliches Stück Käse ein, dazu noch zwei

Plastikbecher mit fertigem kalten Kaffee. Aus dem Vorratsraum holte er zwei Flaschen Mineralwasser und ein paar Dosen Bier. Das würde reichen für die nächste Zeit.

In seinem Zimmer fuhr er den Laptop hoch und suchte bei Google Maps die Adresse von Calmas Versteck. Er lächelte, als er sah, dass es sich nicht um eine Kleingartenkolonie handelte, sondern um eine Handvoll Bootshäuser, die über eine kleine Straße von der Bundesstraße aus gut zu erreichen waren. Er wählte eine passende Vergrößerung und druckte die Karte aus. Er schaltete den Rechner wieder aus und schaute sich noch einmal in der Wohnung um. Nein, es gab nichts, was er hier noch erledigen konnte. Die Zeit bis zur Dunkelheit würde er noch brauchen, um sich mit der Umgebung am Fluss vertraut zu machen. Das musste er so unauffällig wie möglich veranstalten, da um diese Zeit dort noch ziemlich viele Menschen unterwegs sein würden. Er hoffte nur inständig, dass nicht gerade heute alle Münsteraner Kanuvereine eine Grillparty an der Werse veranstalteten, neugierige Nachbarn konnte er absolut nicht gebrauchen. Sein Mietauto würde er einfach am Gartencenter an der Bundesstraße parken, von dort war es nicht weit bis zur Werse. Und dann würde er sich durch das Gebüsch schleichen und erste Tuchfühlung aufnehmen.

Wie Rambo.

Der Besprechungsraum „Grün" war gut besetzt. Neben Rothenburgs Team waren auch Staatsanwalt Rabbel und Techniker Sven Behle anwesend.

„Also, wo fange ich an?", fragte Rothenburg sich selbst. „Es ist eine Menge passiert und es wird in der nächsten Zeit noch eine Menge passieren. Wir dürfen keinen Fehler machen. Kaiser Wilhelm ist natürlich über den angeforderten Polizeischutz für Calma und Halbeck informiert und würde äußerst ungehalten reagieren, wenn einem von beiden etwas zustoßen würde."

„Beide haben abgelehnt", entgegnete Rabbel. „Calma versteckt sich bei einem Freund in einem Bootshaus bei Handorf und Halbeck schiebt extra einen Notdienst nach dem anderen, um unter Menschen und Beobachtung zu sein. Wir können nichts weiter tun, als verstärkt Streife zu fahren und die Augen und Ohren offen zu halten."

„Apropos Ohren: Hat sich da schon was getan, Sven?"

Behle räusperte sich betont laut. „Natürlich stimmt die DNA von den ersten beiden Morden mit der vom Ohr überein. Wir können nun mit absoluter Sicherheit sagen, dass ein Mann sowohl Jensen und Tönnies als auch Nürting ermordet hat und jetzt nur noch mit einem Ohr durch die Gegend läuft."

„Habt ihr die DNA gecheckt?"

„Natürlich, aber bis jetzt negativ, kein Eintrag. Wir schicken jetzt eine Anfrage an Interpol, um rauszukriegen, ob es sich vielleicht um einen ausländischen Täter handelt, der schon mal Spuren hinterlassen hat. Aber viel verspreche ich mir ehrlich gesagt nicht davon."

„Was ist mit Rolf Trenschel?", fragte Franta. „Lebt er noch? Ich hoffe mal, ihr habt den Hagener Knast in Fort Knox verwandelt."

Rothenburg winkte ab. „Klar lebt der noch. Zu Trenschel komme ich jetzt. Ihr müsst da einiges wissen." Langsam und ausführlich erzählte er vom Besuch in Hagen. Immer wieder fragte er nach, ob sie es auch richtig verstanden hätten, bis Franta irgendwann der Kragen platzte.

„Was fragst du eigentlich immer so doof nach? Glaubst du, wir sind schwer von Begriff, oder was?"

Rothenburg hatte mit dieser Reaktion gerechnet und blieb gelassen. „Es ist sehr, sehr wichtig. Wenn ich euch für blöd halten würde, hätte ich es euch gar nicht erzählt. Was ist mit Halbeck. Hat er euch weiterhelfen können?"

Briesch nickte. „Nein, eigentlich nicht."

„Und warum nickst du dann?", fragte Behle verwundert.

„Scheiße, hab ich genickt? Sorry, mir ist noch etwas komisch, wie sagt man hier in Münster? Kodderig. Wir waren heute Morgen ganz früh bei ihm. Dr. Peter Halbeck ist schon ein sonderbarer Mensch, finde ich. Er lebt allein in einer finsteren kleinen Wohnung in Mecklenbeck und schiebt nur Notdienste."

„Das geht?", fragte Rabbel erstaunt.

„Das geht wohl, wenn man unter einer bestimmten Stundenzahl bleibt. Dann muss man sich nicht niederlassen und hat nicht jeden Tag das Wartezimmer voll hustender Patienten. Für Leute, die nicht so gerne viele Menschen um sich haben, genau das richtige."

„So wie ein Leuchtturmwärter?", fragte Behle grinsend.

„Ruhe", sagte Rothenburg scharf.

„So ähnlich", fuhr Briesch unbeeindruckt fort. „Auf jeden Fall, man gewinnt den Eindruck, da unten haust ein seltsamer Einsiedler.

Er ist nicht unfreundlich, auch hilfsbereit und kooperativ. Das Blöde ist nur, dass bei ihm nichts zu holen ist."

Franta nickte zustimmend. „Er hat uns ausführlich über unsere Koksrunde berichtet, aber es war nichts dabei, was wir nicht schon wussten. Auch er hat die anderen seit dem Prozess nicht mehr gesehen oder sonst irgendwelchen Kontakt zu ihnen gehabt. Ach ja: Er hat uns übrigens erzählt, dass ein Dienstleiter der Leitstelle die Sache mit dem falschen Notarzt aufgeklärt hat. Es war wohl so ein junger Heißsporn von Assistenzarzt, der sich zusätzliche Meriten verdienen wollte und den eigentlich zuständigen Notarzt aus der Leitung gekickt hat. Der Assi hat jetzt mächtig Ärger, aber damit ist die Sache mit Frau Zeulweggen wohl vom Tisch, schätze ich."

„Wie heißt der Assi?", fragte Rothenburg.

Franta zuckte die Schultern. „Keine Ahnung. Halbeck wusste das auch nicht. Führt das nicht auch ein bisschen zu weit weg?"

„Vielleicht. Wahrscheinlich sogar, aber wir haben nicht viel, wo wir ansetzen können. Krieg es raus, ja?"

Franta nickte. „Geht klar."

Rothenburg überflog seinen Schreibblock und machte an verschiedenen Stellen einen Haken. Einige Punkte hatten sie abgehakt, aber leider hieß das nicht, dass sie dem Täter auch nur einen Millimeter nähergekommen waren.

„So, kommen wir nun zu Clemens Hollmann. Was ist mit Ronas Vater?"

Briesch räusperte sich. „Ein ziemlich unsympathischer Schleimer. Schikaniert seine Angestellten, biedert sich bei Kunden an … und hat fürchterlichen Mundgeruch."

„Aha", machte Rothenburg. „Und sonst so?"

„Er war nicht sehr kooperativ", sagte Franta. „Hollmann war frech, anzüglich, widerlich, aber er hat leider noch beide Ohren und für die Morde ein Alibi. Ich habe sie überprüft. Wir haben allerdings ziemlich viele Fotos von Rona auf seinem Rechner gefunden, auch auf denen sie unbekleidet ist. Kein Foto von der Mutter. Eventuell ein Fall von Missbrauch, würde ich sagen, wir sollten den Mann auf jeden Fall im Auge behalten und den Kollegen vom LKA Bescheid geben, dass die sich das mal genauer anschauen."

Briesch stützte seinen Kopf auf die Hände und schniefte laut. „Ich persönlich frage mich ja schon seit heute Mittag, was eine Frau wie Marie Zeulweggen an so einem Arschloch gefunden hat."

„Für sie war er ja kein Arschloch", erwiderte Franta. „Sonst hätte sie sich wohl kaum mit ihm eingelassen. Er ist kein Adonis, das nicht, aber vielleicht war er nett und aufmerksam zu ihr, hat ihr in einer schwierigen Lage geholfen und sie hat sich dann vor lauter Dankbarkeit in ihn verliebt. Das Arschloch siehst du in ihm ... naja, ich gebe zu, ich auch natürlich."

„Ich meine ja nur, Zeulweggen ist ja wirklich 'ne tolle Frau, sieht gut aus und so, und dieser Kerl hier ... ich mein, das passt doch irgendwie nicht zusammen."

„Wenn ich da mal anknüpfen dürfte", meldete sich Staatsanwalt Rabbel zu Wort. „Ich halte es für außerordentlich wichtig, Zeulweggens Leben bis heute etwas genauer zu untersuchen. Ich glaube, es geht hier um Frau Zeulweggen persönlich und ihre Tochter. Ronas Tod scheint mir doch eine entscheidende Rolle zu spielen in unserem Mordfall. Der Unfall könnte doch der Ausgangspunkt einer Entwicklung sein, die sich der Täter jetzt zunutze machen will. Andernfalls verstehe ich nämlich nicht, warum ausgerechnet Rolf Trenschel sterben soll."

„Was?", fragte Briesch. „Entschuldigt, ich bin grad nicht auf der Höhe."

„Schon okay. Also, ich stelle mal die gar nicht so gewagte Hypothese auf, dass alle Opfer noch leben würden, wäre der Unfall nicht passiert. Einverstanden?"

Alle nickten.

„Und das, obwohl sie den Unfall gar nicht primär verschuldet haben, sondern Trenschel, wie wir wissen. Sekundär hat aber unser erlauchter Kreis von Koksern das Unglück herbeigeführt, weil Trenschel kurz vor der Fahrt mit allen Mitgliedern seine Nase gepudert hat. So denkt jedenfalls der Mörder."

„Das ist aber schon gewagter", merkte Franta an, „fast philosophisch."

Rabbel lächelte zufrieden. „Richtig. Philosophisch oder aber eben total platt, je nach Sichtweise."

„Erklären Sie uns das", bat Rothenburg.

„Gerne. Man könnte dieses Phänomen auch mit Schuld 1. und 2. Grades beschreiben. Bleiben wir bei dem Beispiel Ronas Unfalltod. Unmittelbar schuld ist Trenschel, also 1. Grad, mittelbar schuld sind seine Mitkokser, also 2. Grad. Nehmen wir mal an, dass der Mörder den Tod rächen will, warum auch immer, dann nimmt er sich natürlich den Schuldigen 1. Grades vor. Der ist aber in diesem Falle nicht zu kriegen, weil er im Knast sitzt. Also nimmt er sich den 2. Grad vor, die Kokser, pieckt sich – willkürlich oder nicht – einen heraus, Calma in diesem Falle, und versucht so, an den 1. Grad heranzukommen. Trenschel ist und bleibt nämlich das eigentliche Ziel des Mörders. Jensen, Tönnies und Nürting sind nur Mittel zum Zweck. Er hätte auch Ricarda Nürting wählen können, aber da wäre die Sache vermutlich anders gelaufen."

„Nämlich wie?", fragte Rothenburg.

Rabbel hob die Arme. „Keine Ahnung, aber so, wie die sich gegen den Mörder gewehrt hat, hätte die sofort das KSK informiert und wäre nach Amerika abgehauen."

„Hätte ich auch gemacht", brummte Briesch. „Ich hänge trotz allem am Leben."

„Ich auch", lächelte Rabbel. „Darum koksen wir ja auch nicht und fahren noch Auto. Okay, kommen wir auf Marie Zeulweggen zurück. Wie gesagt, finde ich es wichtig, ihr ganzes Leben zu durchleuchten. Das meiste steht hier in der Prozessakte. Soll ich vorlesen?"

„Gerne, Sie haben so eine schöne Stimme", neckte ihn Franta.

Rothenburg verdrehte die Augen, musste aber dennoch grinsen.

„Also, Marie Zeulweggen wurde 1964 in Woensdrecht in den Niederlanden geboren, gelernte Friseurin, engagierte sich schon sehr früh in der Antikriegsbewegung und kam 1984, also mit 20 Jahren, nach Deutschland. Ursprünglich wollte sie studieren, lernte dann aber einen deutschen Mann kennen und wurde prompt schwanger. Der Mann hatte offenbar genug Geld, um sie vom Studium abzuhalten, so dass sie sich ausschließlich um das Kind kümmerte. Das war in … Moment, in Stuttgart, richtig. So, dieser Mann ist 1990 mit dem Mädchen in die Schweiz zu seiner Geliebten abgehauen und zunächst untergetaucht. Zeulweggen hat mehrere Versuche unternommen, das Kind wiederzubekommen, doch leider ohne Erfolg. Sie ist dann aus Stuttgart weggezogen, mal zurück nach Holland, für ein paar Jahre war sie auch in Spanien, danach lebte sie Bremen. Schließlich ist sie 2001 nach Münster gezogen, in eine Studenten-WG im Kreuzviertel."

„Mit 37 Jahren?", fragte Briesch. Ganz schön mutig."

„Ja, das war ihr Wesen, mutig und stark, bis dahin auf jeden Fall. Sie hat wie eine Löwin um ihre erste Tochter gekämpft, aber der Mann hatte wohl die besseren Anwälte. Und in der WG hatte sie leider zwei richtig üble Mitbewohner, die sie beim Kartenspielen total abgezockt und übel ausgenommen haben. Sie hatte zwischenzeitlich Schulden von über 10 000 Euro, die sie nie hätte abbezahlen können mit ihrem kläglichen Gehalt. Ja, und jetzt kommt Hollmann ins Spiel."

„Sagen Sie bloß, sie hat ihm die Haare geschnitten?", fragte Franta entsetzt.

„Natürlich hat sie das. Na ja, sie kommen so ins Gespräch und er kriegt raus, dass sie einen Haufen Schulden hat. Dann geht die Geschichte los. Er bezahlt ihre Schulden, holt sie aus der WG zu sich nach Hause, 2003 wird Rona geboren, Hochzeit und so weiter."

„Scheiße", kommentierte Briesch.

„Was mich jetzt sehr interessieren würde", warf Rothenburg nachdenklich ein, „ist der Zeitpunkt, an dem Hollmann sie verlassen hat."

„Moment." Rabbel blätterte in der Akte und suchte mit dem Finger nach der Information. „Also, der Unfall war am 11. Juli 2009 um 14:53 Uhr an der Danziger Freiheit in Münster. Am 18. Juli, also genau eine Woche später, ist Hollmann aus der Wohnung ausgezogen."

„Eine Woche?" Franta war baff. „Das gibt's nicht."

„Warum? Was hat er gesagt?", fragte Rothenburg den Staatsanwalt.

„Also hier steht nur, dass er es nicht ertragen hätte, das leere Kinderzimmer zu sehen. Das wird aber eine Schutzbehauptung gewesen sein. Mehr steht hier nicht, es war ja nicht Gegenstand des Prozesses."

„Und die Mutter lässt er in der Wohnung mit dem leeren Kinderzimmer allein zurück, oder was? Das ist doch echt nicht zu fassen." Frantas Wut steigerte sich allmählich ins Grenzenlose. „Das gibt's doch wirklich nicht."

„Ja, das ist harter Stoff", sagte Rabbel. „Ich führe noch mal kurz zu Ende aus. Einige Wochen nach dem Unfall lernt Frau Zeulweggen den Automechaniker Lars Wilkens kennen, der den Unfallwagen für sie entsorgt. Tja, und soviel ich weiß, lebt er jetzt mit ihr zusammen."

„Er hat's nicht einfach", seufzte Rothenburg. „Er tut mir leid."

„Warum das denn?", fragte Franta erstaunt. „Er ist doch erwachsen und kann selbst entscheiden, was er tut."

„Nicht ganz, Irene. Er liebt sie nämlich. Da ist man nicht immer allein der Entscheider. Er trägt eine Menge Verantwortung ihr gegenüber und muss den Murks ihres Lebens, wenn ich das mal so salopp ausdrücken darf, jetzt ausbaden, obwohl er nicht das Geringste damit zu tun hatte, weder im 1. oder 2. oder im 100. Grad. Darum tut er mir leid. Sie natürlich noch mehr."

Für einen Moment herrschte absolute Stille im Raum. Dann durchbrach ein kurzer Ton die Ruhe und kündigte Rothenburg das Eintreffen einer neuen E-Mail an. Er klickte auf die Mail und öffnete den Anhang. Mit einem seltsam verzerrten Schrei ließ er sich entsetzt auf den Stuhl fallen.

„Ich habe es geahnt", stöhnte er.

19

Es hatte leicht angefangen zu regnen, als Jan Vermeeren kurz vor 18 Uhr das Mietauto auf dem Parkplatz des Gartencenters Münsterland abstellte. Der erste Regen seit fast vier Wochen. Die Bauern würden sich darüber freuen, aber für Vermeeren kam er zum denkbar ungünstigsten Zeitpunkt. Er würde unweigerlich Fußspuren hinterlassen, wenn er zum Fluss hinunterging. Das einzig Positive am Regen war, dass es vermutlich keine Grillfeste an der Werse geben würde, das war nicht zu unterschätzen. Er kaufte sich im Gartencenter noch ein billiges Paar Gartenschuhe, die er nachher entsorgen würde. Trotzdem, in seinen alten Turnschuhen von 1990 fühlte er sich wesentlich wohler. Sie waren wie eine zweite Haut für seine Füße und schon fast mit ihnen verwachsen.

In der Bäckerecke bestellte er sich einen Kaffee und eine Streuselecke. Es war nicht mehr viel los im Center, die letzten Kunden standen mit ihren Pflanzen, Heckenscheren und Säcken voller Rindenmulch an der Kasse. Er achtete darauf, sein Gesicht, so gut es ging, zu verbergen und hatte den Blick zum Parkplatz gerichtet. Hier hatten die Menschen genug damit zu tun, ihre Einkäufe zu verstauen und schnell nach Hause zu kommen, bevor der große Regen einsetzte. Wenn er es recht überlegte, war dieser Wetterumschwung doch gar nicht so übel. Er musste nur gut vorbereitet sein, und das war er.

Er kontrollierte sein Smartphone und prüfte nach, ob die Polizeimeldungen aus Hagen auch regelmäßig eintrudelten. In Zeiten des Internets war es kinderleicht, sich sämtlichen Schwachsinn aufs Handy zu holen. Er musste nur im Presseportal der dpa-Tochter News Aktuell den RSS Feed der Hagener Polizei abonnieren, und schon liefen sämtliche Polizeimeldungen mit wenig Verzögerung auf sein Handy. Schneller hatten die großen Agenturen das auch nicht. Er tippte auf das Symbol und erhielt die Nachrichten der letzten Stunden: *Kompressor vom Lastwagen gestohlen, Exhibitionist festgenommen, bei Parkplatzsuche gegen Mauer gefahren, Hagener Häftling betreibt Konzertagentur.* Er grinste, keine schlechte Idee eigentlich. Er konnte sich nur nicht vorstellen, wie ein Gefangener große Kasse damit machen konnte. Zufrieden machte er das Smartphone wieder aus. Er könnte jetzt eigentlich seine erste Entdeckungstour starten.

Er packte die notwendigen Sachen von der Reisetasche in seinen Rucksack, lief die Handorfer Straße hoch und bog am Ende links in den Pröbstingweg ab. Nach etwa 300 Metern begann auf der linken Seite ein schmaler Fußweg, der zur Werse führte, das Wersepättken. Er kam sich ein bisschen vor wie ein Pfadfinder, mit seiner Google-Maps-Karte in der Hand, seiner Ausrüstung und dem schwarzen Stirnband. Er hatte die Mütze im Rucksack dabei, aber er wollte seinen Haaren einmal richtig Luft bieten. Nach wenigen hundert Metern konnte er vor sich schon den Flusslauf erkennen, rechts und links am Ufer standen Weiden dicht nebeneinander. Er verlangsamte sein Tempo, schaute sich um und prüfte auf der Karte seinen Standort. Hier musste der Zielkreis seines Ortungsprogramms beginnen. Der Weg machte vor ihm eine Gabelung nach links und rechts direkt am Ufer entlang, aber wenn er seinem Programm vertraute, musste er sich rechts halten. Was hatte Calma noch gleich für ein Auto? Einen roten Mazda irgendwas, er würde hinter den Bäumen gut zu erkennen sein, wenn der Parkplatz nicht direkt am Ufer lag.

An der Gabelung nahm er auf einer Bank Platz, die wind- und regengeschützt unter einer Weide stand. Er saß mit dem Rücken zum Fluss, von hier hatte er einen guten Überblick über das Gelände bis hin zu den ersten Häusern am Pröbstingweg. Wenn die Polizei zum Bootshaus wollte, um nach dem Rechten zu sehen, mussten sie hier durch kommen, und er würde sie sofort bemerken. Er hatte mit der Zeit eine gute Antenne für die Bullen entwickelt und roch es förmlich, wenn sie im Anmarsch waren. Und seine Nase sagte ihm, dass es nicht mehr lange dauern würde, bis er die ersten Polizisten zu Gesicht bekommen würde.

Er nahm eine Ibuprofen und spülte sie mit einem Schluck Mineralwasser hinunter. Die Dosis hatte er schon von den 800ern auf die 600er reduzieren können, ein kleiner Fortschritt, aber ein dringend notwendiger, denn sein Magen würde diese Dauerbelastung nicht mehr lange mitmachen. Er war kein großer Esser, und eine Ibu auf leeren Magen bedeutete stundenlange Bauchschmerzen und Krämpfe. Das war nicht das, was er jetzt gebrauchen konnte. Er wühlte in seinem Rucksack, nahm Halbecks Käse und biss kräftig hinein. Er schmeckte wunderbar.

Er hatte gerade den letzten Bissen heruntergeschluckt, als er aus den Augenwinkeln eine Bewegung am Durchgang an der Pröbstingstraße wahrnahm. Blitzschnell packte er den Rucksack und verschwand hinter dem breiten Stamm einer Weide, die direkt hinter der Bank stand. Jetzt zahlte es sich aus, dass er ganz in Grün gekleidet war, mit den Bäumen und Ufersträuchern im Hintergrund würde man auf die Entfernung keine Bewegung erkennen können. Er suchte sich einen festen Tritt auf einer Wurzel, musste sich aber dennoch mit einer Hand an einem Ast festhalten, weil die Weide so nah am Wasser stand, dass er sonst mit den Füßen im Fluss stehen würde.

Vorsichtig lugte er am Stamm vorbei und erblickte tatsächlich zwei Streifenpolizisten, die auf dem Pfad langsam schlendernd auf ihn zugelaufen kamen. Er klammerte sich noch fester an den Ast und wagte kaum zu atmen. Wenn jetzt irgendetwas Blödes passierte, war alles aus. Wenn jetzt eine Kanutruppe fröhlich um die Flussbiegung gepaddelt käme und ihm freche Sprüche zurufen würde, würden das die Bullen zweifellos mitkriegen.

Die Polizisten, eine hübsche Frau mit dunklem Teint und ein großer Mann mit einem Kreuz wie ein Schwimmer, waren mittlerweile an der Gabelung angekommen und bogen ohne zu zögern nach links ab, vom Fluss aus gesehen. Diese Richtung hätte er auch gewählt, er musste schon ganz in der Nähe sein. Wenn die Bullen wieder weg waren, hätte er genügend Zeit, seinen Plan auszuführen. Bis die nächste Streife kam, wäre er längst wieder weg. Er überlegte kurz, ob er ihnen vorsichtig folgen oder lieber in seinem Versteck bleiben sollte. Er stand nicht sonderlich bequem und es war auch nicht sicher, aber er konnte nicht darauf vertrauen, dass er ein besseres finden würde. Und so weit konnte das Bootshaus nicht mehr weg sein.

Er seufzte und lockerte seinen Griff um den Ast ein bisschen. Wenn er es schaffen würde, seinen Rucksack richtig aufzusetzen, könnte er sich mit den Armen abwechseln. Er spähte nach links, trat dann schnell einen Schritt auf sicheren Boden vor dem Baum und schulterte den Rucksack. Nach links war weiterhin nichts zu sehen. Was er aber hinter sich hörte, war alles andere als beruhigend.

Tatsächlich bemerkte er durch die hängenden Weidenäste zwei Kanus, die den Fluss in seine Richtung hinaufkamen. In einem saßen ein Mann und ein etwa fünfjähriger Junge, in dem anderen eine Frau und ein kleines Mädchen, vielleicht zwei, drei Jahre alt. Ein

Familienausflug, sozusagen. Jetzt hatte er den Salat und war eingekesselt. Vor sich der Fluss und die Kanuten, hinter sich die freie Fläche mit der ungehinderten Sicht bis zur Straße … und die Polizisten waren bestimmt schon wieder auf dem Rückweg.

„Verdammte Scheiße", fluchte er halblaut, setzte sich auf den Boden und zog die Knie an. Er machte sich so klein wie möglich und rutschte auf seinem Hintern immer so um den Stamm, dass dieser stets zwischen ihm und der Familie war. Mit seinem verbliebenen Ohr war er auf dem Fluss, mit den Augen auf dem linken Pfad. Zum Glück konnte er bis jetzt die Bullen noch nicht entdecken.

„Papa, es regnet", maulte der Junge gerade. „Ich will nach Hause."

„Es regnet nicht, es nieselt", sagte der Mann trocken, „das ist ein gewaltiger Unterschied. Außerdem wolltet ihr doch alle paddeln."

„Ja, aber eigentlich bei Sonnenschein", lachte die Frau, „aber dann muss der Papa ja immer im Büro sitzen und Verbrecher befragen. Das ist die neue Taktik: so lange warten, bis das schöne Wetter vorbei ist, und dann hoffen, dass die Familie sowieso keine Lust mehr hat."

Vermeeren stockte der Atem. Hatte er das Wort Verbrecher gehört? Paddelte da tatsächlich ein Bulle hinter ihm herum? Seit wann tarnte sich die deutsche Polizei mit Kindern?

„Du spinnst", schnaubte der Mann jetzt, „ich konnte wirklich nicht eher."

„Ich weiß, Schatz, war ein Scherz. Ich find's schön hier, nicht so voll. Los, paddelt weiter!"

Ja, dachte Vermeeren. *Paddelt endlich weiter!*

„Ich muss mal", tönte der Junge trotzig.

Vermeeren schloss entnervt die Augen. *Auch das noch.*

„Was denn, Fritz, groß oder klein?"

„Klein."

Gott sei Dank!

„Dann steh auf und pinkel einfach in die Werse", schlug der Vater vor.

„Spinnst du?", rief die Frau erbost. „Er fällt doch ins Wasser."

„Quatsch, ich halte ihn doch fest. Außerdem hat er eine Schwimmweste an und kann schwimmen."

Guter Bulle!

„Schwimmen? Er hat seit drei Tagen Seepferdchen, du Idiot. Da kann man noch nicht schwimmen, da geht man nur nicht sofort unter."

176

Vermeeren konnte nicht sehen, was sich auf dem Wasser tat, aber vermutlich hatte der Vater sich durchgesetzt, denn außer einem leisen Strahl war eine Minute lang nichts zu hören. Dann hatte das Mädchen ihren Auftritt. Sie fing ohne Vorwarnung an, wie am Spieß zu brüllen.

„Christian, ich glaube, Jana wird müde", sagte die Frau.

„Natürlich wird sie müde, es ist ja auch schon gleich sieben Uhr. Kannst du sie nicht einfach auf den Boden legen und zudecken? Wir haben noch etwa zwei Kilometer vor uns. Los, weiter."

„Hast du vergessen, dass es regnet?"

„Dann sing ihr was vor oder gib ihr was zu essen."

„Du hast die Kekse."

„Die hat Fritz schon aufgegessen. Ich hab nichts mehr."

Vermeeren war vorsichtig aufgestanden, weil die Stimmen immer leiser geworden waren, und hatte auf den Fluss geschaut. Die Kanus waren schon fast fünfzig Meter von seiner Weide entfernt, aber Janas Stimme konnte er immer noch hören.

Schwein gehabt.

Er spürte, dass ihm Schweiß den Rücken hinunterlief. Noch so ein unwillkommener Besuch, und er würde die Aktion für heute abblasen. Morgen sollte es stärker regnen, dann würde es keine Paddler mehr geben. Er kletterte schnell wieder auf die Baumwurzel und stellte fest, dass es keine Sekunde zu früh war. Die Streifenpolizisten waren auf dem Rückweg und würden in wenigen Augenblicken die Gabelung vor der Bank erreichen. Die Frau sprach gerade in ihr Funkgerät, er vernahm bereits das Rauschen. Als sie vor der Bank standen, hörte er sie leise miteinander reden, verstand aber nicht, um was es ging. *Objekt, Bootshaus* und *genehmigt* schnappte er auf, konnte sich den Zusammenhang aber nicht erklären. Die Frau lachte jetzt und stubste den riesigen Polizisten an, der so tat, als falle er in die Sträucher. Ein paar Minuten später gingen sie durch die Gasse zur Straße und waren verschwunden. Jetzt hatte er Zeit.

Er kletterte um den Stamm herum und warf den Rucksack auf die Bank. Ein letzter prüfender Blick zeigte ihm, dass er nichts vergessen hatte. Drei Paar Latexhandschuhe hatte Halbeck ihm spendiert, natürlich ohne zu wissen, was er damit wirklich vorhatte. Der naive Doc dachte vermutlich, dass er die Handschuhe für die Reinigung der Wunde brauchte.

Ganz unten im Rucksack lag sein größter Schatz, seine Lebensversicherung sozusagen. Er kramte das alte Brillenkästchen mit den stabilen Wänden hervor und klappte den Deckel hoch. Er lächelte zufrieden. Da lag sie, die Spritze mit Propofol, die Calma zur Not auf Distanz halten würde. Wer weiß, wenn Halbeck sich mal wieder mit der Dosierung verhauen hatte, wäre der kleine Pieks sogar das letzte, was Calma in seinem Leben spüren würde. In den USA klappte das ja auch ganz gut. Michael Jackson ließ grüßen.

Ein Notarzt an der Hand war wirklich Gold wert. Und ein koksender Notarzt war ein unschätzbarer Diamant.

Rothenburg wartete noch eine Mail ab und fuhr dann mit dem Fahrrad quer durch die Stadt ins Geistviertel. Der Verkehr war abstoßend, die Wochenendeinkäufer hatten anscheinend wie auf ein geheimes Kommando hin alle gleichzeitig die Warenhäuser verlassen und strömten jetzt mit ihren Autos den Ausfallstraßen entgegen. Der Ring war dicht, die Bahnhofstraße war dicht, der Ludgerikreisel sowieso und auf der Hammer und Weseler Straße tat sich gar nichts mehr. Er gab Svenja einen virtuellen Kuss für ihre Überredungskünste und radelte süffisant pfeifend an den genervten Autofahrern vorbei in die Augustastraße.

Marie Zeulweggen war allein, Wilkens war bei einem Bekannten, der draußen vor Wolbeck eine kleine private Autowerkstatt betrieb und bei einem Volvo nicht mehr weiter wusste. Rothenburg war das recht, endlich hatte er die Gelegenheit, Zeulweggen ganz allein zu sprechen. Sie bot ihm Bier, Wasser und Kaffee an.

„Trinken Sie ein Bier mit?", fragte er lächelnd.

„Ich … ich weiß nicht, ich nehme noch Tabletten."

„Wann haben Sie denn die letzte genommen?"

„Heute Morgen."

„Dann kommen Sie. Ein Bier, okay? Und dann lassen Sie gleich mal die Schlaftabletten! Bier hilft auch."

Zeulweggen ging zum Kühlschrank und drehte sich verwundert um. „Woher wissen Sie, dass ich Schlafmittel nehme?"

Rothenburg lachte. „Sie stehen da vorne neben der Spüle. Ich kenne die Packung, ich hab sie auch mal genommen, als meine Frau ausgezogen ist."

„Oh, das tut mir leid." Sie stellte zwei Flaschen Bier auf den Tisch und öffnete sie. „Prost, auf die Ehe."

Rothenburg nahm einen tiefen Zug und musterte die Frau. Sie war wirklich verdammt attraktiv. Wenn sie es jetzt noch schaffte, das ganzes Elend und die Last ihres Lebens aus dem Gesicht zu verbannen, hätte er eine strahlende Schönheit vor sich sitzen. So aber saß ihm eine Frau gegenüber, der man deutlich ansehen konnte, wie sehr ihr alles überdrüssig war und wie sehr sie sich danach sehnte, das alles hier hinter sich zu lassen. Pessimistisch betrachtet, stand sie seiner Meinung nach kurz vor dem Selbstmord.

„Ja, es passiert halt. Es war schlimm, und es ist noch schlimm. Aber wir haben jetzt wieder losen Kontakt und wer weiß … vielleicht geht es noch mal."

„Haben Sie Kinder?"

Diese Frage hatte Rothenburg erwartet und befürchtet.

„Ja, zwei. Mein Sohn lebt bei meiner Frau in Schweden, die Tochter bei mir."

„Sie ist Schwedin?"

„Ja."

Zeulweggen nahm einen großen Schluck Bier. „Ich wollte damals auch gerne nach Schweden. Das Land ist so groß, so weit, die Menschen lassen einen machen, was man will."

„Ist das nicht in Holland auch so?"

Sie lächelte, und Rothenburg freute sich wie ein kleines Kind darüber, sie dazu gebracht zu haben.

„Ja schon, aber im kleinen Holland treten sie sich dabei auf die Füße. Ich glaube, sogar Bayern ist noch größer."

„Gut möglich, aber da kann bestimmt keiner alles machen, was er will."

Sie lachte kurz auf, wurde aber schnell wieder ernst. „Danke, dass Sie hier sind."

„Warten Sie besser damit, bis Sie wissen, warum ich hier bin."

„Warum sind Sie hier?"

Rothenburg lehnte sich mit einem Seufzer zurück und spielte ungeschickt mit der Bierflasche, wie es viele Männer machen, wenn sie nicht wissen, wohin mit ihren Händen.

„Ich muss leider noch ein bisschen in Ihrer jüngsten Vergangenheit wühlen, so leid es mir tut. Es wird bestimmt weh tun, aber es muss sein, glauben Sie mir."

„Schießen Sie los." Zeulweggen schloss fest die Augen. „Ich werde es versuchen, aber ich kann nicht versprechen, dass ich lange durchhalte."

„Okay. Können Sie sich daran erinnern, im Gerichtssaal jemanden gesehen zu haben, den sie persönlich von früher oder von den letzten Jahren her kennen?"

„Im Gericht? Oh Gott, sie fangen ja gleich heftig an. Warten Sie einen Moment." Sie hielt sich die Hände vors Gesicht und rieb sie ein paar Mal hin und her. „Nein, ich meine, da waren jede Menge Journalisten und Zuschauer, viele Jurastudenten, glaube ich. Aber ich kannte niemanden."

„Haben Sie sich mal genauer im Publikum umgeschaut?"

„Nein, hätte ich das tun sollen?"

Rothenburg hob die Arme. „Es könnte sein, dass dort jemand saß, der sich die ganzen Namen der Kokser aufgeschrieben hat. Denn sie sind nie an die Öffentlichkeit gekommen. Es könnte eine Spur sein."

„Tut mir leid."

„War ihr damaliger Ehemann da?"

„Das Arschloch? Nein, er hat sich nicht blicken lassen, und das war auch gut so."

„Hat er Sie noch weiter unterstützt? Finanziell, meine ich?"

„Bis Ende des Jahres hat er mir meine Miete gezahlt. Als Lars einzog, hat er die Zahlung eingestellt, obwohl Lars ja nur seinen Anteil bezahlt. Weil ich es so wollte." Den letzten Satz sprach sie sehr laut und betont aus.

Rothenburg wurde flau im Magen, als er an die nächste Frage dachte. Er schaute Zeulweggen lange in die Augen und presste die Lippen aufeinander.

„Frau Zeulweggen, gab es jemanden in Ronas Leben, der ihr besonders nahestand? Außer Ihnen natürlich."

Zu seiner Überraschung hielt sie seinem Blick stand. Sie ballte nur die Fäuste, ansonsten war ihre Stimme ruhig und klar.

Sie kämpft mit sich, dachte Rothenburg. Sie will es einmal schaffen.

„Mein Bruder Johann, ihr Onkel. Er war wie ein großer Freund für sie. Sie hat ihn angebetet."

Nie hätte sich Rothenburg mehr darüber gefreut, dass ein Mann seine Schneidezähne in eine Straßenlaterne gerammt hatte und mit zwei gebrochenen Armen im Krankenhaus lag.

„Was gibt's da zu grinsen?", fragte sie irritiert.

„T'schuldigung, mir ging da grad was durch den Kopf", sagte er leicht betreten. „Sonst noch jemand? Der Vater?"

„Der? Der hat sich kaum um sie gekümmert. Einmal in der Woche hat er sie gebadet, das war alles. Sonst war da keiner."

Gebadet. Rothenburg merkte, wie sich ihm der Magen umdrehte. Was musste man dieser gebeutelten Frau nicht noch alles antun? Er schob sein Bier weg, er brauchte jetzt etwas Stärkeres.

„Haben Sie Schnaps im Haus?"

„Was? Wollen Sie sich besaufen?"

„Keine schlechte Idee", murmelte er.

Zeulweggen holte eine Flasche Mirabellenschnaps und zwei Gläser aus einer Vitrine. Rothenburg hob skeptisch die Augenbrauen. „Trinken Sie den auch mit?"

„Klar. Lars trinkt nur Bier, und alleine trinke ich keinen Schnaps."

Sie kippten sich ein Pinnchen runter und saßen anschließend eine Weile schweigend am Tisch. Rothenburg überlegte, ob er schon jemals so ein Gespräch geführt hatte, aber ihm fiel keines ein. Ich geh an meine Grenzen, dachte er. Er bezweifelte, dass er in dieser Nacht auch nur ein Auge würde zutun können. Seine Gedanken schweiften einen Moment ab und blieben bei Frederik hängen, dem entglittenen Kind.

Was, wenn …?

„Hatten Sie zu der Zeit Kontakt zu einem Menschen, den Sie von früher kannten?"

„Warum sollte das wichtig sein?"

Er zuckte die Achseln. „Ich weiß nicht. Alles könnte wichtig sein. Was ist mit dem Vater ihres ersten Kindes?"

Zeulweggen sah ihn mit großen Augen an und begann zu zittern. Rothenburg befürchtete jetzt ihren vollkommenen Zusammenbruch, aber sie schenkte ihnen beiden noch einen Schnaps ein.

„Prost."

Der Alkohol begann seine Wirkung zu entfalten. Ihre Wangen begannen Farbe anzunehmen, die Augen bekamen einen sanften Glanz.

„Ich hab ihn seit 20 Jahren nicht mehr gesehen oder gesprochen."

„Wie heißt er?"

„Warum wollen Sie das wissen?"

„Wie gesagt, es könnte uns helfen, den Mörder zu schnappen."

Zeulweggen schüttelte den Kopf. „Verstehe ich nicht. Aber gut, er heißt Klaus Wertze und ist Professor für englische Literatur in Zürich. Ich kann Ihnen die Suche ersparen."

„Woher wissen Sie das, wenn Sie keinen Kontakt haben?"

„Ich habe ihn noch vor ein paar Wochen gegoogelt. Machen Sie das nie?"

„Was?"

„Die Namen ihrer Ex-Freundinnen googeln, gucken, was aus ihnen geworden ist. Manchmal lohnt sich das. Meistens aber nicht. Aber wenn man viel Zeit hat und nicht w … " Sie schaute ihn prüfend an. „Jetzt grinsen Sie schon wieder. Was ist denn daran wieder so lustig?"

„Gar nichts, ehrlich. Das ist wohl der Schnaps."

„Möchten Sie noch einen? Dann tanzen Sie sicher gleich auf dem Tisch." Sie wirkte leicht verärgert. Er musste sich besser unter Kontrolle haben, sonst hatte er die Sache hier in wenigen Minuten erstklassig vergeigt.

„Nein, danke. Es reicht wohl." Er stand auf und ließ unauffällig seinen Blick durch die Küche schweifen. Als er gefunden hatte, was er suchte, ging er langsam um den Tisch herum und hockte sich neben ihren Stuhl.

„Frau Zeulweggen, dürfte ich wohl einmal einen Blick in das Zimmer ihrer Tochter werfen?"

Sie fuhr herum und starrte ihn lange an. „Sagen Sie mir, wonach Sie suchen!", fauchte sie.

„Das kann ich nicht."

„Warum nicht?"

Er stand auf und hob die Arme. „Weil ich es nicht weiß. Ich möchte mir ein Bild machen von ihrer Tochter. Das ist alles."

Zeulweggen goss sich noch einen Schnaps ein, trank ihn sofort aus und knallte das Glas auf den Tisch. „Ich glaube Ihnen nicht, Herr Kommissar", sagte sie ganz ruhig, „aber gehen Sie nur."

Rothenburg nickte kurz und ging über den Flur in das Kinderzimmer. Ihm war überhaupt nicht danach, Ronas Zimmer zu durchsuchen, aber es war besser, er würde es finden als Marie Zeulweggen. Er setzte sich vor den kleinen Schreibtisch, den Rona vermutlich zu ihrer bevorstehenden Einschulung bekommen hatte und öffnete die breite Schublade. Ein paar Buntstifte, ein Lineal, Tuschutensilien und ein Mal-Lernbuch, sonst nichts. Rechts neben dem Schreibtisch stand noch ein schmaler Schrank mit sechs Schubladen. Er holte tief Luft und machte sich an die Arbeit.

In der vierten Schublade fand er, was er gesucht hatte. Es war ein DIN-A5-Zeichenblock, der unter einigen Pixi-Büchern versteckt war. Die ersten Blätter waren leer, aber die nächsten zwanzig waren mehr als eindeutig. Auf allen Bildern waren ein kleines Kind und ein großer Mann abgebildet. In einigen Zeichnungen hatte der Mann das Kind auf dem Schoß, manchmal stand es vor dem Mann. Ein langer gerader Strich ging von der Hüfte des Mannes aus, und auf einigen Bildern legte das Kind seine Hand auf den Strich, auf einigen berührte der Strich die Hüfte des Kindes.

Auf allen Bildern lachte der Mann.

Auf allen Bildern weinte das Kind.

Rothenburg zitterte am ganzen Körper und spürte eine ohnmächtige Wut in sich hochsteigen. Sein Puls fing an zu rasen, sein Atem wurde laut und unregelmäßig. Bleib ganz ruhig, dachte er tief betroffen, wenn du jetzt ausrastest, hilfst du ihr kein Stück.

Er packte den Zeichenblock schnell in eine mitgebrachte Plastiktüte und hängte sie von außen an die Wohnungstür. Dann atmete er tief durch und ging so ruhig wie möglich in die Küche zurück. Marie Zeulweggen stand mit dem Rücken zu ihm am Fenster, hatte die Arme vor der Brust verschränkt und schaute nach draußen.

„Haben Sie gefunden, was Sie gesucht haben?", fragte sie scharf.

Er räusperte sich. „Nein", log er. „Aber trotzdem vielen Dank."

Er verabschiedete sich, schlich sich aus der Wohnung, nahm die Plastiktüte und rannte so schnell er konnte nach unten auf die Straße. Ohne auch nur ein einziges Mal anzuhalten, raste er mit seinem Fahrrad den Ring entlang zum Polizeipräsidium. Vier Autos mussten an Ampeln mit quietschenden Reifen bremsen, um ihn nicht über den Haufen zu fahren.

Nach nur 15 Minuten kam er völlig außer Atem und nass geschwitzt im Präsidium am Friesenring an, spurtete die Treppen hoch in sein Büro und warf die Tüte auf seinen Schreibtisch.

Dann rannte er auf die Toilette und hielt seinen Kopf ein paar Minuten unter kaltes Wasser.

Kälte betäubt, dachte er.

20

Hans-Jörg Calma saß gerade auf dem Torfklo im kleinen Schuppen neben dem Bootshaus, als er vom Fluss her ein fürchterliches Kindergeschrei hörte. Er sah zu, dass er schnell fertig wurde, und wusch sich die Hände unter dem Wasserhahn, der draußen am Haus angebracht war. Sogar eine Schale mit Seife hatte sein Freund besorgt. Er ging durch den Garten auf den Steg und sah zwei Kanus, die sich langsam Richtung Norden entfernten. Das Geschrei kam aus dem Kanu, in dem eine Frau und ein kleines Mädchen saßen, und schien gar nicht leiser zu werden.

Ha, dachte er, wie schön doch so ein Ausflug mit der ganzen Familie ist.

Zwei Minuten später war alles wieder ruhig. Er hörte nur den Nieselregen auf das Hausdach tröpfeln, ab und zu, wenn der Wind schlecht stand, hörte man auch die Busse oder Lkw von der Bundesstraße her. Auf dem Terrassentisch standen noch die Kaffeetassen für die beiden Polizisten, die ihn eben besucht und gebeten hatten, mit ihnen zu kommen, da er für die nächsten drei Tage Polizeischutz kriegen könnte, allerdings nicht hier im Bootshaus. Danach, so hatte der Polizeichef entschieden, würde man weitersehen, vermutlich wäre die Angelegenheit bis dahin auch ausgestanden.

Rabbel hatte also Wort gehalten und sich gekümmert. Schön, aber jetzt hatte er seine ganzen Klamotten hier und hatte sich auf eine ländliche Nacht am Fluss eingestellt.

Provozieren Sie es nicht, dass es Ihre letzte Nacht ist, hatte die Polizistin ihn gewarnt. Packen Sie Ihre Sachen und kommen Sie mit! Nach ein paar Minuten Bedenkzeit und einer Tasse Kaffee hatten sie sich schließlich darauf geeinigt, dass sie in zwei Stunden wiederkommen und ihn nach Münster begleiten würden. Die Polizisten hatten noch Rücksprache mit dem stellvertretenden Polizeichef gehalten und waren dann gegangen.

In zwei Stunden, also gegen 22 Uhr. Bis dahin könnte er sich noch eine schöne heiße Suppe machen und danach ein eiskaltes Bier trinken. Dann die Beine hoch legen und einfach nur aufs Wasser schauen. Ein gutes Samstagabendprogramm, fand er.

Er ging zu seinem Wagen vor dem Bootshaus und holte die Tasche mit seinen Lebensmitteln aus dem Kofferraum, eine große Dose Bohneneintopf mit Speck und Würstchen, Brot und Bier für den Abend sowie Käse und Wurst fürs Frühstück. Gut, das würde er jetzt nicht mehr brauchen, aber vielleicht konnte sein Freund die Vorräte noch nutzen.

Im Schrank fand er einen großen Topf für die Suppe. Er stellte den Herd an, machte sich eine Dose Bier auf und ging zurück auf die überdachte Veranda. Der Regen war mittlerweile stärker geworden und entwickelte sich zu einem ordentlichen westfälischen Landregen. Wirklich nett hier, dachte Calma, schade eigentlich, dass ich gleich schon wieder verschwinden muss. Er spürte, dass er innerlich ruhiger geworden war, fast angstfrei. Die Aussicht auf Polizeischutz, seine gelungene Aktion in Hagen und vor allem der schöne ruhige Abend weckten einen Optimismus und eine Lebensfreude in ihm, die er seit dem ersten Anruf nicht mehr erlebt hatte. Ein blubberndes Geräusch aus der Küche weckte ihn aus seinen Gedanken und erinnerte ihn an die Suppe.

Er rührte die Suppe einmal um, stellte den Herd ab und nahm sich einen großen Teller mit nach draußen. Dann erstarrte er. Auf seinem Platz saß ein völlig verwahrloster Mann mit langen schwarzen Haaren und in olivgrüner Kleidung. Vor Schreck hätte er fast den Suppenteller fallengelassen.

„Verdammt, wer sind Sie denn?", fuhr er ihn ärgerlich an.

„Rambo."

Scheiße, dachte Calma, ein blöder Penner.

„Was haben Sie hier zu suchen? Machen Sie, dass Sie fortkommen, sonst rufe ich die Polizei."

„Ich hab Hunger, Mann."

Calma konnte es nicht fassen. Der sprach ja echt wie Rambo. Fehlten nur noch seine tragbaren Boden-Luft-Raketen.

Er spielte blitzschnell seine Situation durch. Ärger konnte er jetzt nicht gebrauchen. Wenn er diesem blöden Penner hier einen Teller Suppe und ein paar Dosen Bier geben würde, wäre er in zwanzig Minuten wieder weg. Andernfalls hätte er ihn noch fast zwei Stunden am Hals. Die Entscheidung war gefallen.

„Okay, kommen Sie. Sie bekommen Suppe, Brot und Bier und dann verschwinden Sie. Abgemacht?"

„Hm", machte Rambo. Was Calma als Einverständnis interpretierte.

Er holte noch einen Teller und Bier aus dem Haus und setzte sich neben den Mann, der so bestialisch stank, als sei er gerade der Kanalisation entsprungen.

„Möchten Sie vielleicht auch duschen?"

„Hm."

„Oder ich gebe Ihnen Seife und Sie waschen sich im Fluss. Ja, das ist vielleicht noch besser." Das fehlte noch, dass er wegen dieses Stinktiers auch noch das Bad putzen musste.

„Hm."

Rambo begann zu essen. Calma beobachtete angewidert, wie der Mann sich die Suppe in den Rachen warf und die Hälfte dabei wieder heraussabberte. Er wand den Kopf zur Seite, starrte auf eine Blumenampel und hoffte, dass dieser bittere Kelch schnell an ihm vorüberziehen möge.

„Schmeckt's?", wollte er noch fragen, als er einen schmerzhaften Stich am Hals verspürte. Zuerst dachte er an einen Mücken- oder Bremsenstich. Erst als er sah, wie Rambo mit einer Hand ihn festhielt und mit der anderen eine Spritze, ahnte er, dass er auf dieser Welt keine Mücke mehr sehen würde.

Und bevor er seine Gedanken noch sortieren konnte, legte sich eine vollkommene Dunkelheit über ihn.

Rambo Vermeeren löffelte in Ruhe seine Suppe aus und trank die Dose Bier in einem Zug leer. Dann rülpste er so laut in den Abend hinein, wie er nur konnte. Es war leichter gewesen, als er sich vorgestellt hatte. Wie gutgläubig doch viele Menschen waren, nicht zu fassen. Nein, er hatte gelernt, dass er nur sich selbst trauen konnte. Und darauf war er stolz.

Er stand auf und überlegte, wie er jetzt weiter vorgehen sollte. Unbegrenzt Zeit hatte er nicht mehr, bevor die Bullen hier wieder auftauchen würden, außerdem konnte er einen Vorsprung ganz gut gebrauchen. Aber wenn er schon mal hier war …

Er ging ins Haus, zog sich aus und stellte sich unter die heiße Dusche. Als er fertig war, sprühte er sein T-Shirt mit einem Deo ein, das auf der Waschbeckenablage stand. Zufrieden schnüffelte er unter seinen Armen. Reicht für die nächsten Tage, dachte er. Er zog sich an und öffnete den Rucksack, um sein Werk zu beginnen, als sein Smartphone vibrierte.

Halbeck? Der durfte nur in absoluten Notsituationen anrufen. Er holte das Gerät aus dem Rucksack und sah, dass das RSS-Logo blinkte. Er runzelte die Stirn. Um 20 Uhr verschickte die Hagener Polizei noch Pressemeldungen? Hatten die sonst nichts zu tun? Er tippte auf den Button und las langsam die Überschrift. Er hob den Kopf und starrte ein paar Sekunden die Decke an. Dann ließ er sich aufs Klo fallen und las die Überschrift nochmal.

Häftling der JVA Hagen nach Prügelei gestorben

Seine Hand zitterte, als er auf die Überschrift tippte, um den ganzen Artikel zu lesen.

Hagen (ots) – Vermutlich an einem plötzlichen Organversagen ist ein Häftling der JVA Hagen nach einer Schlägerei mit Mitgefangenen gestorben. Wie ein Sprecher der JVA mitteilte, hatten der wegen eines Tötungsdelikts einsitzende Rolf T. aus Münster und drei andere Häftlinge unerlaubt Poker mit hohen Geldeinsätzen gespielt. Im Laufe des Spiels soll es dann zu Streitigkeiten gekommen sein, in deren Verlauf sich die drei Mitgefangenen auf Rolf T. stürzten und ihn mit Schlägen und Fußtritten brutal traktierten. Herbeieilende Vollzugsbeamte trennten die Häftlinge sofort und riefen den Notarzt, der jedoch nur noch den Tod des Rolf T. feststellen konnte. Die Staatsanwaltschaft hat sofort die Ermittlungen aufgenommen. Der Verstorbene wurde zur rechtsmedizinischen Untersuchung verbracht.

Er ließ das Smartphone auf den Boden fallen und kniff sich in den Arm. Langsam stand er auf und packte das Handy in den Rucksack. Seine Hand berührte das Messer, das für Calma vorgesehen war. Er nahm es in die Hand und drehte es mit einem Finger auf der Messerspitze. Sofort trat Blut aus der Kuppe, das er genüsslich ableckte. Er trat auf die Veranda und sah Calma neben dem Suppenteller liegen. Abwechselnd betrachtete er die leblose Gestalt und das Messer. Dann fühlte er Calmas Puls. Absolut nichts, gar nichts. Er holte einen Spiegel aus dem Bad und hielt ihn vor Calmas Mund. Nicht der kleinste Beschlag bildete sich. Es bestand kein Zweifel: Hans-Jörg Calma war mausetot, weil Dr. Peter Halbeck sich schon wieder in der Dosis vertan hatte.

Er hätte ihn jetzt am Leben gelassen, jetzt wo Rolf Trenschel endlich tot war. Calmas Tod nützte ihm jetzt gar nichts mehr, wahrscheinlich schadete er ihm sogar.

Halbeck hatte Calma auf dem Gewissen. Nicht er.

Er würde noch darüber nachdenken, was das bedeutete.

Rothenburg saß in Gedanken versunken an seinem Schreibtisch und starrte mit glasigen Augen auf das Foto von Rona, das Behle für ihn ausgedruckt hatte. Der Polizeitechniker hatte sich wirklich bemüht, ein Bild zu wählen, das dem Betrachter nicht sofort die Tränen in die Augen steigen ließ. Aber auf den zweiten Blick erkannte Rothenburg die furchtbare Angst in Ronas Gesicht. Ihre Augen waren schmal und leer, der Kopf hing herunter, als wenn er nur noch von einem seidenen Faden gehalten würde, und jeden Augenblick würde dieser Faden durchtrennt werden.

Er legte das Foto beiseite und stützte den Kopf auf die Hände. Er war froh, in diesem Augenblick allein zu sein. Die fassungslose Wut, die er in sich spürte, wollte er gerne nur mit sich ausmachen. Jeder hatte eine andere Art, damit umzugehen, er bevorzugte die Stille. Wenn jetzt jemand auf die Idee kommen würde, die Polizeipsychologin Dr. Vossler zu ihm zu schicken, würde er auf der Stelle den Dienst quittieren.

Es war genau 22 Uhr, als die Stille durch Polizeipräsident Wilhelm Kollau durchbrochen wurde, der ohne anzuklopfen in Rothenburgs Büro stürmte.

„R-o-t-h-e-n-b-u-r-g", brüllte er, klatschte ihm einen dünnen Hefter auf den Schreibtisch und ließ sich auf einen Stuhl fallen.

Rothenburg zuckte vor Schreck zusammen und wischte sich schnell ein paar Tränen aus den Augen. Kollau sah ihn wütend und erstaunt zugleich an.

„Was ist, haben Sie hier geschlafen, oder was?"

„Kaum, bei dem Lärm hier. Was ist los?"

„Was los ist?" Kollau bebte vor Zorn. „Ich bin soeben aus dem Theater geholt worden, wegen diesem Mist hier." Er zeigte auf den Hefter, der lediglich ein loses Blatt enthielt. „Und Sie erklären mir das jetzt bitte!"

Rothenburg atmete tief durch. Er verspürte nicht die mindeste Lust, sich mit Kaiser Wilhelm über irgendwas zu unterhalten. Er wollte einfach nur in Ruhe gelassen werden. Dieses eine Stück Papier konnte doch wohl nicht so wichtig sein, dass Kollau wie ein wilder Stier in sein Büro platzte und ihn anfuhr wie ein Polier seinen Stift.

„Was wurde denn gespielt?", fragte er ruhig, um die Wogen ein wenig zu glätten. Dass er diese offensichtlich falscheste aller Fragen einfach so, ohne Hintergedanken, gestellt hatte, zeigte ihm deutlich, dass er gerade nicht bereit war, jedweden Schwachsinn seines

Polizeipräsidenten zuzulassen. In seinem Kopf waren Rona und Marie Zeulweggen, und Kollau würde sich weit hinten anstellen müssen.

„Was gespielt wurde?" Kollau sprang auf Rothenburg zu und stützte sich mit den Armen auf den Schreibtisch. Sein Gesicht war schon fast auf Tuchfühlung mit Rothenburgs. „Ich zeige Ihnen gleich, was gespielt wurde. Lesen Sie diesen verdammten Text. Los!"

Rothenburg zog vorsichtig den Hefter zu sich heran und begann zu lesen. Es war ein Ausdruck aus dem E-Mail-Posteingang der Dienstbereitschaft. Absender war Dr. Karoline Huntler, Leiterin der JVA Hagen.

Sehr geehrter Herr Polizeipräsident, wie eben Ihrer Dienststelle schon telefonisch mitgeteilt, hier nun noch einmal schriftlich: Am frühen Abend ist der Inhaftierte Rolf Trenschel bei uns in der JVA von Mitgefangenen totgeprügelt worden. Nach ersten Ermittlungen war ein Streit wegen eines Kartenspiels die Ursache der Prügelei, aber nach dem Besuch ihres KHK Rothenburg und des Staatsanwalts Rabbel muss ich davon ausgehen, dass eigentlich etwas anderes hinter dem Tod des Gefangenen steckt. Der Notarzt stellte plötzliches Organversagen als Todesursache fest, die Obduktion wird zeigen, ob sich weitere Anhaltspunkte ergeben. Mir stellt sich unter anderem die Frage, ob Ihre Kollegen uns umfassend über die tatsächliche Bedrohung Trenschels informiert haben, oder ob sie bewusst wichtige Punkte unterschlagen haben. Ich habe eine interne Untersuchung des Vorfalls in Auftrag gegeben und hoffe dabei auf Ihre Unterstützung.

Mit freundlichen Grüßen K. Huntler.

Rothenburg ließ das Blatt langsam sinken und starrte Kollau entgeistert an. „Verdammte Scheiße."

„Richtig! Scheiße", höhnte Kollau, „große Scheiße sogar. Was haben Sie sich dabei gedacht?"

„Wobei?"

Kollau schüttelte den Kopf. „Mensch Rothenburg, warum haben Sie Trenschel nicht komplett abriegeln lassen?"

„Wollen Sie mich auf den Arm nehmen? Er saß doch schon im Knast. Wo sollte ich ihn denn hinstecken? In die Kühlkammer vielleicht?"

„Haben Sie Huntler umfassend aufgeklärt?"

„Ich denke schon, ja."

„Sie denken schon, Sie denken schon", äffte Kollau ihn nach. „Haben Sie ihr gesagt, dass er in Lebensgefahr schwebt?"

„Natürlich. Nur deswegen waren wir doch dort, verdammt noch mal. Das Gefängnis sollte eine Weile besonders auf ihn Acht geben, keine Unbekannten zu ihm lassen, das Essen besonders prüfen, Ausgang streichen und so weiter. Wenn er seine Kumpels beim Zocken betrügt, kann doch wohl keiner was machen."

Kollau hatte sich etwas beruhigt und wischte sich den Schweiß von der Stirn. „Das wird sich noch herausstellen, ob er wirklich betrogen hat. Können Sie sich eigentlich vorstellen, was das jetzt für ein Theater in der Presse gibt?"

Rothenburg hob die Augenbrauen. „Warum denn? Er ist in Hagen gestorben, nicht in Münster, und es gibt offiziell keinen Zusammenhang zwischen den Morden an Jensen, Tönnies und Nürting und dem Tod Rolf Trenschels. In Hagen wird es ein paar Tage Thema in den Zeitungen sein. Wenn klar ist, dass die Knastis wirklich von sich aus gehandelt haben, ist die Sache schnell wieder vergessen, dann müsste sich höchstens Huntler warm anziehen. Wenn Trenschel aber wirklich wegen unserer Geschichte ermordet wurde, dann …" Er stockte und zuckte mit den Schultern.

„Was dann?"

Rothenburg rieb sich das Gesicht und stöhnte leise. Er musste aufpassen, was er jetzt sagte. Er durfte Kollau auf keinen Fall noch mehr provozieren, musste ihm aber gleichzeitig eine gewisse Aussicht auf eine Lösung des Falls mitgeben.

„Ich weiß nicht genau, die Entwicklung kommt für mich ja auch sehr überraschend. Aber es ist ja möglich, dass Trenschels Tod uns bei unseren Ermittlungen jetzt endlich weiterbringt."

Kollau wurde hellhörig. „Aha. Und wie, bitte schön?"

„Trenschels Tod war die Forderung des Mörders. Und jetzt, da sie erfüllt ist, wird er sich bewegen und irgendwie zum Ausdruck bringen, warum er das alles gemacht hat. Auf jeden Fall, und das ist ja wohl das Wichtigste, wird er aufhören mit dem Morden."

„Das glauben Sie wirklich?"

„Ja, natürlich. Warum sollte er weitermachen? Er hat bekommen, was er wollte."

Kollau kratzte sich am Kopf und zupfte seinen Anzug zurecht. Vermutlich würde er gleich wieder ins Theater fahren.

„Und wie, glauben Sie, wird er sich bewegen? Was wird er tun?"

Rothenburg zuckte wieder mit den Schultern. „Keine Ahnung, ich weiß es nicht. Wenn wir ganz großes Pech haben, hören wir gar nichts mehr von ihm, aber das glaube ich nicht. Es wird etwas passieren, da bin ich mir ganz sicher."

Polizeichef Kollau nickte ihm zu und seufzte. „Hoffen wir, dass Sie recht behalten. Wir sprechen morgen früh weiter darüber. Dann werde ich auch Frau Huntler anrufen. Bis dahin sollte es noch Zeit haben. Schönen Abend noch."

Rothenburg starrte die geschlossene Tür an. Er musste sich eingestehen, dass er wirklich keine Ahnung hatte, wie es nach Trenschels Tod weitergehen würde. Keine gute Voraussetzung, eine Ermittlung voranzubringen. Er las Huntlers Mail noch einmal und legte das Blatt zurück in den Hefter, als sein Handy klingelte.

„Siri, was gibt's?"

Sein Atem stockte. Siri Vucic war die Streifenpolizistin, die Hans-Jörg Calma bewachen und aus dem Bootshaus fortholen sollte. Für einen Moment vernahm er nur das Plätschern des Regens durch das Mobiltelefon. Er sah sie quasi vor sich, wie sie sich sammelte und um Fassung rang.

„Siri, habt Ihr Calma bei Euch?"

„Calma ist tot", sagte Vucic tonlos.

Rothenburg ließ das Handy sinken und starrte wieder die Tür an. Oh mein Gott, was hatte er noch vor ein paar Minuten für einen Schwachsinn gefaselt? Der Mörder würde auf jeden Fall aufhören zu töten, gar keine Frage. So viel zu seiner Intuition.

„Wieder 22 Stiche?"

„Ein einziger, mit einer Spritze, aber der war genau so tödlich. Kommst Du?"

„Natürlich."

Er warf sein Handy auf den Tisch und schloss für einen Moment die Augen. Die Ereignisse überrollten ihn, er musste aufpassen, dass er nicht die Kontrolle verlor. Wenn er sie denn je gehabt hatte. Auf jeden Fall würde es am nächsten Morgen erneut eine lautstarke Unterhaltung mit dem Polizeipräsidenten geben.

Er warf noch einen Blick auf Ronas Foto und presste die Lippen aufeinander. Er begann vor Wut zu zittern und legte das Bild schnell in seine Schublade.

Vielleicht würde es seine letzte Unterhaltung sein.

Dann griff er zum Hörer und trommelte seine Leute zusammen.

21

Rupert wachte mit einem enormen Brummschädel und einer randvollen Blase auf. Mühsam drehte er sich auf den Rücken und hoffte inständig, dass der Wilden Maus in seinem Kopf alsbald der Strom abgestellt werden würde. Er hätte sonst was darum gegeben, einfach liegen zu bleiben, aber er würde garantiert nicht wieder einschlafen können, wenn er nicht endlich pinkeln ginge.

Seufzend kletterte er vorsichtig über die schwarzhaarige Frau, die mit ihren wuchtigen Rundungen mehr als zwei Drittel des Bettes beanspruchte. Rupert musterte ihr Gesicht und versuchte sich beim Anziehen der Unterhose daran zu erinnern, wer sie denn eigentlich war. Ihr Gesicht war ziemlich hübsch, aber ein Name fiel ihm nicht ein.

Was war denn gestern Abend los gewesen? Er setzte sich auf den Bettrand, stützte den Kopf auf die Hände und versuchte sich zu erinnern. Richtig, die Theaterleute waren zu Besuch gewesen, die Truppe, die demnächst im verbotenen Wald ein Stück aufführen wollte, die in die geheimnisvollen Anlagen wollte und deshalb erst noch über sieben Kilometer mit Gestrüpp überwucherter und maroder Gleise freilegen und reparieren musste. Ja, und dieser Wonneproppen neben ihm war eine von ihnen, Linda, wenn er sich recht erinnerte, vielleicht auch Lisa, Lina oder Lea. Sie hatten vermutlich viel gequatscht und noch mehr getrunken, die angehenden Schauspieler hatten die Baugemeinschaft gebeten mitzuhelfen, und irgendwann war bei Rupert der Ofen aus gewesen. Filmriss.

Okay, jetzt hatte er es wieder. Zum Teil.

Draußen wurde es bereits hell, aber dunkelgraue Regenwolken kündigten einen äußerst ungemütlichen Tag an, den man am besten mit starkem Kaffee, Mineralwasser, einem Fernseher und später vielleicht einer Pizza komplett im Bett verbrachte, ob nun mit Frau oder ohne. Rupert tendierte gerade eher zu ohne. Er sah auf den Wecker, 5:30 Uhr zeigten die Zeiger an, aber er würde die 6:00-Uhr-Marke nicht mehr erleben, wenn er nicht endlich eine von Jans wundervollen Kopfschmerztabletten nehmen würde.

Er ging aufs Klo und pinkelte gefühlte fünf Minuten. Wasser zum Nachspülen war in einem großen Kanister, der im Vorraum auf dem

Boden stand. Er goss etwas in die Toilette und setzte anschließend die Kanisteröffnung an den Mund, um einen großen Schluck zu nehmen. Danach wankte er auf den Flur und überlegte, was er tun sollte. Seine drei Zimmer waren im Erdgeschoss, schräg gegenüber der Küche. Wenn er jetzt Jan um dessen Wunderpillen bitten wollte, musste er in den ersten Stock, und zwar ohne Aufzug. Er bezweifelte stark, dass er diese Kraftanstrengung ohne bleibende Schäden bewältigen würde, aber die Wilde Maus hatte ihre zweite Luft bekommen und angefangen, in Ruperts Kopf ein wahres Trommelfeuer auf seine blanken Nervenstränge abzuschießen.

In diesem Augenblick wusste er, dass er keine Wahl hatte.

Er stapfte langsam die Treppe hinauf und schlug sich selbst auf die Schulter, als er wohlbehalten im ersten Stock ankam. Zögernd blieb er vor Jans Tür stehen und lauschte. Als er nichts hörte, klopfte er vorsichtig an.

„Jan?", flüsterte er. Nie hätte er gedacht, dass Sprechen ihn einmal soviel Kraft kosten würde. „Jan, bist du da?"

Unschlüssig stand er vor der Tür und fror. Er hatte nur seine Unterhose an, nicht auszudenken, wenn ihn jetzt Heidrun sehen würde. Er klopfte noch einmal, diesmal etwas lauter.

„Ja-an", rief er leise, „bist du da drinnen? Kann ich mal reinkommen?"

Er atmete tief durch und dachte nach. Jan Vermeeren war eigentlich nicht die Sorte Mann, die fremde Frauen mitbrachte, insofern würde es wahrscheinlich keine peinliche Situation geben. Männer? Nein, dafür war er zu ungepflegt und schmierig. Schwule achteten sehr auf ihr Äußeres, außerdem war er auch dafür einfach nicht der Typ.

Vorsichtig drückte er die Klinke herunter. Die Tür ging auf, er war also da, im Bett vermutlich und schlief tief und fest. Er brauchte kein Licht anzumachen, das schwache Tageslicht von draußen reichte ihm, um sich zu orientieren. Jan hatte es anscheinend noch nicht geschafft oder es nicht für nötig befunden, Jalousien oder Vorhänge anzubringen. Warum auch? Er wohnte im ersten Stock, und die einzigen, die bei ihm durchs Fenster gucken konnten, waren Vögel und Eichhörnchen. Wenn er so schlafen konnte, gut.

Rupert schlich ins Zimmer und schloss leise die Tür hinter sich. Im ersten Raum waren nur spärlich mit Büchern und Zeitschriften gefüllte Regale, ein paar Umzugskartons und Reisetaschen. Er ging durch einen provisorisch und seiner Meinung nach dilettantisch ausgeführten Wanddurchbruch weiter ins zweite Zimmer, in dem ein Sofa mit einem hochgradig hässlichen Bezug, ein Couchtisch aus Glas, ein Kleiderschrank, ein Esstisch, ein paar Stühle und Jans Bett standen. Das allerdings komplett leer war.

Rupert stutzte. Wenn Jan nicht da war, schloss er seine Zimmer doch immer sorgfältig ab. Er hatte das ein paar Mal beobachtet und sich gewundert. Jan war der einzige in der Baugemeinschaft, der die Zimmer abschloss, aber keiner hatte sich bislang getraut, ihn darauf anzusprechen. Vielleicht war es Gewohnheit oder die Lehre aus einer blöden Geschichte von früher. Es war nicht dramatisch, aber sonderbar fanden es alle. Wie eigentlich alles an ihm.

Sein Blick fiel in die hintere Ecke, wo Jan sich eine Art drittes Zimmer gebaut hatte. Er klopfte leise gegen die Rigipswand und rief noch einmal Jans Namen, ohne eine Antwort zu erhalten. Dann sah er das schwere Vorhängeschloss an der Spanplattentür und musste fast laut lachen. Er hätte einfach nur seinen Hintern kräftig gegen die Tür drücken müssen, und das Holz wäre mit einem lauten Krachen ins Kabuff gefallen. Sicher aufgehoben war hinter dieser Tür gar nichts, man konnte nur verhindern, dass sich hier jemand unbemerkt zu schaffen machte. Wenn das Jans Absicht war, auch gut.

Er fühlte sich unbehaglich, in diesem Zimmer zu sein. Normalerweise hatte er keine Probleme, sich in den Räumen der anderen aufzuhalten, aber das hier war etwas anderes. Selbst mit Jan zusammen war noch nie jemand hier oben gewesen, er hatte den Umzug alleine gemacht und darauf bestanden, dass die großen Möbelstücke, die er nicht alleine tragen konnte, oben auf dem Flur vor seinem Zimmer abgesetzt wurden. Die restlichen Meter hatte er sich alleine abgeschleppt, schwer keuchend und völlig überfordert. Die Leute hatten verständnislos auf dem Flur gestanden und nur den Kopf geschüttelt. Was hatten sie sich da nur für einen Kauz ins Boot geholt?

An der Wand vor dem Fenster war das kleine Waschbecken, daneben ein billiger weißer Badezimmerschrank, in dem Jan vermutlich Duschzeug und Zahnbürste verstaut hatte, wenn er überhaupt eine besaß. Rupert hatte keine große Mühe, dies zu bezweifeln. Er machte den Schrank auf und begann mit der Suche nach dem Kopfschmerzmittel. Wie hieß das Zeug noch mal gleich? Bufferin oder so ähnlich, ein Import aus den USA, *twice as fast as aspirin* stand auf der kleinen Plastikdose. Genau das, was er jetzt dringend brauchte. Am besten gleich vier Stück auf einmal.

Im Schrank befanden sich Unmengen an Schmerzmitteln, Verbandsmaterialien und Salben, Desinfektionssprays und Pflaster. Sogar ein paar Ampullen zum Befüllen von Einwegspritzen lagen etwas verdeckt hinter einem Haufen Mullbinden, *Disoprivan* las er. Er hatte keine Ahnung, was das für ein Zeug war, vermutlich Vitaminspritzen. Die hatte er sich auch mal selber geben müssen, in den Bauch, als sein B$_{12}$-Spiegel im Keller war. Keine große Sache.

Ruperts Kopf hämmerte weiter und immer stärker, er war kurz davor, wahnsinnig zu werden, als er die Bufferindose endlich fand. Er seufzte erleichtert und versuchte die Dose zu öffnen. Der Deckel ging sehr schwer ab, und weil seine Hände so zitterten, flog der Deckel in einen Mülleimer, der neben dem Schrank stand. Er fluchte, weil er seinem Kopf die Qual ersparen wollte, nach unten zu schauen, aber das musste jetzt leider sein. Er ging in die Knie, tauchte seine Hand in den Eimer, ohne nach unten gesehen zu haben – und zog die Hand blitzartig wieder heraus.

Sein Gesicht wurde noch weißer als es sowieso schon war. Um seine Hand hatte sich ein blutroter Fetzen Mull gelegt und klebte an seinem Daumen. Angewidert schüttelte er das Stück ab und sprang intuitiv einen Schritt zurück, als wenn er gerade eine Ratte zurück in den Gulli geworfen hätte. Zitternd blieb er am Fenster stehen und öffnete es, obwohl er fror. Er schlang seine Arme um den Oberkörper und überlegte, in was er da gerade hineingefasst hatte. Ihm kam als erste Idee in den Kopf, dass Jan sich beim Rasenmähen den Fuß abgesäbelt hatte und dies auch alleine durchziehen wollte. Blödsinn, dachte er, das wäre dann doch wohl eine Nummer zu groß. Vom Tisch nahm er ein Lineal und stocherte vorsichtig im Mülleimer herum. Er war zur Hälfte mit blutigen Fetzen Mullbinden und Verbänden gefüllt, ein paar Leukoplast-Pflastern und einer leeren Tube Betaisodona.

Jan Vermeeren hatte auf jeden Fall eine heftige frische Wunde, das stand schon mal fest. Kein Wunder, dass er kiloweise Schmerzmittel hortete. Aber warum sagte er denn kein Wort? Rupert schüttelte den Kopf, die Antwort war Jan selbst. Wenn er nicht darüber reden wollte und keine Hilfe wollte, auch gut, das kannte man ja von ihm. Am besten, man ließ ihn einfach in Ruhe und vergaß das Ganze hier schnell wieder.

Er spülte das Lineal im Waschbecken ab und warf sich schnell vier Bufferin in den Rachen. So gut es ging, ordnete er die Medikamente im Schrank und warf einen letzten Blick in den Mülleimer.

„Hallo Rupert."

Er fuhr zusammen und drehte sich um. Vor ihm stand ein völlig wirr dreinblickender Waldschrat in olivgrüner Tarnkleidung, den er erst auf den zweiten Blick als Jan Vermeeren identifizierte. Rupert war plötzlich hundeelend zumute.

„Äh … moin, Jan, äh, wo kommst du denn jetzt her?"

„Von draußen. Was machst du in meinem Zimmer?"

Rupert nahm alle Kraft zusammen, ging lächelnd auf ihn zu und klopfte ihm auf die Schulter. „Du hast doch immer mal erzählt, dass du so tolle Kopfschmerztabletten hast. Ja, und ich wollte dich danach fragen, aber du warst nicht da, da hab ich gedacht …"

Vermeerens Augen wanderten vom Schrank über den Mülleimer bis zum Waschbecken. An der Seite tropfte es rot herunter auf den Fußboden. Rupert sah es aus den Augenwinkeln und verdrehte die Augen.

„Was ist das da?" Die Stimme des Waldschrats wurde bedrohlicher.

„Scheiße, ja, mir ist der Deckel der Dose in den Mülleimer gefallen, und ich hab ihn mit dem Lineal wieder herausgeholt, weil da soviel gebrauchtes Verbandszeug drin ist. Hast du dich irgendwo verletzt? Man kann gar nichts sehen."

Vermeeren lächelte zufrieden. „Man sieht nichts? Sehr gut, und ich werde auch weiter dafür sorgen, dass keiner etwas sehen wird." Er ging langsam zur Zimmertür zurück und schloss sie leise. Den Schlüssel drehte er so um, dass Rupert es nicht bemerkte.

„Setz dich doch aufs Sofa, bis die Pillen wirken, dann können wir uns etwas unterhalten. Wasser? Kaffee?"

Rupert runzelte die Stirn. Ganz geheuer war ihm die Sache nicht. Er wollte eigentlich nur in sein Bett und noch zehn bis 15 Stunden schlafen. Aber wenn dieser Sonderling es ihm schon mal anbot, mit ihm zu reden …

„Wo warst du denn gestern Abend", fragte Rupert so harmlos er konnte und ließ sich aufs Sofa fallen. „Auch 'ne Party gehabt?"

Vermeeren kam langsam auf ihn zu und setzte sich an den Tisch.

„Ich war zum Abendessen eingeladen", sagte er bedächtig. „Es gab einen hervorragenden Bohneneintopf mit Speck und Würstchen."

Selten hatte das Büro von Polizeipräsident Wilhelm Kollau so einen Besucheransturm erlebt. Neben Rothenburg und seinem Team waren auch Staatsanwalt Rabbel, Techniker Behle und die Polizeipsychologin Dr. Vossler erschienen.

Ich will gar nicht hier sein, dachte Rothenburg. Ich will ganz weit weg sein.

Er hatte extrem schlechte Laune. Einmal, weil er viel zu wenig geschlafen hatte, und zum zweiten, weil es Sonntagmorgen war und *Holstein* geschlossen hatte. Die Brötchen der anderen Bäckereien konnten es mit der Qualität von *Holstein* nicht aufnehmen, ganz abgesehen von den wahrhaftigen Worten Mathilde Overkamps. Jetzt war er gezwungen, den Morgen mit einer Predigt des Polizeichefs zu beginnen, lieber hätte er da noch dem Bischof zugehört. Unsinn redeten zwar beide, aber der Bischof hatte eine schönere Stimme. Immerhin hatte Kollau dafür gesorgt, dass ein kleines Buffet aufgebaut worden war, mit Schnittchen, Obst und Kaffee.

Nachdem sich alle mehr oder weniger bedient hatten, eröffnete Kaiser Wilhelm die Besprechung.

„Meine Damen, meine Herren", begann er etwas zu feierlich für Rothenburgs Geschmack, „drücke ich mich falsch aus, wenn ich behaupte, dass uns gestern zwei schwere Fehler unterlaufen sind? Zwei ganz schwere Fehler, möchte ich eigentlich sagen, die zwei Menschen das Leben gekostet haben."

„Ja", sagte Rothenburg trocken und gähnte.

Kollau sah ihn scharf an. „Was ja?"

„Ja, Sie drücken sich falsch aus. Wir sind nach Hagen gefahren und haben die Leitung über das Bedrohungspotenzial gegen Trenschel informiert. Frau Huntler wusste anschließend alles, was wir auch wissen, und sie hat uns versichert, dass alle Vollzugsbeamten auf der Hut sein würden. Trenschel war vollständig abgeschottet von der Außenwelt bis auf einen angekündigten Besuch eines Vertreters eines Kinderhospizes …"

„… der ganz zufällig Hans-Jörg Calma hieß, was?" Kollau schüttelte fassungslos den Kopf. „Was haben Sie sich bloß dabei gedacht, ausgerechnet Calma zu Trenschel zu lassen? Sie wussten doch, dass er ihn umbringen wollte."

Rothenburg holte tief Luft und nahm einen Schluck Kaffee, ehe er antwortete. „Zu allererst: Er hat ihn ja gar nicht getötet, es waren seine Pokerfreunde. Sie erinnern sich, dass er an den Folgen der Prügelei starb? Gut. Er hätte ihn auch gar nicht umbringen können, womit denn? Er ist doch durchsucht worden …"

„Von wem?", unterbrach ihn Kollau.

„Von Huntlers Assistent persönlich, ein ganz scharfer Hund, sage ich Ihnen. Dem entgeht kein Maiskorn, und wenn es tief im Hintern steckt."

Rothenburg konnte in diesem Augenblick nicht sehen, dass Briesch sein Schnittchen mit Pute und Mais, das er sich gerade in den Mund schieben wollte, wieder dezent auf den Teller zurücklegte.

„Weiter!", befahl Kollau.

„Zweitens hatten wir keine Ahnung, dass Calma sich wirklich auf den Weg machen würde, um Trenschel umbringen zu lassen. Er hat uns natürlich versichert, dass er die Finger von dieser dummen Idee lässt, und wir haben ihm geglaubt."

Franta meldete sich zu Wort. „Es wäre natürlich möglich, dass Calma die Pokerspieler bequatscht und ihnen eine hohe Belohnung versprochen hat, wenn sie die Aufgabe übernehmen würden, Trenschel zu töten. Was sagen die?"

Kollau zuckte die Schultern. „Sie werden heute Vormittag von der Hagener Polizei vernommen. Wir werden dann sehen, ob es eine Verbindung zu Calma gegeben hat."

„Falls sie auspacken", merkte Staatsanwalt Rabbel an. „Je nachdem, wie hoch die Prämie ist, könnten sie auch ihren Mund halten, wenn es sich für sie lohnt."

„Und drittens", fuhr Rothenburg ruhig fort, „können wir keinem auf freiem Fuß stehenden Menschen verbieten, einen Strafgefangenen zu besuchen, wenn die Gefängnisleitung dieses zulässt."

Polizeichef Kollau massierte sich die Schläfen und starrte auf seine Unterlagen. „Okay, Rothenburg, ich muss das für mich und die Presse noch einmal ganz genau fragen und Sie bitten, genau zu antworten: Haben Sie die JVA Hagen über die Mordabsicht gegen Rolf Trenschel in Kenntnis gesetzt? Und zwar vor der Tat. Ja oder nein?"

„Ja."

„Ist das dokumentiert?"

Rabbel hob leicht seinen Stift an. „Ich war doch dabei."

„Ach ja. Gut." Kollau nahm sich das nächste Blatt vor und seufzte. „Dann kommen wir zum nächsten Opfer. Hans-Jörg Calma hat erst den Polizeischutz abgelehnt und ihm später zugestimmt. Als die zugeteilten Beamten ihn gestern Abend von seinem selbst gewählten Versteck abholen wollten, haben sie ihn tot aufgefunden. Ist das richtig so?"

„Korrekt."

„Können wir davon ausgehen, dass es derselbe Mörder ist wie bei Jensen, Tönnies und Nürting?"

Sven Behle meldete sich zu Wort. „Eindeutig. Wir haben an einem kleinen Kosmetikspiegel, der neben Calma lag, Blutspuren gefunden und untersucht. Es ist die DNA unseres gesuchten Mörders. Todesursache ist eine Überdosis Propofol, injiziert in die Halsschlagader. Es hat nur ein paar Sekunden gedauert, sagt Machalle. Pieks, zwei, drei, vier … und aus die Maus."

Diese Techniker, dachte Rothenburg. Sie bräuchten etwas mehr Seele.

„Sonst irgendwelche Spuren?"

„Wir haben Reifenspuren sichergestellt. Zum Glück hat es ein paar Stunden vorher angefangen zu regnen, sonst hätten wir nichts gefunden. Einige Spuren hat der Leichenwagen zerpflügt, aber für einen ordentlichen Abdruck hat es gereicht. Ein paar Haare lagen in der nassen Dusche. Der Mörder muss entweder vor oder nach der Tat geduscht haben." Er zögerte und sah unsicher in die Runde. „Nachher ist wahrscheinlicher, oder?"

Rothenburg schloss für einen Moment die Augen und unterdrückte ein Gähnen. „Das ist doch, ehrlich gesagt, scheißegal. Habt Ihr etwas gefunden, was uns wirklich weiterbringen könnte?"

Behle blickte ihn beleidigt an. „Was denn zum Beispiel? Einen Ausweis, oder wie?"

„Einen persönlichen Gegenstand, eine Zeitschrift, Kleidung, was weiß ich."

„Nö." Behle hatte die Arme jetzt vor der Brust verschränkt und wirkte ehrlich gekränkt.

Rothenburg nickte ihm aufmunternd zu. „Egal. Mit der DNA und den Reifenspuren müsste sich doch bestimmt was machen lassen. Was ist mit der Spritze? Wo kann er die herhaben?"

Behle schürzte die Lippen, noch immer leicht verärgert. „Keine Ahnung. Machalle meint, Propofol ist ein oft verwendetes Narkosemittel im Krankenhaus. So einfach bekommt man das nicht. Der Mörder muss entweder Kontakt zu einem Arzt oder zu einem Krankenhaus haben, oder er hat sich das Zeug irgendwo illegal besorgt."

„Halbeck ist Arzt", meinte Franta nachdenklich. „Notarzt. Er kennt sich aus damit und kommt an das Zeug bestimmt ran."

„Ha." Briesch lachte kurz auf. „Meinst du, er gibt ausgerechnet seinem potenziellen Mörder dieses Gift? Er weiß doch, dass er auch hinter ihm her sein könnte."

„Halbeck weiß doch nicht, dass dies der Mörder ist. Er kann es ihm schon lange vorher gegeben haben, ohne dass eine Gefahr für ihn bestand."

Briesch schlürfte laut seinen Kaffee. „Jaha, aber dann müssten sie sich doch schon lange kennen."

„Richtig, du Schlaumeier." Franta grinste ihren Kollegen frech an.

Polizeichef Kollau entspannte sich langsam und beugte sich gewichtig etwas vor. „Das könnte doch immerhin etwas sein, finden Sie nicht, Rothenburg?"

„Ja, könnte sein."

„Ich nehme an, Halbeck wird jetzt strenger bewacht als Calma."

Rabbel nickte. „Das Haus ist sozusagen umstellt. Da kommt jetzt keiner mehr raus und rein, den wir nicht bemerken würden."

„Gut. Bestellen Sie ihn hierhin und nehmen Sie ihn auseinander, Rothenburg. Wir müssen rausfinden, ob er jemandem dieses Zeug gegeben haben könnte. Und sorgen Sie weiter dafür, dass keine Ameise sein Haus betritt, ohne dass wir es merken. Noch eine Panne können und werden wir uns nicht erlauben."

„Es war keine Panne", erwiderte Rothenburg gereizt. „Ich sagte schon, dass wir nichts tun konnten."

Kollau winkte ab. „Schon gut. Sie haben die Journalistenbrut ja auch nicht am Hals. Um 17 Uhr ist eine Pressekonferenz angesetzt. Habe ich bis dahin alle Fakten schön säuberlich auf meinem Schreibtisch?"

„Haben Sie."

„Gut. Noch Fragen?"

Rothenburg stand auf. „Keine Frage, sondern eine Information: Ich muss mit Hollmann noch einmal wegen seiner Beziehung zu Frau Zeulweggen reden, wenn das möglich ist."

„Was versprechen Sie sich davon?"

Rothenburg sah sich um. Ausgerechnet jetzt hatte Dr. Johanna Vossler sich bemüßigt gefühlt, das Wort zu ergreifen. Er ahnte Schlimmes und zog die Handbremse an.

„Aufschlüsse. Erkenntnisse."

„Worüber?" Ihre Stimme klang kalt und steril.

„Das geht Sie, ehrlich gesagt, einen Scheißdreck an, Frau Vossler."

„Na na, Herr Rothenburg", intervenierte Kollau, „etwas sachlicher, bitte."

Rothenburg seufzte. „Okay, über sein Verhältnis zu Rona natürlich. Ich will wissen, ob er Rona auf eine Art so vergöttert hat, dass er jetzt dazu fähig wäre, ihren Tod zu rächen, beziehungsweise die Rache in Auftrag zu geben. Er selbst hat ja die Morde nicht begangen, er hat ja noch beide Ohren."

Johanna Vossler schien seine kleine verbale Entgleisung nicht beeindruckt zu haben. „Sie glauben also, er lässt Trenschel umbringen, weil der ihm sein kleines Mädchen genommen hat? Sie haben ja keine Ahnung! Wissen Sie, aus welchen Gründen Männer zu Pädophilen werden? Dazu gibt es Hunderte Bücher mit Hunderten verschiedenen Erklärungsmustern; aber keine einzige These, hören Sie?, keine einzige These sagt, dass es nur ein einziges Kind sein kann, das einen Täter so fesselt, dass er einen möglichen Verlust nicht verkraftet."

Rothenburg war fest entschlossen, ihren Standpunkt schlicht zu ignorieren.

„Und das glauben Sie auch?"

„Natürlich. Das ist wissenschaftlich eindeutig belegt."

„Und wenn Hollmann nun weltweit der erste Täter mit einer neuen, noch nicht wissenschaftlich untersuchten Missbrauchsmotivation wäre?"

„Rothenburg, was reden Sie da für einen Unsinn?"

„War's das?"

Er stand auf, nickte allen außer Johanna Vossler zu und verließ ohne ein weiteres Wort das Präsidium. Er wollte nach Hause zu seiner Tochter, sie in den Arm nehmen und drücken.

Papa, würde sie sagen. Was soll denn der Quatsch?

22

Svenja schlief noch, als er kam. Er entschied sich, sie weiterschlafen zu lassen, und zog sich Regenjacke und -hose an. Bis nach Mecklenbeck waren es doch einige Kilometer, und der Himmel sah nicht so aus, als ob er in den nächsten Stunden seine Schleusen wieder schließen würde. Er fragte den Einsatzleiter des Polizeischutzes, ob Halbeck zu Hause sei, und war ein bisschen enttäuscht darüber, dass er es tatsächlich war. Wer weiß, was ihm zunächst eine leere Wohnung gesagt hätte.

Er brauchte eine halbe Stunde mit dem Fahrrad und war mächtig stolz darauf. Kein Japsen, kein Keuchen, obwohl er zügig bis schnell gefahren war. Das sollte Lütjens ihm einmal nachmachen. Der Einsatzleiter erwartete ihn schon und ließ ihn durch zum Haus.

Dr. Peter Halbeck sah todmüde aus, als er im Bademantel die Tür öffnete. Er machte keinen Hehl daraus, dass er in diesem Moment überhaupt keine Lust auf Besuch hatte, egal, wer es war.

„Ich habe bis eben um zehn Uhr Notdienst geschoben, gerade etwas gegessen und würde mich jetzt liebend gerne hinlegen, wenn Sie gestatten."

„Das können Sie gleich", sagte Rothenburg freundlich und nahm dankbar den angebotenen Kaffee an, als sie im Wohnzimmer Platz genommen hatten. „Ihr Kumpel Rolf Trenschel ist leider gestorben."

Halbeck ließ sich auf einen Stuhl fallen. „Nein. Das ist nicht möglich." Seine Augen weiteten sich trotz der Müdigkeit. „Wie geht das denn? Er saß doch sicher im Gefängnis. Sie haben ihn doch beschützt, oder?" Er wirkte ehrlich schockiert.

„Die Umstände sind noch nicht ganz klar, aber es war wohl eine Prügelei unter Häftlingen beim Kartenspielen. Trenschel hat zu viel einstecken müssen, multiples Organversagen, sagt der Hagener Rechtsmediziner."

Halbeck starrte die weiße Plastiktischdecke an und schien angestrengt nachzudenken. „Schlimm", murmelte er. Dann legte er den Kopf schief, als wenn ihm ein Gedanke gekommen wäre. „Aber wenn Trenschel jetzt tot ist, dann ist doch die Forderung dieses Erpressers erfüllt, oder? Dann hat doch dieser Spuk endlich ein Ende und sie können ihre Leute hier wieder abziehen."

„Nicht ganz. Ihr ehemaliger Koksfreund Hans-Jörg Calma ist ebenfalls tot."

Halbeck schüttelte den Kopf und sah Rothenburg mit einem unsicheren Lachen an. „Jetzt machen Sie aber Witze."

„Gestorben an einer Überdosis Betäubungsmittel. Sie sind doch Anästhesist, oder?"

„Sind Sie übergeschnappt?" Halbeck sprang auf und kam Rothenburg bedrohlich nahe. „Nur weil ich täglich mit Narkosemitteln arbeite, soll ich Calma umgebracht haben, oder wie? Sie spinnen ja."

Rothenburg lächelte ihn freundlich an. „Wir wissen, dass Sie Calma nicht getötet haben. Warum sollten Sie auch?"

Halbeck schnaufte, setzte sich wieder und kratzte sich am Kopf. „Entschuldigung, ich wollte hier nicht so rumschreien, aber ich bin fix und fertig. Einmal von der Arbeit und dann natürlich von Ihren Horrormeldungen. Ich kann es immer noch nicht glauben."

„Kein Problem, ich verstehe Sie sehr gut. Ich würde Sie gerne fragen, wo Sie Ihren Vorrat an Medikamenten aufbewahren."

„Na, im Krankenhaus natürlich. Wie Sie ja schon wissen, arbeite ich als Anästhesist im Krankenhaus und nebenbei noch als Notarzt. Und bevor sie jetzt fragen: Ja, Betäubungsmittel habe ich hier auch im Koffer, die brauche ich als Notarzt, aber ich führe Buch über jede Ampulle."

„Auch im Krankenhaus?"

Halbeck verzog das Gesicht. „Sagen wir mal so: Wenn man unbedingt wollte, könnte man die eine oder andere Ampulle schon beiseite schaffen. Aber ich will nicht. Das kostet mich meinen Job, wenn das auffliegt."

Rothenburg nickte. Er legte den Kopf auf die Brust und überlegte, ob ihm noch eine sinnvolle Frage einfiel.

Nein, tat es nicht.

„Haben Sie etwas dagegen, wenn ich mich hier ein bisschen umschaue?", fragte er stattdessen. Er war doch nicht kilometerweit durch den Regen nach Mecklenbeck geradelt, um mit dieser mickrigen Antwort im Präsidium zu erscheinen.

„Bitte sehr. Aber wenn es Ihnen nichts ausmacht, lege ich mich schon mal ins Bett. Ich falle gleich tot um vor Müdigkeit." Er zuckte zusammen, als er merkte, was er gerade gesagt hatte. „Entschuldigung, war unpassend."

„Ist schon okay. Wem gehört das Zimmer dort hinten? Es ist das einzige, das abgeschlossen zu sein scheint."

„Ist es auch. Es gehört meinem Untermieter, einem Computerspezialisten. Er ist nicht oft hier, und wenn er hier ist, sitzt er nur vor seinem Rechner. Irre, der Kerl."

„Ist er da?"

„Nein, tut mir leid."

Rothenburg musterte einen Moment die Tür und traf eine Entscheidung. „Legen Sie sich hin und schlafen sich aus. Ich werde Sie jetzt nicht weiter stören. Und wissen Sie warum?"

„Keine Ahnung."

„Weil ich jetzt auch schlafen gehen werde."

Rothenburg war heilfroh, dass ihm die kühlen Regentropfen während der Rückfahrt nach Münster ins Gesicht prasselten, sonst wäre er vermutlich auf dem Fahrradsitz eingeschlafen. Der Verkehr an der Weseler Straße war trotz eines Sonntagsmittags beachtlich, er wunderte sich, wie schnell die Leute aufs Auto umstiegen, sobald die Sonne sich hinter dunklen Wolken versteckt hatte. Hinter dem Bahnhof bog er in die Wolbecker Straße ein und radelte bis zur Sophienstraße. Er sah auf die Uhr, es war halb zwei. Frank Lütjens müsste jetzt eigentlich so langsam die Augen aufschlagen.

Er hatte sie zwar noch zu, kam aber trotzdem an die Tür.

„Oh nein!" Lütjens hatte nur eine Unterhose und ein T-Shirt an und stank fürchterlich nach Alkohol. Ohne ein weiteres Wort drehte er sich wieder um und schlüpfte zurück unter seine Bettdecke.

Rothenburg ging in die Küche und machte Kaffee. „Wie geht's denn so?", rief er durch den Flur, hörte aber nur ein leises Stöhnen. „War's lustig gestern Abend?" Er schaute aus dem Fenster und sah ein paar Kinder, die trotz des Regens – oder gerade deswegen – vergnügt auf dem Garagenhof Fußball spielten. Als der Kaffee fertig war, schnappte er sich ein Tablett und ging ins Schlafzimmer. Von Lütjens sah er nur seine dichten dunklen Haare, der Rest war unter der Decke verschwunden. „Ich mach mal das Fenster los."

Er stellte ihm eine Tasse ans Bett und fleezte sich mit seinem Kaffee auf das schwarze Schlafsofa, das auf der anderen Seite des Zimmers neben dem Fenster stand. „Wo warst du denn?"

„Da, wo du eigentlich auch hättest gewesen sein sollen", kam es unter der Bettdecke hervor. „Beim Handball."

Rothenburg runzelte die Stirn. Hatte er etwa das Spiel gegen den Spitzenreiter vergessen? Möglich, aber er hätte ja sowieso nicht gekonnt, und außerdem musste er nicht bei jeder Blamage dabei sein.

„Und? Wie hoch?"

„12:32. Geht doch noch, was?" Lütjens steckte seinen Kopf hervor und grinste matt. „Nicht schlecht, oder? Sechs Tore hab' ich gemacht."

„Und das hast du dann gefeiert."

„Richtig." Er setzte sich aufrecht hin, nahm dankbar den Kaffee und hielt ihn mit einer heftig zitternden Hand.

„Parkinson?", neckte ihn Rothenburg.

„Arsch. Was willst du überhaupt hier?"

Rothenburg räusperte sich. „Du weißt es noch nicht, aber du hast heute Nachmittag eine besonders interessante Pressekonferenz."

„Ach ja?"

„Ach ja. Es geht um die Morde an Jensen, Tönnies und Nürting."

„Ah, der Cäsarmörder!"

„Wieso Cäsarmörder?"

„Mensch, liest du denn überhaupt keine Zeitung? Ein Kollege von der Konkurrenz hat den Täter nach den ersten beiden Morden so genannt, wegen der Messerstiche."

„Aber die Anzahl stimmte doch nicht."

Lütjens schüttelte den Kopf und grinste. „Das ist denen doch egal. Auf einen Stich mehr oder weniger kommt es bei 22 oder 23 ja nun echt nicht an, wichtig ist doch die hohe Anzahl und die zahlenmäßige Nähe. Außerdem gibt es auch ein paar Quellen, die von 22 Stichen gegen Cäsar sprechen. Also, was soll's? Der Name ist doch griffig."

„Abgesehen davon, dass die Opfer keine Tyrannen in dem Sinne waren. Ja, darum geht es. Bist du aufnahmefähig?"

„Nein."

„Konzentriere dich jetzt die nächsten Minuten mal ausnahmsweise, sonst wirst du heute Nachmittag blöd dastehen."

Lütjens seufzte, nickte und schenkte sich Kaffee nach. „Schieß los!"

Rothenburg brauchte fast eine Stunde, um seinem Freund die ganze Geschichte lückenlos zu erzählen. Er berichtete von den Gesprächen mit Marie Zeulweggen genau so ausführlich wie von seinem Besuch bei Rolf Trenschel in Hagen und der Verhaftung von

Clemens Hollmann. Lütjens stellte keine einzige Zwischenfrage, sondern hörte nur gebannt zu. Seine Augen wirkten zum Schluss wacher, die Farbe hatte ihren Weg zurück in sein Gesicht gefunden.

„Puuh", machte er, als Rothenburg seinen Bericht beendet hatte, „eine heikle Kiste, weißt du das?"

„Ja."

„Und wie wollt ihr jetzt weitermachen? Ich meine, wenn ich das alles richtig verstanden habe, habt ihr jetzt vier Morde, Trenschel mal ausgenommen, und wisst, dass es immer derselbe Täter war, dass er nur noch ein Ohr hat, kennt die DNA und habt ein paar Reifenspuren. Richtig? Ist es denn ab jetzt nicht einfach eine Sache der gezielten und groß angelegten Fahndung?"

„Vermutlich schon", antwortete Rothenburg. „Aber jetzt, wo Trenschel tot ist, hat der Mörder sein Ziel doch erreicht und wird doch wohl irgendwas machen, verdammt noch mal."

„Was denn?"

Rothenburg blickte genervt an die Decke. „Oh Mann, du redest schon genau wie Kollau. Ich weiß es nicht, was er machen wird, ich kenne doch seine grundlegende Absicht nicht. Aber irgendwas … " Er stockte. „Ich wiederhole mich, aber er wird aktiv werden. Ganz bestimmt."

„Hm, aber du glaubst, dass sein Ziel gewesen sein könnte, Ronas Tod zu rächen."

„Ja, das glaube ich. Vielleicht steckt ja wirklich Hollmann oder der Bruder dahinter, nicht als direkter Täter, sondern als Auftraggeber sozusagen. Vielleicht auch ein anderer, den wir noch nicht kennen."

Lütjens setzte die Tasse ab. Er war jetzt interessiert, das konnte Rothenburg deutlich sehen. Die Jagdlust hatte den Kater vertrieben.

„Dann müssen wir ihn kennenlernen."

„Wen?"

„Den Unbekannten."

„Schlaumeier."

„Nein, im Ernst. du musst in Maries Leben wühlen wie ein hungriger Maulwurf in der Erde. Kein Tag darf übersehen werden, keine Stunde. Wenn du glaubst, der Schlüssel zur Lösung liegt in Ronas Tod, musst du Maries und Ronas Leben durchleuchten wie die Stasi, sonst wird das nie was."

„Hört sich gut an", sagte Rothenburg, „besonders das mit dem hungrigen Maulwurf."

„Bitte schön. Wann ist Trenschels Beerdigung, sagtest du?"

„Mittwoch. In Münster."

„Vielleicht tauchen da ja fremde Gesichter auf, die ihr euch vornehmen könnt. Wenn jemand endlich erreicht hat, was er wollte, wird er sich die Präsentation doch wohl nicht entgehen lassen. Viel los wird da ja nicht sein, schätze ich. Ein überschaubarer Rahmen von Verdächtigen."

„Vielleicht", sagte Rothenburg erschöpft. Er war plötzlich sehr müde, die kurzzeitige Erfrischung durch die Fahrradfahrt war aufgebraucht. Sehnsüchtig schaute er erst auf Lütjens Bett und dann auf die gemütlich dicken Kissen auf dem Schlafsofa. Er nahm eins davon, legte es ans Kopfende und streckte sich mit einem lauten Stöhnen auf dem Sofa aus.

„Sag mal, was hast du denn vor?", fragte Lütjens halb belustigt, halb besorgt. Nicht so sehr um den Zustand seines Freundes, sondern mehr um den besten Platz zum Fernsehgucken.

„Nur fünf Minuten", wollte Rothenburg noch sagen, doch da war er schon eingeschlafen.

Er wachte wieder auf, als das Telefon erbarmungslos klingelte. Völlig desorientiert und benommen setzte er sich und versuchte, einen klaren Gedanken zu fassen. Nein, er war nicht zu Hause in seinem Bett. Und nein, es war nicht früher Morgen, sondern früher Abend, wie er mit einem Blick auf Lütjens Wecker erschrocken feststellte. Was im Klartext bedeutete, dass er die Pressekonferenz verschlafen hatte.

„Verdammte Scheiße." Er rappelte sich hoch und nahm den Hörer ab. Es war Lütjens, zum Glück.

„Gut geschlafen?"

„Du Idiot, warum hast du mich nicht geweckt?"

„Ich hab's versucht, aber keine Chance. Und dann hab' ich mir gedacht, ist doch vielleicht gar nicht so verkehrt, wenn du nicht da bist. Dann kannst du wenigstens nichts Falsches sagen, und Kollau regt sich nicht so auf."

Rothenburg musste einsehen, dass er recht hatte. Er entspannte sich.

„Wo bist du jetzt?"

„Na, wo wohl? In der Redaktion, arbeiten. Morgen kommt 'ne Zeitung raus."

„Und wie ist es gelaufen?"

Lütjens lachte kurz auf. „Na, wie alle PK der Polizei so ablaufen. Kollau hat ganz wichtig seinen Bericht vorgetragen, ein paar harmlose Fragen von den Kollegen, der Rest war dann: *Können wir aus ermittlungstaktischen Gründen nicht sagen.* Langweilig. Aber keine Angst, ich weiß, was ich schreibe. Es wird dich allerdings interessieren, dass ein Pokerspieler ausgepackt hat."

Rothenburg schluckte. „Was sagt er?"

„Er hat zugegeben, Trenschel ein weißes Pulver in seine Wasserflasche geschüttet zu haben, das er zuvor von Calma bekommen hatte. Er hat behauptet, Calma hätte ihm versichert, dass es sich um ein harmloses Schlafmittel handele. In Wahrheit war es Paracetamol, und zwar 15 Gramm, was sogar Reiner Calmund vom Stuhl gehauen hätte. Und mit Trenschels Vorgeschichte … er hatte keine Chance, sagen die Ärzte."

„Und die Prügelei?"

„Die gab es tatsächlich. Allerdings wäre Trenschel nicht gestorben, wenn er dieses Zeug nicht vorher getrunken hätte."

Rothenburg dachte einen Moment scharf nach. „Also ist die offizielle Todesursache Tod durch Vergiftung und Calma der Mörder?

„So sehe ich das und die anderen Kollegen auch. Kollau wollte das etwas anders darstellen, weil die Panne natürlich auch zum Teil auf seine Behörde zurückfällt, aber immerhin übernimmt die JVA Hagen auch einen Teil der Schuld, weil sie schludrig durchsucht hat."

„Wer sagt das?"

„Staatsanwalt Rabbel hat mir das hinterher gesteckt."

„Aha." Rothenburg dachte nach, was das bedeuten könnte, aber sein Gehirn war noch nicht auf Touren, ihm fiel nichts ein.

„Ich muss weitermachen", sagte Lütjens etwas angestrengt, „zieh die Tür hinter dir zu."

Rothenburg legte auf und machte sich auf den Weg nach Hause. Wenigstens ein paar Stunden wollte er Svenja noch sehen. Es war schließlich Wochenende, wenn auch nicht mehr lange, und er hatte seine Tochter kaum zu Gesicht bekommen. Wenn Lisa erfahren würde, welche Ausmaße sein Einsatz für die Kripo angenommen hatte, könnte er ihre Rückkehr sofort wieder vergessen. Hatte er sich nicht vorgenommen, darauf zu achten, regelmäßig Zeit mit Svenja zu verbringen? Hatte er sich von Svenjas lockerer Einstellung einfach überrumpeln lassen? Im Grunde genommen war es ja nicht besser, sondern schlimmer geworden, und wenn Frederik bis jetzt noch nicht weg wäre, mittlerweile wäre er's.

Er bog mit rasanter Geschwindigkeit in die Emdener Straße ein und schloss sein Fahrrad wie gewohnt am Laternenpfahl ab. Während er die Wohnungstür öffnete, rief er Svenjas Namen, um eventuelle peinliche Situationen zu vermeiden, aber die Wohnung schien leer. Er schaute kurz in alle Zimmer, fand aber nur eine kurze Notiz auf dem Küchentisch: *Übernachte bei Fred. Küsschen Svenja.*

Fred? Wer zum Teufel war Fred?

Rothenburg verzog den Mund, holte sich ein eiskaltes Bier aus dem Kühlschrank und ließ sich aufs Sofa fallen. Seine frühreife Tochter hatte offensichtlich einen Freund, und er, Nikolaus Rothenburg, stolzer und vielbeschäftigter Vater und Hauptkommissar bei der Kriminalpolizei, wusste natürlich nichts davon. Oder … ja doch, sie hatte vor ein paar Tagen den Namen Fred erwähnt, jetzt erinnerte er sich. Der Bassist, der coole und süße Junge aus der Schülerband. Aber dass die beiden jetzt zusammen waren …nein, das war wohl an ihm vorbeigegangen.

Er schaltete den Fernseher ein. Die Kölner Tatort-Kommissare sprachen gerade mit einer weinenden Frau, deren Tochter anscheinend ermordet wurde. Er konnte ihre Worte kaum verstehen, weil die Mutter völlig hysterisch schrie und die Kommissare vergeblich versuchten sie zu beruhigen, bis schließlich eine vierte Person im Raum erschien. Rothenburg sah sich die Szene ein paar Sekunden an, schaltete dann den Fernseher aus und machte sich auf den Weg zu Marie Zeulweggen. Lars Wilkens öffnete die Tür.

„Sie?" Er runzelte die Stirn. „Marie ist nicht gut auf Sie zu sprechen."

„Ich weiß", sagte Rothenburg gespielt betreten. „Ich möchte mich entschuldigen und ihr eine wichtige Mitteilung machen."

Wilkens hob die Augenbrauen. „So? Eine gute oder eine schlechte?"

Rothenburg zuckte mit den Schultern und drängte sich sanft an Wilkens vorbei in die Wohnung. „Weder noch, möchte ich mal sagen. Es ist halt eine Nachricht, die sie sehr interessieren wird."

Auch Marie sah sich den Tatort an, machte aber keinerlei Anstalten, das Gerät auszuschalten, als Rothenburg eintrat.

„Sonntagabend – Tatortzeit, was?", versuchte er, das Gespräch locker zu beginnen. Aber Marie begrüßte ihn nicht einmal.

„Hören Sie, es tut mir leid, wenn ich Ihnen beim letzten Mal wehgetan habe. Aber es ist so, wie ich gesagt habe: Wir müssen einen vierfachen Mörder finden und wirklich jeder Spur nachgehen."

„Vierfach? Wer ist denn noch tot?" Wilkens drückte den Ausschaltknopf der Fernbedienung. „Waren es bis jetzt nicht drei Tote?"

Rothenburg setzte sich ohne Aufforderung Marie Zeulweggen gegenüber. Wilkens stand an der Balkontür und hatte die Arme vor der Brust verschränkt.

„Richtig. Aber Hans-Jörg Calma ist auch ermordet worden. Sie wissen, wer das ist?"

Wilkens schüttelte den Kopf. Zeulweggen rührte sich nicht, kein Zucken oder Blinzeln verriet, ob sie etwas wusste oder nicht. Rothenburg blickte sie prüfend an.

„Herr Calma war ebenfalls einer aus der Koksrunde von Rolf Trenschel."

„Ich weiß", flüsterte sie.

Rothenburg holte tief Luft und sah ihr fest in die Augen. „Rolf Trenschel ist ebenfalls tot."

Langsam hob sie den Kopf. Rothenburg erschrak, wie traurig ihr Gesicht aussah. Sie hat eigentlich schon resigniert, dachte er und fühlte zum ersten Mal so etwas wie Angst um ihr Leben.

„Ist das wahr?", fragte sie leise.

„Ja. Er ist gestern Nachmittag im Gefängnis nach einem Streit unter Häftlingen gestorben. Calma hatte ihn zuvor vergiften lassen."

Für ein paar Sekunden war es totenstill im Wohnzimmer, Rothenburg kam es wie eine Ewigkeit vor. Wilkens setzte sich neben seine Freundin und umklammerte fest ihre Hand. „Vergiften?", fragte er ungläubig. „Im Knast? Kein Zweifel?"

„Nein. Calma hat einem Pokerspieler eine Überdosis Paracetamol gegeben, die dieser Trenschel ins Mineralwasser gekippt hat. Dann gab es eine Prügelei, bei der Trenschel offenbar ein paar Tritte in die Leber bekommen hat."

„Tot." Zeulweggen starrte Rothenburg an. „Und jetzt?"

Er zuckte mit den Schultern. „Vielleicht nimmt der Täter jetzt irgendwie mit Ihnen Kontakt auf, weil er sein Ziel erreicht hat. Vorausgesetzt, es ging ihm wirklich darum, den Tod Ihrer Tochter zu rächen. Wenn er kommt, wäre es schön, wenn Sie uns informieren würden. Wir brauchen Ihre Hilfe."

Sie nickte stumm.

Rothenburg erhob sich und gab ihr die Hand. „Ich wünsche Ihnen eine bessere Zeit."

Bevor er den Raum verließ, drehte er sich noch einmal kurz um und schaute ihr in die Augen.

„Übrigens, die Beerdigung ist am Mittwoch um 14 Uhr, Friedhof Mauritz-Lindenweg."

Als er die Wohnungstür von außen zuzog, hörte er ihren entsetzlichen Schrei. Ein Schrei, der die vergangenen Monate der Wut und Verzweiflung vertreiben und ihr das Tor für eine lebenswerte Zukunft öffnen würde.

So hoffte er wenigstens.

23

Jan Vermeeren fühlte sich großartig. Zwei volle Tage hatte er durchgearbeitet in seinem Bremer Computerladen und so sein Wochensoll schon fast erfüllt. Viel war nie zu tun, so dass er regelmäßig Zeit fand, sich in Fachzeitschriften über die neusten Entwicklungen auf dem Laufenden zu halten. Es gab einige interessante neue Geräte und Programme, die er demnächst mal testen würde. Zum Beispiel die Software *Intelemobile 3.1.*, mit dem man abgehörte Telefongespräche in Echtzeit aufs Handy spielen konnte. Keine schlechte Sache, wenn er sich Maries Stimme auch auf dem Handy anhören könnte. Jetzt, nach Trenschels Tod, würde bestimmt ihr neues Leben beginnen, und ihre Stimme würde nicht mehr so verbittert klingen. Vielleicht nicht sofort, aber spätestens, wenn sie erfahren würde, wer hinter dieser ganzen Sache steckte, würde sie endlich begreifen, wie sehr er sie liebte. Ach was, liebte. Vergötterte! Und welche Frau könnte dann noch *Nein* sagen.

Marie bestimmt nicht.

Außerdem hatte Halbeck gemailt, dass seine Ohrprothese fertig sei und er jederzeit vorbeikommen könnte, damit die Halterungen fixiert werden könnten. Er schlage den Mittwochmorgen vor, sonst wäre die Woche komplett dicht mit Diensten.

Vermeeren sah auf den Kalender. Heute war Dienstag, das heißt, er müsste sich morgen früh wieder auf den Weg nach Münster machen. Er wäre sowieso gefahren, aber einmal richtig ausschlafen wäre auch nicht schlecht gewesen.

Morgen um 14 Uhr würde er sie endlich wieder leibhaftig sehen. Sie würde nicht am Grab stehen, ganz sicher nicht, aber irgendwo in der Nähe würde sie sich aufhalten, um zu sehen, wie der Grund ihrer langen Trauer für immer in der Versenkung verschwand. Und er hatte dafür gesorgt, dass ihr sehnlichster Wunsch erfüllt wurde.

Das Gespräch zwischen Marie und dem Bullen am Sonntagabend war sehr aufschlussreich gewesen. Calma hatte es also wirklich fertig gebracht und Trenschel vergiftet. Das hätte er ihm nie zugetraut. Wenn er ehrlich war, hatte er die Version mit der Prügelei nie richtig geglaubt. Es wäre doch schon ein verdammt großer Zufall gewesen, wenn ausgerechnet an dem Tag, an dem Calma Trenschel umbringen will, ein Mithäftling ihn zu Tode tritt. Klar, dass Polizei und Knast sich schnell was überlegen mussten, um nicht wie die allergrößten Deppen dazustehen. Er war sehr gespannt, welche Folgen Trenschels Tod für die Bullen oder Knastleitung hatte. Irgendjemand wurde bestimmt geopfert.

Aber wer? Der Polizeipräsident bestimmt nicht, der klebte an seinem Amt wie Honig am Toast. Dann schon eher dieser Kommissar Rothenburg, der offensichtlich total unfähig war, einer Gefängnisleiterin klar zu machen, in welch höchster Gefahr ein Insasse schwebte.

Ach ja, und die konnte gleich mitgehen. Wer nicht dazu in der Lage war, einen Häftling im Knast vor einem Mörder zu schützen, hatte dort wohl nichts zu suchen. Er würde in den nächsten Tagen die Nachrichten genau studieren. Er tippte auf den Freitag, ein allgemein beliebter Rücktrittstag. Danach war schließlich Wochenende, und man hatte wenigstens zwei Tage, die die Wogen glätten, Emotionen ersticken und wieder etwas Sachlichkeit in die Sache bringen würden.

Als der Bulle gegangen war, waren sich Marie und dieser Wilkens in die Arme gefallen, und Marie hatte stundenlang nur geheult. So lange, dass er es schließlich nicht mehr ertragen konnte und die Verbindung zur Videokamera unterbrach. Aber ihm wurde klar, dass er auf dem richtigen Weg war, dass er den richtigen Plan gehabt hatte, dass er Marie richtig eingeschätzt hatte. Allein deswegen schon gehörte sie doch nur ihm.

Und nicht Lars Wilkens!

Wilkens stand noch zwischen ihnen, und er überlegte, ob er sich die Zeit nehmen sollte, einen entsprechen Plan zu fassen. Er wollte nichts überstürzen, aber er ging gern auf Nummer sicher. Was, wenn Marie es jetzt sehr schnell besser ging und sie sich dazu entschloss, mit Wilkens ein Kind zu bekommen oder zu heiraten. Marie war eine dankbare Frau, das wusste er schon lange, und sie hatte es zuletzt bei diesem fiesen Hollmann wieder gezeigt. Es entspräche also durchaus ihrem Wesen, wenn sie bei Wilkens blieb, diesem Mann, der sich fast ein Jahr lang um sie bemüht hatte. Dass es pure Nächstenliebe war, konnte ihm keiner erzählen, vermutlich sah es auch Wilkens gar nicht so. Aber dass ein Mann so zurückstecken konnte in seinem Verlangen nach einer Frau, hatte ihn schon die ganzen Monate irritiert, und er wusste nie, ob er diesem Weichei nur Verachtung oder auch ein Stück Respekt entgegenbringen sollte. Zum Schluss hatte immer die Verachtung gesiegt.

Zufrieden schaltete Vermeeren den Computer aus. Die Meldung von dem vergifteten Häftling in Hagen hatte ein riesiges Medienecho ausgelöst. Selbst überregionale Zeitungen und Onlineportale berichteten ausführlich über die größte Justizpanne in Deutschland seit Jahren, ehrgeizige Kommentatoren forderten eine lückenlose Aufklärung und entsprechende Konsequenzen bis hin zum Rücktritt der Justizministerin. Aber noch war nichts dergleichen passiert, genau wie er erwartet hatte.

Die ersten Justizexperten und Parteikollegen der Ministerin waren bereits in den Talkshows aufgetaucht und hatten sich die Mäuler zerrissen über die Sicherheit in deutschen Gefängnissen. Eine Sendung hieß gar: *Mord im Knast – Sind unsere Vollzugsbeamten blind?* Vor ein paar Jahren hatten völlig verkorkste Kreaturen in Siegburg einen Mithäftling stundenlang gequält und anschließend in den Selbstmord getrieben, obwohl das Opfer zwischendurch die Sprechtaste gedrückt hatte. Doch die Aufseher ließen sich durch ein *„war ein Versehen"* leicht wieder wegschicken. Und jetzt ein fast angekündigter Mord im Knast. Die Talkshowgäste faselten von Freiheit auch im Knast, Privatsphäre, Grenzen der Überwachung, aber auch von Schlamperei, Verantwortungslosigkeit und Ferienknast. Gelernt hatte Vermeeren dabei nichts, und zur besseren Meinungsbildung trugen die Sendungen auch nicht bei, aber das war wohl auch nicht die Aufgabe einer Talkshow.

Sein Wecker zeigte mittlerweile 22 Uhr an. Wenn er morgen einigermaßen ausgeruht nach Münster fahren wollte, sollte er sich langsam schlafen legen, immerhin brauchte er mindestens drei Stunden für die Fahrt, wenn es keinen Stau gab. Er ging in sein vorderes Zimmer und durchsuchte seine Umzugskartons nach passender Kleidung für die Beerdigung. Einen schwarzen Anzug hatte er natürlich nicht, aber irgendwas Dunkles war bestimmt dabei, eine braune Cordhose vielleicht. Wenn nicht, würde er sich noch was leihen müssen. Er ging die Mitglieder der Baugemeinschaft durch und überlegte, wer in etwa seine schlaksige Figur hatte. Die meisten Männer waren eher klein und kräftig, bis auf Rupert und Joachim, der Jazzmusiker. Was spielte der noch mal für ein Instrument? Ach ja, Kontrabass. Wenn der keinen dunklen Anzug hatte, dann keiner.

Er schloss sein Zimmer sorgfältig ab und ging die Treppe hinunter. Aus der Küche hörte er Lachen und Fluchen. Richtig, wie jeden ersten Dienstag im Monat hatte Joachim zum Spieleabend geladen. Er selbst war noch nie dort gewesen, er konnte sich nichts Lächerlicheres vorstellen, als mit anderen Leuten am Tisch zu sitzen und mit kleinen Spielfiguren eine Zivilisation aufzubauen. Und das ohne einen einzigen Krieg, ohne Naturkatastrophen und Krankheitsepidemien. Wie gesagt, absolut lächerlich. Das war etwas für Sozialpädagogen in Pumphosen, aber nichts für Jan Vermeeren.

Joachim saß mit vier anderen Leuten, die er nicht kannte, am Tisch und hatte offenbar schon ordentlich getankt. Er brauchte deshalb geschlagene zehn Minuten, um sich daran zu erinnern, wo er seinen schwarzen Anzug hatte, den er vor einem Jahr bei eBay für fünf Euro ersteigert hatte.

„Kannsehamaberpassdraufauf", lallte er und kaufte zum Vergnügen seiner Mitspieler für 10 000 Taler einen Sack Reis.

Vermeeren murmelte ein *Danke,* holte den Anzug aus Joachims Zimmer und packte noch ein weißes Hemd dazu, weil er selbst auch keines besaß. Er hatte keine Lust, den Anzug noch anzuprobieren, sondern hielt Hose, Hemd und Jackett einfach vor sich. Musste passen.

Er packte den Anzug und ein paar andere Sachen in eine Reisetasche, überprüfte den Verband und warf sich noch eine Ibuprofen ein. Den Wecker stellte er auf sechs Uhr. Nach zwei Seiten in der *c't* schmiss er die Zeitschrift in die Ecke und schlief augenblicklich ein.

Gegen neun Uhr am anderen Morgen kam er mit seinem gemieteten weißen Opel Corsa in Münster an. Vermeeren fühlte sich stark und ausgeruht. Er hatte ohne Unterbrechung geschlafen und er musste zugeben, dass Joachims Anzug ihm ganz passabel stand. In Hambergen hatte er sich noch eine Haarbürste gekauft und auf einer Autobahnraststätte versucht, etwas Ordnung in den Filz zu bekommen. Aber wahrscheinlich hatte Heidrun recht gehabt, als sie lästerte, bei seinen Haaren helfe nur noch der Rasenmäher.

Die Bürste hatte nicht wirklich etwas gebracht, noch vor Bremen hatte er sie wieder aus dem Fenster geschmissen. Sie hatte lediglich seine schwarze Mähne soweit in Form gebracht, dass er sich um die

Abdeckung seiner Verletzung keine Sorgen mehr machen musste. Also warf er die verhasste Ballonmütze gleich hinterher.

Er stellte seinen Corsa im Parkhaus am Hauptbahnhof ab, ging auf die Kundentoilette und zog sich seinen selbst modellierten Gipsfuß über den linken Schuh. Ein wahres Meisterwerk, das er da geschaffen hatte. Winzig kleine Scharniere ermöglichten ein bequemes Aufklappen des Gipses, ein paar fette weiße Leukoplaststreifen hielten die beiden Hälften zusammen. Er hatte sogar daran gedacht, ein paar Unterschriften auf den Gips zu schmieren. Der Einfachheit halber hatte er die Namen seiner Baugemeinschaft genommen. Aber es würde sowieso keiner lesen, da war er sich sicher.

Er holte noch seinen Teleskop-Krückstock aus der Tasche und machte sich auf den Weg zum Friedhof. Unauffällig hielt er Ausschau nach Polizisten, aber auf den ersten Blick fielen ihm keine allzu harmlos wirkenden Passanten auf. Um diese Uhrzeit rechneten sie wahrscheinlich auch noch nicht mit ihm. Nach einer guten halben Stunde erreichte er den Friedhof. Noch einmal sah er sich um. Auf den großen Straßen war noch normal hektischer Berufsverkehr, aber der Mauritz-Lindenweg war ruhig. Ein älteres Rentnerpaar ging gerade durch die Friedhofspforte, ein paar Jugendliche mit Kopfhörern und trendigen Umhängetaschen sausten mit ihren Rädern zur Schule. Harmlos, dachte er. Ganz wie er erwartet hatte.

Der Friedhof am Mauritz-Lindenweg war ein lauschiges Plätzchen im Osten Münsters unweit des Dortmund-Ems-Kanals, eingerahmt von zwei Fußballplätzen, einem Seniorenheim plus Kindertagesstätte, der Oberfinanzdirektion Münster und einem Krankenhaus. In der Vergangenheit hatte es oft Proteste von Friedhofsbesuchern wegen Lärmbelästigung gegeben, nicht so sehr gegen die Finanzbeamten, Kranken oder Senioren, aber sowohl die Kita-Betreiber als auch die Hobbyfußballer hatten sich vor Gericht zur Wehr setzen müssen. Mit Erfolg übrigens.

Vermeeren humpelte durch die Pforte und sah nach etwa 100 Metern die Leichenhalle vor sich. Er bog jedoch vorher nach rechts ab und ging zu einem großen freien Gräberfeld. Es war auf der einen Seite durch eine Baumreihe, auf der anderen durch einen breiten Kiesweg begrenzt. Er wählte den Weg an der Baumreihe, suchte sich einen etwa 30 Meter entfernt liegenden Grabstein aus, der direkt unter einem tief hängenden Ast stand, und humpelte gezielt dorthin.

Das Grab war vollkommen verwahrlost, frische Blumen fehlten ebenso wie eine Kerze. Der Minibuchsbaum hatte mehr braune als grüne Blätter und wäre auf dem Komposthaufen besser aufgehoben gewesen. Die Erde war trotz des letzten Regens rissig und hatte an einigen Stellen schon Moos angesetzt.

Josef Erlenkötter, konnte Vermeeren auf dem verwitterten Grabstein so gerade noch entziffern, *1888 bis 1946.* So ein armer kleiner Pechvogel, grinste er schäbig. Überlebt knapp den Krieg und krepiert ein Jahr später.

Vorsichtig drehte er sich um und ging zurück zur Leichenhalle, als er sicher war, dass die Luft rein war. Die Tür stand offen. Er tauchte seine Hände etwas zu tief in das Weihwasserbecken und machte ein rasches und oberflächliches Kreuzzeichen. Dann sah er sich um.

Es war eine kleine Leichenhalle. Vorne stand auf einer kleinen Erhebung ein schlichter Holzsarg auf einem rollbaren Untersatz, geschmückt mit einem Kranz und einer Schleife. Links und rechts waren jeweils drei Reihen Bänke. Leere Bänke. Außer einem Mann, der ganz links in der zweiten Reihe saß, war die Halle leer. Vermeeren ging nach vorne zum Sarg und las das kleine Schild: *Rolf Trenschel 1975 – 2010.* Widerwillig musste er schlucken.

Jetzt stand er also direkt vor ihm. Vor dem Mann, dessen Tod ihm den Weg zu einem wunderbaren Leben eröffnen würde. Vermeeren bekam eine Gänsehaut, ein wohliger Schauer durchfuhr seinen Körper, die verletzte Stelle am Ohr begann zu pochen. Jetzt trennte ihn nur noch eine Handbreit vom Ziel seiner Träume.

Danke, Rolf Trenschel. Mach's gut.

Er nickte dem Sarg kurz zu und setzte sich schräg hinter den Mann.

„Was ist los?", zischte er.

„Das mit dem Ohr wird heute nichts", flüsterte Halbeck. „Ich muss einspringen für einen Kollegen. Sorry, aber da kann ich gar nichts machen."

Vermeeren fluchte, leise, schließlich wusste sogar er, dass man sich in einer Leichenhalle benehmen sollte.

„Hast du wenigstens die Tabletten dabei?"

Halbeck nickte und reichte ihm eine Packung über die Schulter, ohne nach hinten zu sehen. „Bitte nur eine einzige, sonst geht's schief."

„Wie bei Calma, was?", höhnte er.

„Ich habe Ihnen drei Mal gesagt, Sie dürfen höchstens ein Drittel spritzen."

„Hab ich nicht gehört. War wohl die falsche Seite."

Halbeck seufzte. „Passen Sie bitte auf. Jeder weitere Tote ist total unnötig. Sie haben doch jetzt alles, was Sie wollten. Nur eine Tablette. Das reicht für ein paar Stunden tiefsten Schlaf, garantiert. Haben Sie mich jetzt gehört?"

„Ja, verdammt. Und halten Sie endlich die Klappe. Ich melde mich in ein paar Tagen wegen der Prothese."

Er knuffte Halbeck in den Rücken, seine hilflose Art, ein kleines Danke loszuwerden. Am Ausgang verzichtete er diesmal auf das Weihwasser und spähte vorsichtig nach draußen. Eine junge Frau ganz in Schwarz spazierte durch die Gräberreihen, die Augen hinter einer großen Sonnenbrille verdeckt. Langsam ging sie an der Leichenhalle vorbei und wandte sich wie er dem Ausgang zu. Nach ein paar Augenblicken war sie verschwunden.

Er humpelte zur Pforte und betrat in dem Augenblick den Bürgersteig, als ein Auto von rechts die Straße heranfuhr und schräg vor ihm auf der anderen Straßenseite anhielt.

Intuitiv hinkte er noch ein paar Meter nach rechts und tat so, als ob er sich den Busfahrplan ansehen wollte. Seine freie Hand glitt in die Innentasche seines Jacketts und fühlte das Messer. Es fühlte sich kalt an. Kalt und scharf.

Zwei ältere Männer stiegen aus. Sie musterten ihn kurz, warfen sich dann einen Blick zu, schüttelten den Kopf und gingen langsam über die Straße auf ihn zu.

„Können wir Ihnen helfen?", fragte einer der Männer freundlich, ein Mann mit Seemannsbart und tiefen Furchen im Gesicht.

Cool bleiben, dachte Vermeeren, sonst ist alles aus.

„Nein, danke. Ich schaue nur nach meinem Bus."

„Ah, Sie sind Holländer?" Der Seemann nickte wohlwollend. „Ich fahre jeden Sommer nach Schiermonnikoog, schon seit 30 Jahren. Kennen Sie die Insel?"

Vermeeren nahm alle Kraft zusammen, um gute Miene zum bitteren Smalltalk zu machen. Es stand zu viel auf dem Spiel.

„Natürlich", lachte er so natürlich, wie er nur konnte. „Die Insel ist bei uns so beliebt wie Amrum bei Euch. Viel gute Luft und viel gute Milch."

Der Seemann nickte begeistert.

„Haben Sie denn ein bestimmtes Ziel?", fragte der Mann ohne Bart, ein kleingewachsener Kerl mit ansehnlichem Bauch und einer Stimme wie Ernie aus der Sesamstraße. „Wo möchten Sie denn hin? Vielleicht können wir Sie mitnehmen."

Vermeeren bemerkte, dass der Bartlose unentwegt auf seinen Gipsfuß starrte, und überlegte, ob diese Rentner ihm gefährlich werden könnten. Für Polizisten waren sie definitiv zu alt, aber er konnte sich einfach nicht vorstellen, dass normale Deutsche aus heiterem Himmel auf der Straße anhalten und einem Gipsfuß Hilfe anbieten würden. Holländer übrigens auch nicht. Er entschied, dass es für ihn das Beste und Sicherste sei, wenn er diesen Seemann und Ernie als Polizisten betrachtete. Vielleicht waren sie ja tatsächlich mal welche gewesen.

„Einfach in die Stadt."

Ernie stand jetzt direkt neben Vermeeren und studierte den Fahrplan. „Sie haben Glück. In drei Minuten kommt ein Bus, der direkt zum Bahnhof fährt."

Diese Schwachsinnsidioten, dachte Vermeeren. Glaubten die etwa, dass er keinen Fahrplan lesen konnte?

„Ja, ich weiß. Haben Sie vielen Dank für Ihre Mühe. Ich komme jetzt alleine klar."

„Na denn, einen schönen Tag noch", wünschte ihm der Seemann und ging mit seinem Kollegen Richtung Friedhofspforte. Vermeeren wartete noch, bis sie auf dem Gelände verschwunden waren, dann setzte er sich auf die schmale Bank an der Haltestelle und atmete ganz tief und langsam aus.

Falls das eben wirklich ehemalige Bullen gewesen waren und die Polizei ihn irgendwann kriegen sollte, wären diese zwei Versager ihres Lebens nicht mehr froh. Da war er ganz sicher.

Er nahm den Bus zum Bahnhof und ging an der Ostseite in die Spielothek, die ihm schon öfter gute Dienste erwiesen hatte. Die griesgrämige Frau guckte noch mürrischer als letztes Mal, erkannte ihn zum Glück nicht und wies ihm denselben Rechner zu. Doch bevor er loslegte, musste er zunächst diesen blöden Gips loswerden. Er ging auf die Toilette, klappte den Gips auf und zerbrach ihn in zig Einzelteile, die er in eine Plastiktüte steckte. Irgendwo draußen am Bahnhof würde er sie entsorgen.

Er loggte sich in seine Überwachungsprogramme ein, lehnte sich entspannt mit seiner Cola zurück und setzte einen Kopfhörer auf.

Marie und dieses Weichei Wilkens saßen noch in der Küche beim Frühstück.

„Wie fühlst du dich heute?", hörte er Wilkens fragen. Vermeeren schloss die Augen und ballte die Fäuste. Unglaublich, was dieser Typ so von sich gab.

„Anders", sagte Marie, „ganz anders. Irgendwie ... neu. Wenn das heute Nachmittag vorbei ist, dann ..." Sie nickte, mehr sich selbst zu als Wilkens.

Auf Wilkens Gesicht glaubte er ein leichtes Lächeln zu erkennen. „Du glaubst, dass du es bald schaffen kannst?"

Was schaffen kannst?

„Was meinst du? Sprichst du von uns beiden?"

„Ja, Marie."

Ja, Marie, äffte er nach.

Marie setzte sich auf Wilkens Schoß, legte ihren Arm um ihn und flüsterte ihm etwas ins Ohr.

„Scheiße", fluchte Vermeeren, „was soll das denn jetzt?"

Er hatte keine große Mühe, von Wilkens Gesicht abzulesen, was sie ihm zugeflüstert haben könnte. Auf jeden Fall etwas, was ihm überhaupt nicht in den Kram passte. Wilkens grinste nämlich über beide Ohren und drückte sie fest an sich.

Er runzelte die Stirn. Hatte dieser Mann etwa ernsthaft vor, ihn um den Lohn seiner Arbeit zu bringen? Er rackerte sich ab, setzte sein ganzes Leben ein, und alles nur dafür, dass dieser Mensch die Ernte einfuhr?

Er musste wieder handeln, und zwar schnell. Er trank den Rest der Cola auf ex, sein Gehirn brauchte jetzt Zucker und Koffein. Auf dem Monitor sah er, wie Wilkens sich eine Jacke überzog.

„Ich hol dich um halb zwei ab", sagte er noch.

Vermeeren lächelte.

Das glaubst auch nur du, dachte er grimmig.

24

Kommissar Nikolaus Rothenburg fragte sich an diesem Vormittag nicht zum ersten Mal, wie lange er noch als Kommissar unter einem derartig bornierten Präsidenten arbeiten konnte.

Er hatte in einer mehrstündigen Besprechung alle verfügbaren Polizisten gebeten, ab mittags auf dem Friedhofsgelände nach einer verdächtigen männlichen Person Ausschau zu halten, wobei er natürlich niemandem sagen konnte, wie dieser Verdächtige ungefähr aussah, außer, dass er höchstwahrscheinlich nur noch ein Ohr hatte. Alle Polizisten waren selbstverständlich in Zivil, durften sich allerhöchstens eine halbe Stunde auf dem Friedhof aufhalten und sollten gefälligst nicht immer vor demselben Grab innehalten und so tun, als ob sie der Toten gedachten. Rothenburg hatte sogar pensionierte Polizisten aktivieren können, die mit ihren Ehefrauen, Kindern oder Freunden wirklich authentische Friedhofsbesucher abgeben sollten. Auch Klaus Gromzki war da und freute sich wie ein kleines Kind, aus seinem elenden Loch herauszukommen.

Die Frage war nur, ob *er* kam.

Die Frage war wirklich, ob er, der vier Menschen getötet und den Mord an einem fünften in Auftrag gegeben hatte, sich wirklich dem Risiko aussetzen würde, an den Ort seines Triumphes zu kommen, wohl wissend, dass es hier von Bullen nur so wimmeln würde.

Natürlich kommt er nicht, hatte Kollau geschnauzt. So blöd sei schließlich keiner. Und wenn Rothenburg jetzt meine, mit diesem Massenspektakel seinen Fehler wieder gutmachen zu wollen, dann solle er doch zusehen, woher er die Leute nähme. Deswegen würde nicht ein einziger Dienstplan geändert werden.

Arschgeige, dachte Rothenburg.

Gemeinsam mit den Kollegen Jochimsen und Rikers von der Sitte hatte er alle verfügbaren Beamten auf freiwilliger Basis zusammengetrommelt. Auch Siri Vucic hatte eifrig für Rothenburgs Plan geworben und immerhin 25 Schutzpolizisten außer der Reihe präsentiert. Nur der Präsident spielte wieder einmal nicht mit.

Rothenburg war ganz sicher, dass *er* kommen würde. Aber ebenso sehr befürchtete er, dass sie ihn nicht erkennen und fassen würden. Kollau hatte strikt verboten, auf dem Friedhof Männer anzuhalten, geschweige denn ihre Ohren zu kontrollieren. Es blieb ihnen also gar nichts anderes übrig, als den potenziell Verdächtigen bis weit außerhalb der Friedhofsmauern zu folgen und dann zu kontrollieren. Wenn das der Gesuchte einmal sehen würde, wäre die Sache schon gelaufen.

Gegen 13 Uhr kam die Sonne heraus, zum ersten Mal seit ein paar Tagen wieder. Der Friedhof war zu dieser Zeit schwach besucht, die Rushhour kam gewöhnlich erst in den späten Nachmittags- und frühen Abendstunden. Rothenburg nutzte die Zeit bis zur Bestattung für einen Spaziergang mit Irene Franta und Andreas Briesch am Kanal.

„Glaubt ihr auch nicht, dass er kommt?", fragte er.

„Er wird kommen", antwortete Franta nachdenklich, „aber wir werden ihn nicht schnappen. Er kann sich sonst wie verkleiden … als Frau vielleicht oder als Rollstuhlfahrer. Oder er versteckt sich einfach gut."

„Wenn ich er wäre", sagte Briesch, „würde ich mich erstmal ganz weit oben in einem öffentlichen Gebäude in der Nähe aufhalten, um zu checken, wo die ganzen Bullen sind. Wer weiß, wenn er eine gute Sicht auf den Friedhof und eine gute Ausrüstung hat, muss er gar nicht aufs Gelände." Er kickte einen kleinen Kieselstein in den Kanal. „Ich würde es auf jeden Fall so machen."

Rothenburg legte ihm eine Hand auf die Schulter. „Ich auch. Und darum ist die Oberfinanzdirektion seit heute Morgen abgeriegelt. Ein anderes passendes Gebäude gibt es hier nicht."

„Na also", maulte Briesch, „dann wäre das ja auch geklärt. Aber das hättet ihr mir schon sagen können, oder?"

„Da warst du auf dem Klo."

„Wir müssen uns zunächst fragen, was er eigentlich will, und wie er es erreichen will", sagte Franta.

Rothenburg seufzte. „Das ist das Problem, das frage ich mich seit Tagen schon. Wir können es nur vermuten. Wie gesagt, ich glaube, er will den Tod Rona Zeulweggens sühnen. Die nächste logische Frage wäre, warum. Was bringt ihm das? Welchen Nutzen könnte er davon haben?"

„Eine Versicherung? Geld?", schlug Briesch vor.

„Es gab keine Versicherung, das stand in den Prozessakten."

„Marie Zeulweggen!", sagte Franta. „Unser Ohrenmann lässt den Mörder ihrer Tochter umbringen, also Trenschel, den sie als Mörder bezeichnet hat. Vielleicht will er so bei ihr punkten."

„Also ein heimlicher Verehrer", sagte Briesch und nickte bedächtig. „Ich verstehe. Er gibt den großen Helden, indem er Zeulweggens Albtraum aus dem Wege räumt. Ganz schöner Einsatz, finde ich."

„Kennt sie ihn?", fragte Rothenburg.

Franta schüttelte den Kopf. „Wahrscheinlich nicht. Er wird sie im Gericht gesehen haben, vielleicht, und hat sich dann in diese Wahnsinnsidee verrannt, sich ihr auf diese merkwürdige Art zu nähern. Möglicherweise haben sie sich auch später einmal getroffen, und er hat erfahren, wie es um sie steht."

Briesch blieb abrupt stehen. „Moment mal, bitte. Wenn Frau Zeulweggen das eigentliche Ziel des Täters ist, also ich meine jetzt nicht als Opfer, sondern als … äh …"

„Begierde?", fragte Franta lächelnd.

Briesch wurde rot. „Ja, genau, so könnte man es ausdrücken. Also, wenn dem so ist, und es stimmt auch, was du vorhin gesagt hast, also dass sie sich erst im Gericht oder später getroffen haben, dann, bitte schön, gibt es doch einen Verdächtigen, so wie ich das sehe."

„Und wen?" Franta runzelte die Stirn. „Mir fällt keiner ein."

„Na, Lars Wilkens. Natürlich hat er die Opfer nicht selbst umgebracht, er hat ja noch beide Ohren und vermutlich hat er auch für alle Taten ein Alibi. Aber wenn einer einen wirklichen Nutzen aus dem Tod Trenschels zieht, dann ist es doch wohl Wilkens. Jetzt stehen die Chancen für ihn doch so gut wie nie zuvor, dass Zeulweggen sich endgültig zu ihm bekennt. Trenschel war die ewige Mauer, die zwischen ihnen stand, ohne dass er das ahnte. Jetzt, wo er tot ist, ist die Mauer gefallen, und Wilkens kann endlich das vollenden, was er sich über ein Jahr lang aufgebaut hat."

Rothenburg schwieg lange. Dann nickte er. „Womöglich hast du recht. Und ich habe mich getäuscht. Ich möchte es nicht glauben, aber vielleicht ist es tatsächlich so."

Er machte kehrt und winkte den beiden, ihm zu folgen.

„Kommt! Es ist Zeit."

Die Leichenhalle war bis auf den letzten Platz gefüllt, was zwar nicht schwer war angesichts der sechs Bankreihen, Rothenburg aber dennoch erstaunte. Seines Wissens hatte Trenschel keinen Kontakt mehr zu seiner Familie gehabt und von seinen Koksfreunden waren vier tot. In der dritten Bank links sah er die große Gestalt von Dr. Karoline Huntler. Eine mutige Frau, sich mitten im Skandal in die Öffentlichkeit zu begeben und das Opfer ihrer angeblichen Nachlässigkeit zu betrauern. Sie nickte ihm kurz zu und zeigte mit ihrer Hand auf die vor und neben ihr sitzenden Männer, eigentlich auf die ganze linke Seite. Sie hatte also tatsächlich Hagener Häftlinge mitgebracht.

Großartig, dachte Rothenburg, und stellte sie sich als neue Polizeipräsidentin vor.

Er ließ Andreas Briesch in der Halle und ging mit Irene Franta wieder nach draußen. Sie hakte sich wie verabredet unter und spazierte mit ihm langsam durch die Reihen der Gräber. Er war zufrieden mit seinen Leuten: Nur vereinzelt sah er Menschen, die vor einem Grab standen oder sich daran zu schaffen machten. Es waren nicht übertrieben viele, und seiner Meinung nach fielen sie nicht als Polizisten auf. Die größte Traube von Menschen stand jenseits der Friedhofspforte auf dem Bürgersteig: Mindestens zehn Fotografen und ebenso viele Reporter zählte er. Lütjens war wie erwartet nicht dabei.

Sie setzten sich auf eine Bank unter einer großen Kastanie und blinzelten in die Sonne. Die Stille tat ihm gut, er hörte nur das fröhliche Gezwitscher der Vögel und die schweren Schritte der Rentner-Polizisten, wenn sie hinter ihm den Kiesweg entlangkamen. Dann bemerkte er den Mann, der von der anderen Seite des Friedhofs kam und mit schnellen Schritten Richtung Leichenhalle ging. Noch war die Entfernung zu groß, um ihn erkennen zu können. Er sah nur, dass er ganz in Schwarz gekleidet war, aber das waren die Besucher ja heute alle. Einen Hut oder Mütze hatte er nicht auf.

Rothenburg stieß Franta an und wies mit dem Kopf unauffällig in die Richtung des Mannes, der sich jetzt vor der Leichenhalle kurz umschaute und dann darin verschwand.

„Los, komm."

Sie verließen die Bank und gingen rasch zur Leichenhalle. Von drinnen hörten sie bereits Orgelmusik, die Beerdigung musste bald anfangen. Dann ging die Tür auf und Andreas Briesch trat mit besorgtem Gesicht heraus, dicht gefolgt von dem Mann, den sie eben noch beobachtet hatten.

Rothenburg verzog den Mund. Was zum Teufel sollte das Theater?

„Was ist los, Herr Wilkens?", fragte er mürrischer, als er eigentlich wollte.

„Ich weiß es nicht", keuchte Wilkens. Offenbar war er den ganzen Weg vom Geistviertel bis zum Friedhof gejoggt. „Marie ist verschwunden."

Ja verdammt, dachte Rothenburg. Er hat sich tatsächlich bewegt.

Die A1 war so voll wie immer, aber er kam dennoch gut voran. Bereits um 16 Uhr passierte er Bremen, eine halbe Stunde später rollte sein Opel Corsa von der A27 auf die Landstraße Richtung Lübberstedt. In einem Babyfachmarkt hatte er sich vor ein paar Tagen einen Spezialspiegel besorgt, mit dem er seine Mitfahrerin auf der Rückbank immer gut im Blick hatte. Aber es wäre nicht nötig gewesen. Marie Zeulweggen schlief seit Münster tief und fest.

Jan Vermeeren musste fast lachen, wenn er an die Situation in der Augustastraße dachte. Ein Stockwerk höher hatte er gewartet, bis sie nach unten ging, die Post zu holen, was sie wie immer gegen 13 Uhr tat. Als sie dann wieder in ihre Wohnung wollte, hatte er sie von hinten umklammert, sie gezwungen, die Tablette zu nehmen und ihr kurz ein mit Chloroform getränktes Tuch vor den Mund gehalten. Keine drei Minuten später trug er sie auf dem Arm wie eine frisch angetraute Braut aus der Wohnung, wo ihnen prompt der dicke Nachbar aus dem vierten Stock begegnete.

„Ach Gott, ist Frau Zeulweggen wieder mal krank?", hatte er besorgt gefragt.

Ihm kam die Frage gar nicht mal unpassend. „Ja, leider, sie muss für eine Zeit ins Krankenhaus. Das können Sie auch ihrem Freund bestellen, wenn Sie ihn sehen."

Der Dicke nickte ehrlich bekümmert. „Was diese Frau alles durchmacht, mein Gott. Wenn ich irgendwie helfen kann ..."

„Vielen Dank, wir kommen schon zurecht."

Als er sie ins Auto lud, sah er noch, wie sich in einem Fenster im vierten Stock etwas bewegte. Halt bloß deine Klappe, dachte er. Er dachte an Halbeck und seine Medizin und dass es bei einem dicken Menschen bestimmt nicht schwer sein dürfte, ihn gefahrlos ins

Jenseits zu befördern. Nun, er würde Maries Wohnung im Auge behalten und entscheiden, was nötig sein würde.

Weil es Mittwoch war, war das Kompaniegebäude leer. Die meisten Bewohner kamen erst am Freitagnachmittag, einige wenige wie Rupert schon am Donnerstagabend. Unter der Woche war er oft allein, was ihm sehr gut passte. Nur wenn dringende Bauarbeiten oder andere wichtige Termine anstanden, war hier auch in der Woche etwas los. Heute würde es ruhig bleiben, ein perfekter Start in das neue Leben. So könnte er Marie auch gefahrlos erst in sein Zimmer schaffen, bevor sie in ein paar Tagen ihr eigentliches Domizil beziehen würde.

Er nahm sie über die Schulter und ging die Treppe hoch in sein Zimmer. Ein schneller Blick zeigte ihm, dass diesmal keiner hier gewesen war. Rupert hatte bei ihrem letzten, frühmorgendlichen Gespräch offensichtlich verstanden, dass er es sehr ernst meinte. Vorsichtig legte er Marie aufs Sofa, zog sich einen Stuhl heran und betrachtete sie.

Er wusste nicht genau, ob er es sich einbildete, aber ihm kam es so vor, als wären ihre Züge tatsächlich etwas weicher als bei ihrer letzten Begegnung, als er ihr die Narkosespritze verpasst hatte. Sie sah weiß Gott nicht glücklich oder zufrieden aus, aber diese tiefe Trauer in ihrem Gesicht, die sich bereits für immer festgesetzt zu haben schien, hatte immerhin erste Auflösungserscheinungen. So schien es ihm wenigstens.

Irgendwo in seinem Zimmer musste doch noch eine Kiste Cola stehen, glaubte er sich zu erinnern. Er rückte die Umzugskartons von den Wänden, sah im Kleiderschrank nach und fand schließlich die Kiste versteckt hinter dem Bücherregal am Fenster. Mit einer Flasche ließ er sich wieder auf dem Stuhl nieder und legte die Füße neben Maries Hüfte aufs Sofa. Vorsichtig zogen seine Zehen ihre Bluse aus der schwarzen Stoffhose, die sie für den Friedhof gewählt hatte, und ließ den großen Zeh langsam Richtung Bauchnabel gleiten. Dann registrierte er eine kleine Bewegung an ihrem Kopf und zog den Fuß schnell zurück. Er stellte die Flasche auf den Boden, holte das Chloroformtuch und ein Glas Wasser und wartete, bis sie die Augen öffnete. Gott sei Dank hatte Halbeck diesmal Wort gehalten.

„Scheiße", murmelte sie, „wo bin ich?"

Er hatte sich vorher lange überlegt, was er auf diese erwartete Frage antworten sollte, aber etwas richtig Originelles war ihm nicht eingefallen. Er wollte sie ja auch nicht schon mit den ersten Worten verwirren oder überfordern. Langsam und freundlich an sich gewöhnen, so hatte er sich entschieden.

„Bei mir zu Hause."

Marie setzte sich langsam auf und sah ihn irritiert an. „Und wer sind Sie? Sie sind auch Niederländer."

„Du", verbesserte er freundlich. „Du kannst mich duzen. Wir kennen uns schon lange."

Marie musterte ihn misstrauisch und schüttelte den Kopf. „Nein, tut mir leid, ich glaube, ich kenne Sie nicht. Wo ist Lars? Wo bin ich hier?"

„In einer alten Kaserne, mitten im Wald. Ich wohne hier."

„Schön für Sie", sagte Marie matt, „aber ich nicht. Ich wohne in Münster und würde gerne dorthin zurück, wenn es geht."

„Es geht leider nicht, Marie Zeulweggen."

„Woher kennen Sie meinen Namen? Sagen Sie mir jetzt bitte sofort, wer Sie sind und was ich hier soll!"

„Das will ich gerne tun", sagte Vermeeren mit gespielter Güte. „Ich muss nur kurz überlegen, wo ich anfangen soll. Es ist alles schon so lange her, und es ist eine Menge passiert bei dir und mir."

„Bei mir ja. Bei Ihnen weiß ich es nicht, und es ist mir auch scheißegal", sagte sie scharf.

„Egal?", fragte er süffisant. „Ist es dir wirklich egal, dass Rolf Trenschel endlich tot ist?"

Sie stutzte einen Moment und dachte angestrengt nach. Was hatte der Kommissar neulich bloß zu ihr gesagt? Der Mörder würde sich vielleicht bei ihr melden, oder so ähnlich. Aber sie musste erst sichergehen. „Na und? Was hat das mit Ihnen zu tun?"

Genüsslich trank er seine Cola aus und lächelte sie zufrieden an. „Ich habe ihn getötet." Sein Puls stieg explosionsartig an. Jetzt würde sich bald entscheiden, ob sich die Mühe gelohnt hatte. Er hatte nicht die Illusion, dass sie sich ihm sofort vor lauter Dankbarkeit an den Hals werfen würde. Natürlich würde sie sich eine angemessene Zeit lang dagegen wehren, dass sie jetzt zu ihm gehörte. Aber dann, wenn die Wogen sich geglättet hatten …

Marie starrte ihn entgeistert an und fing dann aus vollem Halse an zu lachen. „Sie sind ja vollkommen verrückt. Trenschel ist doch im Knast gestorben. Was soll der Scheiß?"

„Richtig, er ist im Knast gestorben. Aber weißt du auch wie?"

„Vergiftet."

„Sehr gut. Und wer hat ihn vergiftet?"

Jetzt war sie sicher, dass sie wahrhaftig den Mörder vor sich hatte. Sie zuckte die Schultern. „Sie vermutlich."

„Sehr gut. Und warum habe ich das getan?"

„Keine Ahnung. Sagen Sie es mir."

Er nahm allen Mut zusammen und holte tief Luft. „Weil wir beide zusammengehören, Marie. Du und ich, wir beide."

Marie riss Mund und Augen auf. Sie wusste nicht, welche Antwort sie erwartet hatte, aber diese Offenbarung ganz bestimmt nicht. Sie blickte Vermeeren scharf an und versuchte mit aller Kraft, sein jugendhaftes Gesicht und ihre Vergangenheit irgendwie zusammenzubringen. Als sie einsah, dass es keinen Zweck hatte, schüttelte sie widerwillig den Kopf. „Ich kenne Sie nicht. Und ich gehöre bestimmt nicht zu Ihnen. Sie sind ja krank."

Er lächelte noch immer. „Warte es ab, Marie."

Marie wollte aufspringen, doch er drückte sie mit einer Hand zurück aufs Sofa und presste ihr mit der anderen das Chloroformtuch auf den Mund. Nach einigen Sekunden war sie wieder weggetreten.

Zwei Sekunden überlegte Vermeeren, wieder mit seinem großen Zeh auf Maries Bauchnabel zu wandern, dann besann er sich und holte die Ketten.

25

Rothenburg hatte eindeutig genug von diesem Tag und wollte nur noch nach Hause, Füße hochlegen und ein Bier trinken. Was allerdings noch zwischen ihm und dem Bier stand, war die angelaufene Suche nach Marie Zeulweggen und die Nachbesprechung des größten Polizeieinsatzes auf dem Friedhof Mauritz-Lindenweg seit dessen Einweihung. Allmählich trudelten die Berichte der angeheuerten aktiven und Polizisten a.D. per Telefon, Fax und E-Mail ein. Briesch hatte sich dazu bereit erklärt, eine gewisse Struktur und Systematik in die Meldungen zu bringen, soweit dies möglich und notwendig war.

„Schieß los", brummte Rothenburg, „was haben wir?"

Briesch räusperte sich und blickte ernst in die Runde. „Na ja, wir haben auf jeden Fall noch keine Verhaftung."

Himmel, dachte Rothenburg.

„Aber ..."

„Aber was?"

„Aber das war ja auch nicht zu erwarten, oder?"

Rothenburg seufzte.

„Ich habe unsere Leute einfach mal in Gruppen aufgeteilt, damit es schneller geht und keine Verwirrung durch Namen entsteht."

„Versteh ich nicht", grummelte Staatsanwalt Rabbel. „Was für Gruppen?"

Briesch wurde rot. „Ja, so ganz normal, Gruppe 1, 2, 3 und so weiter statt Hinz und Kunz, Krethi und Plethi, Maria und Josef ..."

„Ich glaube, wir haben jetzt verstanden", meinte Rothenburg.

„Äh, ja gut, also Gruppe 1 hat um 9:30 Uhr einen verdächtigen Rollstuhlfahrer auf dem Friedhof gesehen und ihn über die Straße Zum Guten Hirten bis zum Kanal verfolgt. Er hatte so eine Fliegermütze auf, die Kollegen konnten also nicht sehen, wie viele Ohren er noch hatte."

„Und?", fragte Franta amüsiert, „haben sie ihn gefragt?"

„Das war nicht mehr nötig, als sie bemerkten, dass er nur noch ein Bein hatte."

„Erste Sahne", sagte Rothenburg.

„Gegen 10:15 Uhr unterhielt sich Gruppe 9, zwei pensionierte Polizisten, kurz mit einem Mann mit Gipsfuß, der vor dem Friedhof auf einen Bus wartete. Er schien zuvor auf dem Friedhof gewesen zu sein, da sind sich die Kollegen a.D. allerdings nicht ganz sicher."

„Was war mit den Ohren?", fragte Rabbel.

„Tja, sie haben sich wohl nicht getraut, genauer hinzuschauen ... oder es vergessen. Aufgefallen ist ihnen jedenfalls nichts. Sie haben sich ein bisschen über Holland unterhalten, steht hier, und der Mann hat mitgeplaudert, alles ganz harmlos scheinbar."

Rothenburg hob die Augenbrauen. „Holland? Warum? Kam er aus Holland?"

„Keine Ahnung. Steht hier nicht."

„Krieg es raus, Andreas."

Rothenburg schüttelte verständnislos den Kopf. Gerne hätte er diesem Kollegen von Gruppe 9 auch ganz harmlos in den Hintern getreten, aber es nützte jetzt nichts mehr, sich darüber aufzuregen. Und vielleicht war es ja auch tatsächlich nichts.

„Um 12 Uhr kam ein Schwulenpärchen und hat sich bei Gruppe 5 darüber beschwert, dass auf dem Friedhof so viele Bullen rumlaufen würden."

So viel zur Tarnung, dachte Rothenburg.

„War bis halb zwei irgendjemand in der Leichenhalle?"

„Ja, Peter Halbeck war drin. Gruppe 1 hat ihn gesehen, als er reinging. Dann sind sie allerdings dem Rolli hinterher, weil sie ja Halbeck kannten. Ansonsten ... zusammen mit Frau Huntler haben wir alle Gäste der Trauerfeier identifiziert. Keine weiteren Verdächtigen. Ach ja, Gruppe 7 wollte sich an Lars Wilkens hängen in der Hoffnung, einen möglichen Beschatter auszumachen, und war etwas irritiert darüber, dass er zum Friedhof joggte."

„Sonst gar keine Auffälligkeiten?"

Briesch hob die Arme. „Nichts."

„Scheiße", brummte Rothenburg, „daraus lässt sich nicht viel machen."

„Eigentlich gar nichts", erwiderte Franta.

Briesch stand auf, um mit Gruppe 9 zu telefonieren. Staatsanwalt Rabbel spendierte eine Runde Kuchen. Streuselschnecken, Obstschnitten und Mandelhörnchen.

„Wir haben eine ganze Menge erreicht", sagte er und wischte sich eine Himbeere vom Jackett. „Wir sollten nicht so pessimistisch sein."

„Ja", sagte Rothenburg ironisch, „bald haben wir ihn."

„Nein, im Ernst. Weil wir jetzt getrost annehmen dürfen, dass er Marie in seiner Gewalt hat. Was hätte sie sonst davon abgehalten, zur Beerdigung zu kommen? Gar nichts, außer sie wird daran gehindert. Das heißt also, wenn wir sie finden, haben wir auch ihn. Das ist doch schon mal was."

Franta nickte. „Alles unter der Voraussetzung, dass er sie haben will. Was wir nicht wissen, aber annehmen."

„Jetzt wissen wir es", sagte Rothenburg. „Natürlich wissen wir es jetzt. Wir kommen dem Motiv sehr nahe. Hatte ich nicht schon einmal erwähnt, dass wir uns stärker mit der Vergangenheit von Frau Zeulweggen beschäftigen müssen? Doch, hatte ich, da bin ich mir sicher. Wir müssen noch mehr wühlen."

Briesch stürmte ins Zimmer. „Es war tatsächlich ein Holländer, sagt Gruppe 9."

„Hervorragend", seufzte Rothenburg. „Wo ist Gruppe 9 jetzt? Ich will sie mal sprechen."

„Beim Zeichner. Sie machen gerade ein Phantombild." Briesch schaute auf seinen Notizblock. „Groß und hager, etwa 35 bis 40 Jahre alt, lange und ungepflegte schwarze Haare, schwarzer Anzug, weißer Gips mit bunten Unterschriften."

Rabbel runzelte die Stirn. „Du glaubst doch nicht im Ernst, dass das Euer Mann war, oder?"

„Warum nicht?", fragte Rothenburg. „Ist doch auch scheißegal, er ist ja sowieso weg."

„Was jetzt?", fragte Franta. „Wir kommen nicht weiter, wenn wir nicht mehr über Marie Zeulweggen wissen."

Rothenburg nickte. „Setzt das Phantombild mit der Beschreibung in die Zeitung. Wir suchen einen wichtigen Zeugen, verstanden? Mehr nicht. Und dann holt mir schnell den Bruder her. Johannes hieß der, oder? Brüder sind oft die besten Aufpasser von Schwestern. Sie wissen alles Essenzielle, besonders das, was sie eigentlich gar nicht wissen dürften."

„Johann", verbesserte Briesch und verschwand wieder aus dem Raum. Irene Franta kündigte an, Zeulweggens Nachbarn zu befragen. Vielleicht hatten die ja etwas mitbekommen.

Rothenburg nahm sich einen Block und schrieb groß Marie Zeulweggen in die Mitte. Kein Zweifel, sie war eine vom Schicksal geschlagene Frau. Alles, was im Leben so schief laufen konnte, war bei ihr auch schiefgelaufen. Das erste Kind weg, das zweite tot, der erste Kindsvater abgehauen, der erste Ehemann missbraucht die Tochter. Wer da keinen Selbstmord in Erwägung zog, musste schon überirdische Kräfte haben oder genug starke Freunde. Mit beiden war Zeulweggen nicht gerade gesegnet.

Er schrieb die paar Informationen hin, die er hatte, kringelte Namen ein und zog Verbindungslinien. Kritisch betrachtete er sein Werk und schüttelte deprimiert den Kopf. Noch war nicht die Spur einer Spur auszumachen.

Verdammt.

Er rief Frank Lütjens auf dem Handy an. „Wo bist du?"

„Witzbold. Ich arbeite, ich muss meine Seite noch dichtmachen."

„Lass ein paar Zeilen frei. Ihr kriegt gleich noch 'ne Suchmeldung mit Foto."

„Habt Ihr ihn?" Jetzt war Lütjens plötzlich da. „Wer ist es?"

„Blödsinn", brummte Rothenburg, „einen Scheiß haben wir. Wir suchen ganz offiziell einen Zeugen."

„Ha", lachte Lütjens, „dann habt Ihr ihn ja wirklich."

Rothenburg schwieg einen Moment. „Wie geht's Jodie?"

„Jodie?", fragte Lütjens verblüfft. „Wie kommst du jetzt auf sie?"

„Ist sie noch deine Freundin oder nicht?"

„Natürlich, aber …"

„Dann hab ich jetzt einen Job für euch."

Die Schottin Jodie Grant war zusammen mit ihrer Freundin Erin MacDuff im vergangenen Jahr nach Münster gereist. Erin hatte an einer merkwürdigen Hautkrankheit gelitten, die sich schließlich als Symptom eines gefährlichen Hirntumors herausstellte, der an der Uniklinik erfolgreich operiert wurde. Jodie hatte sie begleitet, unter anderem, weil sie fast perfekt deutsch sprach. Der eigentliche Grund aber war, dass sie schon lange raus wollte aus ihrem Küstenort Wick, alleine aber nie den Mut aufgebracht hätte, ihren sicheren Job als Goldschmiedin aufzugeben. Erin war da etwas anders. Sie verdiente ihr Geld mit Cybersex und machte stets, was ihr in den Sinn kam.

Darüber hinaus hatten die beiden Schottinnen der Münsteraner Polizei bei der Aufklärung einer Mordserie geholfen. Und Jodie Grant und Frank Lütjens waren ein Paar geworden. Und bis jetzt geblieben.

Nachdem Rothenburg geendet hatte, blies Lütjens hörbar die Luft aus. „Ganz schön heikel, finde ich."

„Warum? Glaubst du, Erin schafft das nicht?"

„Erin schafft alles. Nein, ich meine etwas anderes ..."

„Ich weiß, was du meinst", unterbrach ihn Rothenburg, „aber das wird nicht passieren. Wir sind alle Menschen."

„Amen", sagte Lütjens und legte auf.

Marie wachte frierend auf und sah nichts.

Nichts außer einem schwachen Lichtschein, der ein paar Meter vor ihr durch einen schmalen Spalt zu ihr drang. Ihr Kopf schmerzte fürchterlich, sie hatte Durst und musste dringend pinkeln. Sie fühlte ihre feuchte Unterlage, eine durchgelegene Schaumstoffmatratze, die bestialisch nach Schimmel und Urin stank. Vorsichtig rollte sie sich auf die Seite und wollte aufstehen, aber ein schmerzhafter Ruck an ihrem linken Handgelenk warf sie zurück. Ein metallisches Klirren trieb ihr die Angst in die Augen und den Puls in die Höhe.

Sie war angekettet wie ein elender Hofhund.

Sie wollte schreien, aber kein Laut verließ ihre trockene Kehle. Entsetzt fuhr sie sich mit den Fingern über den Mund. Nein, geknebelt war sie nicht, auch wenn es sich so anfühlte. Es musste also an ihrem ausgetrockneten Hals liegen. Sie hob die andere Hand, diesmal vorsichtiger. Wieder dieses entsetzliche Klirren.

Beide Hände waren angekettet. Wie ein wildes Tier.

Ihr Puls wurde immer schneller, das Herz begann zu rasen. Eine panische Angst schien das Blut in ihrem Körper vor sich her zu jagen.

Wo bin ich nur?, dachte sie. Und wer tut so etwas?

Sie versuchte, sich zu beruhigen und zu erinnern. Ein paar Minuten brauchte sie schon, bis die ersten brauchbaren Gedanken ihr Nervenzentrum im Gehirn erreichten, und was sie dort freilegten, versetzte ihr einen lähmenden Schock. Offenbar hatte ein vollkommen gestörter Mann sie in seiner Gewalt. Er gab an, sie zu kennen, schon lange, wie er meinte. Vielleicht log er und er war einfach ein gefährlicher Verrückter auf der Suche nach einem Opfer. Dann war sie zufällig hier und hatte Pech.

Vielleicht log er aber auch nicht.

Wer war er? Und was wollte er von ihr?

Marie erinnerte sich an ein paar Wortfetzen. „Wir gehören zusammen" und so ein Zeug hatte der Kerl gefaselt. Was eigentlich bedeuten müsste, dass er sie zumindest am Leben ließ, auch wenn er in ihren Augen völlig geisteskrank und daher unberechenbar war. Aber wen man liebte, behandelte man doch normalerweise gut.

Es sei denn, er meinte dieses „zusammen" anders, eben so, wie es Gestörte meinen. Aber daran wollte sie jetzt nicht denken.

Sie spürte wieder ihre volle Blase. Hatte er etwa eingeplant, dass sie einfach auf ihre Matratze pinkelte und sich anschließend wieder hinlegte? Und wenn sie ein großes Geschäft machen musste? Das konnte er nicht wollen. Wenn er sie wirklich haben wollte, konnte er sie doch nicht in ihrer Scheiße liegen lassen. Sie verzog angewidert den Mund und versuchte, mit den Augen ihre düstere Umgebung abzutasten. Vor ihr und neben ihr war nichts außer nackter Betonboden. Um hinter sich zu schauen, musste sie sich vorsichtig zur Seite bewegen, um den schwachen Lichtschein auszunutzen. Tatsächlich, direkt zwischen dem Kopfende der Matratze und der Mauer stand ein verbeulter Zinkeimer. Und eine Flasche, vermutlich mit Wasser.

So ein widerliches Arsch, dachte sie, das Klo ausgerechnet direkt am Kopf.

Vorsichtig rutschte sie rückwärts nach hinten. Sie brauchte ein paar Minuten, um mit ihren kalten Fingern Hose und Slip runterzuziehen. Dann hockte sie sich über den Eimer und stöhnte erleichtert, als sie ihr Wasser prasseln hörte. Als sie fertig war, stand sie vorsichtig auf und schob den Eimer mit den Füßen, so weit es ging, von der Matratze weg. Dann testete sie, wie viel Spiel die Ketten hatten. Sie waren direkt hinter ihr in der Mauer eingelassen und etwa 1,50 Meter lang, was bedeutete, dass sie auf keinen Fall bis zur Tür kommen würde. Sie ging Schritt für Schritt an der Hinterwand entlang, konnte aber weder die rechte noch die linke Seitenwand berühren.

Marie tastete sich zurück zur Flasche und probierte vorsichtig. Es war tatsächlich Wasser. Erst waren es kleine Schlucke, mit denen sie ihren Mund und Rachen spülte und ihnen wieder etwas Leben einhauchte, dann trank sie gierig die halbe Flasche aus. Keuchend setzte sie sie ab und ließ sich langsam an der Mauer hinabgleiten.

Sie fror. Das schreckliche Klirren erinnerte sie daran, dass sie angekettet war, als sie ihre Arme um sich schlang und mit den Händen die Oberarme rieb. Sie fror weiter, aber das war noch nicht so schlimm. Was würde sein, wenn bald der Hunger käme? Wenn sie ihre Tage bekäme und mit ihnen diese fürchterlichen Unterleibs-schmerzen? Was würde sein, wenn diese Kopfschmerzen nicht bald aufhörten? Und was würde sein, wenn diese entsetzliche Angst sie in den Wahnsinn trieb?

Sie öffnete leicht den Mund und grunzte. Das Wasser hatte seine Wirkung getan und ihr die Stimme wiedergegeben. Dankbar schloss sie die Augen und grunzte leise noch zwei-, dreimal. Sozusagen ein Probelauf.

Dann schrie sie so laut, als ob sie ihre Lunge aus dem Körper pressen wollte. Sie schrie, bis ihr Rachen brannte und der Hals unerträglich schmerzte.

Danach schlug sie mit ihrer Stirn gegen die Mauer, bis sie blutig war.

Marie blickte zur Decke wie ein gläubiger Christ, der sich Hilfe aus dem Himmel erhoffte. Dann sackte sie bewusstlos zusammen.

Rothenburg, Franta und Briesch saßen gespannt vor dem Com-puter. Die holländischen Kollegen hatten vorgeschlagen, angesichts des angeschlagenen Zustandes von Johann Zeulweggen die erste Kontaktaufnahme über Skype zu probieren. Sobald er sich wieder einigermaßen selbstständig bewegen könnte, würde er natürlich sofort nach Münster kommen. War ja keine Weltreise.

Johann grinste sie über den Bildschirm von seinem Krankenbett aus an. Ein sympathisch aussehender Mann Ende Dreißig, der Kopf nahezu komplett in Verband eingewickelt, beide Gipsarme lagen friedlich nebeneinander auf seinem Bauch. Auf einem Stuhl neben dem Bett saß ein holländischer Polizist und nickte ihnen freundlich zu.

„Guten Morgen nach Münfter."

Ach ja, erinnerte sich Rothenburg. Die Schneidezähne.

Er informierte ihn kurz über den Stand der Dinge und ihre Bitte, alles über Maries Leben in Erfahrung zu bringen. Danach grinste Johann nicht mehr.

„Feife", sagte er betroffen, „fer tut denn fo faf?"

„Sie müssen uns helfen. Wir wissen noch so wenig über ihre Schwester. Wer kannte sie? Wer waren ihre Freunde, Liebhaber, Verehrer? Hat sie jemandem besonders wehgetan? Wen hat sie verlassen? Wer hätte einen Grund, sich an sie ranzumachen?"

„Gott", stöhnte Johann, „fie hatte jede Menge Freunde, aber wehgetan hat fie keinem, glaube ich fumindft. Warum lacht ihr Kollege da fo?"

Rothenburg trat Briesch unter dem Tisch vors Schienbein, der daraufhin sofort wieder eine ernste Miene machte.

„Ich feif, meine Fähne", grinste Johann, „ift fon okay, Bulle. Alfo, Marie war die Klaffenfönheit bei unf, jeder Junge hätte fich gerne an fie rangemacht, aber fie far fehr fählerif. Kurf nach ihrem Fulabfluff wollte fie mit ihrem damaligen Freund für ein Jahr nach Kanada, aber der ift auf einer Demo ermordet worden, alfo ift fie erftmal in Holland geblieben. Daf hat fie fehr mitgenommen, fie war total deprimiert, bif fie dann einen deutfen Hippie kennengelernt hat und weggefogen ift, nach Ftuttgart. Ja, und der ift dann abgehauen mit dem Kind."

„Einen Moment, bitte", unterbrach ihn Rothenburg. „Ist der Mörder des Freundes gefasst worden?"

Der Polizist schüttelte den Kopf. „Nein, wir haben zwar DNA-Spuren am Mordwerkzeug sichergestellt, einem Pflasterstein. Aber der Täter ist bis heute unbekannt."

„Okay." Rothenburg nickte Briesch zu. „Schick unsere DNA zum Vergleich zu den Kollegen. Und sie sollen den Vorgang schicken, am besten übersetzt."

Johann fuhr fort. „Ja, waf fie in Fpanien gemacht hat, weif ich nicht, in der Feit far ich in Auftralien und hab Fafe geflachtet."

„Geschlachtet oder gehütet?", fragte Briesch interessiert.

Johann lachte, verzog aber sofort vor Schmerz das Gesicht. „Geflachtet. Hüten kann fie ja jeder. Na ja, und dann ift fie irgendwann nach Bremen und hat dort der Männerwelt den Kopf verdreht. Gut, ich fag daf jetftt fo. Fo schlimm far fie gar nicht. Echt nicht, eigentlich fiemlich harmlof, weil fie felbft Ruhe haben wollte und den Richtigen gefucht hat."

„Aber nicht gefunden?", fragte Franta.

„Nein. Und diefef Arf Hollmann war ef bestimmt auch nicht."

Rothenburg räusperte sich und informierte Johann über die Festnahme Clemens Hollmanns.

„Fo ein Arfloch", brüllte Johann wütend und so laut, dass der Polizist neben ihm zusammenzuckte. „Fo ein widerlichef Fein."

„Fein?", fragte Briesch leise.

„Schwein", erläuterte Franta noch leiser.

Rothenburg seufzte. „Hat sie in Stuttgart oder Bremen noch Kontakte?"

Johann nickte. „Ja, in Ftuttgart hat fie eine Freundin, die fie oft befucht hat. Und eine Familie, mit der fie noch ab und fu telefoniert hat. In Bremen hat fie in einem kleinen Friefeurladen gearbeitet. Mit einigen Kollegen und dem Chef hat fie fich gut verfanden. Fie find oft aufgegangen fufammen."

„Entschuldigung", sagte Briesch leise zu Franta. „Was meint er mit aufgegangen?"

„Mensch, Andreas", zischte sie genervt, „ausgegangen, du Depp."

„Haben Sie Namen?", fragte Rothenburg. „Aus Stuttgart und Bremen?"

„Müffte ich nachdenken, krieg ich aber wohl fufammen."

„Die brauchen wir, so schnell es geht." Rothenburg sah den Polizisten an. „Können Sie dafür sorgen, dass wir die Namen schnell bekommen?"

„Klar, machen wir."

Rothenburg sah Johann Zeulweggen eine Zeit lang an. Die Geschwister sahen sich schon sehr ähnlich, aber Johann fehlte diese tiefe Traurigkeit im Gesicht, diese Kapitulation vor der Aussichts- losigkeit. Im normalen Leben war er bestimmt der Unbekümmertere von beiden, aber Maries normales Leben war vermutlich schon lange vorbei.

„Herr Zeulweggen, was glauben Sie, wer hinter dieser Sache stecken könnte?"

Johann hob die Augenbrauen bis zum Rand des Kopfverbandes und hob seine schweren Gipsarme hoch.

„Ich weif ef nicht, Herr Kommiffar, aber wenn ich hier rauf bin und wieder richtig reden kann, komme ich fu Ihnen und helfe Ihnen, daf Fein fu fnappen."

„Fein", sagte Briesch.

Rothenburg schickte seine Kollegen raus. Er brauchte eine Pause und mindestens ein Käsebrötchen. Nicht zu exotisch.

Mathilde Overkamp sah ihn forschend an. „Ihnen liegt etwas auf der Seele, Herr Kommissar. Etwas Schweres."

„Schwer?", fragte Rothenburg müde, „oder meinen Sie vielleicht schrecklich?"

„Ich meine schwer. Sie können es kaum tragen, Sie gehen heute ganz krumm."

„Das ist der Rücken", erklärte Rothenburg. „Ich hab mir heute wohl einen Wirbel verknackst."

Overkamp schüttelte entschieden den Kopf. „Sie brüten etwas aus oder haben etwas ausgebrütet, und mit dem Ergebnis kommen Sie nicht zurecht."

„Ich brüte nie etwas aus, höchstens eine Erkältung", lächelte er.

„Unsinn. Sie wissen, was ich meine, nicht wahr? Sie brauchen einen kühlen Gedanken. Finnischer Käse, was halten Sie davon?"

Rothenburg runzelte die Stirn. „Ist das sowas wie italienische Heldensagen?"

„Bitte?"

„Na ja, etwas, was es gar nicht gibt."

Mathilde Overkamp seufzte. „Hier liegt er. Ein Blauschimmelkäse aus Mittelfinnland, irgendwo zwischen den tausend Seen. Ich gebe Ihnen die kräftigere Variante Aura Gold. Der Käse wird Ihnen guttun."

Rothenburg nahm gleich drei Aurabrötchen und nutzte die angenehme Temperatur zu einem Spaziergang im Wienburgpark. Nicht um nachzudenken, sondern um sich zu bewegen. Nach einer Viertelstunde rief Briesch ihn auf dem Handy an. „Komm ins Präsidium, wir haben einen Zeugen."

„Wo ist er?", fragte Rothenburg, als er wieder auf seinem Stuhl saß. „Und warum kann ich nicht mal zwei Brötchen am Stück essen?"

Briesch holte einen schmächtigen Mann ins Zimmer. Er war Ende Fünfzig, mit Halbglatze und unglaublich großen Ohren.

Hallo Mister Spock, dachte Rothenburg.

„Hallo Herr … ?"

„Eugen Kleefisch", sagte Spock.

„Schön, Herr Kleefisch. Wie können Sie uns denn helfen?"

„Ich habe heute Morgen die Zeitung gelesen, und da habe ich ihn gesehen."

„Wen?", fragte Rothenburg geduldig.

„Na, den Mann von dem Phantombild."

Rothenburg stutzte. „Wo haben Sie ihn gesehen?"

„Na, in der Zeitung. Hab ich doch schon gesagt."

Rothenburg zählte innerlich bis sieben. „Ja, lieber Herr Kleefisch, das ist mir klar. Aber ich würde gerne von Ihnen wissen, warum Sie uns das erzählen. Haben Sie diesen Mann schon vorher einmal gesehen?"

„Hab ich das noch nicht gesagt?"

„Nicht, dass ich wüsste", sagte Rothenburg sanft. „Aber vielleicht irre ich mich auch."

Eugen Kleefisch schien irritiert. „Also, ich habe ihn gestern Morgen im Parkhaus gesehen. Im Parkhaus am Hauptbahnhof. Erst ist er mir gar nicht aufgefallen, aber als er dann auf einmal den Gips nicht mehr hatte …"

„Verstehe ich nicht", brummte Rothenburg. „Was haben Sie denn im Parkhaus gemacht?"

„Na ja, ich passe auf, dass alle ordentlich bezahlen, dass keine Männer auf die Frauenparkplätze fahren …"

„Um es abzukürzen: Sie sind der Parkhauswächter?"

„Richtig."

„Und was haben Sie nun genau gesehen?"

Kleefisch räusperte sich. „Könnte ich wohl ein Glas Wasser haben, bitte? Mein Mund fühlt sich so trocken an. Danke! Also, der Mann fuhr mit einem weißen Opel Corsa ins Parkhaus, stieg aus und ging auf die Kundentoilette. Alles ganz normal. Aber dann …"

„Was dann?"

„Als er von der Toilette zurückkam, hatte er plötzlich ein Gipsbein, links, glaube ich. Da dachte ich, das gibt's doch gar nicht. Und am frühen Nachmittag kam er dann wieder, aber er hatte keinen Gips mehr und hat auch überhaupt nicht gehumpelt. Da hab ich erst gedacht, dass kann doch gar nicht sein, wer wird denn so schnell wieder gesund? Aber dann hab ich den Typen schnell wieder vergessen. Tja, bis ich dann heute Morgen dieses Phantombild in der Zeitung sah. Da fiel er mir wieder ein."

„Und?", fragte Briesch und stellte ihm ein Glas Wasser hin, „wie gut ist das Phantombild?"

Kleefisch nahm einen großen Schluck Wasser. „Aaah, das tut gut. Die Zeichnung ist erstklassig, richtig gut getroffen, da kann einer richtig gut malen. Er sieht auf der Überwachungskamera genau so aus wie in der Zeitung. Er ist viermal drauf, beim Aussteigen, vor und nach dem Toilettengang und noch einmal beim Einsteigen."

„Und das Kennzeichen?", fragte Franta. „Kann man es erkennen?"

„Ich denke schon. Irgendwas mit MS vorne."

Komisch, dachte Rothenburg. In Münster?

„Ich habe Ihnen die Bänder mitgebracht. Schauen Sie es sich an."

„Großartig, Herr Kleefisch", sagte Rothenburg. „Sie haben uns mächtig weitergeholfen. Vielen Dank."

Eugen Kleefisch stand sichtlich stolz auf und verabschiedete sich. „Eine Frage hätte ich noch."

„Bitte."

„Was hat dieser Mann denn eigentlich getan? Ist das ein richtiger Verbrecher?"

Rothenburg lächelte ihn milde an. „Soll ich Ihnen ganz ehrlich antworten?"

Kleefisch nickte stumm.

„Ehrlich gesagt, das wissen wir gar nicht."

26

Rupert hockte zum fünften Mal auf dem überforderten Dixie-Klo der Baustelle in Bremen. Sein Magen rebellierte seit dem frühen Morgen und er war heilfroh, dass er den Weg von Zuhause bis zur Baustelle ohne Zwischenstopp in einer öffentlichen Toilette geschafft hatte. Die Krämpfe im Bauch kamen heftig und wellenartig und wurden komischerweise durch die Toilettengänge nicht weniger. Also konnte es doch nicht an schlechtem Essen liegen, vermutete der Laienarzt in ihm.

Rupert war ein harter Bursche. Das musste man sein, wenn man als Polier einer Rohbaufirma seinen Mann stehen wollte. Wind und Wetter machten ihm nichts aus, er konnte seine Männer genauso loben wie er sie zusammenscheißen konnte, wenn sie Mist gebaut hatten. Zu den Handwerkern fand er ebenso einen Draht wie zum Architekten oder Bauleiter. Rupert war noch nie von einer Baustelle nach Hause gekommen und hatte Bauchschmerzen. Aber seit zwei Tagen fühlte er eine seltsame Aktivität in seiner Magengegend. Ein Virus, nahm er an.

Vermutlich hieß das Virus Jan Vermeeren.

Rupert bekam eine Gänsehaut, wenn er an Jans Gesicht dachte, als der ihn bei der Suche nach den Tabletten erwischte. Es hatte etwas Versteinertes an sich und drückte gleichzeitig wilde Entschlossenheit aus und ... ja, Ablehnung, beinahe Hass. Das hatte ihn getroffen. Rupert war nicht besonders erpicht darauf, mit Jan befreundet zu sein, weiß Gott nicht, aber eine so schroffe Miss-billigung seiner an sich harmlosen Tat gab ihm schon zu denken. Offenbar hatte er Jans Grenzen überschritten, die Lichtjahre von seinen entfernt waren. Das passte alles nicht zusammen.

Rupert hatte sogar einen Moment Angst vor ihm gehabt. Nicht so, dass er ihm etwas antun würde, dafür war Jan nicht das richtige Kaliber. Rupert hatte ein Kreuz wie ein Schwimmer und war ebenso groß wie Jan, der dabei aber so hager und schmächtig war, wie viele Drogensüchtige es sind. Aber die wilde Entschlossenheit in seinen Augen und die Eiseskälte seiner Stimme hatten ihn kurze Zeit verunsichert. Jan hatte das Bild einer unberechenbaren Gestalt angenommen, bei der man auf alles gefasst sein musste. Auch auf das Unwahrscheinliche, was immer es auch sein mochte.

Diese Vorstellung, mit so jemandem auf engem Raum zusammenzuleben, hatte ihm wirklich Angst gemacht.

Überhaupt, er musste sich langsam eingestehen, dass Jans Aufnahme in die Baugemeinschaft ein Fehler gewesen war. Er hatte es zwar nicht alleine entschieden, aber sich ordentlich für ihn ins Zeug gelegt. Sie hatten ihn als Mitglied dringend gebraucht, weil sonst die gesamte Kostenkalkulation auf dem Spiel gestanden hätte. Ihm wäre es damals auch lieber gewesen, wenn einer seiner Freunde eingezogen wäre, oder irgendjemand, für den ein Mitglied die Hand ins Feuer gelegt hätte. Aber es war weit und breit kein Kandidat in Sicht gewesen. Nur Jan, den damals keiner kannte. Und den, wenn er ehrlich war, bis heute immer noch keiner kannte.

Und wenn er ganz ehrlich war, konnte er sich auch keinen vorstellen, der ihn richtig kennenlernen wollte. Ihn, Rupert, eingeschlossen.

Eigentlich sollten wir ihn rausschmeißen, dachte er. Es passt doch einfach nicht.

Er wartete noch einen letzten Krampfanfall ab, holte sein Handy aus dem Bauwagen und rief seinen Chef an. Nur zwei Tage, so versprach er ihm, dann wäre er wieder fit. Er helfe seinen Leuten ja nicht dadurch, dass er stundenlang auf dem Dixie-Klo saß. Ganz davon abgesehen, dass die anderen Bauarbeiter in die Vorgärten der Nachbarschaft pinkeln mussten.

Rupert packte seine Sachen und fuhr nach Hause. Er brauchte Ruhe und Zeit zum Nachdenken, dazu einen Tee und eine Wärmflasche. Er hasste Tee, aber ein Kaffee wäre jetzt wie ein faules Ei für seinen Magen. Mit einem leisen Stöhnen streckte er sich auf dem Sofa aus und schlürfte den heißen Tee.

Heißes Wasser mit Geschmack, dachte er missmutig, nächste Woche kaufe ich mir magenfreundlichen Kaffee. Schlimmer kann der auch nicht schmecken.

Die Ruhe tat ihm gut, die Gedanken strömten durch seinen Kopf und formten sich zu einer Entscheidung, die er bald treffen würde.

Was nicht passt, passt einfach nicht, dachte er.

Dann schlief er ein.

In Gedanken versunken rührte Staatsanwalt Rabbel in seinem Kaffee. Der SATO-Fall machte ihm immer noch zu schaffen. Der Hauptverdächtige der Spelunkenschießerei saß zwar in Untersuchungshaft, aber wenn die dumme Dolores nicht bald ihren schrecklichen Mund aufmachen und gegen ihren Mann und Zuhälter aussagen würde, waren die Knasttage des Wirtes bald gezählt. Wie vermutet hatte sich der Richter das heimliche Protokoll zwar angehört, aber nur achselzuckend gemeint, dass es nichts bringe. „Wir wissen beide, dass er es war", hatte er ihm versichert, „aber rein juristisch ist er so unschuldig wie ein geifender Kampfhund." Wenigstens hatte er es sich verkniffen, Rabbel noch Hinweise mit auf den Weg zu geben, welche Beweismittel vor Gericht verwertbar waren und welche nicht.

Wenn der neue Anwalt im Bilde war, würde er hier zur Tür hereinspazieren und die sofortige Freilassung seines Mandanten fordern. Dass der Unhold überhaupt noch saß, verdankten alle Beteiligten der traurigen Tatsache, dass sein Stammanwalt sich aus durchaus nachvollziehbaren Gründen entschlossen hatte, seinem trügerischen und zwielichtigen Leben ein Ende zu bereiten, indem er sich auf dem Dachboden seiner Villa mit einem Stahlseil erhängte.

Wenigstens dieser Fall war zweifellos geklärt.

Was den Calma-Trenschel-Zeulweggen-Fall anging, schien es auf eine groß angelegte Fahndung bis in den Sankt Nimmerleinstag hinauszulaufen. Marie Zeulweggen wurde bundesweit gesucht, und auch das Phantombild war in allen Zeitungen. Wer war dieser Mann überhaupt? Was spielte er für eine Rolle?

Rabbel nahm einen Block und kritzelte Namen aufs Papier, strich sie wieder durch, schrieb Bemerkungen darunter oder darüber, machte Häkchen, strich sie wieder durch. Am Ende stand ein Name auf dem Blatt, der drei Ausrufezeichen und kein Häkchen hatte.

Rabbel starrte den Namen an. Könnte er wirklich …?

Ach, scheiß drauf, dachte er. Bevor ich mich noch mal mit der dummen Dolores herumschlagen muss, muss ich noch etwas Sinnvolles erledigen.

Er platzte mitten in die Besprechung herein, die Rothenburg kurzfristig angesetzt hatte, weil die Kollegen aus Holland sehr fix gewesen waren.

„Setzen Sie sich doch, Herr Staatsanwalt", sagte Franta. „Wir können ein kluges Hirn noch gut gebrauchen."

Rabbel lächelte matt. „Versprechen Sie sich nicht zu viel."

Rothenburg räusperte sich. „Ich fang dann mal an. Kollegin Franta war eben bei der Autovermietung, von denen unser Gipsfuß sich den Corsa geliehen hat. Willst du erzählen, Irene?"

Franta schluckte ihr letztes Stück Obstschnitte herunter. „Ja, also, es sieht folgendermaßen aus: Den Wagen hat ein Jan Vermeeren aus Amsterdam geliehen."

„Schon wieder Holland", unterbrach ihn Rabbel. „Das wird ein diplomatisches Nachspiel haben, schätze ich."

„Wieso?", fragte Briesch.

„Egal", raunzte Rothenburg, „weiter."

„Das Problem ist nur, dass dieser Jan Vermeeren am 14. November 2009 bei einem Unfall auf der A 43 ums Leben gekommen ist. Sagen uns übereinstimmend die niederländische Polizei und unsere eigene Verkehrsabteilung. Die Nummern des Personalausweises und auch des Führerscheins, die wir bei der Vermietung bekommen haben, belegen das eindeutig."

Briesch kratzte sich am Kopf. „Ein wahrhaftiger Geisterfahrer."

Franta verdrehte die Augen. „Blödmann. Die Leute von der Vermietung sagen, dass es tatsächlich der Mann vom Phantombild ist und dass er sich schon ein paar Mal einen Wagen geliehen hat. Mietdauer ist eine Woche, aber er kann ihn irgendwo abstellen und ihnen dann den Schlüssel schicken mit einer Notiz, wo er steht."

„Das heißt", sagte Rothenburg, „wir brauchen nicht auf dem Parkplatz auf ihn zu warten."

„Richtig." Franta nickte. „Außerdem wird er sich wohl das letzte Mal dort ein Auto geliehen haben."

Rothenburg atmete tief durch. „Okay. Nehmen wir doch einmal an, der Mann ist unser Mörder. Was haben wir alles?"

„Die Reifenspuren am Bootshaus", sagte Rabbel, „wenn wir die mit dem Corsa in Verbindung bringen können, ist er es tatsächlich. Wir haben das Phantombild und eine Menge DNA. Dann müssen wir uns fragen, ob die Zahl 22 etwas zu bedeuten hat und wenn ja, was. Geografisch gesehen würde ich sagen, dass die Spur zu unseren Nachbarn in die Niederlande führt. Marie Zeulweggen ist von dort, unserer Meinung nach die Person, um die sich alles dreht. Und jetzt der tote Autofahrer. Mich würde es nicht wundern, wenn

Zeulweggen irgendwo in einem Bunker an der Nordseeküste gefangen gehalten wird."

„Warum dort?", fragte Franta.

„Von dort ist die Überfahrt nach England ein Klacks", erklärte Rabbel. „Oder die Flucht nach Belgien, Dänemark oder Norwegen. Wenn es eng werden sollte, packt Gipsfuß sie, schleppt sie aufs Schiff und ab in ein irisches Bauerndorf."

„Scheiße", sagte Briesch. „In die totale Diaspora."

Für ein paar Sekunden war es ruhig im Raum. Rothenburg spürte, dass diese Stille auch ein Ausdruck ihrer allgemeinen Hilflosigkeit war. Höchste Zeit, dem entgegenzutreten.

„Woher hatte der Mörder von Hans-Jörg Calma das Narkosemittel?"

„Gestohlen?", schlug Briesch vor.

„Sehr gut. Und wo?"

„Apotheke."

Rothenburg schüttelte den Kopf. „Ich glaube nicht, dass man in Apotheken einfach so Narkosemittel erwerben kann. Das lagert doch eher in Krankenhäusern."

„Und beim Großhandel", betonte Rabbel. „Wir müssen feststellen, ob es in der letzten Zeit Einbrüche in Apotheken, Krankenhäusern, Großhandel oder Pharmaunternehmen gegeben hat. Eine endlose Fleißarbeit, das verspreche ich Ihnen."

Rothenburg lächelte sauer. „Dafür werden wir ja bezahlt."

Er blätterte eine Seite weiter. „So, ich habe hier ein paar Namen aus Stuttgart und Bremen, die überprüft werden müssen. Ich schlage vor, Andreas macht Stuttgart und Irene Bremen. Wenn Ihr hinfahren müsst, fahrt hin. Kollau hat mich sowieso gefressen, da kann ich unser Budget ruhig sprengen."

Er starrte eine Weile auf seine Aufzeichnungen. Irgendwo hier auf diesem Papier musste es doch eine Linie geben, die noch nicht gezogen war, die aber förmlich danach schrie, mit den Endpunkten verbunden zu werden. Er ärgerte sich, dass er sich nie die Mühe machte, einigermaßen leserlich zu schreiben. Ausbaden musste er es schließlich selbst. Um nicht noch mehr Chaos in seine Aufzeichnungen zu bringen, legte er den Stift beiseite und fuhr mit den Fingern an den Linien entlang. Das Ergebnis war das gleiche.

Briesch räusperte sich. „Brauchst du dabei unsere Hilfe?"

Rothenburg sah kurz auf und winkte Briesch und Franta aus seinem Büro. Rabbel stand mit verschränkten Armen am Fenster und sah ihn belustigt an.

„Das habe ich auch eben gemacht."

„Und?"

„Ich würde sagen, wir sind beide reif für den Notarzt."

27

Marie Zeulweggen wachte auf und spürte sofort wieder einen unbändigen Durst. Warum hatte sie nur laufend das Bedürfnis, so viel zu trinken? Entweder hatte sie quasi über Nacht Diabetes bekommen oder der Durst war eine Folge der permanenten Betäubungsmittel. Wie lange konnte ein ohnehin geschundener Körper diese Belastungen aushalten, ohne zu kollabieren? Zwei Tage, fünf Tage, zwei Wochen?

Sie schlug langsam die Augen auf. Die Dunkelheit war immer noch da, unverändert, auch der schwache Lichtschein kämpfte sich bis zu ihrer Matratze vor und versank dort im stinkenden Schaumstoff. Ihre Augen wanderten durch den Raum, in der Hoffnung, etwas zu entdecken, was sie bislang übersehen hatte. Einen Meter neben sich entdeckte sie ihren Toiletteneimer und die Flasche Wasser, die bis auf einen kleinen Rest leer war. Als sie nach ihr griff, erinnerte sie das Klirren der Ketten wieder daran, dass sie nicht nur eingesperrt, sondern auch an die Mauer gekettet war.

Sie trank den Rest Wasser aus und versuchte, einen klaren Gedanken zu fassen. Was war bloß passiert?

Ihr Peiniger hatte behauptet, er selbst wäre es gewesen, der diesen Trenschel umgebracht hätte. Als Grund hatte er angegeben, dass sie beide zusammengehörten. Sie brauchte einen Moment, um die Logik zu begreifen. Dann atmete sie tief durch. Er musste also gewusst haben, dass Trenschels Tod ihr sehnlichster Wunsch gewesen war, und hatte wohl in seiner kranken Vorstellung geglaubt, ihr diesen Wunsch erfüllen zu müssen, um sich bei ihr nicht nur beliebt zu machen, sondern um sie ganz für sich zu gewinnen.

Er wollte also nicht ihren Tod. Er wollte ihr Leben.

Aber warum hatte er sie dann in diesen Kerker gesperrt?

Sie hatte ihn beleidigt, war schroff und abweisend zu ihm gewesen, als sie ihn zum ersten Male sah. Jeder Mensch hätte so reagiert, dachte sie, aber das war wohl falsch. Ich muss ihm vorgaukeln, dass ich dankbar bin, dass er mir meinen größten Wunsch erfüllt hat. Dass ich mir durchaus vorstellen könnte, mit ihm zusammen zu sein. Dass er das alles nicht umsonst getan hat.

Marie musste heftig würgen, als sie an diesen Gedanken dachte. Aber wenn sie je aus diesem Loch wieder heraus wollte, musste sie ihm entgegenkommen. Was dann passierte, musste man später einfach sehen. Und hoffen, dass die Polizei sie irgendwann finden würde.

Auf jeden Fall war klar, dass sie ihre Kraft nicht verschwenden durfte. Sie durfte sich nicht gehenlassen und ihm weiter mit ihrer hasserfüllten Abneigung gegenübertreten. Dann wäre sie spätestens in ein paar Tagen entweder tot oder ein lebenslanger Fall für die Klapsmühle. Dabei hatte sie doch erst vor ein paar Tagen geglaubt, ihr Leben hätte jetzt wieder einen Sinn. Zusammen mit Lars.

Es war auch Dankbarkeit, die sie ihm gegenüber empfand, große Dankbarkeit sogar. Wenn Lars in den ersten Wochen nach Ronas Tod nicht bei ihr gewesen wäre und ihr über alles hinweggeholfen hätte, wäre sie schon lange nicht mehr da. Er hatte ihr alles abgenommen und ihren Selbstmord ein paar Mal verhindert. Dabei hatte er sie nicht ein einziges Mal nach mehr gedrängt, nach mehr Nähe, mehr Vertrauen, mehr Zuneigung. Ihr schien es so, als hatte er immer auf diesen einen Zeitpunkt gehofft, an dem sie bereit war für ein neues Leben.

Trotz ihrer Lage musste sie lächeln. Das hörte sich doch wirklich so an, als wenn Lars Rolf Trenschel getötet hätte. Lars hatte wirklich einen nachvollziehbaren Grund.

Was sich in den vergangenen Wochen zwischen ihnen entwickelt hatte, war aber mehr als eine Beziehung zwischen einem Beschützer und einer hilflosen und depressiven Hinterbliebenen. Sie hatte gespürt, dass es bald soweit sein würde, ihr Gefühl zu Lars Liebe zu nennen, selbst wenn Rolf Trenschel noch weiter leben würde. Vielleicht hatte sein Tod die Entwicklung beschleunigt, wahrscheinlich sogar. Als sie neulich auf seinem Schoß gesessen und ihm ins Ohr geflüstert hatte, dass sie es jetzt bald versuchen könnten mit einem kleinen Wilkens, da fühlte sie sich so nah bei ihm, wie sie sich lange keinem Mann mehr nahe gefühlt hatte. Wenn sie überhaupt noch eine Chance haben wollte, diese Nähe noch einmal zu spüren, durfte sie ihren Entführer nicht vergraulen. Und sie musste klar im Kopf bleiben.

Also, Mädchen, sagte sie sich, reiß dich zusammen.

Als sie aufstand, merkte sie, dass sie fror und ihre Knochen schmerzten. Wie lange hatte sie dort wohl gesessen? 30 Minuten?

Drei Stunden? Einen halben Tag? Sie wusste es nicht. Sie hatte keine Ahnung, ob es Morgen oder Abend, ob es Montag oder Freitag war. Im Grunde war es auch egal, sie konnte ja doch nichts machen. Nichts außer zu warten, dass er wiederkam.

Wie ein Tier im Zoo begann sie parallel zur Mauer auf und ab zu gehen und französische Vokabeln zu wiederholen, die sie vor Urzeiten in der Schule gepaukt hatte.

„Die Bäckerei schließt mittags – La boulangerie ferme à midi."

Es war ihre Lieblingssprache, weit vor Deutsch und noch viel weiter vor Englisch. Deutsch konnte sie natürlich perfekt, weil sie schon so lange in diesem Land lebte. Und sie kam in Spanien viel besser damit zurecht als mit Englisch.

„Haben Sie ein Dessert ausgewählt?", murmelte sie, als sie zum vierten Male an dem Zinkeimer vorbeikam. „Vous avez choisi un dessert?"

Plötzlich meinte sie ein Geräusch zu hören. Sie blieb regungslos stehen und lauschte in die Dunkelheit. Ganz leise hörte sie Schritte, die sich langsam näherten. Intuitiv öffnete sie ihren Mund. Sie wollte um Hilfe schreien, besann sich aber im letzten Moment eines Besseren. Er würde vermutlich verärgert sein, wenn sie hier herumbrüllte, und das war es ja nicht, was sie sich vorgenommen hatte. Sie überlegte, sich im toten Winkel direkt neben der Tür zu verstecken und musste im nächsten Augenblick feststellen, dass die Ketten dies nicht zuließen.

Wer weiß, dachte sie, es ist vielleicht gar nicht so verkehrt, wenn er mich hier so offen und fertig sieht. Wer sich versteckt, hat meistens etwas vor.

Die Schritte wurden lauter und kamen bis direkt vor die Tür. Für einen Moment war der Lichtschein verschwunden, und Marie bekam eine Vorstellung davon, was die absolute Dunkelheit war. Ein paar Sekunden später leuchtete ihr eine Taschenlampe direkt in die Augen.

„Oh, du bist wach?" säuselte Vermeeren betont höflich durch den Schlitz. „Hast du gut geschlafen?"

Beschissener Wichser, dachte Marie. „Nicht sehr. Es ist kalt hier."

„Jaha", lachte er, „im Sommer ist die Heizung abgestellt. Aber ich meine es ja gut mit dir und habe ein paar Decken mitgebracht. Sogar ein kleines Kopfkissen und einen Bezug für die Matratze. Das haben die Zimmermädchen wohl alles vergessen."

Arschloch, dachte Marie.

„Wenn du erlaubst, komme ich jetzt mal kurz rein. Es ist so unkommunikativ durch diese Eisentür." Sie hörte, wie er einen Riegel beiseite schob und die Tür mit einem kräftigen Ruck aufstieß. „Da bin ich wieder", grinste er frech.

Marie fragte sich stirnrunzelnd, warum Vermeeren so merkwürdig gut gelaunt war. Er hatte doch gar keinen Grund dazu, bevor er sich nicht sicher war, dass sie seiner Forderung nachgab. Hatte er einen Plan? Oder war er einfach felsenfest überzeugt davon, dass sie bald ihm gehörte.

Wie sich das anhörte: bald ihm gehörte. Wie in einem Schlager. Furchtbar! Aber es würde bald so sein, wenn es nach seiner Nase ging. Wenn sie nachgab (natürlich nur, um so bald wie möglich zu fliehen), würden sie vermutlich aus dem Land verschwinden und sich irgendwo niederlassen, wo sie niemand kannte. Und wo er nicht Gefahr lief, von der Polizei gefunden zu werden.

Spitzbergen fiel ihr ein. Oder Grönland.

Wenn er Erbarmen hätte, Malta.

Vermeeren hatte zwei Campingstühle mitgebracht. Er machte ihr ein Zeichen, sich zu setzen. „Wir müssen reden, Marie. Das geht im Sitzen besser."

Wortlos setzte sie sich und legte die Hände in den Schoß. Gespannt und stolz sah sie ihn an. „Ja?"

„Tja, es gibt so viel zu sagen … ich weiß gar nicht, wo ich anfangen soll."

Nicht schon wieder, dachte Marie. Krank an allen Fronten.

„Interessiert es dich, wer ich bin?"

Marie dachte an Lars und ein neues Leben und hoffte, dass sie ihre Heuchelei bis zum Ende durchstehen würde. „Ja."

„Aber du hast keine Ahnung?"

Sie kniff die Augen zusammen und musterte ihn scharf. Da war etwas in seinem Blick, das ihr bekannt vorkam, etwas Hartes, Unbewegtes. Nein, eher etwas Brennendes, Wahnsinniges. Aber sie konnte dieses kalte Feuer nicht zuordnen. „Ich weiß nicht … ich bin nicht sicher. Es könnte sein, dass Sie mir schon mal begegnet sind. Aber wann und wo … keine Ahnung."

„Hm", machte Vermeeren und hob arrogant den Kopf, „das enttäuscht mich etwas, überrascht mich aber auch nicht besonders."

„Tut mir leid. Sie sind Holländer wie ich, das höre ich."

Er klatschte wie ein angefeuerter Talkshowgast. „Wow, du bist großartig. Woher komme ich denn?"

„Ich würde sagen … Seeland?"

Er nickte zufrieden. „Das kann ich durchgehen lassen. Nordbrabant wäre ganz korrekt, aber wir wollen mal nicht so sein. Du weißt ja sicher auch, wo Nordbrabant ist, oder?"

Sie nickte.

„Natürlich weißt du es, du kommst ja auch daher, nicht wahr? Aus Woensdrecht, richtig? Aus Huijbergen, jetzt Woensdrecht."

Sie nickte wieder und starrte in sein weißes Gesicht. Ihre Augen tasteten jeden Millimeter ab und fütterten mit den Informationen ihr Gehirn auf der verzweifelten Suche nach einem Treffer. Aber es waren nur Fehlschüsse.

Vermeeren beugte sich nach vorne und spielte mit seinem Schlüsselbund. „Ich kenne dich seit der Grundschule. Du warst schon damals ein hübsches Mädchen, nicht das schönste, aber mit dieser arroganten Schnepfe Emilie wollte sowieso keiner etwas zu tun haben. Doch du, du warst niedlich, hilfsbereit, freundlich und nett zu allen Kindern. Ich kam in der dritten Klasse zu euch und war … wie soll ich sagen … vielleicht ein bisschen anders als ihr alle."

Was sich auch nicht geändert hat, dachte Marie.

„Ich war sehr leicht reizbar, konnte nicht stillsitzen, hatte große Schwierigkeiten beim Lernen und vor allem dauernd dieses …" Er stockte kurz und sah sie scharf an. „… dieses peinliche Kopfzucken. Es war fürchterlich, alle Kinder haben mich deswegen aufgezogen, dumme Sprüche gemacht, mir auf den Kopf gehauen, mich nachgeäfft, na, was grausame Kinder eben so machen, wenn sie Spaß haben wollen … nur Marie Zeulweggen nicht." Er lehnte sich wieder zurück und wartete gespannt auf ihre Reaktion.

Marie starrte ihn entgeistert an. Im Kopf schossen Erinnerungen aus ihrer Kindheit in ihr Gedächtnis zurück. Sie sah plötzlich Emilie de Beer, die Schnepfe, vor sich, die jeden Tag von ihr etwas haben wollte, manchmal sogar ihre Unterhose. Und Hans Tenbreuken, den kleinen Supersportler mit der Brille, mit dem sie auf dem Schulhof um die Wette gelaufen war. Sogar die Zwillingsmädchen Jara und Nika, die jeden Morgen mit Schokokuss-Brötchen in die Schule kamen und so fett waren, dass sie in der Turnhalle nicht *einmal* hin und her laufen konnten.

Sie sah noch ein paar andere Gesichter vor sich, konnte ihnen aber keine Namen mehr zuordnen. Und überhaupt würde sie auch Hans Tenbreuken nach fast 40 Jahren bestimmt nicht wiedererkennen. Sie wusste nur noch, dass Hans beliebt gewesen war und nicht unter Kopfzucken litt. Es könnte also noch einer von zehn anderen Jungs sein, ihr Entführer im Campingstuhl.

„Wer sind Sie?" ‚fragte sie leise.

Er seufzte. „Okay, ich sag es dir. Wenn du mir versprichst, dich hier zu benehmen."

Sie nickte. Was blieb ihr auch anderes übrig.

„Mein Name ist Marc van der Esten."

Der Name sagte ihr gar nichts, dass wusste sie sofort. Genau so gut hätte er John Smith oder Paul Meier sagen können.

„Ja", sagte sie langsam, wiegte bedächtig ihren Kopf und tat so, als überlege sie angestrengt, „ich glaube, ich erinnere mich."

„Ach ja?", fragte er ungläubig. „An was erinnerst du dich denn?"

Scheiße, dachte Marie, an was erinnere ich mich bloß? Sie versuchte einen Schuss ins Blaue, weil sie keine Wahl hatte.

„Ich bin mit Ihnen aus dem Klassenraum gegangen, damit die anderen sie nicht ärgerten."

Van der Esten stutzte einen Moment und schien darüber nachzudenken, wie er diese Antwort einordnen sollte. Sein Blick wurde milder, und Marie bildete sich ein, eine Spur von Zufriedenheit aus seinen Augen zu lesen.

„Noch was?"

„Sie haben oft meine Hand genommen."

Er kniff die Augen zusammen, hob die Hände und verharrte eine Weile in dieser Position.

Er wird unsicher, dachte sie, er weiß es auch nicht. Jetzt musste sie ihm weiter Futter geben, ihn damit vielleicht noch mehr verunsichern und ihn in ihre Richtung lenken. Aber bloß nicht übertreiben, ermahnte sie sich selbst.

„Ein paar Mal standen Sie bei uns am Gartentor und wollten mit mir spielen, aber mein Vater hat es nicht erlaubt." Sie schüttelte den Kopf und spielte die Verständnislose. „Unglaublich, finden Sie nicht? Nur weil Sie ein bisschen anders waren. Und dabei war er Pfarrer."

„Ja", murmelte er, „ich weiß."

Ich hab ihn! Marie stieß innerlich einen kleinen Freudenschrei aus. Was man sich mit ein bisschen Fantasie alles zusammenreimen konnte.

„Ich habe meinem Vater oft gesagt, dass ich sein Verhalten ungerecht finde, aber das hat ihn nicht interessiert. Na ja, und nach der vierten Klasse hab ich Sie dann nicht mehr gesehen, da waren Sie wohl auf einer anderen Schule als ich."

Er lachte kurz und hämisch auf. „Ja, auf einer Schule für Blöde, für alle diejenigen, die es im Leben sowieso nicht schaffen werden. Während meine Eltern mich vor euch beschützen wollten, wollten eure Eltern euch vor mir schützen."

Genau richtig so, dachte Marie.

Van der Esten stand auf, stellte sich hinter ihren Stuhl und legte ihr seine Hände auf die Schultern.

„Ich will es ein wenig abkürzen, bitte unterbrich mich nicht dabei, ja?" Er drückte die Hände kurz in ihre Nackenmuskeln, wie um seine Bitte zu bekräftigen.

„Viele von euch sind nach Roosendaal aufs Gymnasium gegangen, ich, der Blöde, der Kopfzucker, bin in unserem Kaff geblieben. Auf meiner Schule war es eigentlich egal, ob man anwesend war oder nicht. Zum Glück, denn so hatte ich oft die Möglichkeit, nach Roosendaal zu fahren, um dich zu beobachten."

„Wieso ... ?"

„Nicht unterbrechen, habe ich gesagt. Ich habe gesehen, wenn du mit deinen Freundinnen auf dem Pausenhof zusammengestanden hast, wenn du dir in der Raucherecke die Zigaretten reingezogen hast und wenn du deinen Arm um deine Freunde gelegt hast. Das waren harte Momente für mich, aber davon hast du ja nie etwas geahnt. Wie auch? Ich war ein paar Mal kurz davor, dich anzusprechen, aber im letzten Moment ist immer etwas dazwischen gekommen. Leider, sage ich jetzt, denn wenn es anders gelaufen wäre, wären noch ein paar Menschen mehr am Leben. Nun gut, es war damals nicht meine Schuld, ich habe brav in deiner Nähe gewartet und auf eine passende Gelegenheit gewartet, dich anzusprechen. Tja, und dann kam diese blöde Sache auf der Demo. Kannst du dich noch an das Jahr 1982 erinnern, das Jahr, in dem die NATO bei uns in Holland Raketen aufstellen wollte?"

„Ja", sagte Marie leise. Sie ahnte, was jetzt kommen würde und ballte ihre Fäuste. Halte durch, Marie, beiß die Zähne zusammen.

„Du warst mit diesem bescheuerten Hippie Tom Rijsma zusammen, dem Sohn des Bürgermeisters, und hattest große Pläne. Ihr wolltet für ein Jahr oder länger nach Kanada, sobald ihr mit der Schule fertig gewesen wäret. Ein Jahr, Marie, weißt du, was das für mich bedeutet hätte? Ein Jahr lang dich nicht zu sehen, nicht im Bus hinter dir zu sitzen und dein Haar zu riechen. Dich nicht beobachten zu können, wie du dich ausziehst und ins Bad gehst, wie du im Freibad deinen Bikini an- und ausziehst und dich mit nackter Brust in die Sonne legst. Nein, du kannst es dir nicht vorstellen, weil du nichts von mir wusstest. Und soll ich dir mal was sagen? Ich selber glaube es auch kaum, dass es so gewesen ist. Aber es war so."

Er machte eine kleine Pause und sah prüfend in ihr Gesicht. Aber Marie blieb mit unbewegter Miene sitzen. Jetzt kein Gefühl zeigen, dachte sie, sonst war alles umsonst.

Van der Esten ging jetzt wie ein Dozent auf und ab. „Ihr wart so verliebt", fuhr er mit verbittertem Unterton fort. „Und dann noch Kanada. Was hätte ich denn tun sollen? Auf dieser Demo auf dem Sportplatz war dann diese schöne Gelegenheit, beide Probleme mit einem Schlag zu lösen. War ganz einfach eigentlich. Wenn man hasst und liebt, ist vieles einfach, nicht wahr?"

Marie zuckte mit den Schultern. Sie sah Tom vor sich, wie er da mit eingeschlagenem Schädel im Schmutz lag, Kopf und Gesicht voller Blut und Hirnmasse. Plötzlich wurde ihr übel, sie drückte eine Hand an ihre Kehle, um die hochkommende Galle zu stoppen.

„Du erinnerst dich, wie ich sehe. Kein schönes Bild, ich weiß, aber mir blieb keine Wahl, wenn ich dich weiter in meiner Nähe haben wollte. Dir nach Deutschland zu folgen war ja nicht das große Problem, als Computerverkäufer findet man überall einen Job."

„Sie waren auch in Stuttgart?", fragte Marie jetzt ehrlich entsetzt.

Er lachte kurz auf. „Nicht nur dort. Ich war in Stuttgart, in Spanien, in Bremen, in Münster. Überall, wo du warst, war ich auch. Ich verrate dir was: Ich musste bis heute 22 Mal umziehen, um Dir nahe zu sein."

„Und nie haben Sie eine Gelegenheit gefunden, mich anzusprechen?", fragte sie verständnislos. „Das kann doch nicht wahr sein. So viele Jahre."

Er seufzte. „Das liegt wohl in meiner Natur. Ich habe mich nie getraut, ich wusste einfach nicht, wie ich es am besten anstellen sollte, dass ich dich für mich gewinne."

Anketten ist eine sehr gute Methode, dachte Marie. Spitzenmäßig.

„Tja, und dann kam dieser schlimme Unfall, bei dem Rona starb. Ich habe mitgelitten mit dir, dass kannst du mir wirklich glauben. Aber für mich war es die Gelegenheit, dir zu beweisen, wie sehr ich dich will. Ich wusste ja, dass du dir Trenschels Tod so sehr gewünscht hast, also hab ich dir deinen Wunsch erfüllt. Oder besser, erfüllen lassen. Den Rest kennst du."

Marie saß einfach da und ließ es über sich ergehen. Sie hätte nach jedem Satz nach dem *warum* und *wieso* fragen können – wenn es sie wirklich interessiert hätte. Sie verstand nicht, wie ein Mensch so ticken konnte, alles an ihm war ihr fremd, abstoßend und unerträglich. Sie verstand nicht, wie man über 20 Jahre hinter jemandem herreisen konnte, ohne mit ihm zu sprechen. Sie kapierte nicht, warum man einen Menschen einfach tötete, nur weil dieser Mensch eine größere Nähe zu demjenigen hatte, den man selbst begehrte.

Marc van der Esten war offensichtlich besessen von ihr. Von einer Frau, die er als kleines Mädchen in der dritten Klasse kennengelernt hatte, die ihm zu jener Zeit ab und zu geholfen hatte, und die spätestens zwei Jahre später nie wieder etwas mit ihm zu tun gehabt hatte.

Das war doch … ja, das war krank.

Offensichtlich war Marc van der Esten nicht nur ein mehrfacher und eiskalter Mörder, dem ein Menschenleben mehr oder weniger völlig egal war, sondern darüber hinaus auch noch ein gefährlicher Psychopath. Aber vielleicht war das ja auch dasselbe. Marie wusste es nicht so genau.

Sie wusste nur, dass ihr Hirn bald kollabierte.

Sie musste gelassen bleiben und zum Schein auf seine Forderungen eingehen, ihn zunächst wenigstens hinhalten und gnädig stimmen. Gleichzeitig musste sie seine klägliche und auf ihre Art wahnsinnige Lebensgeschichte verdauen, die nur ein einziges Thema hatte: sie selbst, Marie Zeulweggen.

Es waren die ersten längeren Momente, in denen keiner von beiden etwas sagte, seit er den Raum betreten hatte. Marie saß still auf ihrem Stuhl, bleich vor innerem Entsetzen und krank vor Angst, etwas Falsches zu sagen. Van der Esten hatte sich gegen die Tür gelehnt und starrte sie an.

„Und jetzt?", fragte sie zögernd.

„Fürs erste würde es mir reichen, wenn du mich duzt", sagte er mit einem gequälten Lächeln. „Das nimmt schon mal etwas von der Distanz zwischen uns."

Marie nickte. „Okay."

Er hob die Arme. „Alles andere wird sich schnell finden, schätze ich. Sobald ich sicher bin, dass du es ernst meinst, werden wir irgendwohin gehen, wo uns keiner kennt, und ein neues Leben anfangen."

Am Arsch, dachte Marie. Nur über meine Leiche.

Sie rasselte mit den Ketten. „Könntest du sie abnehmen? Wenigstens eine? Ich kommen mir vor wie ein wildes Tier im Zwinger."

Er grinste zufrieden und machte einen Schritt auf sie zu. „Was bietest du mir als Gegenleistung, Marie?"

Sie zuckte mit den Schultern. „Was willst du haben? Einen Kuss?"

Er schüttelte höhnisch mit dem Kopf. „Oh nein, das wäre zu billig. Sag mir ins Gesicht, dass du nur auf mich gewartet hast. Dass ich es war, der dir deinen größten Wunsch erfüllt hat. Und dass du dir wünschst, mit mir zusammenzuleben."

Marie bekam einen gewaltigen Adrenalinstoß. Das hatte sie nicht erwartet. Ihm einen flüchtigen Kuss zu geben, wäre zwar hochgradig widerwärtig, aber auch in einer Sekunde vorbei gewesen. Ihm seinen Sermon nachzusprechen, ohne durch Tonfall oder Mimik zu verraten, dass sie genau das Gegenteil dachte und fühlte, war schon wesentlich schlimmer. Sie wusste wirklich nicht, ob sie diese drei Sätze würde aufsagen können, ohne vor abgrundtiefer Verachtung den Mund zu verziehen oder schlicht und einfach in Ohnmacht zu fallen.

Drei Sätze, das schaffst du, feuerte sie sich an. Sieh ihm in die Augen.

Sie nahm alle Kraft zusammen und sprach langsam und deutlich.

„Ich habe nur auf dich gewartet, mein Leben lang. Du hast mir meinen größten Wunsch erfüllt. Ich wünsche mir so, mit dir zusammenzuleben."

Regungslos blieb Marie auf ihrem Stuhl sitzen. Sie spürte, dass es sich nur noch um Sekunden handeln konnte, bis sie sich erbrach, und betete, dass er schleunigst den Bunker verließ.

Van der Esten schien zufrieden mit ihrer Vorstellung und wandte sich zur Tür. „Ich komme morgen wieder. Wenn du dann noch genau so verständnisvoll bist, werde ich dich von deinen Ketten befreien."

Sie konnte noch warten, bis seine Schritte verklungen waren.

Aber bis zum Zinkeimer schaffte sie es deshalb nicht mehr.

28

Kommissar Andreas Briesch wusste trotz seiner relativ jungen Karriere ganz genau, was profane polizeiliche Ermittlungsarbeit war. Aber wenn er die ersten Leute am Telefon hatte oder vor sich auf dem Stuhl sitzen sah, erinnerte ihn seine Arbeit mehr an die eines Soziologen oder Sozialarbeiters. Immer öfter auch an die eines Seelsorgers.

Er hatte von Johann Zeulweggen über die niederländischen Kollegen zwei Namen aus dem Raum Stuttgart genannt bekommen, eine Leonie Gilhaus und eine Familie Brössler. Ladys first, hatte er wohlerzogen gedacht und Gilhaus' Nummer gewählt. Schon nach dreißig Sekunden hatte er jedoch den Namen auf seiner Liste durchgestrichen und *geistig derangiert* dahinter geschrieben. Gilhaus hatte ihn von Beginn des Gesprächs an nur aufs Übelste beschimpft, weil sie ihn für einen Mitarbeiter eines Marktforschungsinstituts hielt. Sie hatte ihm nicht den Hauch einer Chance gelassen, sein durchaus ernstes Anliegen vorzutragen. Beschweren wollte sie sich zum Schluss bei Bundeskanzlerin Merkel.

Bei Familie Brössler sah die Sache glücklicherweise anders aus. Vater Markus Brössler hatte in freundlichem Ton bestätigt, dass Marie Zeulweggen bis zuletzt Kontakt mit ihnen gehabt hatte. Er und Maries erster Freund Klaus Wertze seien Kollegen und Freunde, so sei der Kontakt zustande gekommen. Dann hatte Brössler aus Zeitmangel den Hörer an seine Frau Christine weitergegeben.

„Wann hat sie sich zuletzt gemeldet?", fragte Briesch.

„Hm, ich schätze, so vor einem Monat. Sie hat angerufen und sich nach den Kindern erkundigt. Das hat sie häufig gemacht, sie liebt Emil und Paula."

„Wie ging es ihr?"

„Es ging ihr schlecht, wie schon das ganze letzte Jahr. Sie leidet nach wie vor unter Ronas Tod. Moment, bitte."

Briesch hörte aus dem Hintergrund den markerschütternden Schrei eines Kindes. Loch im Kopf, Gespräch beendet, dachte er frustriert. Nach ein paar Sekunden war Frau Brössler aber wieder am Apparat.

„Entschuldigen Sie, eine schlechte Zeit zum Telefonieren. Emil mag es gar nicht, wenn er mit Paulas rotem Löffel seinen Joghurt essen muss."

„Aha", machte Briesch.

„Ja, also, was wollten Sie noch mal wissen?"

„Wir suchen Menschen, mit denen Frau Zeulweggen noch zusammen gewesen sein könnte. Nähere Bekannte, Freunde, besonders Männer, die vielleicht mehr von ihr wollten."

Für einen Moment war Totenstille in der Leitung. „Meinen Sie damit meinen Mann?", fragte sie scharf.

Briesch schluckte. Mit dieser Rückfrage hatte er nicht gerechnet. „Äh nein, nicht ihren Mann, vielleicht Kollegen oder so. Gab es möglicherweise einen Niederländer in ihrem Umfeld?"

„Einen Niederländer? Warten Sie, ja, es gab einen … Entschuldigung."

Wieder brüllte ein Kind wie am Spieß, aber diesmal klang die Stimme höher. Briesch tippte auf Paula. Wie schön doch so ein gemeinsames Abendessen mit Kindern sein kann, dachte er.

„So, da bin ich wieder", sagte Frau Brössler etwas außer Atem. „Paula hatte sich den roten Löffel genommen, und Emil wollte dann doch … egal. Haben Sie Kinder?"

„Was? Äh, nein."

„Wissen Sie, Herr Kommissar, es gibt jeden Tag Situationen, da wünsche ich mir das auch. Aber solange diese Zahl unter zwanzig bleibt, geht's noch. Wo war ich? Ach ja, der Holländer. Ja, es gab einen Mann, der kurze Zeit nach Marie hierher nach Stuttgart kam. Er war IT-Experte und hat an der Uni gearbeitet. Wir haben ihn ab und zu dort gesehen, wenn ich mit den Kindern Markus oder Klaus besucht haben. Ein seltsamer Kauz, aber das sind ja Computerfreaks oft."

„Wieso erinnern Sie sich so gut an ihn? Ich meine, die Univerwaltung hat doch bestimmt viele Mitarbeiter, die kommen und gehen, oder?"

Briesch hörte ein deutliches Seufzen durch den Hörer.

„Halten Sie uns bitte nicht für neurotisch oder so, aber Markus und ich haben manchmal ehrlich gedacht, er verfolgt Marie. Fast überall, wo sie auftauchte, kam er auch hin, aber immer in einer sicheren Distanz. Es kann ein Zufall gewesen sein, aber irgendwie kam uns das komisch vor. Klaus hat ihn sogar einmal darauf angesprochen, aber er hat natürlich bestritten, dass er irgendwelche Absichten hat. Mehr weiß ich leider auch nicht, es ist ja schon ne Weile her."

„Kannte Marie ihn denn oder er Marie?"

„Nein, das glaube ich nicht. Ich habe sie nie miteinander reden sehen. Marie selbst hat das auch nicht so eng gesehen, sie war ja noch voll auf ihrem Hippie-Trip. Lasst ihn doch da rumstehen, hat sie immer gesagt, solange er Emma in Ruhe lässt. Er war dann auch schnell wieder weg, als Klaus in die Schweiz gegangen ist und Marie wieder nach Holland."

„Wissen Sie, wo er hingegangen sein könnte?"

„Nein, keine Ahnung. Wie gesagt, er war irgendwie komisch, aber wir hatten ja nichts zu tun mit ihm, daher war es uns egal. ... Moment. Halten Sie sich mal kurz die Ohren zu."

Christine Brössler hielt offenbar den Hörer weit von sich, aber Briesch konnte dennoch gut verstehen, dass die Kinder jetzt endlich mal ihre verdammte Klappe halten sollten, wenn sie nicht auf der nächsten Kinder-Polizeistation landen wollten. Ein Polizist wäre schon am Telefon, der sich nach ihnen erkundigte.

Briesch war ehrlich verblüfft, wie schnell und absolut diese Drohung wirkte.

„Entschuldigen Sie, dass ich Sie dienstlich missbrauche, aber wenn ich hier zwischen 18 und 20 Uhr keine Erpressermethoden anwenden würde, läge ich schon längst in der Geschlossenen."

Ganz wie bei uns, dachte Briesch.

„Sie kennen nicht zufällig auch seinen Namen?"

„Nein, aber den kann Ihnen bestimmt die Univerwaltung geben. Er müsste von etwa 1985 bis 1990 dort gearbeitet haben."

Briesch machte sich eine Notiz, wünschte Christine ein geruhsames Abendessen und verabschiedete sich. Wenn jetzt alles mit rechten Dingen zugehen würde, war er nur noch einen Anruf vom Namen des Mörders entfernt. Er reckte die Faust zur Decke.

Wenn das mal kein Durchbruch war.

Als er die Nummer der Universität Stuttgart anrufen wollte, klopfte es.

Eine dicke Frau in den Fünfzigern betrat sein Büro und fleezte sich auf einen Stuhl, noch ehe Briesch „Guten Abend" sagen konnte. Ihre dunklen Haare hingen ihr in fettigen Strähnen ins Gesicht und auf ihre knallrosa Seidenjacke. Sie knallte Briesch eine Plastiktüte auf den Tisch.

„Hier. Hab ich gefunden. Gipsstücke."

Briesch hielt es für angemessen, auf eine förmliche Begrüßung zu verzichten angesichts der rasenden Geschwindigkeit, mit der diese Frau auf den Punkt kam.

„Wunderbar, Frau … na gut. Wo denn?"

„Na bei mir, in der Spielothek am Bahnhof. Ich arbeite da."

„Und haben Sie schon reingeschaut?"

Sie verdrehte die Augen. „Sonst wüsste ich ja wohl nicht, dass da Gips drin ist, oder?"

Briesch lächelte freundlich. „Sie haben recht. Aber herausgenommen haben Sie nichts?"

„Nee, bin ja nicht blöd."

„Okay, und wann und wo genau haben Sie diese Tüte gefunden?"

„Na, vorgestern an einem Internetplatz bei uns. Ich erinnere mich noch gut, weil ich dachte, was macht der denn da? Kommt mit 'nem Gipsfuß rein und geht ohne wieder raus. Tja, wahrscheinlich wollte er die Tüte wegschmeißen, hat es aber wohl vergessen."

Briesch warf einen Blick in die Tüte. Mindestens zwanzig Gipsstücke lagen darin, die meisten mit farbigen Stiften bemalt. Das nächste Puzzlestück, im wahrsten Sinne. Er bekam langsam gute Laune.

„Vielen Dank, Frau … . Ach, egal. Geben Sie bitte einfach vorne Ihren Namen und Adresse an, dann passt das schon."

Als sie draußen war, machte er Platz auf seinem Schreibtisch, zog Latexhandschuhe über und holte die Gipsteile aus der Tüte. Kein Zweifel, das war einmal ein Gipsfuß gewesen. Anhand der verschiedenen Farben würde es vermutlich nicht unmöglich sein, einzelne Wörter wieder zusammenzusetzen. Briesch holte sich einen Kaffee und machte sich an die Arbeit. Nach einer Stunde hatte er sieben Namen wieder zusammengesetzt und auf seinen Block geschrieben: Heidrun, Joachim, Marek, Rupert, Evelyn, Peter und Philipp.

Hübsche Namen, dachte Briesch. Aber was mache ich jetzt bloß damit?

Er dachte eine Weile nach und kam dann zu dem Ergebnis, dass die Namen ihm ohne den Namen ihres Mörders kaum weiterhelfen würden. Also, eines nach dem anderen.

Er rief die Universität Stuttgart an und hatte nach drei verschiedenen Gesprächspartnern und einer Drohung die Zusage, dass er bis zum nächsten Morgen zehn Uhr den Namen des ehemaligen Mitarbeiters in seinem Mail-Postfach vorfinden würde.

Wenn seine Kollegin in Bremen auch nur halb so erfolgreich wäre, würden Sie in den nächsten Stunden dem Mörder schon ein gutes Stück näher auf die Pelle gerückt sein.

Irene Franta saß exakt in diesen Minuten am Küchentisch eines typischen Bremer Hauses im Osterviertel. Der Mann, der ihr gegenüber saß, hieß Heino Petersen und war das Ebenbild von Telly Savalas aus der amerikanischen Krimiserie Kojak. Und dazu einer der trendigsten Friseure der Stadt. Heino duzte sie ganz selbstverständlich, weil er noch nie im Leben jemanden gesiezt hatte, wie er ihr grinsend erklärte. Ebenso selbstverständlich baute er sich kunstvoll einen riesigen Joint. Vermutlich tut er das auch bei jedem, überlegte Franta.

Heino zündete sich die Tüte an und blies den ersten Rauch genüsslich gegen die Deckenlampe.

„Du suchst alte Freunde von Marie, sagst du?", fragte er.

Franta wartete, bis der duftende Nebel sich etwas verzogen hatte. „Richtig. Freunde, Bekannte, gerne Holländer, vor allem Männer, die mit ihr zu tun hatten oder gerne zu tun haben wollten."

„Da gab's 'ne Menge. Marie war beliebt. Fast jeder Kunde wollte damals von ihr die Haare geschnitten bekommen."

„War sie so gut?"

Heino lachte und zog kräftig an der Tüte. „So gut? Nein, sie war ganz gut, etwas besser als der Durchschnitt, würde ich sagen. Aber sie hatte ungeheuren Charme, sah gut aus, dazu dieser holländische Dialekt. Ich habe sie eingestellt, weil wir schon vorher befreundet waren, über Klaus Wertze."

Franta nickte ungeduldig. „Fallen Ihnen Namen ein?"

Er legte den Joint zur Seite und massierte sich mit den Fingern die Schläfen. „Du sagst, sie ist verschwunden? Entführt?"

„Möglicherweise. Genau wissen wir es nicht."

Er ging zum Kühlschrank und holte eine Flasche Obstler. „Trinkst'e einen mit?"

Franta lächelte. „Nein, danke. Es wäre wunderbar, wenn Sie uns mit einem Namen weiterhelfen könnten. Vielleicht Jan Vermeeren?"

Heino goss sich einen doppelten Schnaps ein und verzog keine Miene. Dann schüttelte er den Kopf. „Vermeeren? Nie gehört. Ich persönlich wüsste jetzt auch keinen Mann, der so besessen von Marie wäre, dass er sie entführen würde, und ihre Kolleginnen von damals leben nicht mehr hier. Aber ich kenne jemanden, der dir vielleicht weiterhelfen kann. Ein Freund von mir hat einen Computerladen. Dort arbeitet zur Zeit ein Holländer zur Aushilfe, der schon zu Maries Zeiten hier in Bremen war. Ich glaube, er hat sich sogar ein paar Mal von ihr die Haare schneiden lassen. Auf jeden Fall habe ich ihn oft in der Nähe unseres Salons gesehen. Vielleicht weiß er etwas."

„Kennen Sie ihn näher? Wissen Sie den Namen?"

Heino hatte wieder seine Tüte in der Hand und inhalierte genüsslich. „Nö, und ich kann mir auch nicht vorstellen, dass er etwas damit zu tun hat. Wenn ich ihn im Computerladen sehe, tut er mir fast leid. Er ist ein kleiner Spinner, ein Nerd, unsozial bis unter die Haarspitzen, aber ansonsten völlig harmlos, glaube ich. Warte, ich geb' dir den Namen meines Freundes."

Er schrieb Namen und eine Handynummer auf einen Zettel und schob das Blatt zu ihr rüber.

Franta war froh, als sie wieder draußen an der frischen Luft war, und atmete tief durch. Eigentlich mochte sie den Marihuanageruch, aber es war natürlich schon etliche Jahre her, dass sie das letzte Mal gekifft hatte. Als Beamtin bei der Kriminalpolizei machte es sich nicht besonders gut, stoned zu sein. Alkohol ging da schon eher durch.

Sie wählte nacheinander die Nummern von Rothenburg und Briesch, aber beide Handys waren ausgeschaltet. Dann tippte sie die Nummer des Ladenbesitzers ein und hatte nach zwei Minuten einen Namen.

Nicht mehr und nicht weniger.

Dr. Peter Halbeck sah aus wie eine lebende Leiche. Das war zumindest die übereinstimmende Meinung von Rothenburg und Staatsanwalt Rabbel, als der Notarzt ihnen bei Einbruch der Dämmerung die Tür öffnete. Seine Augen waren noch halb geschlossen, das Gesicht weiß wie Kalk, seine Haltung krumm wie eine Banane.

„Haben wir Sie geweckt?", fragte Rothenburg höflich.

„Ja", knurrte Halbeck. Er ließ die Besucher widerwillig an sich vorbei in das dunkle Wohnzimmer. „Ich habe gleich Nachtdienst."

Rabbel verteilte jede Menge Papiere und Fotos auf dem Tisch und setzte sich. „Wissen Sie noch, wo Sie am 14. November vergangenen Jahres waren? So gegen 17 Uhr?"

„Soll das ein Witz sein? Das ist acht Monate her. Wissen Sie es?"

„Ja", sagte Rabbel böse lächelnd, „wir wissen es ganz genau. Sehen Sie sich die Fotos an. Sie hatten an diesem Tage Dienst und mussten gegen 17 Uhr zu einem äußerst hässlichen Unfall auf der Auffahrt zur A 43 hinter der Weseler Straße. Erinnern Sie sich jetzt?"

Halbeck sackte auf seinem Stuhl zusammen und senkte den Blick. „Nein."

„Doch", erwiderte Rothenburg, „Sie erinnern sich ganz gut. Es gab einen Toten, Jan Vermeeren, einen Niederländer aus Amsterdam."

„Schon möglich", murmelte Halbeck. Rothenburg musterte ihn scharf. Der Arzt schien angestrengt mit sich zu ringen, ob er etwas preisgeben oder weiter stur leugnen sollte.

„Ja, und was jetzt das Kuriose daran ist", fuhr Rothenburg fort, „ist, dass dieser Jan Vermeeren vor ein paar Tagen ein Auto gemietet hat. Vorher war dieser Untote noch so umtriebig und hat ihre gesamte Koksrunde abgestochen. Alle, bis auf Sie. Da fragen wir uns doch natürlich, was Sie so immun macht gegen diese Macht aus dem Jenseits. Knoblauch wird es ja wohl nicht sein."

Halbeck schüttelte den Kopf. „Was reden Sie da für einen Unsinn?"

„Sie haben den Ausweis an sich genommen und ihn weitergegeben, stimmt's? Dazu kommt, dass es Unregelmäßigkeiten in Ihrem Medikamenten-Gebrauchsnachweis gibt, und zwar bei genau den Mitteln, die bei Frau Zeulweggen und Hans-Jörg Calma benutzt wurden. Ihre Leitstelle war so freundlich, uns Einblick zu gewähren."

Halbeck hielt den Kopf gesenkt, der nur noch wenige Zentimeter von der Tischplatte entfernt war. Mit seinen Fingernägeln kratzte er nervös auf dem Holz.

Rabbel seufzte. „Ihre Leitstelle hat uns darüber hinaus noch erklärt, dass es diesen ominösen Assistenzarzt gar nicht gibt, von dem Sie uns erzählt haben. Sie hatten Dienst, als Marie Zeulweggen zusammengebrochen ist. Aber nicht Sie waren bei ihr, sondern jemand anders. Herr Halbeck, für wen machen Sie das alles? Und warum machen Sie es?"

Halbeck schüttelte immerfort den Kopf. Aber es schien Rothenburg ein erstes Zeichen zu sein, dass Halbeck kurz davor war umzufallen. Gerade schien er sich über die Konsequenzen seiner Taten Gedanken zu machen. Der perfekte Zeitpunkt für den finalen Stoß, fand Rothenburg.

„Wir stellen uns die gesamte Geschichte folgendermaßen vor", begann er seine Zusammenfassung. „Ein Mann will sich an Marie Zeulweggen heranmachen und sieht in dem Mord an Rolf Trenschel ein geeignetes Mittel dazu. Woher er weiß, dass Zeulweggen dessen Tod herbeisehnt, wissen wir noch nicht, spielt aber auch nur eine untergeordnete Rolle. Er erpresst einen Mann aus Ihrer ehemaligen Koksrunde, Hans-Jörg Calma, und fordert Trenschels Tod, weil er selbst keine Möglichkeit sieht, an ihn heranzukommen. Um seine Forderung zu untermauern und genügend Druck auszuüben, tötet er die anderen Kokser. Auch Trenschel stirbt plötzlich, was ihn endlich veranlasst, sich Frau Zeulweggen zu offenbaren. Da sie natürlich freiwillig nicht mitgeht, entführt er sie und versucht nun vermutlich, sie zu überreden, mit ihm zu kommen oder was auch immer. Zugegeben, Trenschels Tod war ein wirklicher Glücksfall für uns, obwohl er natürlich sehr tragisch ist. Wenn Trenschel nämlich noch leben würde, wäre Marie vermutlich noch frei und der Mörder noch irgendwo im weiten Universum, und wir hätten keine einzige Spur."

Rothenburg machte eine Pause und blickte Halbeck in die Augen. Sie waren ausdruckslos und leer. Die Hände hatten angefangen zu zittern, unter einem Fingernagel hatte es angefangen zu bluten.

„Ich kann mir auch gut vorstellen, was geschieht, wenn sie sich weigert."

Halbeck hob leicht den Kopf. „Was denn?", fragte er leise.

Rothenburg versuchte, betont gleichgültig zu klingen. „Er wird sie umbringen, ganz sicher, aber nicht sofort. Zunächst wird er sie vergewaltigen und stundenlang quälen, wahrscheinlich sogar tagelang. Ich nehme an, er hat sie eingesperrt in einen dunklen Raum, irgendwo, wo sie keiner hören und sehen kann. Sie liegt im Dreck und friert, aber er wird keine Gnade kennen, solange sein Wunsch nicht erfüllt wird. Er wird die Rechnung fordern für alles, was ihm bislang versagt geblieben ist. Und vor allem wird er dann dafür sorgen, dass kein anderer Mensch das besitzt, was er so gerne hätte, aber niemals bekommen wird. Zum Schluss wird er sie eiskalt töten und dann verschwinden."

Halbeck hatte mittlerweile den Kopf auf seine Hände abgestützt und atmete kaum hörbar. Rabbel setzte sich neben ihn an den Tisch und legte ihm eine Hand auf die Schulter.

„Herr Halbeck, wer ist dieser Mann?", fragte er ruhig. „Wenn Sie uns jetzt helfen, Frau Zeulweggen zu befreien, wird das vor Gericht hoch bewertet werden. Das versichere ich Ihnen."

Endlich bewegte sich der Arzt. Er stand schwerfällig auf, ging ins Bad und kam nach ein paar Augenblicken mit einem kleinen Etui zurück. Er warf es auf den Tisch.

„Da", sagte er völlig erschöpft, „da liegt der Grund für meine Dummheiten. Öffnen Sie es ruhig. Mein Leben ist sowieso im Arsch."

Rabbel öffnete das Etui und legte einen kleinen Spiegel, eine Rasierklinge und einen Beutel mit weißem Puder auf den Tisch. Er hob die Augenbrauen.

„Sie haben weitergekokst?"

„Ja, leider. Ich konnte nicht aufhören wie Ricarda oder Rolf. Der Job war und ist einfach zu stressig für mich. Ohne hin und wieder eine Line wäre ich vermutlich längst zusammengebrochen. So habe ich wenigstens ab und zu Glücksgefühle." Er lachte kurz auf. „Idiotisch, was? Das aus dem Munde eines Arztes zu hören."

Rothenburg setzte sich zu den beiden. Er hatte plötzlich das Gefühl, Halbeck eine Perspektive bieten zu müssen. Oder wenigstens die Gewissheit, dass er nicht die große, schlechte Ausnahme war.

„Ich will gar nicht wissen, wie viele Ärzte koksen, aber Sie werden mit Sicherheit nicht der einzige sein. Machen Sie sich keine großen Sorgen, man kommt aus jedem Schlamassel raus."

Rabbel hatte sich unterdessen Notizen gemacht. „Und er hat Sie erpresst?"

Halbeck nickte. „Er heißt Marc und ist Holländer. Vielleicht heißt er aber auch Pieter oder Arjen oder zufällig tatsächlich Jan, ich weiß es nicht. Er hat mich kurz nach dem Prozess auf dem Klo einer Kneipe dabei erwischt, wie ich mir 'ne Nase gezogen habe, und mir sofort klargemacht, dass ich meinen Job nur weitermachen könnte, wenn ich ihm ab und zu einen Gefallen tun würde. Tja, so ging das dann los: die falschen Papiere, Beruhigungsmittel, Narkosespritzen,

alles Mögliche an rezeptpflichtigem Zeug, dazu Salben, Verbands-
material …"

„Haben Sie sein Ohr behandelt?"

„Ja. Heftig, die Wunde. Ich konnte mir gar nicht vorstellen, dass
ein Mensch ein Ohr abbeißen kann, aber Ricarda hat in ihrer
Todesangst wohl so große Kräfte freigesetzt …" Er senkte
deprimiert den Kopf. „Das habe ich alles nicht gewollt."

Rothenburg klatschte mit der flachen Hand auf den Tisch. „Wir
brauchen mehr als einen Vornamen", sagte er. Halbeck konnte später
jammern, wenn sie wieder weg waren. Jetzt brauchten sie schnell
Informationen. „Was wissen Sie noch?"

Halbeck schüttelte heftig den Kopf. „Nichts, wirklich. Aber
schauen Sie sich ruhig in seinem Zimmer dort drüben um. Ich denke
nicht, dass er noch einmal zurückkommen wird."

Rothenburg hob die Augenbrauen. „*Er* wohnt hier?"

„Ab und zu, wenn er in Münster ist. Ein Zimmer war auch
Bedingung für sein Schweigen."

„Und sonst?"

„Mehr weiß ich nicht, ehrlich."

Die Tür war abgeschlossen. Halbeck hatte keinen zweiten
Schlüssel mehr, Marc hatte ihn genommen. Aber ein kräftiger Fußtritt
von Rothenburg löste dieses kleine Problem.

Das Zimmer war klein und beherbergte nur ein ungemachtes Bett,
eine billige Kommode und einen noch billigeren Schreibtisch, auf
dem dafür ein sehr teurer Laptop stand. Rothenburg klappte das
Gerät auf und eine Minute später wieder zu, als das Betriebssystem
ein Passwort verlangte. Er selbst hatte keine Chance, aber Sven Behle
würde hier ein paar Programme durchjagen und spätestens nach einer
Stunde Vollzug melden. Er stöpselte den Laptop aus und
durchsuchte zusammen mit Rabbel alle Schubladen, Regale und
Winkel im Raum, aber sie fanden keine näheren Hinweise auf seine
Identität. Während Rabbel schließlich ins Badezimmer ging, um nach
Spuren für den DNA-Abgleich zu suchen, setzte sich Rothenburg an
den Schreibtisch und studierte die Unterlage.

Das oberste weiße Blatt im DIN A3-Format war vollgekritzelt mit
durchgestrichenen Männchen, merkwürdigen Linien und Baukörpern.
Auf den ersten Blick las er nur einzelne Buchstaben und Zahlen,
kaum ein sinnvolles Wort. Ganz rechts am Rand hatte dieser Marc
untereinander sechs Strichmännchen gemalt, von denen fünf mit

einem großen X durchgestrichen waren, das letzte war eingekreist. Über den Männchen stand jeweils ein Buchstabe: J, T, N, C, T, H. Rothenburg klatschte mit der Hand auf den Tisch. Ohne Zweifel: Er saß am Schreibtisch des Mörders! Jensen, Tönnies, Nürting, Calma und Trenschel waren tot, Halbeck lebte.

Er nahm einen Stift und suchte auf der Unterlage nach weiteren Informationen. Ein großes ‚M' war etwa dreißig Mal eingekreist, klar, dass es Marie bedeutete, eher als Marc oder Münster. Er fand noch Rasen, See, Boot und zwei kleine Wörter, die ihm nichts sagten. Sie klangen fremd, vielleicht finnisch, vermutlich waren sie einfach falsch geschrieben. Er riss den Zettel ab und legte ihn beiseite. Die Unterlage rutschte dabei etwas zur Seite und ein Teil eines Fotos lugte hervor. Rothenburg hob die Unterlage hoch und erstarrte.

Es war Marie Zeulweggen, die ihm von unzähligen Fotos entgegenblickte.

Marie vor dem Gerichtsgebäude, noch ganz in Schwarz gekleidet, sogar das Kopftuch war schwarz. Marie auf der Straße vor ihrer Wohnung, Marie im Supermarkt, Marie auf dem Friedhof. Keine Frage, dieser Mann war besessen von der Frau, wenn er sie auf offener Straße fotografierte.

Dann betrachtete Rothenburg das nächste Foto und stutzte. Es zeigte Marie schlafend in ihrem Bett. Er runzelte die Stirn. Hatte Lars Wilkens die Aufnahme gemacht oder wer? Direkt danach kam ein Foto, dass Marie vor Ronas Kleiderschrank zeigte, dann einige mit ihr aus der Küche. Rothenburg legte ein Foto nach dem anderen auf einen Stapel und begriff gar nichts.

Dann sah er sich selbst.

Er saß mit ihr am Küchentisch und trank Schnaps. Und Lars Wilkens war gar nicht da gewesen. Er erinnerte sich gut.

Und er erinnerte sich, dass genau dort an der Stelle, von wo das Foto geschossen worden war, eine Küchenuhr hing. Eine Kamera in der Küche. Eine Kamera im Schlafzimmer, eine in Ronas Zimmer und wahrscheinlich in jedem weiteren. Dazu höchstwahrscheinlich auch Mikrofone. Wenn schon, denn schon.

Was letztlich bedeutete, dass Marc die ganze Wohnung überwacht haben musste. Genauer gesagt, Marie.

Jemand klopfte ihm auf die Schulter. Rothenburg zuckte zusammen und sah hoch.

Rabbel hielt eine Tüte mit einem blutigen Rest Verbandsmull in der Hand. Er lächelte. „Lag hinter dem Mülleimer. Hat er wohl daneben geworfen. Sieht aus, als hätten wir unseren Mann."

Rothenburg seufzte. „Den halben, würde ich sagen. Ich möchte nicht wissen, wie viele Marcs es in Holland gibt. Oder Pieters oder Arjens."

Der Staatsanwalt nahm das Foto in die mit einem Papiertaschentuch geschützte Hand. Er runzelte die Stirn.

„Sie trinken mit dem Opfer zusammen Schnaps? Das ist ja regelrecht kompromittierend."

Rothenburg zuckte die Schultern und wollte etwas erwidern, als ein lauter Knall aus dem Wohnzimmer die ganze Wohnung erschütterte.

Er sprang auf und stürmte gemeinsam mit Rabbel zur Tür, von wo aus sich ihnen ein grauenhaftes Bild bot.

„Scheiße", fluchte Rothenburg leise. „So eine verfluchte Scheiße."

29

Fünfmal hatte ein Mann ein schreiendes Baby aus ihr herausgezogen, es angestarrt und in einen Kinderwagen gelegt. Eine Frau in Biedermeierkleidung schob ihn schnell weg, nicht ohne ihr noch einen vorwurfsvollen Blick zuzuwerfen. Die Frau verschwand dann in dichtem Nebel, das Schreien des Kindes verstummte augenblicklich. Bis der Mann das nächste Kind holte.

Nach dem fünften Baby wachte sie endlich auf.

Marie Zeulweggen hockte auf der Matratze und rieb sich die Augen. Trotz der feuchten Kälte lief ihr der Schweiß über das Gesicht. Sie überlegte, was der grässliche Traum wohl bedeuten würde, aber außer Schmerz und Abschied fiel ihr nichts ein. Aber schlimm genug.

Sie musste tief geschlafen haben. Der Zinkeimer war geleert und sauber, auf dem Boden standen eine Flasche Wasser, ein Stück Brot und ein kleiner Teller mit Obst. Am Fußende der Matratze lag eine dicke Decke. Sie schnüffelte. Der muffige Geruch war weg, stattdessen roch es blumig. Deo? Rasierwasser? Parfüm? Raumspray, entschied sie schließlich.

Er musste in der Nacht hereingekommen sein, und sie hatte nichts mitbekommen. Offenbar hatte sie es doch geschafft, ihn zu überzeugen, wenn er sich jetzt mit Rosenduft und Bananen darum bemühte, es ihr etwas erträglicher zu machen. Sie war auf dem richtigen Weg, glaubte sie. Ein zaghaftes Lächeln huschte über ihr Gesicht. Vielleicht noch ein paar Tage, dann war dieser Albtraum überstanden. Aber dazu musste sie bei Kräften sein.

Die Kette an der Hand klirrte, als sie sich eine Banane nahm und hastig aß. O mein Gott, dachte sie, wie herrlich doch eine Banane schmecken kann. Anschließend nahm sie sich noch einen Apfel und ein paar Weintrauben. Sie spürte, wie sich langsam ihr Magen füllte und ihr ermöglichte, wieder einen klaren Gedanken zu fassen.

Wenn sie hier jemals wieder lebend rauskommen wollte, musste sie sich an strenge Regeln halten. Ihr Verstand musste so klar bleiben, dass sie auf jedes irrwitzige Verhalten dieses unberechenbaren Marcs reagieren konnte, der Körper kräftig genug, um weitere Entbehrungen zu überstehen. Vor allem aber musste sie ihre Rolle weiterspielen, wenn möglich ohne hinterher zu kotzen. Er musste überzeugt werden, dass sie es ernst meinte. Notfalls …

Schon wieder spürte sie diesen Brechreiz. Sie wünschte sich einen Schutzpanzer und ein Ventil, damit sie nicht dadurch alles versauen würde, dass ihr Magen nicht mitmachte. Ich muss ihn mir vorstellen, überlegte sie, wie er meine Hand nimmt, mich umarmt, mich küsst. Ich muss üben, üben, üben, sonst schaffe ich es nie. Los, probier es mal!

Sie schloss die Augen und stellte sich vor, wie sie zusammen Hand in Hand spazieren gingen. Sie schlenderten durch einen schönen Wald, warmes Sonnenlicht fiel durch die Zweige auf den Boden, die Luft duftete nach gesättigter Erde. Sie sprachen kein Wort miteinander. Die einzigen Laute, die sie wahrnahm, waren ihre Schritte, die im Laub raschelten, und das Gezwitscher der Vögel.

Marie versuchte, die Gesichter zu lesen. Van der Esten wirkte unsicher, sein Blick war starr geradeaus auf den Weg gerichtet, der Gang holprig und langsam. Sie selbst schien gelöster zu sein, ab und zu riskierte sie einen Seitenblick, den Marc aber nicht erwiderte. Hatte er Angst vor ihr? Oder wovor? Sie bemerkte, dass der Waldweg sich zwanzig Meter weiter in zwei schmale Pfade gabelte, auf jedem der Wege stand ein Mann und winkte ihr zu. Sie versuchte die Gesichter zu erkennen, aber noch war sie zu weit weg. Sie beschleunigte ihren Schritt und zog van der Esten an der Hand hinter sich her. Aber erst als sie unmittelbar an der Gabelung stand, erkannte sie die beiden Männer.

Rechts, dort wo es heller wurde und der Wald bald aufhören würde, stand Lars Wilkens. Er fuchtelte verzweifelt und mit wirrem Blick in der Luft herum. Sein Mund formte ein lang gezogenes „Maaarie".

Auf der linken Seite wurde der Wald dunkler. Noch ein paar Meter, und die dicht stehenden Bäume würden kein Sonnenlicht mehr durchlassen. Der Mann saß auf einem Baumstumpf, rauchte genüsslich einen dicken Joint und lächelte sie an.

Tom Rijsma, ihre erste große Liebe.

Tom Rijsma, den der Mann auf dem Gewissen hatte, den sie gerade an der Hand hielt.

Das Klirren der Kette holte sie wieder zurück in ihr Gefängnis, als sie entsetzt ihre Hand zurückzog. Marie wollte schreien, doch ihre Lunge gab keine Luft frei. Sie öffnete die Augen und starrte verwirrt zur Eisentür. Eine Prüfung, dachte sie. Dieser Traum war eine Prüfung und ich habe sie nicht bestanden.

Sie rutschte mit dem Rücken an der Mauer auf den Boden und legte den Kopf auf die angewinkelten Knie.

Dann hörte sie seine Schritte.

Am Freitagmorgen Punkt sieben Uhr waren alle im Besprechungsraum „Rot" versammelt. Ein überaus müder Haufen, hätte ein objektiver Betrachter geurteilt, aber dennoch guten Mutes und voller Tatendrang. Der Konferenztisch war übersät mit losen Papieren, Ordnern, Schnellheftern, Thermoskannen und Tassen. In der Mitte stand ein gewissenhaft rekonstruierter und bunter Gipsfuß.

„Das mit Peter Halbeck ist ein Ding", eröffnete Briesch die Sitzung. „Erschießt sich einfach … Hatte er denn überhaupt keine Perspektive mehr?"

Franta hob die Augenbrauen. „Ein koksender Notarzt? Ich glaube kaum, wenigstens in beruflicher Hinsicht. Seine Zulassung hätte er auf jeden Fall verloren. Dann wäre er wahrscheinlich dran gewesen wegen Vertuschung einer Straftat, Verstoß gegen das Betäubungsmittelgesetz, Betrug und so weiter."

„Ich hätte es verhindern müssen." Rothenburgs Stimme klang traurig und deprimiert. „Ich hätte ihm besser zuhören und ihn dann nicht allein lassen sollen. Aber letztendlich war es seine Entscheidung."

Franta und Briesch nickten.

Rothenburg seufzte tief und gab eine Zusammenfassung der Ermittlungsergebnisse der letzten Stunden. Die Identität des Täters war durch die Aussagen von Halbeck, der Stuttgarter Universität und des Chefs des Computerladens jetzt klar und durch die DNA-Proben aus Halbecks Wohnung unzweifelhaft bewiesen: ein gewisser Marc van der Esten, geboren 1965 in Woensdrecht/Niederlande.

Viel hatten sie nicht über ihn zusammentragen können. Sie fanden keine Freunde, die Arbeitskollegen konnten nicht mehr über ihn aussagen als die Tatsache, dass sie ihn eigentlich gar nicht kannten. 1984 verschwand er aus Holland, ohne seinen neuen Wohnsitz anzugeben. 1985 tauchte er in Stuttgart auf und arbeitete in der EDV-Abteilung der Universitätsverwaltung, 1991 verschwand er wieder. Wo er dann lebte, war nicht bekannt, vermutlich aber jeweils dort, wo

Marie Zeulweggen sich aufhielt. Alle Zeugen hatten übereinstimmend angegeben, dass es nach ihrem Wissen keinen direkten Kontakt zwischen Zeulweggen und van der Esten gab, es aber sehr wohl so schien, dass er sich oft und gerne in ihrer Nähe aufhielt. Seit ein paar Monaten arbeitete er in einem Bremer Computerladen, aber der Besitzer hatte leider keinen blassen Schimmer, wo er wohnte.

Immerhin konnte die niederländische Polizei durch die zugesandte Probe den Mord an einem Tom Rijsma aufklären, der 1982 auf einer Demonstration in Woensdrecht erschlagen worden war. Das Mordwerkzeug, ein Pflasterstein mit Blutresten von Rijsma und Hautschuppen von van der Esten, hatte jahrelang in der Asservatenkammer gelegen, weil die Technik der DNA-Auswertung damals noch nicht so weit gediehen war. Erst vor zwei Jahren hatten es Techniker geschafft, eine eindeutige DNA zu isolieren, die mit derjenigen von dem abgebissenen Ohr übereinstimmte.

Was sie immer noch nicht aufgetrieben hatten, war ein brauchbares aktuelles Foto von ihm. Das offizielle Personalfoto aus Stuttgart zeigte ihn mit Igelschnitt und Vollbart, das Phantombild mit langen Zottelhaaren ohne Bart. Außer dem fehlenden Ohr hatten sie also nichts, mit dem sich fundiert nach ihm fahnden ließ.

„Zum Teufel, wo ist er?", brummte Rothenburg verärgert. Er wunderte sich nicht, dass keiner antwortete und er nur ratlose Gesichter sah.

„Wo ist Sven?", fragte Franta. „Er hat manchmal irre Ideen."

„Er nimmt Zeulweggens Wohnung auseinander", antwortete er. „Sie muss von oben bis unten verwanzt sein. Wenn wir Glück haben, holt er aus dem Computer und dem Laptop was raus."

„Würde mich wundern. Ein Computerexperte, der seinen Rechner nicht sichert, ist leichtsinnig. Und ein Mörder, der das nicht tut, ist ein Vollidiot."

„Abwarten", schnaufte Rothenburg. „Abwarten."

Er betrachtete den Gipsfuß mit den bunten Namen. Warum hatte van der Esten diese Namen gewählt? Sie waren nicht so außergewöhnlich, dass man sie sich erst mühsam aus dem Internet zusammensuchen musste, aber auch nicht so alltäglich, dass sie einem sofort in den Sinn kamen, wenn man schnell ein paar Namen brauchte. Es sei denn …

Es sei denn, van der Esten kannte diese Menschen alle und hatte regelmäßig und vor allem gerade mit ihnen zu tun. Der

Computershop fiel aus, der Chef hieß Ralf, die anderen Mitarbeiter Cem, David und Sebastian.

Rothenburg seufzte. Sollte er jetzt etwa nach Heidrun und Peter googlen? Was würde dabei letztlich herauskommen? Bestimmt hundert Einträge von Paaren mit diesem Namen, aber sicher keine brauchbare Anschrift einer Wohngemeinschaft. Er bat Briesch und Franta, alle möglichen Varianten der Gipsnamen zu googlen und auch die beiden fremden Wörter zu überprüfen. Dann nahm er ein paar von den Papieren und ging in sein Büro.

Er brauchte Ruhe zum Nachdenken. Die Zeit lief ihnen davon, das spürte er deutlich. Auch spürte er die Möglichkeit, dass er noch tagelang an diesem Tisch sitzen konnte, ohne dass er auch nur einen Millimeter weiterkäme.

Ich habe eine Blockade, dachte er frustriert, als er die Berichte vor sich ausgebreitet hatte. Eine beschissene Blockade. Sehe ich ein Detail nicht oder gibt es einfach kein Detail?

Er sah sich die Berichte und seine eigenen Aufzeichnungen noch einmal an. Van der Esten arbeitete regelmäßig in Bremen. Manchmal ein paar Tage hintereinander, wie der Chef des Ladens ausgesagt hatte. Wenn er also nicht ganz bescheuert war, dann wohnte er auch dort oder wenigstens in der Nähe. Aber natürlich war er nirgendwo gemeldet. Also mussten sie nur in halb Niedersachsen nach ihm suchen. Ein Klacks.

Ein Ton auf seinem Computer signalisierte ihm den Eingang einer Mail. Er pfiff leise, als er den Inhalt las. Die Polizei hatte einen weißen Opel Corsa sichergestellt, der im Bültersee versenkt worden war, etwa zehn Kilometer östlich von Bremerhaven. Die Kennzeichen waren abgeschraubt, aber Rothenburg war sich sicher, dass sie anhand der Identnummer schnell feststellen würden, dass es der gesuchte Corsa der freundlichen Türken war. Weitere Spuren wie Haare oder Stoffreste wären allerdings nicht mehr zu erwarten, meinten die Kollegen aus dem Norden. Vielleicht ins Polster eingedrungenes Blut, aber daran wollte Rothenburg jetzt lieber nicht denken.

Irgendwo da oben hockt er und hält sie gefangen, dachte er.

Aber wo nur, zum Henker?

Rupert hatte gut geschlafen und fühlte sich wieder bei Kräften. Wahrscheinlich war der Fisch auf seinem Makrelenbrötchen vor zwei

Tagen schlecht gewesen und er hatte es wegen der üppig dosierten Remouladensoße nicht gemerkt. Er trank wie gewohnt seinen starken Kaffee, aß vier dick belegte Brote, setzte sich in seinen alten Lieferwagen und fuhr nach Lübberstedt. Eigentlich wollte er wie immer erst gegen Abend fahren, aber wenn er schon mal frei hatte, konnte er im Gemeinschaftsraum noch ein paar Mauern wegstemmen. Außerdem hatte er etwas Zeit, sich mit Jan zu unterhalten und ihm nahezulegen, die Baugemeinschaft zu verlassen.

Er war sich gar nicht so sicher, dass Jan Vermeeren entrüstet ablehnen würde. Jeder sah, dass er sich an nichts beteiligte, mit keinem redete, keine Initiative ergriff und kein Engagement zeigte. So war eine Baugemeinschaft nicht gedacht, das musste auch Jan einsehen. Man durfte ihn nur nicht unter Druck setzen oder ihm gar Fehler vorwerfen. Man musste ihm einfach erklären, dass er sich woanders noch wohler fühlen würde, ohne schräge Blicke von Leuten, die wieder einmal für ihn den Rasen gemäht hatten. Er hatte nichts zu verlieren, im Gegenteil, er würde seine Einlagen zum großen Teil wiederbekommen.

Rupert parkte seinen Transporter vor dem Offizierskasino von Andrea und Holger. Die beiden hatten in Bremen eine neue Waschmaschine gekauft und ihn gebeten, sie mitzubringen. Er stellte das Gerät mit Hilfe einer Sackkarre neben die Haustür und wollte gerade weiterfahren, als er sah, wie Jan Vermeeren mit einem Kochtopf in der Hand im Bunker verschwand.

Er schüttelte den Kopf. Jan war mehr als sonderbar, das hatte er langsam begriffen. Aber dass er jetzt auch noch im alten Nazibunker zu Mittag aß, war absolut jenseits aller tolerierbaren Normalität, fand er.

Absolut!

Rupert ließ den Transporter stehen und schritt die fünfzig Meter hinüber zur Bunkertür, die nur leicht angelehnt war. Er blieb vor der Tür stehen und schnupperte. Kartoffeln und Würstchen, nicht schlecht. Er spürte, wie er Hunger bekam, und zog die schwere Eisentür weiter auf. Er ließ sie weit offen stehen, damit er in den dunklen Gängen genug sehen konnte. Mit schnellen Schritten ging er geradeaus in den Geräteraum, wo die Tische und Bänke standen, aber hier war alles dunkel. Und kein Jan mit Kartoffeln. Er runzelte die Stirn. Wo war der Kerl bloß hingegangen mit seinem Topf?

„Jan?", rief er leise, „bist du hier irgendwo?"

Statt einer Antwort hörte er nur ganz leise ein entferntes metallisches Klirren, so als ob jemand ein Messer auf einen Steinboden fallen ließ. Er ging den Weg zurück Richtung Ausgang und bog dann in den Gang zu den Häftlingszellen ein. Weiter als bis zur Gabelung war er noch nie gewesen, die brutale Geschichte der Gefangenen hatte ihn stets abgeschreckt, diesen Teil des Bunkers zu erkunden. Aber ihm war, als wenn das Geräusch irgendwo von hier gekommen war. Seine Schritte wurden langsamer, als er aus der ersten Zelle einen schwachen Lichtschein wahrnahm. Er wollte gerade Jans Namen rufen, als er eine schwache Frauenstimme hörte.

„Könntest du mir bitte jetzt meine Ketten abnehmen? Wie soll ich denn sonst essen?"

Rupert riss die Augen auf und starrte auf die Zellentür. Ketten abnehmen? Essen? Was hatte das denn jetzt zu bedeuten? Was machte dieser Idiot denn da nur?

Er schlich sich vorsichtig weiter, bis er direkt neben der halb geöffneten Eisentür stand. Er traute sich kaum zu atmen, geschweige denn einen Blick in die Zelle zu werfen. Dann hörte er Jans vertraute Stimme.

„Meinst du wirklich, dass du schon so weit bist? Wer sagt mir denn, dass du keinen Mist baust?"

„Was soll ich denn groß machen?", fragte die Frau kläglich. „Du bist stärker als ich, und ich weiß doch noch nicht einmal, wo ich hier überhaupt bin."

Das schien ihn zu überzeugen. Nach einer Weile hörte Rupert das Rascheln von Schlüsseln und das Klirren der Ketten.

„So, erstmal eine. Mal sehen, wie du damit klarkommst. Schritt für Schritt, nicht wahr? Wenn du weiter so brav bist, kommen wir uns gewiss bald sehr nahe. Und jetzt entschuldige mich bitte."

Rupert zog blitzschnell seine Schuhe aus und rannte den Gang zurück in den Geräteraum. Er versteckte sich neben einem Schrank, von wo aus er den Bunkereingang im Blick hatte, und wartete, bis Jan den Bunker verlassen hatte. Als die Tür zufiel, war es stockdunkel.

Rupert hielt sich krampfhaft an einem Schrankgriff fest und atmete tief durch. Wenn er zwei und zwei richtig zusammenzählte, hielt dieser bescheuerte Jan Vermeeren hier im Bunker tatsächlich eine Frau gefangen. Unglaublich. Wo waren Sie denn hier? Bei der Mafia? Kurz überlegte er, ob er schnell raus dem Bunker und die Polizei holen oder lieber erst nach der Frau schauen und selber versuchen sollte, sie zu befreien. Angesichts der Tatsache, dass der Kerl irgendwo da draußen war und ihn auf keinen Fall sehen durfte, entschied er sich für die zweite Alternative.

Vorsichtig kam er hinter dem Schrank hervor, zog sich seine Schuhe wieder an, drehte an seinem Zippo und tastete sich im Schein des Feuerzeugs zurück zur Zelle. Die Tür war wieder verriegelt. Er hielt sein Ohr dicht dran und lauschte. Ganz leise vernahm er Kratzgeräusche. Und Wimmern. Sein Puls begann zu rasen, das Blut schoss so schnell durch seinen Körper, dass ihm bald schwindelig wurde. Ein letztes Mal atmete er tief durch und schob dann den schweren Eisenriegel zur Seite. Mit dem Fuß stieß er die Tür auf. Vor Entsetzen blieb er auf der Schwelle stehen.

Auf dem Boden hockte eine attraktive und zugleich erschöpfte Frau auf einer Matratze und kratzte offenbar Angebranntes aus einem Topf. Da eine Hand an der hinteren Mauer angekettet war, hatte sie den Topf zwischen ihren Füßen eingeklemmt.

„Wer sind Sie?", fragte sie mit großen Augen, die Angst und Hoffnung zugleich ausdrückten.

Rupert war völlig geschockt, er brauchte einen Moment, um sich zu sammeln und ein paar einfache und sinnhafte Worte zu finden. „Äh, ich bin Rupert, sozusagen der Bauleiter dieser Bruchbude hier ... und wer sind Sie, um Himmels willen?" Er ging auf sie zu und hockte sich neben sie. „Haben Sie keine Angst, ich helfe Ihnen. Was hat der Kerl mit Ihnen gemacht?"

Sie seufzte. „Wonach sieht es denn aus? Sind Sie ein Freund von Marc?"

Rupert stutzte. „Von wem? Marc, sagen Sie? Der Typ, der Sie hier eingesperrt hat, heißt Jan Vermeeren, soweit ich weiß. Und ein Freund bin ich von dem ganz bestimmt nicht. Ich bin gekommen, um den Idioten aus der Baugemeinschaft zu schmeißen. Warten Sie." Er zog sein Leatherman MUT aus der Tasche und sägte die Kette kurz vor dem Handgelenk durch. „So, fürs erste. Den Ring um das Gelenk machen wir ab, wenn wir draußen sind."

„Das kann aber dauern, mein lieber Rupert."

Rupert drehte sich um und sah, wie Marc die Tür von außen zudrückte. Er sprang blitzschnell auf und schmiss sich mit aller Kraft gegen das Eisen. Aber es war zu spät.

Der Riegel war einen Bruchteil von Sekunden vorher eingerastet.

31

Rothenburg stand mit dem Telefon am Ohr am Fenster seines Büros.

„Es ist wirklich herrlich hier am Zürichsee", sagte Frank Lütjens durch die Leitung, „und richtig schön sonnig. Du glaubst gar nicht, wie klar hier Luft und Wasser sind. Der reinste Luftkurort, dieses Männedorf."

„Toll", brummte Rothenburg und starrte auf die dunklen Wolken, die der Wind in Münster vor sich her blies. „Was ist mit deinem Auftrag? Schafft ihr es?"

„Es sieht gut aus. Erin hat nur ein paar Minuten gebraucht, um alle Daten herauszukriegen. Den Rest hab' ich gemacht. Wir treffen uns alle gleich zu einem Gespräch. Sie klangen beide sehr nett."

„Schön. Es reicht aber völlig, wenn sie allein kommt."

„Schon klar. Ach, eine Frage hab ich noch", sagte Lütjens hastig. „Soll ich ihr was vom aktuellen Stand des Falles erzählen oder lieber nicht?"

Rothenburg überlegte kurz. „Ja. Sag ihr, dass wir sie dringend brauchen. Erzähl ihr in groben Zügen, was passiert ist, mach es meinetwegen so dramatisch, wie es ist. Hauptsache, wir haben sie hier."

Er legte auf und setzte sich wieder an seinen Schreibtisch. Seufzend lehnte er sich zurück und betrachtete das Phantombild. Wen suchten sie jetzt eigentlich? Jan Vermeeren oder Marc van der Esten? Der richtige Vermeeren war zwar mausetot, aber sein Name schien doch noch recht lebendig zu sein. Der wahre Marc van der Esten hingegen würde mit Sicherheit nirgendwo auftauchen. Höchstens in Niederländisch-Guayana.

Verdammt, wo sollten sie bloß suchen?

Er rief Lisa in Schweden an und plauderte eine halbe Stunde mit ihr. Mit einer gewaltigen Anstrengung schaffte er es, alles Dienstliche aus dem Telefonat herauszuhalten. In solchen Zeiten, wie er sie gerade wieder einmal durchlebte, war es schwer zu sagen, dass er sie wirklich vermisste. Aber er dachte es sofort, als er ihre Stimme hörte, und er fühlte es.

Ein Dreck, dachte er. Der Job ist ein Dreck.

Frederik ging es gut, er wollte in einer Woche für ein paar Tage nach Münster kommen, ohne seine Mutter. Lisa nahm Rothenburg das Versprechen ab, sich ordentlich um ihn zu kümmern und ihn auch wirklich wieder nach Grenaa zur Fähre zu bringen. Er versprach es und legte auf.

Sie vertraut mir wieder, dachte er und lächelte. Ein neuer Anfang.

Laute Schritte auf dem Flur und die gegen ein Regal krachende Tür rissen ihn aus seinem frischen Traum einer Neuauflage seiner Beziehung. Franta stand strahlend vor seinem Schreibtisch, links und rechts untergehakt bei Briesch und Behle. Sie knallte ihm einen Zettel auf den Tisch.

„Latha math. Wir haben ihn!"

Eine Viertelstunde später saßen sie im schnellsten Dienstwagen der Münsteraner Polizei auf dem Weg Richtung Norden. Weil Freitag war, hatte der Feierabend- und Wochenendverkehr schon eingesetzt, was aber kaum ein Problem war, wenn man über Blaulicht verfügte. Briesch saß am Steuer, Franta neben ihm. Rothenburg machte es sich hinten gemütlich und studierte Akten.

„Fahr vernünftig, Andreas", sagte er, „normalerweise wird mir hinten übel."

Franta drehte sich lächelnd zu ihm um und reichte ihm ein paar Zettel. „Hier, Sven hat uns ein paar Informationen über die Gegend und das Gebäude ausgedruckt. Er versucht noch, über die Bundeswehr an einen Grundriss zu kommen, den er dann an die Bremerhavener Polizei schickt. Kennst du den Einsatzleiter dort?"

Rothenburg schüttelte den Kopf. „Kommissar Jaulsen heißt er? Nein, nie gehört." Er überflog die Papiere und rieb sich das Kinn. „Ein hervorragendes Versteck, das muss man ihm lassen. Und dann noch unter falschem Namen."

Briesch lenkte ruckartig auf die rechte Spur. Nur eine Sekunde später schoss ein schwarzer Audi A6 an ihnen vorbei. Seelenruhig notierte sich Briesch das Kennzeichen mit einer Hand auf seinen Unterarm. „Den hole ich mir später", brummte er.

„Ich werde ihn nervös machen", sagte Rothenburg. „Ich habe eine kleine Überraschung vorbereitet."

Um 16 Uhr erreichten sie den kleinen Segelflughafen Karlshöfen. Der Flugplatz lag mitten zwischen zwei Maisfeldern und bestand aus einer Start- und Landebahn sowie drei langgestreckten Hangars und einem Verwaltungshaus, in dem auch eine kleine Kneipe untergebracht war. Der kleine Parkplatz am Ende der kurzen Zufahrtsstraße verstärkte den Eindruck, dass der Betrieb auf diesem Gelände sich normalerweise in engen Grenzen hielt.

Normalerweise.

Hinter dem Hangar auf der rechten Seite der Startbahnzufahrt landete in diesen Sekunden ein Polizeihubschrauber. Aus Nordrhein-Westfalen, wie Rothenburg zufrieden beobachtete. Drei Mannschaftstransporter und zwei Zivilwagen der Polizei standen auf dem frisch geteerten Parkplatz, der somit bis auf den letzten Platz belegt war. Briesch verzog das Gesicht und parkte auf der Zufahrtsstraße halb im Maisfeld.

Ein drahtiger Mann mit Stoppelschnitt, der einem amerikanischen B-Movie über einen Warlord-Krieg am Ende der Welt entsprungen zu sein schien, kam sofort auf sie zugestürmt. Er salutierte militärisch.

„Sind Sie Kriminalhauptkommissar Nikolaus Rothenburg? Ich bin Hauptkommissar Horst Jaulsen. Alle Mann fertig."

Rothenburg starrte ihn an. „Fertig? Wofür?"

Jaulsen wirkte keine Sekunde verunsichert. „Fertig zum Zuschlagen."

Rothenburg schüttelte den Kopf. „Erstens: Wir wissen überhaupt nicht, ob unser Mann sich gerade hier aufhält. Zweitens: Wir wissen nicht hundertprozentig, ob derjenige, der sich gerade hier aufhält, unser Mann ist. Und drittens: Sie sollen uns bei Bedarf bei der Festnahme eines Mannes unterstützen und nicht die ganze Kaserne erobern. Haben Sie das verstanden?"

Aber Jaulsen ließ nicht locker. „Der Mann ist sehr gefährlich. Sie können doch nicht zu ihm gehen und sagen: *Bitte, würden Sie mitkommen? Sie sind verhaftet.*"

„Machen Sie sich da mal keine Sorgen, Herr Jaulsen. Und jetzt entschuldigen Sie mich, ich muss meine anderen Gäste begrüßen."

Rothenburg ließ Jaulsen stehen, winkte Briesch und Franta zu sich und lief mit ihnen zum Hubschrauber, dessen Pilot mittlerweile den Motor abgestellt hatte. Vor der Maschine standen eine Frau und zwei Männer, von denen einer in Uniform war. Der andere Mann trug ganz normale Kleidung: Jeans, T-Shirt und eine leichte Cordjacke. Rothenburg begrüßte erst die anderen beiden Personen und lächelte ihn dann an.

„Jetzt helfen Sie uns schon zum zweiten Mal aus der Patsche. Ich schätze, dass Sie dafür mindestens eine große Urkunde von meinem großzügigen Chef bekommen, wenn das alles hier vorbei ist, Herr Trenschel. Willkommen unter den Lebenden."

Trenschel lächelte schüchtern zurück. „Danke. Ich war ja nur eine Woche tot. Wenn das hier hilft, Frau Zeulweggen zu befreien … Ich meine, dass ist ja wohl das mindeste, was ich für sie tun kann."

Die große Frau mischte sich ein. „Herr Rothenburg, wenn ich Sie am Telefon richtig verstanden habe, soll Herr Trenschel eruieren, ob sich dieser Marc van der Esten auf dem Gelände dort aufhält."

„Stimmt."

„Und wie soll er das machen? Er kennt ihn doch gar nicht."

„Ich fürchte, das werden wir seinem künstlerischen Talent überlassen müssen." Er wandte sich an Trenschel. „Sie müssen herausbekommen, ob sich ein Mann dort befindet, der sich Marc van der Esten oder Jan Vermeeren nennt. Sie kennen ja das Phantombild. So ähnlich müsste er aussehen. Sprechen Sie mit denen, die Sie dort treffen. Sagen Sie, Sie suchen einen Computerspezialisten, der Ihnen empfohlen wurde. Und achten Sie auf die Reaktionen. Zuckt er zusammen? Wird er bleich oder rot? Wird er nervös? Wenn van der Esten Sie tatsächlich erkennt, werden Sie das mit Sicherheit merken. Schließlich sind Sie ja eigentlich tot."

„Und wenn er ein Messer zückt?", fragte Karoline Huntler.

„General Jaulsen wird seine Männer postieren", antwortete Rothenburg und kniff ein Auge zu. „Er hat auch zwei Scharfschützen dabei." Er sah Trenschel fest an. „Also, trauen Sie sich das zu?"

„Ja."

Rothenburg nickte. „Danke. Versuchen Sie zu improvisieren. Tun Sie ganz harmlos und reden Sie einfach drauflos. Sie sind ja Künstler, Sie schaffen das schon. Bei Calma waren Sie ja auch spitze."

„Es tut mir leid, dass er tot ist", sagte Trenschel.

„Mir auch. Aber das ist weder Ihr noch unser Fehler. Calma hätte auf uns hören sollen, er wollte keinen Polizeischutz und hätte sich eher an uns wenden sollen. Kommen Sie jetzt bitte."

„Wie sind Sie und Ihre Kollegen eigentlich auf Lübberstedt gekommen, Rothenburg?", fragte Huntler, als sie zusammen zu den Autos gingen. „Da bin ich doch ein wenig neugierig."

„Google", sagte Rothenburg. „Internet."

32

Marie lag seitlich auf der Matratze und hatte die Beine bis zum Bauch angezogen. Ihr Kopf dröhnte von den unzähligen wirren Gedanken, die ihr Gehirn ausspuckte und die sich einen unerbittlichen Kampf ums Überleben lieferten.

War es jetzt gut oder schlecht für sie, dass dieser Rupert auch gefangen war?

Im ersten Moment war sie natürlich dankbar gewesen, dass sie jemanden bei sich hatte, der auf ihrer Seite stand und der ihr die Kette durchgesägt hatte. Mit dem sie sich vielleicht austauschen konnte und mit dem sie einen Fluchtplan schmieden konnte. Aber je länger sie darüber nachdachte, desto mehr zweifelte sie daran, dass Rupert ihr eine Hilfe sein könnte. Und zum Schluss glaubte sie fest daran, dass sie jetzt beide sterben würden.

Sie hatte es doch fast geschafft, van der Esten dazu zu bringen, ihr zu vertrauen. Er hatte ihr frische Lebensmittel und Decken gebracht, hatte sie von einer Kette befreit, hatte versprochen, bald auch die andere zu lösen. Noch ein paar Stunden, und sie wäre aus diesem Loch raus gewesen. Und noch ein paar Stunden oder Tage mehr, und sie wäre wieder ein freier Mensch gewesen. Diese Hoffnung konnte sie jetzt begraben.

Gewiss, Rupert hatte es sich bestimmt nicht ausgesucht, hier in der Zelle auf sein Ende zu warten, aber Tatsache war nun einmal, dass er es vermasselt hatte. Dass seinetwegen jetzt beide sterben würden.

Sie begann zu weinen. Erst leise, schluchzend, dann immer lauter. Die Tränen liefen ihr wie Wasser aus den Augen.

„Was ist los?", hörte sie Rupert leise fragen. „Hast du Schmerzen?"

Marie richtete sich auf und sah in Ruperts besorgtes Gesicht. Mit der Hand ohne Kettenring wischte sie sich die Tränen weg. „Was los ist? Weil er dich hier erwischt hat, werden wir beide sterben. Ist dir das überhaupt klar?"

Rupert setzte sich ans Fußende der Matratze und wollte ihre Hand nehmen. Sie zog sie schnell zurück. „Lass das!", fauchte sie.

„Wer ist er? Ihr kennt euch?"

Marie erzählte ihm von den Gesprächen mit van der Esten, von seinem Wahn, ihr den größten Wunsch zu erfüllen, ihrer von ihm erhofften Dankbarkeit und seiner Illusion von einem gemeinsamen Leben mit ihr.

Rupert schüttelte entgeistert den Kopf. „Und er hat tatsächlich jemanden umbringen lassen, um dir zu gefallen? Der Kerl ist echt wahnsinnig."

„Und gefährlich", ergänzte sie schniefend. „Fünf Menschen hat er auf dem Gewissen, da kommt es auf zwei weitere auch nicht mehr an."

Rupert stand auf und ging zur rechten Seitenwand. Systematisch begann er, mit seinem Leatherman MUT einen Stein nach dem anderen abzuklopfen.

„Was tust du da?", fragte Marie verwundert.

„Ich bin Maurer. Ich klopfe die Steine ab, um festzustellen, ob sich dahinter ein Hohlraum befindet. Dann können wir sehen, ob wir uns einen Gang graben können." Er zwinkerte ihr zu. „Wie beim Grafen von Monte Christo."

„Sehr witzig." Maries Stimme klang jetzt kalt. Einen Scherz konnte sie im Moment gar nicht vertragen. „Du kapierst offensichtlich nicht, in welcher Lage wir uns befinden, oder?"

„Doch", erwiderte er ernst, ohne sich umzudrehen. „Ich arbeite bereits an der Lösung und versuche gleichzeitig, die Stimmung hochzuhalten. Ansonsten drehen wir nämlich bald durch vor Angst."

Marie sagte nichts mehr. Sie musste zugeben, dass er recht hatte, auch wenn ihr seine Witze nicht passten.

„Außerdem", fuhr er eifrig fort, „ haben wir gute Chancen, hier etwas zu finden. Dies ist die erste Zelle auf der rechten Seite, wo sich auch die anderen Räume und Schächte befinden. Es ist höchst unwahrscheinlich, dass die Nazis hier meterdicken Beton verwendet haben, nur um diese Zelle von einem Versorgungsschacht oder einem anderen Raum zu trennen. Früher oder später werde ich ganz sicher einen Hohlraum finden, der uns hier raus führt."

„Früher wäre besser", murmelte Marie.

Sie verspürte einen Druck auf der Blase und verzog das Gesicht. Auch das noch, dachte sie. Rupert würde sich bestimmt hemmungslos über den Eimer stellen und reinpinkeln, egal, ob sie direkt daneben stand oder nicht.

„Rupert?", sagte sie zögernd.

Er drehte sich um. „Ja?"

„Kannst du mal laut weiterklopfen, ohne dich umzudrehen?"

„Was?"

„Du sollst laut weiterklopfen und dich nicht umdrehen."

„Wieso? Mach ich doch die ganze Zeit. Was ist denn?"

„Herrgottnochmal, ich muss pinkeln."

Er drehte sich wieder zur Mauer und lachte. „Ach so. Kein Problem, ich guck nicht hin." Er klopfte so laut auf die Steine, dass selbst Marie ihren Urinstrahl nicht hörte.

„Danke", sagte sie, als sie fertig war und ihre Hose wieder hochgezogen hatte. „Ich werde mich revanchieren."

Marie setzte sich wieder auf die Matratze und schlang die Arme um die angewinkelten Beine. Sie fühlte langsam Ruhe in sich einkehren und die aufkommende Gewissheit, dass sie diesem Mann, den sie noch bis eben sonstwohin gewünscht hatte, vertrauen konnte. Sein unschuldiges Leben stand wie ihres auf dem Spiel, aber er fand sich mit seinem Schicksal nicht einfach so ab und lag lethargisch in der Ecke, sondern kämpfte. Er verdiente eine gleichwertige Partnerin.

„Kann ich etwas tun?"

Rupert drehte sich zu ihr um und lächelte. „Schon besser. Ja, es wäre schön, wenn du ein bisschen über dich erzählst oder mir Fragen stellst. Diese Stille nervt mich. Und so erfahren wir mehr voneinander. Wer weiß, ob und wie uns das noch helfen kann."

Sie nickte. „Okay. Was willst du wissen?", fragte sie und lächelte matt zurück.

Rupert zwinkerte ihr zu. „Alles."

Er saß vor dem Rechner und trank seine dritte Flasche Cola. Seit Marie bei ihm war, hatte er sich keine Filmdateien aus der Augustastraße in Münster mehr angeschaut. Wozu auch, sie war ja jetzt bei ihm. Er überlegte, die Leitungen zu kappen und die Software auf Maries Rechner per Fernsteuerung zu deinstallieren, um eine Rückverfolgung auszuschließen, beschloss aber, noch einen letzten Blick darauf zu werfen.

Wie er erwartet hatte, brachten ihm die automatisch gespeicherten Videos der letzten Tage keine neuen Informationen. Die Bewegungssensoren hatten verhindert, dass die Kameras nur leere Zimmer aufnahmen, und wenn sich auf den Filmen etwas tat, war es ausschließlich Lars Wilkens, der offensichtlich völlig fertig von einem Raum in den anderen schlich, abwechselnd unbeweglich wie ein Stein auf einem Stuhl hockte oder in der Küche wie ein Irrer gegen die Schränke trat und sich die Kante gab. In dieser Verfassung würde er Marie keine große Hilfe sein.

Van der Esten lächelte boshaft. Jetzt hatte er ihn dort, wo er ihn schon längst haben wollte. Sollte er doch wahnsinnig werden vor Kummer, ihm war es gleichgültig.

Er klickte den Donnerstag an und starrte ungläubig auf die fünfte Datei. Das Vorschaubild zeigte zwei Männer in der Küche, von denen einer den linken Arm in der Schlinge trug. Er setzte schnell den Kopfhörer auf und startete den Film.

Der Mann war Johann Zeulweggen, Maries Bruder.

Er kannte ihn noch aus Woensdrecht, als Johann mit seiner wilden Mofa-Clique die Gegend unsicher gemacht hatte. Van der Esten erinnerte sich an ein paar Situationen, in denen er kurz davor war, Marie anzusprechen, und sich dann doch nicht getraut hatte, weil Johann mit seiner Gang um die Ecke gebraust kam, eine Horde wilder Jungs, die nur frisierte Mofas, Bier und Mädchen im Sinn hatte. Wenn er sich den verletzten Arm ansah, könnte er schwören, dass Johann höchstwahrscheinlich wieder volltrunken in eine Schaufensterscheibe gerauscht war. Oder so ähnlich.

Er lehnte sich zurück und überlegte, ob die Ankunft Johanns in Münster für ihn eine Bedeutung hatte. Vermutlich hatte er vor, den Helden zu spielen und Marie auf eigene Faust zu suchen. Such dir einen anderen dafür aus, dachte van der Esten, dieser Wilkens taugt zu gar nichts.

Als er den Freitagsordner öffnete, stutzte er. Der Ordner enthielt nur wenige Filmdateien, die lediglich zeigten, wie Wilkens und Johann Zeulweggen aufstanden und frühstückten. Auf dem letzten Vorschaubild sah er plötzlich mindestens fünf Männer, die durch den Flur ins Wohnzimmer gingen. Ein grinsender Wuschelkopf machte sich am Rechner zu schaffen. Dann war Schluss, der Film brach mittendrin ab.

Van der Esten wurde bleich und starrte auf den Monitor. Er war aufgeflogen. Die Polizei hatte seine Überwachungsgeräte entdeckt und jetzt stundenlang Zeit gehabt, die Logfiles zu prüfen und zurückzuverfolgen, ohne dass er etwas geahnt hatte. Ein einziger versierter Bulle, und er hatte spätestens morgen die Polizei am Hals.

Seine einzige Hoffnung war, dass es in Münster keinen versierten Bullen gab. Aber darauf konnte er sich nicht verlassen.

Er bestellte im Internet noch einen Mietwagen zu sich, fuhr dann den Computer herunter und trank den Rest der Colaflasche in einem Zug aus. Die Kälte des Getränks schoss in seinen Kopf und schmerzte wie Nadelstiche, aber sie machte ihn auch hellwach. Er ging zum Schrank neben dem Waschbecken, wühlte zwischen all den Packungen und Plastikbeuteln und fischte aus einer Schublade eine kleine längliche Pappschachtel und einen größeren Karton. Zufrieden prüfte er den Inhalt, steckte Karton und Schachtel in eine Umhängetasche und schaute sich im Zimmer noch einmal um. Wenn er seinen Job im Bunker erledigt hatte, musste er hier die Zelte abbrechen. Und zwar noch heute.

Er schloss die Türen sorgfältig ab. Es war zwar noch kein Mensch auf dem Gelände, aber es würde nicht mehr lange dauern, bis die ersten Wochenendbewohner hier eintrudelten. Bis dahin wollte er weg sein. Für immer.

Er rannte die Treppe hinunter und warf noch einen Blick in die Gemeinschaftsküche. Alles war ruhig. Als er draußen war, beschloss er, zunächst eine kleine Runde auf dem Gelände zu drehen, um zu checken, ob die Jungs von Andrea und Holger irgendwo im Gebüsch hockten und Kaninchen jagten. Aber er musste keinen einzigen Meter weit gehen, um den auf den ersten Blick unbekannten Mann zu erblicken, der mit ruhigen Schritten auf ihn zukam und ihm zuwinkte. Betont lässig steckte van der Esten die Hände in die Hosentaschen, um abzuwarten, was der Besucher von ihm wollte. Aber je näher der Mann mit den braunen Locken kam, desto mehr verfärbte sich seine Gesichtsfarbe. Als der Lockenkopf ihn schließlich erreicht hatte, war sämtliche Farbe aus seinem Gesicht gewichen. Er kämpfte innerlich wie ein Tier, um nicht laut loszubrüllen oder wegzulaufen.

Ohne jeden Zweifel war der Mann mit den braunen Locken und dem freundlichen Lächeln der ermordete Rolf Trenschel. Oder wenigstens sein Geist.

„Entschuldigen Sie, bitte", begann Trenschel höflich, „ich suche einen Computerspezialisten, der mir empfohlen wurde. Er muss irgendwo hier wohnen."

Van der Esten starrte ihn nur ungläubig an. „Wer … was … Entschuldigung, was haben Sie eben gesagt?"

Trenschel wiederholte ruhig sein Anliegen und stellte sich als Klaus Zeuler vor. Für einen Moment dachte van der Esten, er hätte sich geirrt. Falls dieser Trenschel wirklich am Leben sein sollte, wäre er doch nicht so blöd, alleine bei ihm aufzutauchen.

„Wie ... soll er denn heißen?", fragte er bedächtig.

„Tja, das ist das Problem", lächelte Trenschel. „Ich weiß seinen Namen nicht." Er zuckte mit den Schultern. „Aber Sie kennen doch die ganzen Leute hier, nicht wahr?"

Van der Esten wurde ruhiger. Offensichtlich wusste der Lockenkopf nicht, wen er vor sich hatte. Abwimmeln, dachte er. Ich muss ihn diskret abwimmeln, das ist alles.

„Ich kann mich auch im Nachbarhaus umhören, wenn Sie ihn nicht kennen", fuhr Trenschel fort.

Van der Esten zuckte zusammen. „Nein, nein. Warten Sie einen Moment. Ich bin als Letzter dazugekommen und kenne noch nicht alle hier so gut. Aber es gibt einen Markus, der sich ziemlich gut mit Computern auskennt. Er wohnt allerdings in Bremen und kommt immer nur am Sonntag her. Wenn Sie dann wiederkommen, werden Sie ihn bestimmt antreffen."

Trenschel nickte. „Danke. So gegen Mittag?"

„Wahrscheinlich. Dann müsste er hier sein."

Trenschel verabschiedete sich und verschwand Richtung altes Kasernentor. Van der Esten wusste nicht, wie lange er noch dagestanden und Trenschel oder seinem Geist nachgeschaut hatte. Vielleicht fünf Minuten. Danach wusste er nicht mehr, ob er alles nur geträumt hatte oder ob er wirklich dem leibhaftigen Rolf Trenschel gegenübergestanden hatte. Im Grunde genommen war es auch egal, er hatte so oder so keine Sekunde mehr zu verlieren.

Mit schnellen Schritten machte er die geplante kleine Runde und vergewisserte sich, dass sich kein Mensch in der Nähe des Gebäudes aufhielt. Dann ging er zum Bunker, sah sich noch einmal um und verschwand blitzschnell in der Dunkelheit.

Rolf Trenschel sah erschöpft aus, als er wieder den Sammelpunkt der Polizei auf dem kleinen Bahnhofsvorplatz erreichte. Zwei Rettungswagen mit Notärzten hatten sich mittlerweile zu ihnen gesellt. Obwohl der Wind recht frisch war, hatte Trenschels Hemd große Schweißflecken unter den Achseln. Franta brachte ihm ein Glas Wasser.

„Und?", fragte Rothenburg, „ist er es?"

Trenschel nickte. „Hundertprozentig. Er sieht fast so aus wie auf dem Phantombild. Schwarze, schmierige lange Haare, olivgrüne Hose, olivgrünes Hemd, ein Ohr."

„Passt doch gut dorthin", meinte Briesch. „Sehr militärisch."

„Früher ja", korrigierte Franta. „Jetzt wohnen hier doch Handwerker und Künstler, wenn die Internetseite nicht lügt."

Rothenburg hörte ihnen nicht zu. „Sind Sie ganz sicher?", fragte er Trenschel ruhig. „Ich möchte hier kein unnötiges Halali veranstalten."

„Doch, er ist es, wenn es der Mann vom Phantombild sein soll. So viele Männer mit einem Ohr werden hier ja nicht herumlaufen. Außerdem meinte er, dass er der letzte war, der hier eingezogen ist. Er hat mir einen Markus empfohlen."

Franta nickte. „Jan Vermeeren war der letzte. Ja, das steht auch im Internet. Aber einen Markus gibt es hier nicht."

Ein Polizist in kompletter Kampfausrüstung gesellte sich zu ihnen. „Hier, haben meine Männer aus dem Gebüsch heraus aufgenommen", sagte Horst Jaulsen stolz und zeigte Rothenburg das Display einer stattlichen Kamera. Das Foto zeigte aus nächster Nähe den Mann mit den pechschwarzen Haaren und dem kreideweißen Gesicht. „Was für ein Kontrast", murmelte Rothenburg.

„Na schön", sagte er und kontrollierte seine Dienstwaffe. „Dann wollen wir mal."

An der Gabelung horchte er. Kein Laut war zu hören. Wenn er Glück hatte, würden Marie und Rupert sich hingelegt haben. Wenn nicht … aber daran wollte er lieber nicht denken. Er schlich sich Zentimeter für Zentimeter vorwärts, bis er die Zellentür erreicht hatte. Wieder lauschte er. Nichts. Vorsichtig hob er den Eisenbügel ein paar Millimeter an, um durch den Schlitz zu spähen. Jetzt zahlte es sich aus, dass er den Bügel so mit Caramba besprüht hatte: Das Teil gab keinen Mucks von sich. Er bückte sich und kniff ein Auge zu.

Marie lag bäuchlings auf ihrer Matratze und atmete ruhig und regelmäßig, sie würde also kein Problem darstellen. Bei Rupert sah die Sache schon anders aus. Er hockte an der rechten Seitenwand auf dem Boden, hatte den Kopf auf die angewinkelten Knie gelegt und gab keinen Laut von sich. Ob er schlief oder nicht, konnte er vom Gang aus nicht erkennen.

Er seufzte. Rupert machte nur Arbeit und Stress. Van der Esten öffnete den Karton und machte den Verdampfer mit dem Sevofluran fertig. Unter der Tür her schob er einen dünnen Schlauch in Ruperts Richtung und platzierte ihn direkt unter seinen angewinkelten Knien. Dann legte er seine dicke Jacke über den Verdampfer, um das Brummen zu dämpfen, und schaltete ihn ein. Ein leiser Summton erklang. Noch ein paar Sekunden, und Polier Rupert würde selig von Ziegelsteinen und Mörtel träumen.

Er spähte durch den Schlitz. Rupert war ein stattlicher Kerl mit guter Konstitution, noch hielt er sich, zuckte nur leicht. Van der Esten zählte still bis zehn. Bei zwölf bewegte Rupert leicht den Kopf, stöhnte auf und fiel seitlich wie ein Sack Kartoffeln auf den Boden.

Van der Esten lächelte. Wenn ihm so problemlos gelungen war, Rupert auszuschalten, dann war der Rest ein Kinderspiel. Er stellte den Verdampfer ab und entriegelte die Tür. Sicherheitshalber machte er die Tür weit auf und wartete zwei Minuten, damit er sicher sein konnte, nicht auch noch vom Betäubungsgas in den Schlaf geschickt zu werden. Mit seiner Jacke wedelte er zusätzlich Luft aus dem Gang in die Zelle. Dann zog er den Schlauch zurück und verstaute alles wieder sorgfältig im Karton. Als er die Zelle betrat, hatte er die kleine Schachtel in der Hand.

Sorry, Rupert, dachte er und betrachtete den friedlich schlummernden Mann. Es muss leider sein.

Lebe wohl, mein lieber Mitbewohner.

Er öffnete die Schachtel und zog eine Spritze auf, bis der Hohlraum komplett gefüllt war. Auf die Dosis achtete er nicht, toter als tot war nicht möglich. Womöglich würde aber schon ein Bruchteil reichen, um den betäubten Mann in die Ewigkeit zu schicken. Er ließ sich auf die Knie fallen und studierte Ruperts Venen in der Armbeuge. Anerkennend pfiff er leise. Fast wie fette Regenwürmer schlängelten sich die Blutbahnen unter der Haut, ein Paradies für jede Lernschwester.

Er atmete noch einmal tief durch und jagte dann die Nadel in eine Vene. Es ging ganz leicht, leichter als bei Calma oder Marie. Er hielt kurz inne und warf einen Blick auf Ruperts Gesicht. Aber da war gar nichts, kein Zucken, keine Bewegung. Gar nichts.

Also weiter.

Er legte den Daumen auf den Kolben und begann zu pressen. Aber hier war wesentlich mehr Widerstand als beim Einstich, der Kolben senkte sich nur Millimeter für Millimeter in den Zylinder, und van der Esten brauchte unerwartet viel Kraft dazu. Nach fünf Millimetern setzte er ab und verzog das Gesicht. Vielleicht reichte es ja schon.

„Marc? Was tust du da?"

Erschrocken drehte er sich um. Marie hatte die Augen geöffnet und blinzelte ihn misstrauisch an.

„Bleib liegen!", sagte er mit scharfer Stimme. „Wenn du aus diesem Loch rauskommen willst, bleib einfach liegen und kümmere dich nicht um den hier. Es ist sowieso zu spät."

Marie stand auf und ging auf ihn zu. „Zu spät? Wofür zu spät?"

Dann sah sie die Spritze in Ruperts Arm. „Du bringst ihn um!", schrie sie. Mit einem Satz war sie bei ihm und versuchte, die Spritze aus Ruperts Arm zu ziehen.

„Lass das!", brüllte van der Esten. „Ich mach es doch für uns beide." Er schlug mit voller Wucht auf Maries Hand und stieß sie kraftvoll zur Seite. Sie stolperte rückwärts und schlug hart mit dem Hinterkopf an die Zellenwand. Sie spürte einen harten Schlag oberhalb des Genicks. Mit weit geöffneten Augen sackte sie beinahe lautlos zusammen.

Van der Esten begann zu zittern, als er zu ihr sah. An der Stelle, wo Marie mit dem Kopf aufgeschlagen war, ragte der Eisenring für die Ketten aus dem Gemäuer. Als er den großen Blutfleck an der Wand bemerkte, wurde er panisch.

Aus! Vorbei! Alles umsonst!

„Verfluchte Scheiße", brüllte er die beiden leblosen Körper an. Er stand auf und trat Rupert brutal in die Nieren. Einmal, zweimal, dreimal. Ruperts Hilflosigkeit und fehlende Gegenwehr provozierten ihn. Wild schlug er mit den Fäusten in sein Gesicht. Nase und Lippen begannen zu bluten, über einer Augenbraue klaffte eine tiefe Platzwunde.

Schließlich ließ er von ihm ab. Er keuchte vor Anstrengung und betrachtete seine wunden Hände, die mit Ruperts Blut verschmiert waren. In diesem Moment wünschte er sich nichts mehr, als dass

Rupert jeden einzelnen Funken Schmerz in seinem Körper spüren würde. Der starke Polier, das Mannsbild schlechthin. Der Macher, der für jedes Problem eine Lösung hatte.

Für fast jedes.

Er fuhr sich hektisch durch die Haare. Um wen sollte er sich jetzt zuerst kümmern? Rupert würde noch eine Weile schlafen, wenn er nicht schon längst tot war, aber wenn Marie nicht mehr lebte, war sowieso alles egal. Dann musste er nur noch weg von hier.

Immer noch heftig keuchend kniete er sich vor Marie und hielt ihr seinen kleinen Taschenspiegel vor den Mund. Erleichtert atmete er tief durch, als der Spiegel beschlug. Nicht viel, aber immerhin sichtbar. Trotzdem würde sie so schnell wie möglich einen Arzt brauchen. Wie schnell konnte er mit dem gemieteten 3er BMW die 250 Kilometer nach Münster zu Halbeck zurücklegen? In einer Stunde? In zwei? Linke Spur, linker Blinker, Dauerlichthupe. Der Schlüssel des Wagens müsste längst im Briefkasten liegen.

Marie stöhnte leise, Blut floss ihr aus dem Mund. Kein gutes Zeichen, glaubte van der Esten. Höchste Zeit zu verschwinden. Er schob seine Hände unter Marie, um sie aufzuheben, als er ein Geräusch hinter sich hörte. Er zog die Hände blitzschnell zurück und drehte sich um.

Vor ihm standen zwei Männer und eine Frau und richteten ihre Pistolen auf ihn.

„Polizei! Hände weg von der Frau oder ich puste dein Gehirn weg!", schrie der jüngere der beiden Männer.

„Nehmen Sie die Hände hoch!", rief Franta und machte mit vorgehaltener Pistole einen Schritt auf ihn zu. Van der Esten stand langsam auf und starrte sie an.

„Was wollen Sie denn von mir?", fragte er ruhig und betont unschuldig. „Sie sehen doch, dass ich dieser Frau gerade helfen will. Sie ist offensichtlich verletzt."

Rothenburg schüttelte fassungslos den Kopf. „Hören Sie mit dem Scheiß auf", sagte er wütend, „es ist nur peinlich, was Sie sagen. Drehen Sie sich um und legen Sie ihre Hände an die Wand, wenn Sie gleich nicht wie ein Schweizer Käse aussehen wollen."

Van der Esten rührte sich nicht. Er schien keine Waffe bei sich zu haben und zu überlegen, wie er hier noch als lebendiger und freier Mann herauskommen könnte. Was nach menschlichem Ermessen so gut wie unmöglich war. Nach einer kurzen Weile schien er es auch eingesehen zu haben.

„Okay", sagte er und ließ demonstrativ die Schultern hängen. „Ich gebe auf."

Er drehte sich zur Seite und ging langsam mit erhobenen Händen auf die rechte Seitenwand zu. Als er direkt neben Rupert stand, zog er ihm blitzschnell die Spritze aus dem Arm, machte einen Satz auf Franta zu und stieß ihr die Nadel in die Brust. Aber er hörte nur ein kleines Knacken.

Die Nadel war an ihrer Schutzweste abgebrochen.

Er stutzte kurz. Dann schlug er Franta die Pistole aus der Hand, rammte seine rechte Faust mit voller Wucht in ihr Gesicht und bückte sich, um mit der linken Hand nach der Pistole zu greifen.

Dann fielen die Schüsse.

Rothenburg schätzte 22, plusminus.

Entsetzt blickte er General Jaulsen an, der nur mit den Schultern zuckte, zufrieden mit sich und der Welt.

Rothenburg hätte den Termin liebend gern noch um einen Tag verschoben, aber wenn der Chef ihn unbedingt am Sonntagmorgen sprechen wollte, konnte man wohl nichts machen.

„Sonntags hat *Holstein* zu", hatte er müde protestiert. „Soll ich etwa den Kantinenfraß essen?"

„Mir egal", hatte der Polizeichef geantwortet und die dürftige Diskussion damit beendet.

Jetzt saß er dem Polizeichef gegenüber und knabberte an einer Müslistange mit Schokoladenüberzug, die er sich im Bahnhofskiosk gekauft hatte. Kollau schlürfte geräuschvoll seinen Kamillentee.

„Vertrauen ist nicht Ihre Stärke, was, Rothenburg?"

Rothenburg ahnte, was kommen würde. „Ich vertraue denen, denen ich vertraue."

Kollau runzelte die Stirn. „Was? Wie meinen Sie das? Ach was, Sie hätten mich über Trenschel informieren müssen, das ist doch wohl selbstverständlich. Wie stehe ich denn jetzt da? "

Rothenburg biss lustlos in den Schokosnack. Ein Stück bröckelte ab und verschwand irgendwo auf dem rotbraunen Teppichboden, was Kollau mit einem strafenden Blick registrierte.

„Auf gut deutsch: Sie können doch nicht einfach den Tod eines Menschen inszenieren, ohne Ihren Vorgesetzten zu informieren. Das geht doch wirklich nicht."

„Doch", sagte Rothenburg genervt, „das ging ganz gut. Weil es glaubwürdig sein sollte, durften so wenig wie möglich davon wissen. Nur die, die es unbedingt wissen mussten."

Kollau schüttelte den Kopf. „Und dazu zähle ich nicht?"

„Nein."

„Warum nicht?"

„Sie hätten es wahrscheinlich versiebt."

Kollau starrte ihn an. „Ich hätte … was?"

Rothenburg kaute in Ruhe zu Ende und steckte das Papier in die Hosentasche. „Wenn Sie vor eine Journalistenmeute treten und verkünden, dass Rolf Trenschel tot ist, dann müssen Sie auch felsenfest davon überzeugt sein, dass er tot ist. Sonst zerpflücken die

Sie. Die spüren, wenn Sie denen was vormachen. Und dann fangen Sie an zu schwimmen oder zu rudern. Oder wie sagt man?"

Kollau verzog keine Miene. „Geht beides."

„Sehen Sie es doch so, dass wir Sie davor geschützt haben, wissentlich die Unwahrheit gesagt zu haben."

Rothenburg stand schwerfällig auf. Er hatte einfach keine Lust mehr.

„Ich muss gehen. Ich habe noch einen wichtigen Termin."

Kollau lachte kurz auf. „Heute? Am Sonntag? Das glaube ich Ihnen nicht."

Rothenburg starrte auf den Teppich, bückte sich und steckte sich das Müslistück in den Mund. „Sehen Sie? Jeder vertraut dem, dem er vertraut."

Die junge Frau, die neben Frank Lütjens im Café des Franziskus-Hospitals saß, war groß und dunkelhaarig. Sie trug eine Sonnenbrille mit großen Gläsern und eine rote Baskenmütze. Als Rothenburg auf sie zukam, stand sie auf und begrüßte ihn mit mattem Handschlag.

„Denken Sie bitte nicht, dass ich diese Brille immer auch im Haus trage, so bin ich nicht. Aber ich habe die letzten beiden Tage so viel geweint, dass ich wirklich grauenvoll aussehe. Das möchte ich keinem zumuten."

Rothenburg nickte. „Hat Frank Sie informiert?"

„Ja."

Er ging zu Lütjens und knuffte ihn. „Gut gemacht. Wann kann sie rein zu ihr?"

„Jederzeit. Der Arzt meinte, sie hätte nur eine Platzwunde und eine Gehirnerschütterung. Sie ist stabil. Was ist mit dem Maurer aus Bremen? Den hat es ja wohl übler erwischt."

Rothenburg ließ sich auf einen Stuhl fallen und musterte die Frau. „Er wird es schaffen", sagte er gedankenverloren. Da er ihr nicht in die Augen schauen konnte, starrte er auf ihren vollen Mund. „Wie fühlen Sie sich jetzt gerade?"

Sie schloss die Augen. „Es ist alles so … unwirklich. Vor ein paar Tagen ahnte ich noch gar nichts … und jetzt …" Sie nahm die Brille ab und holte ein Taschentuch aus ihrer Handtasche, um sich die Tränen wegzuwischen. Rothenburg bemühte sich, diskret zur Seite zu schauen, aber solche Augen hatte er noch nicht gesehen.

So grüne und so verheulte.

Er seufzte.

„Soll ich mal vorfühlen?", fragte er sie.

Sie nickte. „Ja, bitte, tun Sie das."

Rothenburg betrat das Krankenzimmer. Marie war wach und begrüßte ihn mit einem Lächeln.

„Hallo", sagte er vorsichtig. „Störe ich?"

„Quatsch. Kommen Sie rein, mein Retter. Ich möchte mich doch bei Ihnen bedanken, dass ich noch am Leben bin. Wir könnten zusammen einen Mirabellenschnaps trinken."

„Später, wenn Sie gestatten. Sie haben nämlich Besuch."

Marie setzte sich aufrecht hin und fuhr sich scherzhaft über den Kopfverband. „Huch, wer denn? Ich bin gar nicht zurechtgemacht."

Rothenburg kratzte sich am Kopf. „Das sagt sie Ihnen wahrscheinlich besser selbst."

Marie schürzte überrascht die Lippen. „Eine Frau? Okay. Rein mit ihr."

Die Frau hatte die Sonnenbrille wieder aufgesetzt und stand bereits im Türrahmen, als Rothenburg wieder hinausging. Im Vorbeigehen drückte sie ihm leicht die Hand. Dann stand sie am Bett.

„Mama?"

Er schloss die Tür von außen und wartete.

Der Schrei kam nach einer Minute.